KB249640

풍류랑의
애가 下

즐거운지식 **30**

고|천|석|역|사|소|설

풍류랑의 애가 下

〈의병장 고경명 시인〉 | 고천석 지음

이담
Books

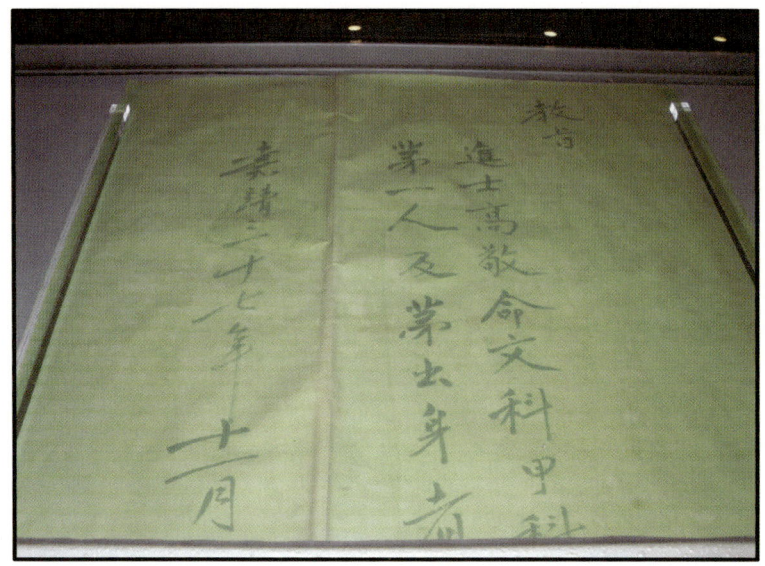

1558년 문과(진사)에 1등으로 급제한 고경명

1643년 고경명에게 충렬공이라는 시호를 내린 교지

1688(康熙27)년 4월 29일 발급한 이조판서와 도총부도총관정2품 등을
고종후에게 내린 추증교지

충렬공 제봉 고경명 선생 동상(광주 월드컵 공원 정문)

진주성에서 일본군과의 전투장면

창렬사 – 순절한 **39**명의 신위를 모신 사당(진주성 내 소재)

진주성 안에 있는 촉석루

충성스런 노비 귀인 봉이의 비(포충사 옛 사당 입구 홍살문 앞)

고종후 묘소 고유제 – 진주시 발산(준봉산)

작가의 말

이 「풍류랑의 애가」를 집필하는데, 교훈은 현실의 효용성을 기대하게 된다는 것에 많은 고민이 뒤 따랐다.

효용론에는 도덕의 기초 또는 인생의 지상 목표로 삼게 되는 공리설(교훈)을 들 수 있는데, 즉 공리적인 문학작품은 독자들에게 인생의 질적인 변화를 요구하게 된다. 그런 기대를 충족하려면 이야기내용이 우선 감동을 주어야 한다고 생각했다.

그런 마음이 들기까지 톨스토이의 예술 감화 론을 생각하게 되었다. '위대한 문학은 독자들에게 삶의 지혜를 줄 수 있어야 한다.' 그것은 감화로 가능한 것이다. 문학의 가치를 그 사회의 효용 면에서 구하는 사람들은 대체로 교훈주의 문학관을 가졌다고 보기에 그렇다.

어떤 독자는 혹시 공자(孔子)' 맹자(孟子)에 대한 편견을 갖고 있을지 모른다. 문화혁명 때(1966~76) 공자는 중국 공산주의 척결대상이었다. 그러나 '21세기에 와서는 분명 유교와 공자가 긍정적으로 재평가 받으며 부활하는 움직임'이 일고 있다. '적절한 조화로 다함께 공존하고, 화목하게 지내자(和衷共濟講信修睦).' 이것은 '예를 행할 때 조화로움을 귀하게 여긴다(禮之用和爲貴).'는 이 '조화'론이 건설과 평화의 시대인 오늘날, 공자와 유가의 '생활철학인 유가사상의 긍정적 요소들이 중국의 입지를 강화하게 될 것'이란 믿음이 서려있기에 그러리라. 두웨이밍[1](杜維明, 하버드대 교수)은 "종교와 민족, 국가를 초월해 문명이 서로 조화롭게 공존해야한다."고 했다.

조선의 의병장으로 알려진 역사적인 한 시인을 추적하면서 그의 고매한 선비정신과 그의 문학에 매료되어 더욱 관심을 갖지 않을 수 없었다.

따라서 그가 접했던 동양의 철학이 궁극적으로 인생의 어느 경지를 추구하는 것인 만큼, 어떻게 하면 사람다운 사람이 되는지 그의 사상을 바르게 이해하고자 했다. 제봉이 접한 고전에는 풍요로운 정신문화 속에 아름다운 삶을 노래하고 있었다.

이 글이 세상에 빛을 보기 전, 잉태의 조짐은 28년 전으로 거슬러 올라가야한다. 출산의 고통은 그때부터 시작되었다고나 할까. 한 시인의 이야기를 집필하겠다는 동기가 된 것은 당시 한국정신문화연구원(지금은, 한국학 중앙 연구원)이 발행한, 제봉전서(전5권)와 정기 록을 처음 접하고서 부터다.

이 책은 난해한 한시와 임진란 싸움터에서 시인(3부자와 유팽로, 안영, 양대박 등이 포함 된)이 순절한 과정과 그의 관료시기, 유람 등을 그려 낸 서사적 산문과 운문으로 국역 한 책이었다. 이 책을 몇 차례 독파했으나 이해하는 데 어려움이 없지 않았다. 어떻게 써야 이해하기 쉬운 글이 될까? 문장은 읽기 좋고 이해하기 쉽게 쓰여야 했다. 그러려면 그에 걸맞은 어휘력이 풍부해야 간결한 문체를 구성하게 되는데, 생각대로 문장이 전개되지는 않았다. 알기 쉬운 문장에 흥미를 더해 주는 이야기가 나오려면 읽기와 쓰기 공부가 더 많이 요구될 수밖에 없었다. 그러기를 20여년, 자료 수집과 현장답사 과정의 세월이 또 5

년여가 무정하게 흘러가 버린다. 주경야독이 아니면 생을 이어갈 수 없는 불가피한 형편이 뒤따랐기에 그랬다.

이 이야기를 야사에 가깝게 그리면서 원본의 서사적 정사내용을 살리고자 했다. 그 시대의 문학적 정서의 흐름을 훼손되지 않게 하기 위해서이다. 산문 형식으로 엮었던 이유가 바로 거기에 있다. 의병장 이전에 그는 공인된 조선조의 한 문장가이고 시인이었다. 그의 시는 3000수가 넘는 것으로 파악되었다. 시인으로서 그의 아름다운 심성은 급기야 국가에 대한 충성으로 살신성인의 경지에 이른 것이다.

따라서 추론의 성격을 띤 문장이나 내용이 난해한 점이 많을 것이다. 이는 어디까지나 소설적 착상에서 비롯된 것이란 점을 이해한다면 난해한 점은 너그럽게 이해 해 되지 않을까 싶다. 이야기를 서술하는 데 한 가지 걸림돌은…… 조선조 때 쓰던 표의적 음절문자(漢字)를 그대로 본문에 살려둔 것은 그 때의 문장에 대한 올바른 판단은 독자의 몫으로 남기고 싶었다. 또한 그 시대의 분위기를 살리기 위해서이다. 아무래도 400년 전의 문장 분위기를 어느 정도 유지하려다 보니 문장이 굳어진 느낌을 지워버릴 수 없었다.

무엇보다도 진주 삼장사에 대한 역사적 진실이 밝혀졌으면 하는 마음이 간절하다.

또 한 가지는 여기에 등장하는 주된 인물의 행적에 대한 객관성 유지다. 그러나 한 문장 한 문장 이야기를 서술해 가면서 400여 년 전 한 공인의 행적은 개인이나 한 가문의 역사이기 전에 조선의 한 시대를 장식한 역사라는 점을 인지하게 되었다.

이는 사사로운 것이 아니기에 스스로에게 객관성을 다그쳐 묻지 않을 수 없었다. 따라서 주인공에 대한 미사여구로 그의 행적을 결코 과대포장하지 않으려 애썼다. 역사적인 사실을 가감해서는 안 될 일이기에, 냉철하게 대처하려 한 것이다. 난해한 부분만을 찾아 최대한 부연해 가능한 역사적인 사실을 근간으로 해 나름대로 이야기를 서술하고 싶었다.

귀밑머리 성근 노 문사에 대한 마음이 읽혀진 것은, 생명이 조락하는 가을에 바라보는 노후의 쓸쓸함에서 자연과 시를 아끼고 사랑했던 것에 있었다.

이는 도연명의 삶을 우러르게 되고, 전원생활을 통해 음악을 즐기고 독서를 생활화 한 것이다. 부와 권력에 초연하고, 교양의 특징을 인생 조화로움에 두었다. 세상의 평화와 사랑을 추구한 것이라든가, 인생에 대한 사랑의 감정이 넘쳐흘렀다. 이처럼 인생의 깊이를 사랑하기는 하나 스스로 절도를 저버리지 않았다는 것에 공경 심을 가진다.

시인이 느꼈을 법한 속세에서의 성공과 실패가 설사 허망하다는 생각까지 이르지 않았다 하더라도 세상일엔 초탈해 했음을 이해할 것 같았다. 인생에서 실패도 반면교사로 삼을 수 있기에 그렇다.

이렇듯 정신적인 달관의 경지에 이르렀다고 속세를 반항하거나, 적대시하지 않는 삶에도 생각을 같이했다. 그는 자연의 순리에 순종했다. 자연스럽게 죽음을 맞고자 하는 긍정적인 사고를 갖고 있었다. 이처럼 시인의 생애는 그가 남긴 시와도 같은 자연스럽고 솔직한 선비였다. 그는 정신면에서 성숙해진 결과 이 같은 참된 '조화'의 경지에 도달 한 것으로 보인다.

부모를 부양하기위해 벼슬살이의 불가피성엔 도연명과 시인이 어느 면에선 같았다. 한 가지 예외적인 것, 그들의 공통적인 약점은, 술을 몹시 좋아 한 것이다. 그러나 그것이 당시 풍류랑들의 정서이고 낙으로 삼았던 삶을 어찌하랴.

당시 조선 조정의 붕당정치 실태와 성리학적 사상, 호수의 물새처럼 담박한 강태공과도 같은 심정을 헤아리게 된다.

독자들은 이「풍류랑의 애가」를 통해 탈속한 아름답고 풍요로운 서정시를 만끽하는데 도움이 될까 적이 의심스럽기는 하다. 정치, 사상적이 아닌 순수 문사인 그가 400여 년 전 조선 명산(금강산. 무등산.)의 등산길 따라 소쇄원 등 강호문학의 요람을 찾아 나서는데 안내자의 역할을 하고 싶었다. 정철의 관동별곡을 생각하면서 금강산을 유람하고 또한 관서 8경까지 생시에 두루 돌아볼 수 있다면 얼마나 좋을까. 화자는 꿈속에서 얻은 일이라 아쉬움이 많았다.

조선의 한 통역관은 사신들을 따라 중국에서 한 여인에 대한 연민 어린 동정을 베푸느라 국가에 채무를 지게 되고, 그는 공금횡령죄(빚을 갚지 못한 죄)로 결국 옥고까지 치르게 된다. 이번 사신 길에 그는 '宗系辨誣'의 승낙을 중국 조정으로부터 받아오지 못한다면 목이 달아날 것이라는 추상같은 선조의 명령을 받고 떠나게 된다. 그는 그런 명령을 기필코 이행하고 조선으로 돌아와야 했다. 그는 그런 조건으로 출옥되어 떠난 중국 연경을 향한 사신들의 행렬에 함께 한 것이다. 이 같은 한 통역관의 풍전등화 같은 운명이 걸린 이야기. 그가 한 여인에게 동정을 베풀었던 인연으로 임란에 나라를 구하려고 물질과 수십만의 병력을 명나라로부터 지원받게 되는 성공적인 외교…… 보은의 선물과 남은 그의 생명은 나라를 위해 소중하게 쓰이게 되는 그 통역관의 극적인 운명, '종계변무'를 서술하는데, 은연중 눈언저리에 이슬이 맺힌 것을 뒤늦게 발견하기도 했다.

명종의 어필이 담긴 병풍62폭에 지어올린 시인의 62편의 시는 또 다른 감정이 솟구치기도 했다.

의고주의에 바탕을 둔, 그의 잠재의식의 상징화(그 나름, 꿈의 재해석), 도학과 절의정신으로 위대한 인생 애를 가진 도연명의 노년을 장

식한 그의 '귀거래사'의 여정에도 발길을 따르고 싶었다. 그리고 시인
의 우주적 정신세계의 탐색을 동반, 그가 이끈 의병대장 양대박의 부
자에 의한 운암승첩, 금산 1차 전투의 치열함에서 그의 3부자와 충직
한 막하 장들이 함께 흔연히 산화한 참된 조선 선비의 표상이 무엇인
가를 이해하게 된다면 화자로서는 더 할 나위없는 영광일 것이다.

시인이 42세가 되던 해 4월, 당시 광주 목사 임 훈의 초청을 받아
이달 20일 증심사를 거쳐 산에 오르기 시작한다. 24일 하산하는 과
정, 소쇄원 등지에서 여흥을 즐기기까지의 산수유람 기행문을 만나게
된다.

이 기행문을 통해 무등산 주변의 유서 깊은 산사 고적들이 흥미 있
게 그려져 있다.

또한 시인의 격문은 호소력이 강하면서도 경건 문학 체의 글로 가
슴에 다가왔다. 순절할 의지가 담긴 격문은, 예의바른 글귀라든가 심
간心肝(깊이 감추어 둔 마음)을 열어 놓아 혈류가 크고 작은 심장판막
에서 펌프질해 대는 혈류의 순환소리처럼 애절함을 느낀다. 즉 영혼의
부르짖는 소리로 귀전을 맴돌고 있는 것 같았다.

시인이 임진란을 당해 구국의 뜻으로 쓴 격문과 통문 등은 말 잔등
에 올라서 썼다는 유명한 "馬上檄文" 창의문도 있었다.

그럼에도 예전 학계에서는 『정기록』. 『제봉전서』등의 글은 문학작품
으로 거의 도외시되고 있었다. 다행히 조원래(趙湲來: 국립순천향대
인문학부 교수)박사는 그의 저서 "새로운 觀点의 임진왜란 사 硏究"
에서 '高敬命의 의병운동과 제1차 금산전투'를 다루었다. 전 조선대
학교 이사장을 지낸 박선홍 선생은 저서 『無等山』를 통해 "유서석록
과 절의 지사 재봉 3부자"를 썼다. 김은숙(고려대 대학원)은 「高敬命
詩 硏究」의 논문집을 발간했다. 그밖에도 "고경명의 사상과 의병운동

의 배경(이을호, 강주진, 조성을, 안진호, 오종일)"에 대한 연구, "호남 의병의 활동과 고경명 3부자의 순절(김진봉, 김정진, 조원래, 하태규)", "의병운동의 의와 평가"(정옥자, 이해준)논문을 발표했다. 이처럼 연이어 '고경명 선생의 업적에 대한 재조명'이 시작 된 것은 최근의 일이지만 어찌하든 다행한 일이다. 광주 광역시립 국극 단에서는 정기 공연 중에 창극(唱劇)<의병장 고경명>(부제: 자미 탄의 눈물)을 두 차례(2007, 2008년) 공연했다. 또한 국립진주박물관 (관장, 강 대규)에서는 "임진왜란 사"를 연차적으로 발간하기 위한 계획 중에 그 첫 번째로'壬辰倭亂史 고경명의 의병운동'을 다루어 「학술서」를 발간했다.

특히 시인이 역사적인 인물로 높이 평가되는 이유 중에 『정기록』의 서문을 쓴 윤근수, 윤두수 형제를 비롯해 이정구, 이항복과 이이, 정철, 기대승, 이달, 이지암, 김인후, 박순, 양응정 등 많은 선비들과의 교류였다. 그런데 그에 대한 일반적인 인식은 그의 문학보다는 충의와 절의에 대한 것만을 이해한 경우이다. 충의라는 것은 주로 무(武)만을 앞세워 강조한 탓이기도 하지만 사실 시인이 남겨놓은 시문을 보아도 시문에 능한 사람이었다. 다만 임란 때 의병을 규합 앞장섰기에 의병장으로 더 많이 알려진 것이다. 그가 지방 수령들에게 수차례에 걸쳐 보낸 격문에서도 '내 집안이 군려를 배우지 않음은 모두 아는 바다.'라고 했다. 그는 결코 무인이 아니었다. 충절의 노 문사일 뿐이다. 선비로서 의병장이 되어 칼날을 범했기에 그처럼 감동적이고도 살신성인 적인 인물로 평가 된 것이다. 구국일념의 역사의식이 투철한 조선의 선비정신을 독자들은 이글에서 감지하게 될 것이다.

정신적인 산물인 지식이든 물질적인 것이든 더 받기 위해서는 이미 받은 것을 내어주어야 했다. 받은 것을 움켜쥐고 내주지 않는다면 정체현상이 일어난다. 받은 것도 쓸모없는 것이 되어버린다. 이 같은 사실을 새삼 깨닫는다.

물레방아는 물을 자유롭게 흐르도록 작용한다. 그래서 흐르는 물로부터 물레방아는 힘을 얻는다. 이 깨달은 바를 다른 사람에게 전해주지 않으면 안 된다는 이치도 터득했다. 독자들도 함께 의의 풍요로움으로 성숙해갈 것이다. 어떤 사실을 알고 올바로 이해하기만 한다면 진리는 같은 근원에서 나온 하나라는 사실을 알 수 있었기 때문이다. 이 소설에서 유별난 것은 본 이야기에 나오는 일부 근대 인물들을 제외하고는 역사적인 인물 대부분 그들의 약력을 기술했다는 점을 상기하고 싶다.

이 "풍류랑의 애가" 가 태어나게 했던 결정적인 인물은 작중인물 고경명의 막내 고용후의 역할이 매우 크다는 것을 밝힌다. 그는 아버지의 저작물을 평생을 두고 준비하면서 장서각인 목판본으로 옮겨놓은 사람이다.

고 씨 전 종문을 위한 헌신적인 봉사와 특히 충렬 공 제봉「고경명 기념사업」을 위해 물신양면으로 자기의 시간과 재물을 아끼지 않는 故 三勉 高永斗[2] 전이사장은 많은 금액을 문중에 희사하여 운영 기틀을 마련해 놓았다. 포충사 인접에 있던 그의 거처에서 먼저 포충사를 둘러보고 회사를 출근할 정도로 조상을 섬긴 그의 효행에 절로 고개가 숙여진다.

고 제철[3](고 씨 중앙종문회 및 장학회 회장. 송원 학원 재단 이사장. 송원 그룹 회장)님의 노고와 후원에 감사드린다. 그는 선조들의 의로운 희생과 업적을 끊임없이 널리 선양하고 있다. 조상에 대해 기념되고 의로운 충절을 지속적으로 선양하고 있는 그의 효행과 믿음은 하나의 신앙이었다. 조상을 위한 희사는 한만큼 축복이 따른다는 것이 그의 신념인 듯싶었다.「고경명 기념 사업회」와 종친들의 장학 사업에 거금을 희사하고, 미래의 꿈나무들을 위한 교육 사업과 복지사회 건설을 묵묵히 돕고 있는 그의 마음을 선대께서는 얼마나 가상히 여기실까. 이 세상에서 이들은 모두 진정한 대인이었다.

신간을 출간 할 때마다 크게 후원을 아끼지 않았던 (주)포리머 임호식[4] 사장에게도 고마움을 전한다.

현란한 문장과 이야기를 바로잡는 데 도움을 준 소설가 김병총[5] 선생, 난해한 한시와 역사적인 인물을 바로잡아주고 감수 해 준 이효우 李孝友[6](고서화 보존연구소 소장. 명지대 겸임교수. 낙원 표구사 대표.)님. 고재유高在維[7](법학박사. 전 광주 광역시장. 광주여자대학교 명예교수)님의 혜안에 감복한다. 특히 이 오라비의 아름다운 삶을 위해 일생을 헌신해 온 누이 행지高幸 枝[8]에게 감사한다. 이 책을 준비하는 동안에도 그녀는 크게 후원을 해 주었다. 이「풍류랑의 애가」를 엮어내느라 애써준 사단법인 한국학술정보(주) 채 종준[9] 사장님과 출판 기획팀, 편집팀, 디자인팀 관계자 에게 깊이 감사한다. 그리고 이 이야기가 책으로 나오기까지 집필 작업을 하는 동안 차를 따르고 음식 등 모든 일에 시중들다시피 해 준 사랑하는 아내와 두 딸에게도 고마움을 전한다.

2009년 09월
봉화산 기슭 우거에서
高天錫이 쓰다.

차례

하권

32. 부세의 삭감

1

29세(1561) 때 제봉은 거창에 부임해 가는 이석명[1]에게 준시에
서는 매우 피부에 와 닿는 현실생각을 나타내었던 것인데, 의외로
거창의 풍속은 드세었다. 교화되기 어려운 지역 중에 하나라고 볼
수 있었다. 당시에는 그 지방군수가 계속 죽어 나가고 있었다. 소
문에는 귀신이 출현하기 때문이라는 것이다.

거창의 산야는 깎아지른 듯 준엄한 절벽이 많았고 경치도 비할
바 없이 아름다웠다. 산과 굽이져 흐르는 냇물, 백성과 물산은 도
원과 같다고 그 절묘한 산야를 묘사하고 있었다.

"거창의 산은 깎아지른 듯이 절벽을 이루고, 이상야릇한 감정을
느끼도록 산세는 준엄했다. 물이 흐르는 냇물은 살아 꿈틀거리는
뱀처럼 굽이져 흘러내리는데, 험악한 산골에서 흐르는 계곡의 물은
가뭄을 모르도록 수자원으로서 풍족함을 자랑했다. 백성들은 화목
하여 행복해 보였다."

---

1) 李碩明: 거창군수.

풍요로운 물산으로 도연명[2]의 ≪도화원기≫에 나오는 별천지라
도 된 것처럼 묘사한 것이다.

그러나 그의 이러한 태도는 고향에서 지내면서 변화하기 시작했다.

> 11월로 북두칠성 자리가 돌 때는 추위가 사람 뼛속까지 스며든다.
> 땅을 쓸고 추수 마치니 추운 기미는 서리 내리는 달에 누었구나.
> 세금 독촉 소리가 귀에 가득해 바람은 엷은 우레 같아 뺨과 혀에
> 서 생겨나는구나.
> 평시에 포흠[3] 일삼더니 이제 주리고 목마른 백성을 핍박할 줄이야.
> 정히 세금 내고자 하나 물건 한 가지 없어 빈 주머니만 덜렁거리네.
> 우리노비 잡아가는구나! 한탄만 해 대니 방 안엔 근심만 가득하이.
> 눈앞 짓던 시 그만두니 삭연히 홀로 긴 한숨만 절로 터진다.
> 위태로운 길 걷는 어느 불쌍한 이 보고 바른 법 마련할 것 기약하리.

집을 지으려 해도 한 치의 땅이 없다 늘어선 이 아이들 어찌할고
슬픔 거둔 아내 외상술에 치마 찢는 것 미안해 어찌하리.
술 단지 열고 나를 불러 맛보니 그대의 성(性)을 단련하는 날이라.
문 닫고 책 읽으며 잃고 얻음 전대[4]의 자취에서 경계한다.

---

2) 陶淵明(365~427)
　　중국 晉나라의 시인, 이름은 潛, 연명은 자, 호는 五柳先生, 潯陽 출생, 405년에 彭澤
　　의 令이 되었으나 80여 일 후에 귀거래사를 남기고 귀향한다. 자연미를 노래한 시가 많
　　은데, 중국의 敍景詩는 이때부터 발달했다. 저서는 ≪陶彭澤集≫이 있다.
3) 逋欠: 관청의 물품을 사사로이 써 버리네.
4) 纏帶: 무명이나 베 따위의 헝겊으로 만든 자루인데, 그 중간을 막고 양 끝을 튼 긴 자루
　　다. 돈이나 물건을 넣어, 허리에 차거나 어깨에 걸쳐 둘러멘다.

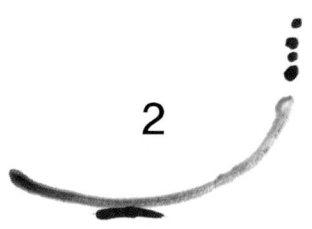

2

제봉은 이 시에서 드물게도 현실의 구체적인 문제를 파악하고 있다. 시의 형식이 무슨 일이 이루어지기 위해 선행되는 조건처럼 해학적인 면도 없지 않지만 말이다.

황정견의 <硏建溪第一奉邀徐天隱奉議幷效建除體>에서 차운한 것. 원시(原詩)는 우정언이 된 추호[5]가 새로 등극한 송(宋)나라 휘종[6]을 보필해 간신을 몰아내고 태평성대를 이루어 주기를 기원한다.

제봉 역시 현실 문제를 직설법으로 다루었다. 가을 추수 끝난 후 농가에서 겪는 조세문제를 지적한다. 가혹하고 급박한 수세가 관리들의 부패로부터 비롯된 것이라고 ……

백성들의 삶은 피폐할 대로 피폐해져 가고 ……

---

5) 鄒浩: 조선 왕조 때 司諫院의 정6품, 右正言이 되었다.
6) 徽宗(1082~1135, 재위 1100~1122)
  중국 北宋의 제8대 임금. 新法派를 등용시켜 토목을 진흥하고, 음악, 造園 등 百藝에 널리 통했다. 古今의 서화를 모아 <宣化書畵譜>를 만들었다.

이러한 현실을 보고 굶주린 백성을 위해 올바른 법의 확립이 필요하다는 것을 그가 절감한 것이다.

그렇게 백성들의 삶에 연민을 느끼고 있었기에, 관리들의 부패와 가렴주구라는 현실의 구체적인 문제를 다루고 있다. 추수 후 노비까지 잡아가는 모습을 도드라지게 새김질해 놓았다.

제봉이 고향에서 지내는 동안 심각하게 생각했던 백성들의 현실적인 문제 중 다른 한 가지는 바로 기근이었다.

形羸皮硬似胡孫　　　　　　　蒙袂他鄉不自存
廊廟卽今方議賑　　　　　　　窮山老婦獨含冤
「途逢老嫗有感用周道韻」

몸은 여위고 살갗은 말라붙어 원숭이 같은데
평생 타향에서 자신도 보존하지 못하네.
의정부에서 지금 마 악 진휼[7] 의논하고 있는데
외진 산골 늙은 노파의 원통함 아직 풀지 못한다.

기근으로 생존을 위협받고 있는 노파의 모습을 생생하게 드러내었다. 조정에서 진휼책 즉 흉년에 곤궁한 백성들을 도와줄 방안이 논의되고 있는 동안에도 노파의 원망은 사라지지 않고 있었다. 제봉이 가난한 백성들의 현실적 고통을 절절하게 묘사하고 있는 것은, 관리생활을 했던 한 사람으로서 이런 문제들에 대한 해결의 책임도 절감하고 있기 때문이다.

1576년 송강이 응교[8]로 부름을 받아 상경할 때 그의 부채에 써

---

7) 賑恤: 凶年에 困窮한 백성을 구원하여 도와준다.

준, 시에서도 제봉의 굶주린 백성에 대한 연민 어린 충정을 담고 있었다.

조세와 기근의 문제를 임금에게 진언할 것을 당부한 것이다.

태평성대에 주례를 시행했어도 오히려 공법이 그르다 한탄했지.
그대 조정에 돌아가면 정녕 임금이 자리를 당겨 앉으리니
남쪽지방엔 해마다 자주 굶주린다 하게.

昭代行周禮   還差貢法非
君歸定前席   南國歲頻饑
「霞堂題季涵扁」

정4품의 청현직9)인 홍문관 응교가 되어 상경하는 송강에게 민생의 문제를 상달해 주리라 기대하는 것은 홍문관이 국정자문기관이기 때문이다.

고향에서 14년여를 지내면서 그가 인식했던 백성들의 현실적인 문제가 조세와 기근이었다.

자신은 비록 정치적으로 금고되어 있는 처지이나, 그는 송강을 통해서 현실정치에 반영되기를 기대한 것이다. 재출사하여 그가 중국에 가기 전에 황해도에 부임해 가는 최승선에게 준 시에서는 현실의 전반적인 문제에 대해 그는 철저하고도 심각하게 인식하고 있었다.

---

8) 應敎: 홍문관 直提學 이하 校理 가운데에서 겸임시키던 예문관의 정사품 벼슬. 副응교 위, 典翰 아래 직책이었다.

9) 淸顯職: 淸宦과 顯職을 줄인 말. 청환이란 학식과 문벌이 높은 사람이 하던, 규장각, 홍문관, 宣傳官廳 등의 벼슬이다.

"마부를 꾸짖어 더욱 빨리 말을 몰아 …… 구휼하는 데 인색하지 않기를 바랍니다.

위태롭도다! 백만 백성의 목숨이여! 천 길 높이에서 떨어지기 한 터럭 차이리라.

주방에 바치는 음식물을 힘써 없애고 형벌이 준엄한 것을 가장 경계하기 바랍니다.

소송을 잘하면 쟁송이 어지럽고 모진 이를 살려 두면 협잡이 많아질 겁니다.

갑자기 바로잡을 수는 없을 테니 요점을 조용히 가라앉히는 데 있습니다.

백성들 중 외로운 사람들을 보살피고 인재는 한미[10]한 처지에서 거두길 바랍니다.

군주의 지우[11] 보답하고자 한다면 신하의 직분을 스스로 다해야 하지요.

바닷가 마을은 풍토가 다르더이다. 질병에 더욱 조심하기 바랍니다.

아름다운 여인은 사람을 미혹시키기도 합니다. 한 여인도 들이지 못하게 해야지요."

---

10) 寒微: 가난하고 문벌도 변변하지 못하다.
11) 知遇: 자기의 인격이나 학식을 남이 알고, 아주 후하게 대우한다.

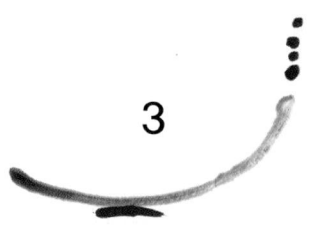

3

제봉은 현실의 모순들을 전반적으로 인식하고 있었다. 시급한 것은 흉년으로 식량이 모자라 굶주리고 있는 백성을 돕고 보살펴야 했다. 죄를 저지른 자에게는 엄중하게 다루던 형벌을 가볍게 해 주는 것 …… 부세의 경감을 백성들의 현실적 문제로 파악하고 있는 것 등이었다.

이러한 행정이 수령의 음식물 소비를 줄이고 소송을 줄이는 구체적인 방안과 연결 지어 말하고 있었다. 그러한 조치들이 갑자기 시행될 경우 야기될 문제들도 아울러 지적하고 …… 더 나아가 유능한 인제를 등용하고 소외계층을 구제하려는 충고는 그의 정치적인 안목이었다.

구체적인 현실문제에서 사회 전반의 문제까지 언급한다. 마지막에 지방관으로서 건강에 유의하고 여색에 조심할 것도 당부한다.

지방관 음식물을 바치는 일은 백성의 세금과 부역에 직결되고 여인을 가까이하는 것은 공적인 행정 수행을 혼미하게 한다고 적극 경계한 것이다.

제봉의 이 시는 29세에 쓴 시와는 퍽 대조적이었다. 이전엔 자연을 미화하고 선정을 베풀라는 피상적이고 공허한 문장이었다면, 지금은 현실의 당면 문제를 심각하고 치밀하게 인식하고 있어 그런지 충고하는 진실한 문구로 바뀌게 된 것이다. 이러한 변화는 그가 고향에서 지내는 19년 동안 얼마나 의식이 바뀌었는지를 분명히 말해 준 것이다. 그의 감정대립이 깊고 심각해진 현실적 이해는 다시 등용되었을 때 실천에 옮겨지고 있었다.

그해 여름에 다시 순창군수로 나갔다가 무자년에 직무를 면제받는다. 다시 말해 그는 파면됐다고 해야 더 적절한 말일 것이다.

그에게 있어서 불미스런 일인 것만은 분명했다.

불미한 일이 왜 생겼을까? 직무태만이었을까, 아니면 그를 미워한 신하의 아첨과 고자질 때문일까? 그럼에도 그는 다시 한 해 건너뛰어 경인년(1590) 여름에 왕으로부터 내섬시정에 명령을 받는다. 궁가에 토산물인 진산과 정이품 이상인 관원에게 주는 술과 일본인, 여진인[12]에게 주는 음식과 필목(필로 된 무명과 목, 당목 등)을 맡아보는 자리이다. 대신들이 임금의 자리 앞에서 제봉의 문장을 극력 추천했기에 잠재된 선조의 마음을 일깨운 것일까. 승문원(이웃나라와의 교제를 위한 문서를 맡아 처리하는 관아) 판교, 지제교 겸 춘추관의 편수관에 명령이 내려진다. 재상들이 모두 그의 경륜을 아깝게 여겨 추천한 것이다. 그러나 세리에 담박한 그는 그 자리를 사양하고 물러나 앉게 되었다. 그리고 시사에 대해서는 입

---

12) 女眞人: 10세기 이후 중국의 동북 지방과 시베리아의 연해주(沿海州)에 걸쳐서 사는 통구스계 민족을 말한다.

을 열지 않았다. 말을 못하는 사람처럼 입을 다물어 버린 것이다.

왕도 끈질긴 데가 있었다. 그해 가을 또다시 통정(문관의 정3품, 당상관)의 계급에 승진시킨다. 그리고 동래부사에 임명한다. 원접사 종사관 이후 그는 여러 관직을 거쳐 당상관으로 동래 부사가 되어 부임하게 되었다.

33. 동래부사

1

윤근수는 동래에 내려가 부사직에 있었던 제봉을 다음과 같이
기록했다.

"그가 부임한 동래부는 바닷가에 있었기에 일본인들이 머무는 관
이 있어 화물이 모이고 유통되는 곳이다. 객상들이 모여들고 명분 없
는 세금과 장부에 기재되지 않는 재물이 수를 헤아리기 어려웠다. 그
러나 제봉은 청렴결백하게 조신하여 한 티끌도 물들지 않았다. 아전
들과 백성들은 그를 좋아하고 공경하였다. …… 관직에 임해서는 작
성하는 문서가 간략하고 깨끗해 서식은 단조로웠다. 자세히 살피는
것이 유능한 것이라 여기지 않았다. 그는 언제나 그 관직을 떠난 후
를 생각했다." (윤근수)

동래부는 한때 경상남도의 동래군이었다. 1963년에 남쪽 일부가
부산 직할시에 같은 이름인 동래구로 편입되었다. 명승고적인 해운
대와 범어사가 있는 바닷가를 가리킨 것인데, 그때는 일본사람들이
머물러 있던 지역이었다. 화물이 모여들고 무역선이 드나드는 항구

를 끼고 있었다. 부두의 상인들은 바쁘게 움직이고 …… 왜관이 있
는 동래는 그야말로 교역이 활발했다. 명분이 분명하지 않은 세금
을 얼마든지 부과할 수 있었다. 그런가 하면 부정한 거래가 발견되
면 물품을 송두리째 몰수해 들여 재물은 이루 헤아리기 어려울 정
도로 창고에 쌓여만 갔다. 그렇게 되자 많은 부정이 따르게 마련이
었다. 그와 관련된 많은 부정의 고리가 제봉이 맡기 전까지는 끊어
지지 않고 지속되고 있었다. 그럼에도 그런 일에 그는 관여하지 않
았다.

청렴으로 일관했다. 물질에 초연한 그의 마음은 세상적인 재물로
더럽혀지지 않았다. 그의 굳은 지조는 지켜지고 결코 바뀌지 않았
다. 그런 연유로 그의 마음이 깨끗했다는 말이 후대까지 회자되고
있는 것이 아닐까.

동래부사 자리는 명분 없는 재물들을 손쉽게 모을 수 있는 그야
말로 황금방석의 자리였음에도 말이다. 인간 세상살이의 조건은 생
명을 담보하는 물질이 유일한 방편일 것이다. 그것을 탐하려는 것
은 인간의 한 본성일 것이다. 본성을 극복하는 데는 정신적인 어설
픈 수양으로도 부족했다. 더욱이 물질만능의 사회에서는 더할 나위
가 없다. 승려들처럼 세속과 차단된 삶을 이어 가는 환경에선 어느
정도 가능할지 모른다. 분수에 맞는 물질을 향유하려는 마음을 움
직이는 원동력은 도덕적인 환경과 대대로 이어지는 유전적 정신력
이라든가 개개인의 심신단련과 지덕 계발에 있을 것이다.

그는 스스로 그것을 탐하고자 하는 마음을 용납하지 않았다. 그
곳 관아의 관리들과 그곳 지방의 백성들이 모두 그를 두고 기뻐했
다. 이러한 그를 아전과 주민들이 어찌 존경하는 마음이 일지 않았

을까.

그가 인식하던 조세문제를 현실정치에서 지방관으로 있으면서 직접 실천에 옮기고 있었다. 그가 바닷가의 싱싱한 해산물로 상부에 아첨 떠는 일에 게을러 때로는 유기적으로 융통을 발휘할 줄 모른다 하여 실무에 유능하지 못하다고 하는 정상배들의 평도 공공연히 그의 귀를 더럽힐 경우도 있을 법했다.

그러나 그가 지녔던 정신적 자세와 그 실천의지가 오히려 당대의 많은 사람들을 깨우쳐 준 것은 사실이었다.

그가 때로는 희온[1]을 얼굴에 드러내지 않고 영욕에도 집착하지 않았다는 것이다. 자신이 의심스런 행동을 자제하지 못하는 사람이라면 다른 사람에 대한 의심도 당연히 품게 될 것이다. 이런 사람은 만사를 자기중심에서 판단해 버리기 때문이리라. 반면에 자신의 행동이 의심스럽지 않다고 생각이 들 때 역시 다른 사람도 의심하려 들지 않아야 정한 이치가 아닐까.

물론 예외는 있었다. 자신은 티 없이 맑고 깨끗한데, 세속적으로 오염된 부류들에 대해, 중국 초(楚)나라의 굴평과도 같이 세상을 바라보는 혐오감이 일지 않는다고 보기는 어려울 것이니 …… 특히 오늘날에 있어서는 …….

어쨌거나 그는 자신의 잘못은 시인하고 자성할지언정 다른 사람의 단점은 상관하지 않았던 삶이었다. 당연히 그로서는 입에 오르내릴 이유가 없었다. 자기의 꿈을 이루기 위해 혈연지연을 통해 줄을 대려 한다거나 강산이 두 번이나 변하도록 재출사하지 못하고 있다고 그가 세상을 부정하거나 어느 누구에게도 원망의 화살을

---

1) 喜慍: 기쁨이 담긴 온화한 표정

쏘지는 않았다. 그는 20여 년도 훨씬 지난 뒤 노년에 이르러 겨우 외직 한 자리를 얻어 변방으로 전전하면서 자신이 고향에서 심각하게 생각했던 현실문제에 대한 공분을 삭히며 당면한 문제부터 적극적으로 실천에 옮긴 것이다.

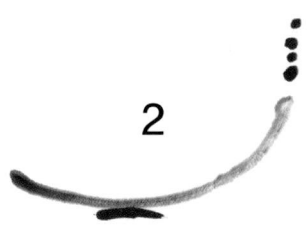

2

　　1591년 동래부사에서 파직되기 전 1월 부산관, 통신사 일행이 일본에서 돌아와 저녁 10시경 부산 포구에 정박하고 있을 때, 제봉은 황윤길 정사에게 시 한 수를 지어 보내 무사귀환을 환영한다.

　　부산관에서 통신사 황길재[2]에게

　　　　통신사 행차 이래 처음 일본에서 돌아오니
　　　　평탄한 바닷길에 조각 돛대 날렸어라
　　　　동해의 너른 풍경 시에 담았으나
　　　　남쪽나라 귀한 선물 배에 싣지 않았네.
　　　　삼도[3] 두루 다니며 산수풍경 다 보았고

---

[2] 黃允吉(1536～?)
선조 23년(1590) 임진왜란 직전에 일본 통신사로 갔다 돌아와 일본의 침략이 있을 것을 조정에 보고한다. 吉哉는 黃允吉의 자를 말한다. 그의 호는 友松堂, 長水 사람.

[3] 三島는 일본의 혼슈우(本州) 및 시꼬꾸(四國) 섬의 서남에 위치하는 규우슈우 섬과 부속된 여러 섬을 말한다. 8縣으로 나누어져 있다. 북부는 광공업, 남부는 농수산업이 발달했다. 지금은 혼슈우와 海底 터널로 연결되어 있다.

두 나라 화친하니 인재 도움 힘입었네.
알리라 그대 이제 청환 반열 오르리니
벽제소리 요란하게 궁중을 울리리라

　일종의 범선인 돛단배로 순풍을 타고 일본으로 떠나 통신사 업무를 성공적으로 마치고 1년 뒤 귀환하는 황윤길 일행, 그들은 부산 포구에 닻을 내린다. 정사 황윤길이 제봉으로서는 여간 부럽지 않았다. 바다를 건너 타국에 다녀온다는 것은 일순의 짜릿한 모험이면서 국사의 커다란 임무를 띠고 무사 귀환하는 것이니 조선의 선비로서는 자랑스러운 일이었다. 또한 일본 여러 지방의 산과 들의 풍경을 바라보고 자연의 의미를 새겨 속속들이 연구할 수 있는 기회가 주어진 것을 어찌 부러워하지 않을까. 또 그뿐인가. 뒷날 높이 될 자리인 청환직(규장각, 홍문관, 선전관청 등의 주요한 관청)으로 옮겨 갈 것을 제봉은 예견하고서 한 말이었다. 그에 비해 퇴관을 바라보는 자신과는 너무도 대조적이었다.

　그러니까 1590년 3월 상사 황윤길, 부사 김성일, 서장관 허성, 무신이던 황진4) 등 일행 100여 명이 일본으로 떠난다. 일행은 다음 해 1591년 1월에 돌아오게 된 것인데, 황윤길은 "반드시 병화가 있을 것입니다."라고 조정에 보고했다. 이에 무신 황진도 같은 보고를 했다. 그러나 부사의 책무를 띠고 함께 다녀온 김성일은 "신은 그곳에서 그러한 징조가 있는 것을 보지 못하였습니다."라고 다

---

4) 黃進(?~1593)
　선조 때의 무신, 자는 明甫, 호는 蛾述, 長水 사람. 통신사 황윤길을 따라 일본에 다녀와 일본의 침공을 예언했다. 임진왜란이 일어나자 각처에서 왜군을 격퇴하여 그 공으로 충청도 병마절도사가 되었다. 적의 대군이 晉州를 공격하자 진주성에 들어가 力戰하다가 성이 무너지자 전사했다. 시호는 武愍.

른 보고를 했다.

당시는 김성일이 속해 있는 동인이 정권을 휘두르고 있었다. 동인 당파에서는 일본군이 쳐들어오지 않는 것으로 결론을 내린 바 있었다. 그때 좌의정이면서 같은 당파에 있었던 유성룡이 김성일에게 물었다.

"그대의 말은 황윤길의 말과 같지 않은데, 만일 병화가 있으면 장차 어떻게 하려는가?"라고 했다.

김성일은 "왜군이 끝내 움직이지 않을 것이라고 어찌 장담할 수 있겠습니까? 다만 황윤길의 말이 너무 중대하여 중앙이나 지방이 놀라고 당황할 것 같으므로 이를 해명하였을 따름입니다."라고 대답했다.

그는 단순하게 당장 민심이 소란할 것만을 생각한 것일까, 아니면 나중에 더 큰 환란이 닥치리라는 생각까지는 예견하지 못하고 말한 것일까? 조정에서는 이미 만일의 경우를 대비해 경상도 지방에 성을 새로 쌓거나 보수하도록 지시했지만 오랫동안 평화로운 시대를 누린 관리들이나 백성들의 불만은 이루 말할 수 없었다. 임금도 이를 달가워하지 않았다. 그런 관계로 제대로 준비가 될 리 만무했다.

이 같은 김성일의 언질이 빌미가 되어 동인에서는 일본이 조선에 쳐들어오지 않을 것이라는 결론에 도달하게 되는 결정적인 논거로 삼으려는 것인지? 의혹이 없지 않는 결정이었다. 당의 결정을 내림에 있어 김성일의 답변은 하나의 형식적이고도 당인들의 면탈의 목적을 빌미로 삼은 논거에 지나지 않았을까. 평화로운 상태가 이어지던 조선을 하루아침에 극한 상황인 전쟁의 소용돌이로 몰아

가고 싶지 않았던 동인의 충정 어린 면도 전연 무시할 수는 없을 것이다. 그때의 여러 정황과 유성룡에게 답변했던 김성일의 진솔함을 유추해 보아 그런 생각이 들지 않을 수 없었다.

이유야 어찌 됐건 일본이 쳐들어올 것이라는 황윤길의 발언에 이의를 단 성격의 말 '전쟁을 준비하는 징후를 발견하지 못했다'고 했으니 물론 김성일로서는 침략을 준비한다는 결정적인 단서가 자신의 육감에 포착되지 않았다면 그렇게 말할 수도 있었을 것이다. 진솔한 답변은 나름대로 그의 인격에 따라 정직성을 간직하고 있을 것이기에 그렇다. 물론 소수의 의견도 존중되어야 하거니와 국가의 운명이 걸린 문제에 관한 것은 다수의 증언이 더 설득력을 얻기 마련이다. 그럼에도 동인은 그것을 무시해 버리는 데서 결정적인 실수를 한 것으로 볼 수밖에 없었다. 반대파 서인의 주장이 더옳고 설득력이 있는 것이라면 그것을 인정하고 겸허하게 수용하는 태도가 있어야 함에도 반대를 위한 반대라는 감정이 개입될 때 항상 대사를 그르치게 했던 것을 역사는 증언해 주었다.

특히 김성일의 답변은 '일본이 침략을 하지 않는다.'는 직설법의 부정이 아닌 불확정적 느낌을 말했을 뿐이다. 그러나 일행의 상사인 황윤길과 무신으로서의 감각이 뛰어난 황진 등의 주장은 너무나도 뚜렷한 침략의 가능성을 말했음에도 조용히 대비책이라도 강구하는 '유비무한', 즉 '준비가 있으면 근심할 것이 없다'는 정신마저 놓친 것이 동인의 후회라면 더할 수 없이 큰 후회가 될 것이다. 물론 차후에 유성룡의 변호로 조정은 그에 대한 김성일의 책임은 묻지 않았다. 그에게 다시 나라의 방위를 위해 일하는 책임을 일깨워 국가에 헌신할 기회를 주기 위해서일 것이다. 그 같은 조정의 뜻대로 김성일은 경상우도관찰사로서 나라를 위해 끝까지 충성을 다했다. 진주성에서 최후까지 싸우다가 일본의 압도적인 군사력과 최신 무기로 공격하는 데는 조선군으로서는 힘겨운 일이었다. 그러나 조선과 일본은 그 싸움에서 피아간에 씻을 수 없는 상처를 입었다. 김성일은 장렬하게 진주성을 끝까지 사수하다가 끝내 순절했다.

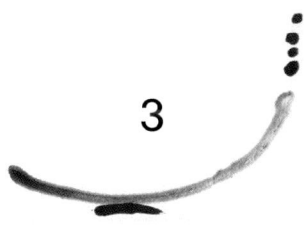

3

　제봉과 학봉 김성일은 떼려야 뗄 수 없는 인연을 갖고 있는 듯이 보인다. 제봉은 당파를 떠난 순수 문사로서 동인, 서인 가리지 않고 뜻과 취향이 다르지 않은 많은 인사와 평소부터 친분을 유지해 오던 터이다. 김성일이 전라도 나주목사로 부임해 와 3년간 지내면서 이황의 문인으로서 김성일 역시 호남의 사림들과 격의 없이 인연을 맺을 수 있었다.

　김성일은 나주목사로 재직하던 1584년에 이 지역 선비들과 합심하여 나주 금성산의 대곡동에 대곡서원(지금의 경현서원)을 세웠다. 이 대곡서원은 나주에 세워진 최초의 서원이었다. 그 전까지는 나주에는 이렇다 할 서원이 없었다(지금은 그 대표적인 서원으로는 정렬사(旌烈祠), 봉산서원(蓬山書院), 월정서원(月井書院), 미천서원(眉泉書院) 등이 사액서원, 사우로서 면모를 갖추고 있었다.). 본래 서원은 당나라의 서적편찬기관인 집현전서원에서 그 명칭이 유래된 것이다. 이는 송나라 때 선현을 모시고 공부하는 곳으로 발전했다. 성리학을 집대성한 주자의 '백록동서원'이 있었다. 조선에서의 서원이란 명칭은 이미 세종 때부터 부르기 시작했다.

나주를 비롯한 호남지역에는 서원보다는 정자를 중심으로 한 선비문화가 발달해 있을 뿐인데, 전남 담양의 소쇄원 일대에 분포해 있는 수십여 개 정자가 말해 주는 것처럼 호남에서는 서원보다 정자가 더 많이 발달해 있었던 것이다. 정자는 대개가 문학을 하는 선비들이 시를 읊고 유희와 풍악을 즐기는 것으로 인식하기 마련이다. 반면에 영남지역에는 서원이 더 발달해 있었다. 이는 주자학을 일찍이 연구해 오던 충렬왕 때의 명신이요 학자이던 안향5) 때부터 많은 인재를 길러 내기 시작했다.

아마도 그때부터 주자학의 맥이 이어지기 시작하여 200여 년이 지난 뒤에 와서는 조식, 퇴계 등 많은 학자들이 탄생하게 된 것이다.

위대한 동방의 주자라 일컫는 퇴계 이황, 그는 오직 철학적인 학문연구에 일생을 바친 것인데, 그도 명망 있는 많은 제자들을 길러낸다. 또는 성리학을 연구하고 많은 후진 양성에 전념하여 명망이 높았던 조식 등의 영향도 컸을 것이다. '왕대밭에는 왕대가 난다'는 말처럼 명망을 가진 스승 밑에는 반드시 그의 명망을 이어 온 제자들의 눈부신 학문연구에 전념한 결과 문묘에 배향된 인물이 많았다. 명성이 드높은 학자들의 명망과 업적을 기리는 서원이 많이 세워지게 된 것이다. 특히 퇴계가 벼슬을 그만두고 지금의 안동

---

5) 安珦(1243~1306)
  고려 충렬왕 때의 명신이며 학자, 처음 이름은 裕, 자는 士蘊, 호는 晦軒, 順興 사람. 여러 벼슬을 거쳐 都僉議中贊에 이름. 무당의 작폐를 엄중히 다스려 미신을 타파했다. 文敎의 진흥을 위해 贍學錢이라는 育英재단을 마련하여 많은 인재를 길러 냈다. 일찍이 왕과 공주를 따라 元나라에 다녀온 후 주자학을 연구, 우리 역사상 최초의 주자 학자였다. 시호는 文成이며 문묘에 배향되었다.

시 도산면 토계리에 내려와 계곡에 물이 흐르고 풍광이 좋은 곳에서 서당을 지어 제자를 길러 낸 것부터가 그랬다. 그의 업적과 덕망을 추모하기 위해 세운 퇴계 이황의 도산서원(사적 170호, 선조 7년(1574)에 세워 선생을 모시고 다음 해에 선조로부터 친필로 된 편액을 받았다. 그 후 광해군 7년(1615) 조목(趙穆)[6]을 배양했다.)과 서애 유성룡의 병산서원(사적 제260호, 광해군 6년(1614)에 유림이 선생의 학덕을 추모하여 그의 생전에 제자를 가르쳤던 풍악서당에 사당을 건립해 선생을 배향했다. 1662년 선생의 셋째 아들인 수암 유진을 종향하였다. 철종 14년(1864)에 "병산서원"이라 사액되었다.), 회재 이언적의 옥산서원(명종 때 성리학자인 선생을 재향, 선조 5년(1572)에 부윤 이재민[7]이 세워 다음 해 사액되었다. ≪시전≫, ≪춘추≫, ≪예기≫, ≪주자어록≫을 비롯한 서적 약 230종 2,197책의 장서가 있다.) 등 한 인물에 대해 많은 서원들이 줄지어 세워진 것과 호남의 정자와는 크게 대조를 이룬다. 한 인물이 중복해 여러 지역에 서원이 그토록 많이 들어서게 된 것은 지방마다 그만큼 많은 영향을 끼친 결과 지역 주민들의 흠모의 정이 서린 결과가 아닐까 싶다.

제봉과의 인연이 돈독했던 학봉 김성일 가문에 제봉의 셋째 아들을 비롯한 제봉 가족 등 근친 50여 명을 피란지로 받아 주어 수

---

6) 趙穆

조선조 대학자, 자는 士敬, 호는 月川·동고(東皐). 명종 7년(1552) 생원시에 합격, 성균관 유생이 되고, 선조 4년(1571) 교관을 거쳐 恭陵參奉에 임명되었으나 사퇴, 후에 성균관의 천거로 집현전참봉이 되었다가 곧 사직했다. 그 후 奉化縣監, 掌樂院正, 司宰監正 등을 지내고, 공조참판에 이르렀다. 일생을 학문에만 힘써 대학자로 존경을 받았으며 문장과 글씨에도 뛰어났다. 醴泉의 鼎山書院, 禮安의 陶山서원, 奉化의 文巖서원에 재향. 저서 ≪月川集≫, ≪困知雜錄≫.

7) 李齋閔: 府尹(종2품의 외관직). 이언적을 배향한 옥산서원 설립자.

년간 그의 가족을 보살펴 준 사람은 김성일의 부인과 아들들이었다고 전해진다. 머나먼 영남지역에서 제봉 가족이 그토록 보살핌을 받았다는 것은 예사로운 일이 아니었다. 임진란이라는 절박한 시기에 제봉의 가족을 보살펴 준 그 연유는 제봉과 학봉이 살아 있을 때 얼마나 돈독한 우의가 있었기에 가능했을까. 그 많은 가족들과 오랜 기간을 동고동락할 수 있었으니 …… 일단은 제봉 가족이 집단으로 머나먼 동쪽을 택해 피난한 것은 제봉의 장자 고종후의 처가가 안동이었기에 연고를 찾아간 것으로 짐작이 간다. 그전에 제봉의 외가가 즉 그의 어머니의 본향과, 제봉 처의 본가 역시 울산이었다. 아마도 그런 연유를 유추해 짐작이 가는 일로 보이지만, 그에 대한 세세한 기록이나 알려진 이야기는 전해지지 않았다.

한 구전으로 전해진 것은 제봉의 가족이 처음 안동에 있는 고종후의 처가로 피난지를 정하고 그곳에 일시 정착하려 했으나 한집안에서 수용하기엔 식구 수가 너무 많았다. 그래서 종후의 자녀들과는 진외가(어머니의 외가)가 되는 김성일 집안에서 일부 가족을 맡아 도움을 주었다는 설이 있다. 아마도 전해져 내려온 이 구전이 상당히 설득력이 있어 보인다. 한 가정에 50여 명이 넘는 식솔을 거두어 보살피기가 쉬운 일이 아니기에 그렇다.

물론 제봉이 살아 있을 때, 학봉에게 그의 가족을 특별히 부탁했는지는 알 길이 없다. 어떻든 학봉 김성일이 이유야 어떻든 오늘날 영남지역에서 아니 일본에까지 그토록 추앙을 받고 있는 것은 확실했다.

4

제봉은 같은 해 동래부사직을 사직하고 돌아오면서 국가의 안위를 근심하고 있었다. 오래전부터 예견되어 왔지만, 일본의 심상치 않은 징후를 감지하고서 그해 1월에 통신사 임무를 마치고 돌아온 황윤길과 황진의 "반드시 병화가 있을 것이다."는 증언을 듣고서 때가 급박했음을 느낀 것일까? 어찌하든 제봉은 급박해진 마음을 감출 수 없었다.

봉화는 구름에서 점점이 떨어져 잦아들고
별빛처럼 반짝이며 차갑게 비춘다.
돌아가려 하면서도 오히려 국경에 변란을 근심하고
남쪽 처마 밑에 홀로 서서 검을 짚고 바라본다.

烽火雲邊落點殘　　　　　　　　星星滅沒照人寒
將歸尙有優邊念　　　　　　　　獨立南簷倚劍看
「見夕烽有感」

동래에 재직하면서 이미 제봉은 왜관이 있는 일본인들의 거동과 말을 통해서도 심상치 않은 정세를 파악하게 되었을 것이다. 뿐만 아니라 그는 저녁 봉화를 보고 뼈저리게 변란을 예상하지 않을 수 없었다.

그는 파직당한 노문사이면서도 검을 짚고 봉화를 바라보는 모습에서 지배층 관료로서의 책임감을 돌아보고 있었다. 제봉은 총체적이고 체계적은 아니라고 해도 성리학을 생각하면서 세계관을 추구하고 있는 것은 분명했다. 특히 고향에서 묻혀 지내면서 이지함을 만난 후 지은 시문에서는 성리학에 대한 심성을 적극적으로 드러내었다. 성(性)을 끊임없이 수양해야 한다는 인식을 하면서, 한편으로는 고향에 머물며 그가 겪었던 마음의 갈등을 극복하기 위해 부단한 노력을 기울인 것이다. 그의 성(사람의 본성, 천성, 성미는 물론 이를테면 민족성, 필연성, 전통성, 우수성)에 대한 생각만이 아니라 성리학에 대해 기울였던 생각과 절의정신에 대한 추모 등을 헤아려 본다.

굶주리는 백성들에 대한 현실인식과 책임감도 더욱 명확해져 있었다. 그는 고향에 있으면서 백성들의 생활을 직접 목격했던 것들을 점진적으로 해결하리라 여긴 것이다. 그러나 그 문제들이 이제는 발등에 떨어진 불처럼 생각하게 되었다.

특히 조세와 기근에 대한 생각에서부터 전반적인 문제들에 이르기까지 자신이 느꼈던 문제들을 홍문관 교리로 상경하게 된 송강이 왕에게 진언하여 정치에 반영되기를 바랐던 것이다.

지방관으로 부임하는 최승선에게도 직접 행정에서 실행해 줄 것을 당부했던 것이고, 등등 ……

제봉 자신은 정치적으로 소외되어 있음에도 이러한 의식을 드러내었던 사실에서 적극적인 실천의지가 반영된다. 그 역시 재출사한 지방관 시절 스스로도 실천했다.

그는 백성들의 현실적인 문제뿐만 아니라 국가의 안위에 대해서도 관심을 갖지 않을 수 없었다. 노문사인 그가, 연민을 쏟았던 백성과 왕에 대한 충성심이 아직 살아 있으니 …… 파직되어 돌아오면서 그러한 우국충정을 나타내게 된 것이다. 그는 결국 의병이라는 행위로 실천에 옮겨지게 될 것이었다.

한때 그는 과거를 통한 정계진출이 지식인으로서 사대부의 주요한 삶의 양식이던 시대에 임금을 중심으로 하는 양반관료 사회로 진출하고자 했다. 현실정치에 참여하는 것이 그의 바람이었다. 사림파 인물들 역시 이러한 삶을 향하는 방향에서는 자유롭지 못했던 것이다.

16세기는 사회·정치사적으로 보면, 성리학적 사유를 지닌 사림이 지방과 중앙에 형성되면서 지식인의 존재와 학문의 가치가 새롭게 정립된 시기로 볼 수 있었다. 정신적 가치를 추구했던 사림에게도 그에 맞는 삶의 방식을 정립하기란 그렇게 쉽지는 않았다.

스스로 몸과 마음을 닦아 권력을 지닌 사람의 논리적인 판단을 받아들인 이상 과거를 통해 관료로 진출하는 것이 유일한 삶의 진로였기에, 그들은 입신하여 이름을 세상에 드날리려 했다. 그러므로 그때는 지방의 선비에 불과한 가문의 이름을 빛내는 것을 인생의 최대 목표로 삼기도 했던 것이다. 이런 이유로 사람은 개혁적 성향을 지녔음에도 중앙정계에 자리를 잡자마자 곧 붕당의 정치구조 속에서 훈구세력 못지않게 부패해지게 마련이었다. 이러한 의식을 형상화한 그의 초기 시가 있었다.

> 깊고 깊은 관청들 위엔 푸른 구름
> 하늘에 빙 둘러 별자리들이 벌리어 서 있는 듯
> 말고삐 소리 흩어지니 관아 마 악 파하고
> 대궐 맑은 물시계소리 꽃을 너머 들려온다.

潭潭臺府上靑雲　　　　　環拱天街列宿分
聲散玉珂衙始罷　　　　　九宵淸漏隔花聞
「列署星拱」

　여러 관아가 대궐을 둘러 배치되어 있는 것을 북극성을 중심으로 한 별자리에 비유하고, 관아가 이제 파하여 관리들이 흩어지는 모습을 말고삐 소리로 묘사한 것이다.
　대궐의 물시계[8] 소리와 두 부분이 서로 잘 조화를 이루는 것이라고나 할까. 여러 관청이 대궐을 둘러 있는 것은 북극성을 두르고 있는 뭇별의 형상과 같은 이치이다. 동시에 임금을 중심으로 이루어지는 양반관료 사회의 심리적인 모습이기도 했다. 이 같은 정신작용의 방식은 매우 전통적이고 관습적인 것이었다. 전제군주를 북극성에, 지배층 사대부들을 그 주위를 도는 별로 비유한 것이었다.

> 흩어진 별들 북극성을 끼고도는데

---

8) 물시계: 좁은 구멍을 통해 물을 일정한 속도로 그릇에 따른다. 괴는 물의 분량이나 또는 따라서 줄어든 그의 분량의 물을 재어 시간을 알 수 있도록 한 장치다.
　기원전 200년경 이집트에서 처음으로 사용되었다. 17세기까지는 유럽 전 지역에서 사용했다. 일명 水時計를 말한다.

하늘가엔 멀리 귀향 간 외로운 신하

마음은 밤낮으로 어디로 돌아갈까

대궐 뜰을 향하여 임금의 축수뿐이라네.

　지배층 사대부들이 지녔던 현실에 대한 인식은 단순한 공명의식
이라기보다는 사회·역사적인 여러 조건에 의해 결정된 복합적인
정신세계였다.

　현실에 참여한다는 것은 예로부터 유가적 현실주의에 근거를 두
고 있었다. 성리학이 정립됨으로써 '수신', '신민'에 이르는 논리적
사고에서 정교한 철학적 근거를 얻게 된 것이다. 사대부들에게 있
어서 보다 근원적이고 지속적인 것은 대부분 현실 참여 의자가 아
닌가 싶었다.

34. 회한과 자성

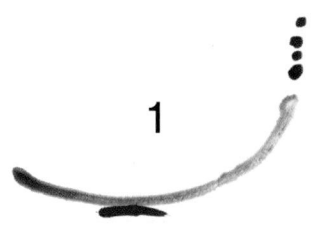

1

　제봉의 경우에도 그랬다. 그는 26세(명종 13년, 1558, 무오년) 가을 문과에 장원급제하자, 세자시강원의 사서로 관가에 발을 들여놓게 되는데, 그는 정시[1] 후에도 사간원 정언, 형조좌랑의 관직을 맡게 된다. 품계는 변함없이 정6품 그대로다. 그가 1등으로 말(馬)을 하사받았다고 하는 것은 중시[2]가 아니라, 명종의 문예에 대한 취향

---

1) 庭試: 조선 왕조 후기에 시행하던 慶科의 하나로, 대궐 안마당에서 보았다. 경사 중 대사가 있을 때, 문과, 무과에 시행되었다. 초시, 전시만 있었다. 時御所殿庭[1]에서 춘추에 館學儒生[2]을 시험하여 直赴殿試[3] 자격을 주던 것을 선조 16년(1583)에 정식 과거로 승격했다. 따라서 陞補試[4], 四學合製[5], 公都會[6] 등에 합격한 사람이 곧 생원, 진사 試의 복시에 응할 수 있는 자격을 얻는다.

   1) 時御所殿庭: 왕이 거처하던 궁전. 時座宮, 時座所가 있다.
   2) 館學儒生: 성균관과 四學에서 寄宿하는 유생.
   3) 直赴殿試: 직부라 함은, 殿講, 節日製, 黃柑製, 通讀, 外方別科 등에 합격한 사람이 곧 문과의 복시 혹은 전시에 응할 수 있는 자격을 얻어 보는 시험이다. 외방별과 등에 합격한 사람이 곧 문과의 복시 혹은 전시에 응할 수 있는 자격을 얻는다.
   4) 陞補試: 조선 왕조 때, 매년 음력 10월에 성균관대사성이 사학의 유생을 모아 12일 동안 매일 시부를 시험 보이던 초시. 이 합격자에게만 생원·진사의 복시에 응시할 자격을 인정하고, 開城, 제주는 따로 보였다.
   5) 四學合製: 四學試製와 四學考講을 통틀어 부르는 말.
   6) 公都會: 觀察使, 留守가 매년 자기 지방의 유생에게 보이는 소과 초시. 이에 합격한 사람은 다음 해에 보는 생원·진사의 복시에 응할 수 있는 자격이 주어진다.

의 연회와 관련된 것이라는 풍설이 있었다. 왜냐하면 누구든 정시에 일등을 했다고 하사품으로 말이 주어진 예는 매우 드물다는 사실을 감안해 볼 때 더욱 의아스런 일이 아닐 수 없었다. 그에게 말을 하사한 것이 설령 정시에 일등을 한 데 있다는 명분을 내세우나 복합적인 사유에 있다고 본 것이다. 2~3년 새 관직이 사간원 정언, 형조좌랑에 이르고 호당 사가독서에 참여하게 되는데, 게다가 그때는 이양이 득세를 하고 있었던 시기였으니까 그의 부친과 장인이 모두 고위직에 있었던 것이다. 그에겐 눈에 띄지 않는 후원도 상당히 작용했으리라.

29세 때에는 그가 사간원 헌납, 홍문관 수찬, 부교리 등 청요직[3])을 역임한 것을 보면 짐작이 간다. 31세 때, 좌천되기 전에도 홍문관 교리로 재직한 바 있었기에 그렇다.

청요직은 문신들의 선망의 대상으로, 고위직에 오르기 위해서 거쳐 가는 주요 관직이었다. 이러한 관직에 있으면서 문학적 재능으로 명종의 특별한 관심을 받던 그가 좌천, 파직, 정치적 금고라는 좌절을 겪어야 한 것은 경이적인 일로 여겨질 수 있었다.

물론 그는 자신의 정치적 과오에 대해 분명한 인식을 하고 자성을 했다고 하지만, 그의 회한과 자기반성이 얼마나 심각했던가를 지난 시절 한때, 그의 꿈속의 교훈을 다시 반추해 보지 않을 수 없었다.

---

2) 重試: 이미 과거에 급제한 사람에게 다시 보이는 시험에서 급제한 사람을 당상 정3품의 품계를 올려주었다. 세종7년(1427) 처음 시행하여 병 년(丙年)마다 보임. 增廣殿試와 거의 같은 방법으로 科試한다.

3) 淸要職: 淸宦의 要職. 이 淸宦이란 말은 학식, 문벌이 높은 사람이 하던, 규장각·홍문관 선전관청 등의 벼슬. 지위와 급여가 많지 않지만 뒷날에 높이 될 자리이다.

그는 "꿈속에, 돌아가신 어머니께서 나를 보고 흐느껴 우시면서 말씀하셨다. '너는 어찌 몸가짐을 삼가지 않았느냐? 장차 하늘의 견책이 있을 것인데 나로서는 어찌할 바가 없구나.'" …… 어머니의 말이 끝나자 그도 흐느끼어 울었다고 했다.

그는 "…… 어머님의 영으로 하늘에 기도하여 면할 수는 없겠습니까? ……"라고 여쭈었더니 …… 그러자 어머니는 "불가하다."라고 대답했다. 그는 재삼 간절히 애원했다. 그리고 나서 매우 어렵게 허락을 받아 낸 것이다. 그의 평생에 다시는 악을 저지르지 않겠다고 스스로 맹서하고 그의 증표를 삼아 칼로 왼손 등을 그어 '경' 자를 새겨 놓았던 것이다. 그러자 선홍색 피가 낭자한 광경을 지켜보며 두려워하다가 그만 꿈에서 깨어난 것이다.

고향에 돌아온 지 2년여가 지난 때의 일이었다. 모친의 혼령과 하늘을 감흥시킨 자신의 행위가 '악'이라고 그는 명백하게 인식하고 있었다. 꿈에 나타난 그의 어머니는 아버지 맹영의 벼슬이 정1품에 이르러 정부인보다 위인 정경부인으로 봉작되었다.

그는 그런 꿈을 꾸고 난 후 평생을 바르게 살겠다는 의지가 강해졌다. 칼로 손등에 글자를 새기었던 것이 비록 꿈속 행위였을지언정 그의 비장함은 현실에서도 다를 바 없이 나타난다. 의지의 결연함이나 비장함은 사정에 끌려 직무상의 기밀을 누설한 자신의 과오에 대한 철저한 자기반성을 표출하고 있었으니 말이다. 동시에 사대부 사회의 비판적 여론을 감수할 수밖에 없는 그의 현실적 상황을 말해 준 것이다. 그도 공과 사를 분별하는 데 때때로 어린아이와도 같은 단순한 마음을 벗어 버리지 못했던가.

그러한 자신의 행적이 가문의 명성에 누가 되었다는 것도 깨달고 있었다.

우리는 검교공에서부터 대대로 장택현에 살았다.
공을 세운 이름은 역사에 실려 있어 멀리 고려 말부터 드러났다.
불초한 내가 집안 명성을 떨어뜨렸으니 생각하면 얼굴이 붉어진다.

自我檢校公   世家長澤縣
勳名在國乘   遠從麗季見
不肯墜家聲   思之有紅面
「述前韻自述」

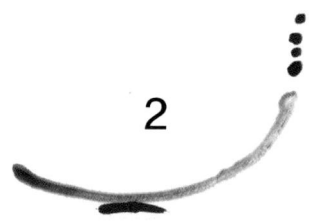

2

그는 이렇게 심각하게 자신의 과오를 인식하고서부터 근신하게
되었다. 그러나 그는 차츰 자신의 능력을 인정받던 경직 시절을 회
상하는 의식을 드러내기 시작한다.

세상 맛 시고 단것 대략 두루 맛보고
반평생 우환에 귀밑머리 결만 희어졌네.
강남에서 짓는 사부[4]는 부질없이 소슬[5]하고
경직에서의 교유는 더욱 멀어진다.

세 번이나 꺾여 이미 꺾어짐 감당할 팔도 남지 않았다.
아홉 구비 꼬인 장은 아직도 꼬일 장이 남았나.
가을바람 속 나그네 길은 서쪽 바다를 따라간다
하늘가 높은 누에서 석양을 의지해 섰구나.

---

4) 詞賦: 韻字를 달아 지은 漢文 詩의 전 명칭이다.
5) 蕭瑟: 가을바람이 불어 으스스하고 쓸쓸하듯 마음에서도 찬바람이 부는 것 같다.

그는 자성하며 지내느라 아직 현실에 참여하고자 하는 의지가 들지 않았다. 경직 시절의 벗들을 생각하며 자신의 현실적 처지에 대한 비애만 깊어 가고 있었다.

36세 때에는 '스스로 능운지[6]를 가지고 서쪽으로 가 호수에서 한가로이 노니는 물새처럼 상림부[7]를 지었다.' 그는 경직에서 명종의 병풍에 시 짓던 일을 회상했다.

명종의 병풍에 제시한 사실은 그의 의식 속에서 뜻을 이루던 때가 잊힐 리 없었다.

지금은 정치적으로 소외되어 있어, 현실 정치에 참여해 자신의 능력을 발휘하지 못하고 늙어 가는 처지에 대한 내면으로는 갈등과 슬픔을 스스로 달래지 않으면 안 되었다. 파직되어 고향에 들어앉아 있는 몸이긴 하지만, 명종이 다시 그에게 관직을 내려 주어 등용할 것이라는 기대를 저버리지는 않았다. 그런데 명종의 죽음이 어이 된 일인가! 제봉에게는 명종의 급작스런 죽음이 또 하나의 좌절이었다.

고향에서 그는 자성하고 슬픔을 삭이며 10여 년을 그렇게 보내면서 더욱더 현실참여 의식을 강하게 드러내고 있었다.

> 북쪽의 편지는 이르지 않으니 기러기가 무정해라
> 홀로 높은 누에 오르니 고국의 정 그리워.

---

6) 凌雲志: 구름을 뚫고 하늘로 올라간다는 의지를 상징하는 것이거나, 아니면 뭇사람보다 높이 뛰어나다는 것인데, 여기서는 속세를 떠나 超脫하다, 즉 세속을 벗어나 있는 마음을 의미하는 것 같다.

7) 上林賦: 昌德宮 耀金門 밖에 있는 御苑에서 감상을 느낀 대로 지은 한시체의 한 가지다. 글귀 끝에 운을 달고 대를 맞추어 짓는 것. 이 형식은 과문으로도 흔히 쓰이던 시의 한 양식인데, 여섯 글자로 된 글귀다.

십일 년 전 남쪽으로 온 손님
궁궐 저물녘 구름에 고금의 정 서린다.

이는 집구시[8]였다. 소무[9]의 고사를 빌려 자신의 심중을 나타낸 것이다. 고향에서 11년이나 지냈는데도 사면령은 아직 내려오지 않고 있다. 군주를 향한 그의 일편단심은 아직도 변하지 않았는데 …… 제봉은 이때가 41세로 선조가 등극한 지 이미 6년째가 되어간다. 서울인 한양이나 군주를 향한 마음은 명종에 대한 각별한 충정뿐 아니라 바로 현실에 참여하고픈 의식이 강했던 것은 아닐까. '피를 토하고 울어 적막한 밤을 적시는 두견새'에 자신을 비유할 정도로 그의 생각과 정서는 격렬한 것이었다.

---

8) 集句詩: 옛사람이 지은 글귀를 모아 새롭게 한 구(句)의 시를 만든 것이다.
9) 蘇武(B.C. 140?~160)
前漢의 충신으로서 그는 武帝 때 匈奴에 사신으로 갔다가 억류된 지 19년 만에 귀국한다. 절개를 굳게 지킨 공으로 전 속국을 拜命하였다. 그는 오언 창시자의 한 사람이다.

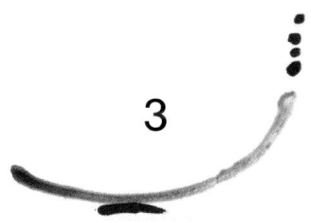

3

현실정치에서 좌절이나 갈등이 개인의 삶이나 생각을 어떻게 변화시키는가는 차이가 각기 달랐다. 정치권력의 변동과정에서 타의에 의한 좌절이라고 해도 역시 개인의 생각이나 가치관에 따라 전혀 다른 면모를 드러내기 때문이다.

그것은 일련의 권력변동에 대한 충격 결과였다. 자기 앞에 급작스럽게 불어닥친 일이 한계상황에 이른 것이라는 판단 때문일 것이다.

과거응시를 첫 디딤돌로 삼았던 것은 마음에 숨어 있던 욕구가 이러저러한 물질적인 체계로부터 자기 자신을 기약 없도록 이별을 고한 것이다. 그러한 물질과 지식의 통일적 전체와 직·간접으로 겉과 속이 다르지만 어쩔 수 없는 함수관계를 이루고 있었다.

사대부 계층에게 제약, 구속의 틀을 스스로 풀어 늦추어 일정하게 새로운 성질과 정신의 자유가 새로운 차원에 부딪치게 된 것이다. 이는 제봉과도 대비되는 것이었다.

전에 천록각에서 유향처럼 부르시니
태평한 정치 도울 큰 계책이 부족하여 부끄러웠다.
피를 토하며 적막한 밤을 적시는 원통함은 있으나
구름을 헤치고 충정을 쏟을 길이 없다.
근심으로 구리거울 잡으니 흰머리 어지러운데
추위는 옷자락에 들어 병든 몸이 놀란다.
등불에 심지 돋우고 우두커니 앉았으니
마당가 소나무에 내리는 비가 창을 두드리며 운다.

1574년 11월 42세가 되던 그믐은 그의 생일날이었다. 그는 내면의 격렬한 갈등으로 밤새 정신 빠진 듯 우두커니 앉아 있는 모습이 스스로도 애처로웠다.

이해 6월 조정에서는 제봉 등 그때 파직, 금고, 귀양 갔던 관료들 사면이 논의되고 있었으나 아직 확정되지 않은 모양이었다. 제봉은 그 소식을 듣고 그가 느꼈던 격한 갈등, 이러한 생각이 강렬해지면서 경직 시절을 회상하는 작품들을 많이 창작하고 있었다.

경직 시절의 회상이나 명종에 대한 감회는 사실상 그의 현실적 처지와는 크게 차이가 나는 것이었다. 몸은 고향에 있지만 그러나 그의 의식은 한양을 향해 있었다. 문사로서 관료로서 촉망받던 홍문관 시절이라는 과거를 향해 가고 있었다. 그의 사면 논의가 시작된 지 3년이 되었다. 1577년 4월에 그는 이윽고 사면을 맞게 된다. 이 무렵의 작품에는 군은에 감격하는 정서를 나타내고 있었다. 그가 겉으로 나타낸 현실에 참여하고자 하는 의지는 많이 줄어든 것 같았다.

몇 년 사이 비방하는 소리로 도성을 태울 듯했는데
큰 은혜 보답하려면 죽음도 가벼우리.
성스런 임금은 허물을 씻고 버리는 사람이 없으니
쫓겨난 신하는 충정을 머금고 남은 정 이어 간다.
멀리 북쪽에서 따듯한 햇살이 두루 비치고
남쪽 하늘에 안개비 개인 것을 기뻐하며
힘써 생각을 바로잡고 충성을 바치리니
감히 거두10)대면으로 진성11)을 배우리.

사면논의 과정에서 있었던 비판적인 여론이 '도성을 태울 듯이 격렬했음'에도 사면을 받게 된 제봉은 감격이 남달랐다. 정치적 과오를 용서해 준 임금의 은혜가 눈물겹게 솟구쳤다. 충성을 바치리라는 그의 의지도 담겨 있을 터였다.

흰머리로 한양에 들어가
벼슬을 얻으니 눈물이 자꾸 흘러 참을 수 없다.
대궐은 오색구름 속에 떠 있는데
생계는 의정부에 부쳤고
그윽한 기약은 푸른 산을 저버렸구나!
때로 남쪽 지방의 시 읊는 일 파하니
한밤중 뜰에 있는 나무를 잡아 본다.

사면되었지만 아직 관직에는 제수되지 않았다.
그가 50세 되어 지은 것으로, 꿈 가운데 두 연을 얻고 깨어서 완

---

10) 擧頭: 굽죄임이 없이 머리를 들고 태연히 남을 대한다.
11) 盡誠: 정성을 다한다.

성한 것이다.

꿈에서조차 그는 한양의 대궐로 가 관료의 반열에 들어서 있었다. '한양에서 지내던 시절을 자주 꿈꾸었다.' 대궐 뜰의 고목을 여러 번 꿈에서 보고 시를 짓기도 했다. 그때 그의 의지는 이러했다. 자신의 현실적 상황에 깊은 좌절과 격한 슬픔이 어찌 느껴지지 않았을까.

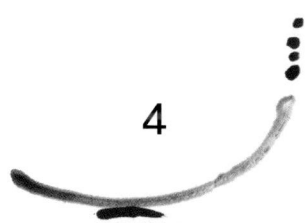

4

　19년간의 고향생활을 마치고 1581년 49세에 일단 영암 군수로 관직에 나가게 되더니 …… 곧바로 그는 '종계변무'사 일행 김계휘의 서장관으로 명나라에 가게 된다. 사행길에서 그가 지은 백이숙제[12]에 대한 시에는 그가 정신을 가다듬은 상태에서 사물을 깨닫는 것처럼 사상과 감정이 잘 드러나 있었다. 백이숙제를 절의의 상징으로 그리고 긍정적으로 보았다. 이런 시풍의 정서가 그때는 거의 관용화되어 있었다. 사행길에서 창작된 '이제묘'에 대한 시들은 대부분 추모의 정을 담고 있었다.

　백이숙제의 청풍은 영원했다. 강태공의 공적보다 낫다거나 백이숙제의 고충과 고절은 백대강상[13]이었다. 그것은 오랜 세월 지켜오던 사람이 지켜야 할 근본적인 도리였다. 외로운 충성을 바치던

---

12) 伯夷叔齊: 백이는 殷나라 사람, 處士라 불렀다. 그는 叔齊의 형이다. 武王이 殷나라를 치려는 것을 말리다가 듣지 않자 周나라의 곡식 먹기를 부끄럽게 여겨 首陽山에 들어가 고사리를 꺾어 먹으며 숨어 살다가 굶어 죽었다. 그의 아우 叔齊와 함께 백이숙제로 일컬어진다.

13) 百代綱常: 사람으로서 영원히 지켜야 할 도리.

백이숙제는 어떤 고통을 당해도 변하지 않고 끝까지 지켜 나가는 굳은 절개를 지녔던 것이다. 바람처럼 맑은 것은 영원할 것이었다. 그럼에도 제봉은 이러한 성향들과는 대조적으로 강태공의 현실참여와 같은 가치에 그의 감정과 사상이 더 쏠려 있는 것 같았다.

그는 백이숙제의 절의보다는 아무래도 강태공의 현실참여에 더 가치를 두고 관심을 쏟고 있지 않았을까 싶다.

> 문왕이 당시 서백으로 노성한 이를 봉양하던 때에
> 강태공은 심사가 상합함을 알았다.
> 마땅히 뜻을 펼칠 처지 기다리지 않고
> 바야흐로 어이 구구히 말고삐를 두드렸던고

백이숙제보다는 현실로 진출하여 뜻을 편 강태공에게 더 관심을 쏟은 것이다.

이것은 제봉이 가졌던 현실에 대한 생각이 매우 적극적이었기 때문이리라.

'노년의 충성심은 죽어도 그치지 않으리'라 던 그의 생각은 재출사 초기까지는 지속되었다.

그의 깊은 생각 속에 현실에 대한 인식과 명종에 대한 생각은 구분되지 않을 정도로 혼란스러웠다.

'명종의 은혜를 저버렸다'거나 '오직 선왕의 옛 은혜를 끝내 잊지 못해 꿈에도 대궐문에서 조정의 반열을 따른다.'는 생각은 의지의 이러한 단면을 잘 말해 준다.

그럼에도 재등용되어 지방관을 전전하는 관료 생활은 그의 의지를 크게 변화시키고 있었다.

　지금은 경직[14]에서 청직[15]을 거치면서 군주의 각별한 대우를 받던 촉망받는 문인관료의 생활이 아니었다. 노년의 문사가 대간의 탄핵을 받아 가며 가을과 겨울에 중국을 여행해야 했고, 다음 해 초겨울 또 평안도를 여행하지 않으면 안 되었다. 이 시기에 이미 관료생활에 대해 심각한 회의를 느끼기 시작했다. 물론 사행 과정에서의 고됨과 슬픔, 고충, 고독이 어디 제봉만의 문제였을까. 월사 이정구[16]도 53세 때 사행길에 명절날 새벽 쉬지도 못하고 70여 리를 강행한 적이 있었다. 57세 때 이정구가 새벽길을 떠나면서 잠이 부족해 고생하는 모습을 「원일조행」에 적은 기록에는 피로와 슬픔, 고독, 향수를 표현했다.

　이후 제봉의 작품에서 현실에 대한 인식은 거의 드러나지 않았다. 심한 피로와 슬픔, 그리고 강력한 향수를 드러내고 있을 뿐이었다. 더 나아가 노년에 외직을 전전하는 관료인 자신에 대한 자괴심까지 들지 않을 수 없었다.

> 군의 서재에 비 오는 밤 불 밝히고
> 송광사 승과 마주 앉았다.
> 승과 속인이 모두 허물이 있으니

---

14) 京職: 京官職. 조선조 때 서울 안 각 관아의 관직이다.

15) 淸職: 淸官職. 홍문관의 벼슬아치를 말한다. 文名과 淸望이 있는 淸白吏라는 의미에서 이렇게 불렸다.

16) 李廷龜(1564~1635)
　仁祖 때의 相臣이고 문장가이다. 자는 聖徵, 호는 月沙, 延安 사람. 尹根壽의 문하생이다. 仁祖 6년(1628)에 좌의정이 된다. 글씨에도 뛰어날 뿐 아니라 漢文學의 대가로서 조선 중기의 4대 문장가로 알려져 있다. 저서로는 ≪月沙集≫, ≪書筵講義≫, ≪大學講義≫ 등이 있다. 시호는 文忠이다.

자연으로 아직 돌아가지 못한 것이리라.
글자 새기느라 양쪽 팔 걷은 승
단정한 관 아래 양 귀밑머리 덥수룩한 관리.
낮은 관직과 하찮은 기술로
서로 마주 보며 번갈아 뽐낸다.

1585년 53세경 미관말직의 자신과 각자승의 모습을 담담하게 적고 있었다.

산으로 돌아가지 못하는 각자승과 자연에 묻혀 지내지 못하고 지방관으로 떠도는 늙은 자신을 객관적으로 바라보고 있었다.

그러나 정해지지 않은 그의 앞일이 개개풀어질 때 놓치게 될지도 모를 가엾음에는 스스로 자기 자신을 비웃는 어조나 기세가 느껴진다.

바닷가엔 욕심을 잊은 새
하늘가엔 밥벌이 늙은이
다투는 것은 흰 터럭이지만
맑고 탁함은 같다 말하기 어려워라.

35. 일본의 조선 침략

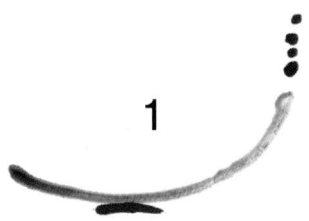

1

1590년 58세경 시로 백구를 보며 머리가 허연 자신과 비교해 보았다. 백구는 관용적인 의미겠지만, 자기의 이익만을 채우려는 개인적인 욕망을 버린 맑고 깨끗한 마음을 반추해 보려 한 것이다.

백발의 노문사, 그는 궁벽한 지방에서 녹을 받기 위해 관료생활을 하는 사욕에 얽매인 인간이라 스스로 자기를 비웃는 정서가 '취식 옹'이라는 어휘 속에 무르녹아 있었다. 즉, 먹을 것만을 얻기 위해 벼슬을 탐하는 늙은이로 전락해 버린 것 같은 처참한 모습으로 자신을 자학했다. 중앙에서 자기가 해야 할 일을 활기차게 찾을 수 없는 노년의 처지이고 보면 자신의 의지와는 상관없이 세속적인 삶을 허덕이고 있다고 생각했다. 당초 제봉으로서는 벼슬길이 단순하게 밥벌이의 수단으로는 결코 생각할 수 없는 일이었다. 애당초 그가 조금이라도 그런 데 뜻을 두고 벼슬길에 들어섰더라면 왕이 내린 군자감(정3품)직과 영향력 있는 다른 여러 고위직에도 사양하지 않고 냉큼 받아들여 그저 먹고살아 가는 방책으로 삼았을 것이다. 그뿐만 아니라 수차례에 걸쳐 내려진 관직을 번번이 사양한 것을 후회하기도 했을 것이다. 그러나 그는 마음속에 품었을지도 모를 그런 것을 얼굴에 나타낸 적은 결코 없었다.

제봉은 재등용 이후에도 그의 전력 때문에 여러 차례 탄핵을 받은 바 있었다.

그는 슬픔을 나타내면서 고향으로 돌아갈 것을 생각하곤 했다. 이러한 사실을 윤근수[1]는 "공은 시사에서 물러날 것을 생각해 묵묵히 마치 말을 할 줄 모르는 사람 같았다."고 기록해 두었다. 제봉의 이 같은 담담한 체념을 윤근수는 잘 그려 낸 것이다.

---

1) 尹根壽(1537~1616)
   선조 때의 문학자이며 공신. 자는 子固, 호는 月汀, 海平 사람. 임진란이 일어났을 때, 예조판서로 등용이 되어 왕을 호종하였다. 문안사, 주청사 등이 되어 명나라와의 외교를 담당했다. 廣寧에 세 번, 遼東에 여섯 번씩이나 왕래하면서 국난 극복에 힘썼다. 후에 좌찬성, 판의금부사를 지낸다. 성리학을 깊이 연구하였으며 李珥, 成渾과는 막역한 벗이다. 글씨에 능하여 永和의 체라 일컬어진다. 저서로는 ≪四書吐釋≫ 등이 있다. 시호는 文貞이다.

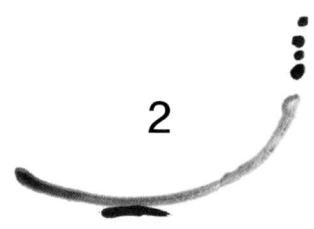

2

　선조 25년(1592) 4월 13일 부산 앞바다에는 일본군 약 20만이
침입하여 부산은 일시에 함락되고 만다. 대규모의 병력으로 사전
예고도 없이 일방적으로 쳐들어온 일본의 조선 침략이었다. 그해 4
월 14일 소서행장[2]을 주장으로 해 1편대 병선 700여 척과 18,000
여 병력이 부산포에 상륙한다. 먼저 부산진과 동래성을 공격하면서
부터 침략전쟁은 본격화되었다. 이때 부산성이 먼저 무너지면서 첨
사 정발[3]이 전사한다. 다음 날에는 동래가 어렵게 함락되자 끝까지
항전하던 부사 송상현[4]도 최후로 남문에 올라가 홀로 싸우다가 북

---

2) 小西行長(고시니 유끼나가)
　　당시 대마도 주와 사돈 간인 그는 1592년 4월 13일(일본력 12일: 양력 5월 23일) 일본
　　군 선봉장이자 그가 지휘하는 제1군 18,700명이 700척의 군선에 나눠 타고 부산포로
　　침략한다.

3) 鄭撥(1553~1592)
　　선조 때의 무신. 자는 子固, 호는 白雲, 慶州 사람. 임진왜란 초반 부산진첨절제사로 왜
　　군을 맞아 싸우다가 중과부족으로 부산성이 점령당할 때 전사했다. 시호는 忠壯이다.

4) 宋象賢(1551~1592)
　　임진왜란 때의 동래부사. 자는 德求, 호는 泉谷. 임진년 4월 15일 남문에 올라가 독전
　　하다가 전사한다. 이조판서, 찬성(의정부의 종1품)에 추증된다. 시호는 忠烈이다.

향재배하고 적의 칼에 죽음을 허락한다.

일본군은 뒤를 이어 2편대의 가등 청정(가토 기요마사)[5]이 이끄는 병사와 3편대로 진영을 짠 흑전장정(구로다 나가마사)[6]군이 연이어 언양, 김해성 등을 함락시킨 뒤 크게 네 길로 나누어 북상하고 서쪽으로도 진군하면서 조선을 전면적으로 침략하고자 했던 것이다.

첫 번째 길로는 양산, 밀양, 청도, 대구, 선산, 상주를 거쳐 조령을 향해 북상 중이었다. 또 다른 편대는 장기, 울산, 경주, 군위, 용궁을 거쳐 역시 조령 방면으로 진격하고 있었다. 또 다른 방향은 김해, 성주, 무계, 지례, 김산을 거쳐 추풍령을 향하고 나머지 편대는 영남지역 해안을 따라 모든 진을 함락시킨 다음 장차 서해로 진출하여 전라도를 공격하려 했다. 전라도 수군의 용감한 전투와 영남의 우의병진과 호남의병의 항전으로 일본은 끝내 성공을 거두지 못했지만, 나머지 3길을 통해 북상, 조선의 공격이 없는 그때로서는 사실상 무인지경이었다. 일본군은 그대로 행군만 하면서 쉽게 서울까지 진격해 올라온 것이다.

17일에는 밀양이 무너졌으나 부사 박진[7]은 용감무쌍하게 적진을

---

5) 加藤淸正(가또오 기요마사, 1562~1611)
   일본 아즈찌 도모야마(安士挑山)시대의 무장. 도요또미 히데요시(豊臣秀吉)의 막하로서 전공이 많아 구마모또(熊本)의 城主가 되었다. 임진왜란, 정유재란 때에 선봉으로 종군했다. 그는 한때 蔚山에서 포위되어 악전고투하기도 했다.

6) 黑田長政(구로다 나가마사, 1568~1623)
   일본 전국시대의 무장. 임진왜란 때 제3진으로 11,000명의 병력을 이끌고 황해도 방면을 담당. 海州에서 趙仁得의 공격을 받고 延安에서 前使 李廷馣이 이끄는 의병의 저항을 받았다. 정유재란에도 선봉이 되어 침입하여 전라도 남부와 金海, 昌原 등지를 공략하였다.

7) 朴晉
   밀양부사, 경상좌도병사이다. 麟壽의 아들로 임진란 때, 이름난 명장으로 선조는 말하기를 "나는 박진이 싸움을 가벼이 여겨 죽을까 두렵다." 또는 "형세를 보아서 진퇴하는 것이 옳은 것인데 박진은 이것을 헤아리지 못하고 전진만 하는가?" 하며 걱정을 해 주었다고 한다.

돌파해 나아갔다. 왜적 침입을 임금에게 보고하기 위해서였다. 그러지만, 경상좌수사 박홍[8]에 의해 어렵게 조정에 정황보고가 된다. 이어 18일에는 김해도 함락되었다. 부사 서예원[9]은 김해를 잠시 물러나 나중을 기약한 것이다.

박홍의 위급한 소식을 받은 조정에서는 우선 이일[10]을 순변사로 임명하여 조령 방면을, 성응길[11]을 좌방어사로 하여 죽령방면을, 조경[12]을 우방어사로 내세워 추풍령 방면을, 유극량[13]과 변기[14]를 조방장으로 임명하여 각각 죽령과 조령을 지키게 했다. 이어 신립

---

8) 朴泓
　　당시 좌병사 李珏과 밀양부사 朴晋은 소산역을 버리고 彦陽성으로 후퇴하여 그곳에서 좌수사 박홍과 같이 있다가 여기서도 이각이 달아나자 모두 울산 본진이 되는 병영으로 후퇴하였고 이어 경주까지 달아난다. 그래서 오홍장군은 인근에 있던 의병부대와 연합하여 鳥乎에 있는 적군을 長方 골짜기로 유인하는 한편 그 일부는 梅谷 골짜기로 유인한다. 때마침 회야강이 홍수로 범람하고 있었으므로 덕계천에다 허술한 다리를 가설해 놓고 이 위장된 다리 쪽으로 도망하도록 적을 협공한다. 적은 이 전술에 휘말려 백여 명의 시체를 남기고 달아난다.

9) 徐禮元
　　호는 牛巖·牧使. 1567년 무과에 급제. 선전관, 도총부도사를 거쳐 1591년 김해부사를 지내고, 진주목사로 있다가 적이 침입하자 성이 함락되면서 순절한다. 선무원종공신 1등에 책록되었다.

10) 李鎰
　　선조 때 명장인 이일, 그리고 철종 때의 화가 李在寬 등이 모두 용인이씨의 후예들이다. 선발대인 순변사 이일이 병법에 전혀 무식했다고 수하 막하장과 병사들이 탓했다. 그 역시 여진족과의 전투에서 수차 공을 세운 대단한 용력을 지닌 무장으로만 폄하한다 해도 그리 무리가 아닐 듯싶다.

11) 成應吉
　　임진란 때 좌방어사로 조령 방면을 사수하는 임무를 띠고 활약했다.

12) 趙儆
　　1592년 임진란 때 경상우도방어사로 출전한다.

13) 劉克良(?～1592)
　　선조 때의 명장이다. 자는 仲武, 延安 사람. 무과에 급제. 임진란 때, 조방장으로서 여러 차례 공을 세우고, 임진강 방어 임무를 맡은 수어사 신할(申硈)의 예하에서 싸우던 중 적병을 경시하는 상관에게 용병에 치중할 것을 거듭 諫했으나 받아들여지지 않은 채 전사하게 된다. 시호는 武毅이다.

14) 邊璣
　　신립의 부장으로 조령을 지키는 임무를 띴다.

을 도순변사로 삼고 김여물[15]을 부장으로 해 이일의 뒤를 이어 내려가게 했다. 이는 거침없이 북상하는 일본군을 저지케 하기 위해서였다.

아닌 게 아니라 조정에서도 전년부터 유능한 무장을 기용하고 또 변방사정에 밝은 인물을 선택하여 왜침을 대비하고는 있었다. 그러나 당시 나라의 방비태세는 기본적인 것부터 허술하기 짝이 없었다. 이에 비해 왜병은 일본 국내문제를 통일시키느라 겪은 내전으로 이미 전쟁에 익숙해 있었다. 군 조직에 있어서도 잘 갖추어진 진영이었다.

일본을 260여 년간 지배해 오던 幕府시대 초기였다. 도쿠가와 이에야스 德川家康은 도쿠가와 막부의 제1대 쇼오군(將軍)이었다. 처음에는 오다노부나가(織田信長)와 도요토미 히데요시(豊臣秀吉)에게 속했으나 히데요시가 죽은 후 도요토미가(豊臣家)를 멸망시키고 전국을 통일해 에도(江戶)막부가 태동한 것이다.

여기서 일본 장군들의 어릴 적 개인성과 정치상황을 알아보고 본 이야기를 이어 가겠다. 누가 물었다.

"울지 않는 두견새를 어떻게 할 것이냐?"

이런 물음에 오다노부나가는 "죽인다!"라고 대답했다. 도요토미 히데요시는 "울게 만들겠다!"라고 했다. 도쿠가와 이에야스는 "울 때까지 기다린다."였다.

---

15) 金汝物(1548~1592)
  선조 때의 충신. 자는 士秀, 호는 披裘子·畏菴, 順天 사람. 金鎏의 아버지. 義州牧使로 있을 때, 서인 정철의 당으로 몰려 파직되었다. 임진란 때, 도순변사의 부장으로 申砬과 함께 忠州 방어에 나서, 적을 막지 못하고 彈琴臺에서 전사한다. 시호는 壯毅이다.

이 같은 대답에서 도쿠가와는 얼마나 인내심을 가진 사람인지 알 것 같았다. 도쿠가와는 오다와의 동맹이 오다노부나가가 사변으로 죽을 때까지 이어 갔다.

그러다가 도요토미 히데요시가 정권을 잡고 둘이 싸우게 되었다. 그때 코마키, 나가꾸데 전투에 승리를 거두지만 도쿠가와 자신은 아직 천하를 다스릴 힘이 없다고 해 도요토미에게 승리를 양보해 결국 도요토미가 전토를 통일하게 된 것이다. 이것이 당시 일본의 어수선한 정치 환경이었다. 도요토미가 임진란 중 죽게 되자 그 아들 히데요리와 중신인 이시다 미츠나리와 새키가하라와 전투(도요토미가 죽자 그의 심복이던 이시다 미츠나리가 주축이 된 서군과 도쿠가와를 주축으로 한 동군이 붙어 일본의 역사상 최고의 전투였다. 결과는 서군에 의해 많은 배신자가 나옴에 따라 동군의 승리로 끝난다.)를 벌인다. 그때 전투 인원은 총 25만이었다. 승리한 도쿠가와는 에도에 막부를 열어 가게 된다. 임란 때 제2진으로 병력을 이끌고 조선에 들어온 가토(가토 기요마사, 加藤淸正)는 당시 호랑이 가토라고 불릴 정도로 대단한 사람이었다. 그는 한반도의 오른쪽을 따라 진군했기에 이순신 장군의 공격과는 별다름이 없이 진격해 한때는 평안도 일대까지 장악했다. 그리고 임란 후 도쿠가와의 편을 들어 세키가하라를 승리로 이끌어 상당한 지위에 오른 자였다. 이 가토란 장수는 자신이 불교를 숭상한 자임에도 경주불국사를 불태워 버렸다.

일본은 조총을 개인화기로 무장한 그들의 강력한 공세를 조선으로서 어찌 감당할 것인가.

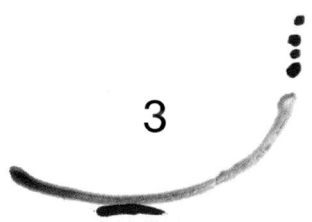

3

4월 25일 이 일이 상주에서, 같은 달 28일에는 신립이 충주 탄금대에서 잇따라 패전했다는 달천 소식이 들려온다. 이전에 이일과 신립이 서울을 떠난 뒤 조정에서는 일본군의 침공에 대비해 도성의 방비를 구축해 두었다. 우의정 이양원[16]을 수성 대장으로, 이진,[17] 변연수, 신각[18]을 좌·우 중위 대장으로, 박충간[19]을 경성

---

16) 李陽元(1533~1592)
宣祖 때의 相臣. 자는 伯春, 호는 鷺渚·南坡, 全州 사람. 李滉의 문인. 선조 24년(1591) 우의정에 오르고 임진란 때 留都大將으로 한강을 지키다가 철수하여 楊州 해유령(蟹踰嶺) 전투에 승리하여 그 공으로 영의정이 된다. 이때 義州에 있던 선조가 遼東으로 피난 갔다는 소문을 듣고 斷食 8일 만에 죽었다. 시호는 文憲이다.

17) 李軫
1557년(명종 12년)~1616년(광해군 8년), 자는 景任, 호는 서포(西浦), 순령(舜齡)의 아들, 율곡의 문인. 선조 21년(1588) 식년문과에 급제하여 원주 목사를 지냈고, 임진란 때 선산부사로 활약하여 호성 종훈1등(扈聖從勳一等)에 책록되었다.

18) 申恪
무과에 급제하고, 永興府使 등을 거쳐 선조 20년(1587) 경상도방어사로서 왜침에 대비했다. 1592년 임진란이 일어나자 중위대장이 되고, 都元帥 휘하에 부원수로서 한강을 지키다 패전하여 유도대장을 따라 楊州에 후퇴해 있었다. 이때 함경북도병마절도사 李渾의 원군을 만나 흩어진 군사를 수습하여 양주 해유령(蟹踰嶺)에서 일본군을 크게 격파했다. 당시 한강 패전 후 臨津江에 후퇴해 있던 도원수 김명원이 명령불복종 죄로서 그를 무고하는 장계를 올리자 우의정 兪泓은 장계내용을 믿고 그의 참형을 정함으로써 양주에서 참형을 당했다. 이날 오후 양주에서의 첩보가 도착하자 그의 형을

순검사로, 윤탁연[20]을 부순검사로 삼았다. 김명원[21]을 도원수로 삼아 한강을 지키게 했다. 경기감사로 하여금 주민과 군사를 징발하여 얕은 여울을 파서 적의 도강을 저지케 했다. 그런데 당시 지방의 군사는 모집할 수가 없었다. 도성에서는 대부분의 장정들이 거의 징발되었으므로 도원수라 할지라도 군사를 거느리지 못한 실정이었다. 결국은 도성을 비우고 모두 서울을 떠날 수밖에 없었다. 장안의 인심은 날로 흉흉해져 피난 가는 사람들이 속출하기 시작했다.

30일에 선조(宣祖)도 궁성을 포기하고 5월 1일 송도(지금의 개성) 피난지로 떠난다.

5월 3일에는 서울마저 함락된다. 선조는 송도를 출발하여 7일에는 평양으로 옮겨 간다. 서울이 함락되었다는 전갈이 날아오자 선조는 또다시 평양을 출발하여 5월 22일 이윽고 의주에 안착하게

중지시키기 위해 선전관이 뒤따라갔으나 형 집행 후에야 현지에 도착하였다. 延安의 顯忠祠에 祭享.

19) 박충간
재령군수. 임란 때는 순검사 또는 검찰사의 명을 받은 바 있으나 임진강 전투에서 자리를 피했다 하여 부정적인 시각을 낳고 있다.

20) 윤탁연
관찰사까지 이른 그는 임진란 때 부검사로 도원수 김명원과 함께 한강을 지키라는 임무를 띠고 있었다.
임란이 발발하자 정문부는 함경도에서 의병을 일으켜 두 왕자를 왜군에게 팔아넘긴 국경인 등의 반란군을 처단하고, 육지전에서 기록적인 연전연승을 달성하여 북관대첩의 영웅이 된다. 그러나 그를 시기한 관찰사 윤탁연의 축소보고로 살아생전 그의 공적을 인정받지 못한 채, 60세 고령의 나이에 역모사건에 휘말려 혹독한 고문에도 무죄를 주장하다 결국 사망한다.

21) 金命元(1534~1602)
호는 酒隱, 경주 사람으로 선조 34년에 좌의정에 이른 상신. 임진왜란 때는 도원수. 시호는 忠翼이었다.

된다.

5월 현재 조선에 진주한 일본군 병력 총수는 16만이었다.

이를 8도에 분산 점령케 하고자 각 도별 책임자로 하여금 점령지의 민정을 다루고 현물 납세까지 징수케 했다. 각 도별 책임 장수를 헤아려 보면

경상도 모리데루모토(毛利輝元) 제7군
전라도 고비야카와 타카가게(小早川隆景) 제군
충청도 후쿠시마마사노리(福島正則) 제4군
경기도 우키다히데이에(宇喜田秀家)
강원도 모리요시나리(毛利吉成)
황해도 구로다나가마사(黑田長政)
평안도 고니시 유키나가(小西行長) 제1군
함경도 加藤淸正 제1편대장 등 8명은 대표적인 장수들이었다.

이때 팔도의 관군은 거의 다 붕괴되고 각 지방의 지역 경계병과 하급 장교와 지방관아의 관리가 대부분 도주해 버린 상황이었다.

이때 일본군은 부산에 상륙한 후 불과 20일 만에 서울, 한성에 도착하게 된다. 한강 방어의 책임을 맡았던 도원수 김명원이 한강에서 후퇴해 임진강에 진을 치고 수성 대장 이양원과 부원수 신각이 서울을 포기하고 양주관내로 물러서자, 5월 2일 한강을 건넌 일본군은 이튿날 도성에 진주하게 된다. 바로 이 무렵 양주로 후퇴했던 신각이 흩어진 군사를 수습하고 있을 때, 때마침 함경도 남병사 이혼[22]이 휘하 군사를 거느리고 서울로 가던 도중에 양군이 합류

해서 해유령전투(양주의 해유령 싸움에서 승전)의 승리를 가능케 했다. 당시 신각과 이혼은 이미 도성을 유린한 침략군이 인근지역에 출현해 약탈을 자행한다는 정보를 입수한 뒤 양주의 해유령에 복병을 대기시켰다가 적을 기습 공격함으로써 적병 100여 명을 참살했다. 이 전투는 일본군의 침략 이후 조선 측의 피해 없이 적을 공격하여 승리를 거둔 최초의 전승이었다.

조선 실록에는 당시 일본군의 한양 잠입 상황을 이렇게 구체적으로 적어 놓았다.

"적들이 충주에 도착하여 그들 정예병을 아군처럼 꾸며 경성으로 잠입시켰다. 왕의 파천이 이미 결정되었음을 염탐한 뒤에 드디어 두 갈래로 나눠 진격했다. 일군은 양지, 용인을 거쳐 한강으로 들어오고 나머지 일군은 여주, 이천을 거쳐 용진으로 들어왔다. 적의 기병 두어 명이 한강 남쪽 언덕에 도착하여 장난삼아 헤엄쳐 건너는 시늉을 하자 우리의 장수들은 얼굴빛을 잃고 부하들을 시켜 말에 안장을 얹도록 명하니 군사들이 모두 붕괴된다. 이양원 등은 성을 버리고 달아났고 김명원, 신각 등은 뿔뿔이 흩어져 도망하였으므로 도성이 텅 비게 된다. 적이 흥인문 밖에 이르러 보니 문이 활짝 열려 있고 시설이 모두 철거된 것을 보고 의심쩍어 선뜻 들어오지 못하다가 먼저 수십 명의 군사를 뽑아 입성시킨 뒤에 수십 번을 탐지하고 종루(鐘樓)에까지 이르러 군사가 한 사람도 없음을 확

---

22) 李渾
　그는 임란 때 현감으로 있던 이순신이 파격적인 진급이 물망에 오르고 있을 즈음, 비변사(군국의 사무를 맡아 처리하던 관아)에서 발령을 내린 것을 뒤엎고 선조는 급작스런 전교 …… "아뢴 대로 하라. 徐得運을 전라병사(종2품)로, 이혼을 우수사로, 신할(申硈)을 경상좌수사로, 趙儆은 제주목사로 삼고자 한다."를 내려 전라우수사(정3품)로 진급이 된다.

인한 뒤에 입성했다. 발들이 모두 부르터서 걸음을 겨우 옮기는 형편이었다고 한다. 이때 궁궐은 모두 불탔으므로 왜적 대장 전수가*는 무리를 이끌고 종묘로 들어갔는데 밤마다 신병이 나타나 공격하는 바람에 적들은 놀라서 서로 칼로 치다가 시력을 잃은 자가 많았고 죽은 자도 많았다. 그래서 우끼다 히데이에(宇喜田秀家)[23]는 하는 수 없이 남별궁으로 옮겼다. 이것은 한고조의 영혼이 왕망(王莽)에게 위엄을 보인 것과 다를 바가 없다."(선조실록, 권 26, 25년 5월 임술)

이때 조정은 영남과 호남을 가장 중요하게 생각하고 있었다. 영남은 나라의 문호이고 호남은 곡창지대였기 때문이다. 특히 호남은 당시 나라를 회복할 수 있는 식량을 공급받을 수 있다는 점에서 절대적인 중요성을 갖고 있었다. 식량은 병력과 무기 등 삼대 요체가 되기에 그랬다. 굶주린 병사가 전쟁을 할 수는 없었다.

일본 지휘부에서도 영·호남부터 먼저 점령하려 했던 것이 그들의 일차적인 목표였다. 조선도 이곳 곡창지를 나라의 방어를 위해 일본에게 절대로 내어 줄 수는 없었다.

불행하게도 영남은 침략 초기에 이미 일본군의 수중에 들어감에 따라 이제 나라가 믿을 곳은 호남뿐이었다. 그렇게 되자, 나라의 일차적인 책무가 호남에 있었다. 호남의 진출과정에서 연속적으로 방해를 받았던 적들은 침략의 직접적인 병화가 극도로 약해져 있었다. 그런 연유도 호남의 방어를 하는 데 의병들에겐 호재로 작용해 전투가 가능하지 않았을까.

---

23) 宇喜田秀家: 19세 나이로 총사령관이 되어 남원성을 함락했다.

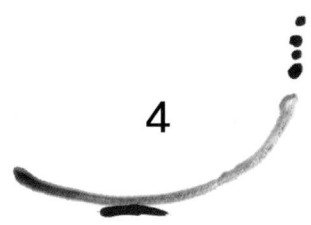

4

　전라도를 담당한 소조천융경[24]은 일본군의 제7편대장으로 경상
도를 책임 맡은 모리휘원[25]의 군사를 뒤따라 바다를 건너온 뒤 처
음으로 그의 군사를 성주, 선산, 김산(金山) 등지에 분산 주둔케 했
다. 별도로 제1군은 창원에 주둔하게 하고서 자기 자신은 일단 한
성으로 올라갔다가 다시 남하하기 시작했다. 청주를 거쳐 자신의
책임지역인 전라도를 공략하려 한 것이다. 그러나 창원에서 남원으
로 향하던 별도의 군사는 의령에서 의병장 곽재우[26]가 이끄는 의
병부대에 차단되었다. 그러자 진로를 북으로 돌려 성주에서 떨어져
있는 다른 부대와 합세한다. 그는 성주와 김산에 집결한 휘하 병력

---

24) 小早川隆景(고비야카와 타카가게)
　　일본군 편대장.
25) 毛利輝元(모리데루모토)
　　제7편대장으로 경상도 책임을 맡은 장수.
26) 郭再祐(1552~1617)
　　임진왜란 때의 의병장. 자는 계수(季綏), 玄風 사람. 宜寧에서 의병을 일으켜 큰 공을
　　세웠다. 정유재란 때 다시 의병장으로 출전하여 孤城을 홀로 지키던 중 모친상을 당하
　　여 蔚珍으로 돌아갔다. 시호는 忠翼이다.

을 모두 2종대로 나누었다. 1종대는 지례, 거창 방면으로 공격해 들어가다가 우척현(牛脊峴)에서 의병장 김면[27]의 군사에게 또 격퇴를 당한다. 다른 1종대는 황간을 거쳐 영동, 무주, 금산을 공격하는 과정에서 금산 군수 권종[28]을 전사케 했다.

이때 일본 별군을 지휘했던 안국사혜경[29]의 군사가 성주에서 금산(錦山)으로 들어와 미리 지키기 전에는 소조천융경과 충청도 옥천에서 조우하여 군사를 합친 다음 전라도의 중심지인 전주를 향

27) 金沔
자는 志海, 호는 松菴, 시호 文節. 정구(鄭逑)와 가까이 지내며, 李滉, 曺植 문하에서 성리학을 연마하고 많은 제자들을 가르쳤다. 뒤에 효렴(孝廉: 효도하는 사람과 청렴한 사람)으로 천거되어 參奉에 임명되었으나 사퇴하고, 다시 유일(遺逸: 유능한 사람이 등용되지 않아 세상에 나타나지 않은 이)로 천거되어 佐郎에 임명되었으나 사퇴했다. 선조 25년(1592) 임진란에는 趙宗道 등과 居昌, 高靈 등지에서 의병을 규합, 김산(金山), 開寧 사이에 주둔한 일본군 10만과 牛旨에서 대치, 공격해 오는 적의 선봉을 진주목사 金時敏과 함께 知禮에서 요격하여 격퇴시켰다. 또 茂溪에서도 승전했다. 그 공으로 陜川 군수가 되었다. 의병대장의 칭호를 받았다. 1593년 경상우도병마절도사가 되어 충청도 전라도의 의병과 함께 金山, 開寧에 진주해 있다가 갑자기 병사했다. 병조판서에 추증, 이조판서에 가증, 道巖書院에 祭享.

28) 權悰
시호는 忠愍公. 錦山 군수. 權慄 장군과는 종형제(四寸) 간이다. 정3품대부인 그는 금산군수로서 한 무리의 의병을 규합하여 의병장 고경명에게 격문을 보내 함께 죽기로 협약했다. 고경명과 서로 협력하여 끝까지 싸우다가 금산1차 전투에서 고경명은 물론 그가 거느린 의병들 모두가 함께 장렬하게 전사했다. 그의 주검을 찾지 못해 그의 공적이 땅속에 묻혀 있었다. 그가 순절한 지 118년이 지난 숙종 36년(1710) 3월의 戊辰 왕조실록에는 "故 郡守 權悰에게 旌門을 내리라 명하였다."는 기록을 찾을 수 있었다. 그가 순절할 당시 경연(임금 앞에서 경서를 강론하는 자리)을 관리하던 관원(筵臣)이 그 실상을 임금에게 아뢰자 임금이 해당 軍務衙門(군사에 관한 업무관아)에 稟處(상주하여 처리)하라고 명하였다. 禮曹(禮樂, 祭祀, 宴享, 朝聘, 학교, 과거의 인물을 맡아보는 관아)에서는 말하기를 권종이 나라를 위해 순절한 것은 名臣과 고위관리들 모두가 嘉賞타 하였다. 이어 "그를 정려(충신, 효자, 烈女 등을 그들이 살던 고을에 정문을 세워 표창)하고 증시(왕이 신하에게 시호를 내려 줌)하는 일이 있어야 마땅합니다."라고 하니 "임금이 윤허하였다."고 한다. 그로부터 1년 뒤 숙종 37년(1711) 6월 甲戌日條의 상록(상으로 주는 기록)을 보면 "군수 증 판서 권종에게 忠愍이라는 시호를 내렸다."는 기록도 찾을 수 있었다. 이날 증 영의정 金悌甲, 문숙 金時敏은 忠武, 증 판서 郭再祐는 忠翼의 시호를 함께 받았다. 그렇게 증시된 인물이 18명이나 되었다. 모두가 임란에 크게 충성을 떨친 순국한 명현이다.

29) 안국사혜경: 별군지휘자.

해 진격하기로 했다.

7월 초 주력의 1군은 융경 자신이 직접 이끌고 금산에서 전주를 공격하다가 전라도 도절제사 권율이 이끄는 군과 이치(梨峙)에서 전투가 벌어진다. 일본군 1군은 안국사혜경의 지휘 아래 용담, 진안을 거쳐 웅치(곰재)로 넘어가다가 김제 군수 정담[30] 등과 또 접전이 붙게 된다.

웅치, 이치 전투와 두 차례에 걸친 금산전투에서 융경은 크게 손상을 입었다. 이같이 거듭된 타격으로 융경 휘하의 군은 전라도 공격은 끝내 성공하지 못했다.

이때 제봉은 관직에서 해직되어 고향인 광주 근교 시골에 있었다. 불길한 기별을 들은 그는 식음을 전폐하고 3일 밤낮을 실성통곡하고 있었다. 슬픔에 잠겨 있을 수만은 없다고 판단한 그는 각처에 흩어져 있는 군사들을 설득하여 다시 규합하도록 하기 위해 큰아들 준봉 종후와 작은아들 학봉 인후[31] 등 삼부자가 거의 할 것을 다짐한다.

두 아들에게 군졸을 인솔하여 수원에서 항전하는 광주목사 정윤우[32]에게 송치토록 했다.

---

30) 鄭湛(?~1592)
宣祖 때의 殉國者. 자는 澄卿, 平海 사람. 金堤 군수로 있을 때 임진란이 일어나자 의병을 모집, 羅州判官 李福男 등과 함께 분전했는데, 때마침 錦山으로부터 熊峙를 넘어 全州로 들어가려는 수천의 적을 맞아 육박전을 벌여 끝까지 싸우다가 장렬한 죽음을 맞이했다. 적병도 그 義에 크게 감동했다고 한다.

31) 高因厚(?~1592)
자 善健, 호 鶴峰, 시호 毅烈. 선조 22년(1589), 增廣文科(태종원년 1401년에 처음 시작한 시험으로 나라의 큰 경사가 있을 경우에 기념으로 보이던 과거)에 급제하고 벼슬은 學諭에 이르렀다. 1592년 임진란 때 금산전투에서 아버지 경명과 형 종후와 함께 싸우다가 아버지의 뒤를 따라 순절했다. 예조참의, 영의정에 추증, 광주 포충사, 금산의 종용사에 제향.

32) 丁胤佑

그는 의롭고도 충성스런 마음을 토해 낸 초고의 격문을 손수 추리어 쓴 것을 전라도 순찰사에게 보내고 나주에 사는 건재 김천일에게도 보낸다. 거의 구국할 것을 상약했던 것이다.

"전라도 의병장 절충장군 행 부호군 고경명은 삼가 전라도 도순찰사 절하에 고합니다.

섬 오랑캐가 장난을 하여 임금께서 멀리 파천을 하셨으니 조야의 믿는 바는 오직 호남에 있거늘 겨우 '사정을 급히 알리라'는 성지를 받자 돌연히 근왕의 군사를 해산했으니, 절하의 심중에는 반드시 어떤 사유가 있겠지만, 그렇다 하더라도 절하의 행동은 변명할 여지가 없애외다. 조정의 호령은 연락이 끊겨 들을 수 없습니다. 비록 멀리 떨어져 연락이 닿지 않더라도 같은 도 내 사람의 말도 역시 두려운 것입니다. ……"

"…… 근자에 용인에서 무너진 일도 실은 선봉의 패배로 말미암은 것 아닌지요. 절하가 주장이 된 이상 그 책임을 어찌 모면하오리까. 절하는 지금 어떻게 생각할 작정이신지? 진실로 동우의 잘못을 수습하여 남쪽에 대한 주상의 근심을 위로하며, 기왕의 허물일랑 지나간 일로 돌린다면 비단 성조에 있어 지난 일이 발란반정이 되었다 할지라도 자신의 선으로 돌이킬 수 있을 것입니다. 절하에게도 전화위복의 날이 될 것, 아니겠습니까.

본도 의병이 처음 북로로 향해 왜적을 깨끗이 청소하고 어가를 모실 결심이었는데, 길에서 들은즉 윤두수[33] 정승이 서·북의 정병

자는 天錫, 호는 草菴, 觀察使. 선조 3년(1570) 식년문과 급제하여 여러 관직을 거쳐 선조 29년(1596) 대사성, 대사간, 동부승지, 직제학 등을 역임했다. 강원도관찰사, 도승지, 병조참의를 거쳐 사신으로 명나라에 다녀왔다. 임란 원종공신에 책록되고, 가선대부 병조참판에 추증.

을 거느리고 양경 의적을 토벌해 북방의 일은 거의 염려가 없게 되었으나, 호서의 적은 금산에 들어왔는데 방어사의 군사가 아직 용계에 주둔하고 있으며 한 사람도 군중 앞에 맹서하고 앞장서 나가는 자가 없었다고 합니다.

절하가 이 시기에 진실로 군사를 널리 모집하여 크게 형세를 떨치지 못하면 애잔한 우리 호남지방 백성들이 장차 모두 적의 칼날에 쓰러지고 말 것입니다.

절하가 위로 국가를 회복하지 못하고 아래로 한 지방도 보장 못하고 있다가 하루아침에 아군이 적을 다 무찌르고 임금께서 환궁하시어 한 장의 교서를 사방에 포고하게 되면, 비단 호남 사람만 천지에 얼굴을 들고 다닐 수 없을 뿐 아니라 절하 역시 어떻게 충성을 다하여 과거의 허물을 보상하려는 경지를 마련하오리까.

절하가 혹시 '왜적이 너무도 악독하여 맞붙어 싸우기는 어렵다.' 는 생각이 든다면 군사를 나누어 험한 곳을 사수하여 그 요충지를 막고 때로는 기병을 내어 그 예기를 꺾는다면 적의 습성이 본래 경솔하고 조급해서 오래 견디지 못할 것입니다. 열흘이 못 가서 큰 공을 이룰 수 있을 것이라 믿습니다.

다 같은 왕의 신하요, 모두가 나랏일을 돕고 있는 처지에 피차가 간격 없이 성세를 서로 의지하는 처지가 아닙니까. 각자의 의견을 자세히 듣고서 계획을 잘하여 후회가 없도록 하시기 바랍니다."

---

33) 尹斗壽(1533~1601)
   선조 때의 문신이며 西人의 거두. 자는 子仰, 호는 梧陰, 海平 사람. 임진란 때 어영대장 우의정. 平壤에 가서 좌의정이 되었다. 그는 咸興으로 몽진(蒙塵)하자는 것을 막고 義州로 갈 것을 주장했다. 그의 선견지명에 대해 칭찬을 받았다.
   선조 37년(1604) 영의정에 올랐다. 그는 문장이 뛰어났고, 글씨에도 文徵明體를 본떠 일가를 이루었다. 저서로는 ≪延安志≫, ≪平壤志≫, ≪箕子志≫ 등이 있다. 시호는 文靖이다.

5

　왜침의 위급한 상황임에도 우물쭈물한 태도에 참다못한 제봉은 반 호소 조, 또는 반 원망 조로 순찰사 이광에게 이해할 수 없는 근왕군의 해산을 따져 물은 것이다. 즉, 호남뿐 아니라 나라의 위급함을 구해야 할 책임이 순찰사와 제봉, 또는 호남백성들 모두에게 있다고 생각했다. 또 나라가 믿는바 역시 호남뿐임을 잘 알고 있었다. 의병진의 목표가 왕실, 곧 나라를 지키는 데 있다는 것을 의병진 스스로가 이를 자임하고 있었던 것이다.

　이전에 호남에서는 최초로 방어사 곽영[34]과 조방장, 이지시[35] 등

---

34) 郭嶸
　　巡察使 겸 防禦使이다. 곽영에 대한 다음과 같은 기록이 있었다.
　　우종대는 방어사 곽영이 총지휘관이 되어 조방장 白光彦을 선봉장, 광주목사 權慄을 중위장으로 삼아 여산공주를 거쳐 온양으로 향했다. 좌종대는 이광이 총지휘관으로 조방장 李之詩를 선봉장, 나주목사 李慶祿을 중위장으로 삼아 龍安江을 건너 林川을 거쳐 온양으로 향했다. 한편, 경상도관찰사 김수는 100여 명의 군관과 기간병만을 이끌고, 충청도관찰사 윤선각은 8,000명의 군사를 거느리고 북상하여 온양에서 전라도군과 합세했다. 이들은 모두 온양에 4, 5일간 머물다가 6월 4일 용인현성의 남쪽 약 40㎞ 지점에 다다랐다.
　　일본병은 조선군의 군세를 보고 굳게 지키기만 할 뿐 서울에 있는 본군에 원군을 요청하고 농성만 하고 있었다.

이 군사 5,000명을 동원하여 영남지방의 부원(지원)에 나섰다가 머지않아 진주로 퇴각한 일이 있었다.

그 뒤 호남에서의 본격적인 군사행동은 순찰사 이광에 의해 이루어지는 것 같았다. 그는 4월 말부터 도내 전역에 징집령을 내려 근왕군을 모집하기 시작했다. 그러나 이것은 조정의 동원령에 의해 강압성을 띤 것이다. 그러다 보니 졸속으로 모은 부실한 군사였다. 이는 애초부터 전의를 상실하고 겁 많은 순찰사의 행동으로 근왕군으로서의 기능을 발휘하기는 어려운 실정이었다. 그는 관찰사로서 왜적과 싸움에서 살아나기 어려울 것으로 생각해 그랬을까? 교서(임금이 내린 명령서), 인신(관인과 도장), 관대(관디, 옛 벼슬아치의 공복) 등을 모두 관청에 놓아둔 채 고부(古阜)의 본가로 피신했다가 여의치 못함을 알고 감영(직무를 보는 관아)에 되돌아왔다.

이때는 왕실을 방위하지 않는다는 원성이 백성들 사이에 드높아가고 있었다. 이광은 일본군이 서울을 침범했다는 말을 듣고 본가인 고부에서 다시 명을 받고 직무로 일단은 돌아온 것이다. 사람들의 원성이 거세지자 그는 다시 전주로 돌아와 군중 일을 비로소 보게 된다.

일본의 침입이 있을 당시 근왕군으로서 관군이 존재했던 것은 분명한 사실이다. 그러나 무능한 관군의 패퇴가 곧 의병의 봉기를 자극한 것은 아니었다. 앞서 이광에 대해 신랄한 공박처럼 당시 실정을 감안하면 근왕군이란 제도 속에서만 정규군이 존재했던 것이

---

35) 李之詩
朝房將(원래는 조정에서 근무하는 신하들이 朝會 때를 기다리는 방 관리자를 의미하나 여기서는 막하장인 부장의 역할을 말한 것 같다.)을 선봉장(앞서 가는 부대의 장)으로 방어사 李珖의 통제 아래 좌종대에서 일본군과 대치하여 싸웠다.

다. 그러나 실전을 수행할 수 있는 상황은 되지 못했다. 강압적인 징병으로 겁에 질려 끌려 나오다시피 한 오합지졸의 관군이란 것이 틈만 생기면 쥐구멍에라도 기어들려는 불안감에 휩싸여 있었다. 그래서 정규군이란 제도 속에서만 존재하였을 뿐이다. 실전에 투입될 수 있는 병력은 애당초 아니었다. 다급한 정황에 언제 적을 공격하면서 방어할 수 있는 훈련과 충성심에 대해 정신교육을 받을 수 있었을 것인가. 이러다 보니 평소에 훈련된 최소한의 상비군조차 보유하지 못한 상황에서 급작스럽게 일본의 침략을 받은 것이다.

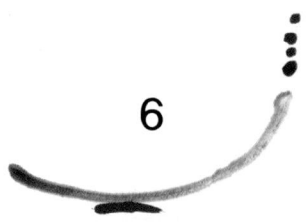

6

　임란 초기부터 일본군의 침입에 대한 방어 전략은 말할 것도 없거니와 조정의 난국 대응 태세가 그 기본조차 갖추지 못한 상태에서 일방적으로 당할 수밖에 없었다. 나라의 총지휘를 맡아야 할 어가가 북방 저 멀리 의주까지 피신하기에 바빴으니 일사불란한 지휘통솔이 이루어질 리 없었다.

　피란지에서 선조36)가 내린 공적에 대한 어명이 의병장들의 진중에 당도하기도 전에 저세상으로 떠난 사실도 모르고 있었으니 임금은 그저 관군 또는 의병들이 알아서 나라를 보전해 줄 것이란 것을 굳게 믿고 싶었을 것이다. 오직 충성심만을 믿고 있는 처지가 피란지 어가의 형편일 뿐 다른 방법이 없었으니 말이다. 전선의 총

---

36) 宣祖(1552～1608, 재위기간 1567～1608)
　　조선왕조 14대 왕. 德興大院君의 셋째 아들. 처음에 쓰던 이름은 鈞이다. 明宗이 후사 없이 승하하자 즉위하였다.
　　李滉, 李珥 등의 인재를 등용하게 된다. <儒先錄>, <近思錄>, <心經>, <三綱行實> 등을 편찬케 했다. 선정에 힘썼으나 세자책봉을 둘러싼 당파 싸움으로 국력이 쇠약해지고 임진란을 겪게 된다. 수군제독 李舜臣의 활약과 明나라 李如松의 援軍으로 왜군을 물리쳤으나 7년에 걸친 전란과 격심해진 당쟁으로 큰 시련을 겪는다. 그는 書畵에 뛰어났다. 諡號는 昭敬이다.

책임자로서 이광의 뇌세포는 전쟁의 결과를 예측하는 답이 이미 프로그램화되어 그의 마음에 작정된 것은 아니었을까.

한 부대를 이끈 의병장들은 전후 사정을 생각할 겨를 없이 오직 죽음이 있을 뿐이라는 것, 그것이 나라와 임금께 충성의 길이란 사실 외에는 아무것도 그의 마음을 범접할 수 없는 의식 상태였을 것이다. 부나방이 불길로 무조건 뛰어드는 정황과 무엇이 다를 것인가 하는 지역의 총사령관의 정황판단과 한갓 예하 부대장들의 안목과는 다를 것이었다. 이광은 그런 생각이 들었던가. 위에서 정황을 들었던 것과 같이 조선의 실상으로 보아 훈련되지 않은 병사들과 현대무기를 소지하고 정련된 수십만의 일본 병력과 대항한다는 것이 철부지의 생각과도 같은 무모한 일일 테니…… 그런 상황판단에서 백성들의 희생이 더 이상 늘어나지 않게 차라리 쥐 죽은 듯이 은둔하고 있으면 백기를 들어 버리는 것이 되니 차라리 그것이 백성을 위하는 길이라고 생각 했는지 모른다. 일본은 궁극적인 목적이 명나라에 진출하기 위한 것이니, 조선은 그의 길만 터 주면 될 것이라고 확신해 믿었던가.

한 목숨을 던져서라도 나라를 방위할 수 있다면 그만큼 가치 있는 일이 없겠지만, 온 백성의 목숨을 내주고도 나라를 지켜 내지 못한다면 국력손실이요 무고한 백성의 희생만 가져올 뿐이었다. 이광의 생각이 여기에 이를진데, 무작정 대책 없는 대항이 과연 국위를 선양하는 일일까? 이 싸움에 대해서는 심중하게 생각할 일이라는 것이 이광의 뇌리를 지배하고 있을지 모르는 일이다.

"비록 임금이 멀리 떨어져 있어 그때그때 살피지 못한다 하더라도 백성을 무서워해야 한다."라고 제봉은 그렇게 역설했다. 과연 그의 주장이 이광 자신을 설득시킬 수 있는 말인가에는 회의감이 들지 않을 수 없었다. 괜히 무고한 목숨만 빼앗기지 말고 모든 장비와 무기들은 창고에 넣어 두고 "조선은 일본 당신들의 명나라 진출길을 이렇게 터 주지 않았소!" 하고 쉽게 그들에게 협력하면서 따져도 따지면 될 것이 아닌가 하는 생각을 …… 이광은 이 같은 지론을 그의 탁견으로 부정하지 않았을지도 모른다. 일본이 임란 초기에 말했던 "명나라 길목을 터 주기만 하면 조선에 대해서는 절대로 피해가 없을 것이요."라는 약속이 지켜질 경우를 들어서 한 말이다. 그의 생각이 백성들 개개인은 "천하를 주고도 바꿀 수 없다."는 그 한목숨이 나라보다 더 소중하다고 여겨 그랬던 것일까? 이는 일본에 패망 후 그들에 빌붙어 목숨을 부지할 만큼 한목숨이 그렇게 소중하다고 여겼을까, 아니면 이미 죽음을 스스로 예고했던 의병장들처럼 싸움의 승패를 떠나 한목숨 희생하는 것이 나라를 위하는 길이 아니라 부정하고 그 길을 택한 터였을까. 과연 어떤 경우가 의의 있고 값진 일이며 진정 나라를 위한 길일까.

그러나 그의 생각이 과연 그러했다면 허구였음이 뒤에 판명될 터였다. 이는 하늘이 나타내는 조짐을 모르는 소치요, 나라의 영험한 운명을 가진 조선이 한때는 어려움에 처해 있을지라도 중간에서 반드시 다시 일어날 것이란 굳건한 제봉의 믿음을 그가 깨달을 리 없었을 것이다. 이 같은 하늘의 징조를 그가 어찌 알리 있을까. 그때 많은 의병들이 강토에 뿌린 고귀한 피는 만물의 정기가 될 것이니 …… 이 원기는 하늘에 상달되어 한때 소용돌이쳐 지난 뒤에 국토가 다시 종전대로 회복되기 위한 기운이 될 것이었다. 제봉이 경외심을 갖는 하늘은 붕당정치로 나라가 적으로부터 무방비 상태이고 백성들의 피폐한 생활은 날로 극심하기 이를 데 없음에도 창고에 쌓아 둔 물질로 자신들의 배만 채우기에 급급한 조선 조정의 정상배들에게 커다랗게 울리는 경종이었을지도 모른다. 이 경종의 역할에 사악하리만치 격해 있던 일본 막부를 부추겨 물리적으로 이용된 것인지 어찌 알 것인가. 이광의 의식과 통찰력이 형이하, 즉 물리적 공간에 머무른 의지의 반영이라면 제봉이 갖는 분별력의 마음 작용은 시공간이나 공허한 생각을 초월해, 즉 형이상의 경지까지 도달해 있음이 아닐런가.

이러한 정황 속에 선조가 의주의 파천길에 들어섰다는 소식을 들은 제봉을 마냥 슬픔에 휩싸여 있게 내버려 두지는 않았다. 그는 의병을 일으킬 결심을 굳히게 된 것이다. 그는 큰아들 종후, 작은 아들 인후와 함께 의병을 일으켜 국가에 보답할 것을 타일러 다짐을 했던 것이다.

7

중국 당나라의 장순³⁷⁾은 수양태수 허원³⁸⁾과 안녹산³⁹⁾ 이 일으킨

---

37) 張巡(709～757)

····· 그는 蒲州 하동(河東: 지금의 山西省 永濟縣 서쪽)에서 태어났다. 唐天寶 14년 (755), 唐玄宗이 楊貴妃와 놀아나느라 실정을 거듭한 틈을 타 반란을 일으킨 북방의 절도사였던 安綠山은 30만 대군으로 睢陽城(지금의 河南省 商丘市 남쪽)을 겹겹이 포위했다. 바로 이때에 守城 장군으로 있던 사람이 장순이다. 그는 적은 병력으로 수 많은 적을 살상하고 장렬하게 전사한다.

수양성의 軍民들은 모두 죽기를 각오하고 항전하려 했으나 양식이 바닥나게 되니 민심은 동요되고 사기는 땅에 떨어진다. 이러한 사실을 감지한 장순은 자신의 愛妾을 군사들 앞에서 베어 죽이고 말한다.

"·····양식이 바닥났는데도 모두 국가를 위해 충심으로 이 城을 사수하고 있으니 나는 이에 보답하기 위해 내 살을 베어서라도 여러분의 양식으로 나눠 주고 싶은 것이 나의 본심이다. 그러나 나는 이 성을 지키는 主將으로 그렇게 할 수 없지 않는가. 까닭에 어쩔 수 없이 나의 애첩에게 나를 대신하게 하였다. 원컨대 나누어 먹기를 바란다." 이런 비장하기 이를 데 없는 말에 병사들은 눈물만 흘릴 뿐, 어찌 감히 먹으려 하겠는가! 이에 장순은 다시 강개한 말투로 말한다.

"만약 여러분들이 먹으려 하지 않는다면 나의 애첩의 희생은 헛되게 되는 것이다. 모두들 그녀의 고기를 먹어야만 그녀의 죽음 또한 가치가 있게 되는 것이다."

장순의 이러한 정신에 감동된 부사령관 許遠은 집으로 돌아가 자신의 奴僕을 죽여 병사들에게 나눠 먹도록 했다. 그렇게 되자 성안의 여성들은 거의 병사들의 양식으로 희생되었다. 이어 노인과 아이들도 희생되었다. 모두 2, 3만 명의 사람들이 희생되어 가면서 결연한 항전의지는 하늘을 뚫을 듯이 높아져 그 어느 누구도 투항하려는 마음을 먹지 않았다.

결국 이렇게 반란군에게 대항하여 6,000명의 병력으로 30만 대군을 맞아 400여 차례 전투를 벌여 12만 명의 반란군을 죽이면서 1년 가까이 지탱할 수 있었다. 그러나 끝내 성은 함락되고 장순과 그의 측근 36명의 部將들도 장엄한 殉節을 했다. 장순의 이 초

싸움에서 수양성[40)]을 사수하여 적의 진출을 막았다. 그러나 또 다른 싸움에서 사로잡히었을 때, 그는 죽음을 초월한 사람과도 같았다. 적에게 끝까지 지조를 굽히지 않고 무참히 죽임을 당했기에 …… 그는 결국 수양성처럼 명예로운 이름을 얻은 것이다. 역시 당나라의 충신이던 안진경[41)]은 시가와 문장에 뛰어난 사람이었는데, 안녹산이 반란을 일으키자 그는 문관의 몸으로 의병을 모아 평원

인적인 항전은 반란군의 사기를 꺾고 진격을 늦추어 조정이 반격할 수 있는 시간을 벌게 했다. 그가 순절함으로써 나라에 기여한 공로는 매우 컸다(장순의 결사 항전한 이 사실은 ≪中國歷代珍聞奇談≫ 도서출판 월인. 1999.이라는 책에서 한 필자가 발췌 보완해 약술한 것이다.).

38) 許遠
수양성을 지키던 수성 장군 장순의 부사령관으로서 장순이 그의 애첩을 죽여 병사들의 주린 배를 달래는 이러한 정신에 감동된 부사령관 허원은, 집으로 돌아가 자신의 노복(奴僕)을 죽여 병사들에게 나눠 먹도록 했다.
수양성을 사수한 허원과 장순 등이 항전을 계속했다. 이듬해 6월, 楊國忠은 통관 결전을 명령했는데 작전 미숙으로 가서한(哥舒翰)이 이끈 방위군이 대패하여 통관이 함락되고, 반군은 수도 장안(長安)으로 쇄도했다. 이에 현종은 서쪽으로 피신했다. 기아에 지친 병사들의 압력으로 산시 성(陝西省) 마외역(馬嵬驛)에서 양국충은 살해되고, 양귀비는 액사(縊死: 스스로 목을 매어 죽는다.)했다. 당시 귀족들은 일족의 안일만을 도모하였으므로 민중들은 스스로 자위 집단을 형성했다. 민중은 지방관 안진경 등을 지지했고, 장안 부근에서 유격전을 펼친다. 당시 서북쪽으로 피신한 황태자 형(亨)은 두홍점(杜鴻漸) 등에게 추대되어 756년 간쑤 성(甘肅省) 영무(靈武)에서 즉위했다. 그가 곧 숙종(肅宗: 재위 756~762)이다.

39) 安祿山(?~757)
唐나라 중기의 武將으로서 玄宗의 총애를 받았다. 河東節度使로 있을 때 군대의 증강과 私有化를 도모하여, 중앙의 楊國忠과 반목. 755년에 范陽, 지금의 북경에서 군사를 일으켜 洛陽을 공략한 후 大燕皇帝라고 일컬었다. 그는 둘째 아들 慶緒에게 살해되었다.

40) 誰陽城: 중국의 옛 지명. 春秋 시대의 宋나라 땅. 지금의 河南省 동부, 商丘縣 남쪽에 설치된 현. 755년 唐 나라 안녹산의 난에 張巡, 許遠이 이곳의 城을 사수하여 적의 진출을 막은 것이 계기가 되어 유명한 곳이 되었다.

41) 顔眞卿(709~784?)
당나라의 충신, 書의 대가. 자는 淸臣, 山東 臨沂 사람. 北齊의 학자 顔之推의 5대손. 博學하고 辭章에 뛰어났다. 벼슬은 御史大夫, 太子太師에 이르렀으나, 淮西節度使 李希烈이 반란을 일으켰을 때, 그를 설득하는 소임을 명받아 적의 진영으로 가 거기서 구류된 뒤 피살되었다. 書風은 남성적인 剛氣가 있으며 楷書로는 <多寶塔碑>, <顔氏家廟碑>, 行草로는 <爭座位帖> 등이 걸작으로 꼽힌다. 代宗 때, 魯郡公에 봉해져 顔魯公으로 불리었다. 저서로 ≪顔魯公集≫이 있다.

성에서 적을 막았다.

그때 조선은 결국 스물네 고을이 와해되고 견고한 성곽마저 지탱하지 못했다. 산이 무너져 바위가 구르듯 일본군들이 벌 떼처럼 몰려 들어온 것이다. 그들의 화기는 연속적으로 불꽃을 뿜어 대고, 거침없이 토해 낸 탄환은 우박처럼 마구 쏟아져 내린다.

창졸간에 당한 전란이라서 준비가 충분치 못한 의병들로서는 당해 낼 도리가 없었다. 의병들이 가지고 있다고 하는 뾰족한 긴 창42)을 춤을 추듯 휘둘러 댄들 일본군의 예리한 칼날에 서릿발 치듯 반짝이는 날카로움을 어찌 감당해 낼 수가 있었을까. 전쟁터는 구름 한 점 없는 대낮 햇빛마저 빛을 잃은 듯 싸늘해 보인다.

선조는 난을 피해 서울을 떠나 서쪽으로 이슬 내린 밤길을 재촉하고 종묘사직은 지켜 내지 못해 잿더미로 변해 버린 지 오래이다.

사나운 이리와 악독한 뱀과도 같은 포악한 일본군들은 어금니를 들썩들썩 혀를 날름거려, 백성은 단숨에 그들에게 사로잡혀 먹히고 만다. 아무리 식량이 없다 한들 인육을 양식으로 삼다니 …… 신인 공노할 만행이다. 그들은 산짐승을 포획하듯 조선백성들을 무자비하게 포식한다. 장안의 길바닥에는 피가 흘러 내를 이루고, 죽어 가는 사람들의 비명소리는 목소리가 얼마나 컸던지 쩌렁쩌렁 산악을 울리고도 남는다.

---

42) 槍: 긴 나무자루 끝에 양쪽에 칼날이 있는 뾰족한 쇠가 달려 있다. 남자용은 2.6～ 2.7m, 무게가 800g이다.

8

그때 호남에는 임금에게 충성할 정예 부대가 애초 십만을 헤아렸다. 그러나 적재적소에 활용되지 못할 군사라면 숫자가 많은들 무슨 소용이 있을까. '애석하게도 그 인물이 아닌 자에게 소속되는 데서 불행은 시작된 것이다.'

왕의 행차를 보위하는 근위병은 빈약하기 이를 데 없어 병사라 말할 것도 없었다. 선조는 밤낮으로 남쪽하늘을 바라본다. 남군이 오기만을 학수고대하면서…….

용인싸움에서 한 번 지고 미처 수습하지 못해 대장은 적에게 쫓겨 필마로 도망해 버린다. 목숨을 부지하기 위해 옛 병영으로 돌아간다는데, 물론 중과부적으로 위급한 상황에서는 이 보 전진을 위해 일보 후퇴하는 것도 작전 중에 하나일 것이다.

우선은 대장이 위험한 지경에 노출되어 가볍게 목숨을 내주는 것보다 살아 있어야 이다음 흐트러진 전열을 가다듬고 다시 힘을 모와도 모을 테니까. 그리고 전력의 힘도 다시 불어넣어야 하겠기에? …… 진정 그런 상황에서 병력을 이끌고 안전지대에 물러나 있다가 재기할 기회를 보는 것이라면 오죽이나 좋을까. 그런 고뇌에 찬 결단이라면 누가 무어라 말할 것인가. 이유야 어떻든 그때의 전황에서는 안타깝게도 한번 뿔뿔이 흩어진 병사를 다시 수습하기가 얼마나 어려웠던가. 다시 모인다 한들 와해된 무리에 사기를 북돋아 정예화하기도 쉬운 일이 아니었다. 더구나 그때의 민심은, 적진을 공격하여 이기지는 못할망정 일단 달아나는 자체가 용납되지 않는 분위기였으니 말이다. 비굴함이고 졸렬한 행위로 치부되고, 싸움터에서 장렬하게 죽는 것이 용장이고 숭고함이었다.

남도 사람들은 대장이 도망갔다는 소식에 몹시 분노했다. 백성들 가운데는 그가 나타나기만 하면 찢어 죽이려는 듯, 그때 지방 분위기는 매우 살벌했다. 그러니 흉흉한 분위기가 감돌 수밖에 …… 이럴진대, 어찌 어수선하지 않았을까.

'누가 다시 열읍에 호소하여 살아남은 군사를 불러 모을까. 이제 일 다 그르친 뒤라서 그만 아닌가! 그만 아닌가!'

하늘이 무너지고 땅이 꺼져 가는 그런 상황에서……

제봉은 하늘을 우러러 보며 눈물을 쏟는다. 그리고 울분을 토하느라 말을 잇지 못한다. 그렇게 식음을 전폐하고 통곡을 하다 보니 어느덧 밤낮 3일이 흘러가 버린다.

이제 그의 몸은 그의 것이 아니다. 죽음으로써 나라에 바치겠다고 다짐한 이상…….

'백성의 도리로서 정의롭게 왜적을 치겠다!'고 주상께 보답할 것을 그는 그렇게 맹세한다. 그는 홀로 우뚝 서서 백성에게도 그렇게 외친다. 사방에서 의사들이 마치 흩어져 있던 구름이 한자리로 모이는가, 캄캄하게 짓은 먹구름에서 소낙비가 쏟아지는가, 그렇게 서로 앞다퉈 모여들었다고 기록은 전한다.

모여든 의사들은 우선 대장을 추대하고 나서 그가 설 자리인 단을 쌓고 함께 기를 세운다. 그들은 말을 쓰러트려 피를 내고, 소를 잡아 하늘과 땅에 제사를 먼저 올린다. 대장으로 추대된 그는, 임금이 피란해 있는 서쪽을 향해 두 번 절하고 일어나 군사들에게 나라에 충성할 것을 일깨운 그의 호소력에 모여든 군중들은 가슴 저리게 연호한다.

그는 평생 옥당에서 문서를 휘둘러 쓰던 손에 서까래 같은 붓으로 가슴속에 가득 찬 붉은 마음을 토해 내고 있다. 시종일관 그런 오달진 각오로 격서를 써 내려간다. 그런 광경을 지켜보던 군중의 건아들, 그들의 머리털은 하늘을 찌를 듯, 위로 곤두서 있다.

옥과(玉果) 사람 학유 유팽로 등이 경명을 대장으로 추대함에 따라 그는 엉겁결에 호서, 호남의 수창자가 된 것이다.

여기서 그냥 지나칠 수 없는 것은 유팽로 역시 제봉처럼 나라를 위해 그 의지를 발휘한 것이었다. 임란 초기 호남의 근왕병과도 같은 의병이 모집되는 과정에서 특이한 사례라고 볼 수 있었는데, 그때 혼란기를 틈타 봉기한 토적집단을 설득하여 의병진에 끌어들인 일이 있었다.

그해 4월 20일경 유팽로가 순창 대동산 앞에서 읍성으로 쳐들어가려던 토적들을 잘 설득하여 그의 의병진으로 합류하게 한 것이다. 이때 토적단의 병력은 기병 2백에 보병 3백이나 되었다.

군사 일에는 본래부터 서툴러 어색할 것 같은 경명이 분개한 모

습으로 단위에 올랐다. 그가 늙고 병들었다고 막하장들이나 병사들
어느 한 사람도 경솔하게 대하지 않았다. 또 경홀(경박)한 생각을
품지도 않았다. 오히려 그를 흠모하는 모습들뿐이었다.

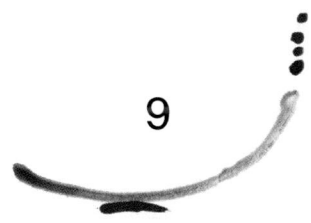

9

　그는 5월 29일에 담양 추성관에 의병청을 설치하고 의병의 자금
과 양식 등 물자의 공급 담당은 박광옥[43]에게 위촉했다. 박광옥의
경우에는 후방지원을 위해 광주에 체류하면서 군량 및 군기조달을
뒷받침하고 있었다. 제봉은 종사관에 유팽로, 안영, 양대박[44]으로
삼았다. 모량유사(양곡을 모으는 업무를 맡아보는 일)에는 이대
윤[45], 최상중[46], 양사형[47], 양희적[48] 등에게 각각 일을 맡겼다. 또

---

43) 朴光玉

　　자 景瑗, 호 懷齋.
　　선조 1년(1568) 學行(학문의 수행자)으로 천거되어 내시교관, 宗簿司 主簿를 지냈다.
　　1574년 별시문과에 을과로 급제하여 춘추관 기사관이 되고 전라도, 충청도의 도사를
　　거쳐 1579년 지평, 예조정랑 등을 역임한 후 奉常寺正 때 병이 들어 사직했다.
　　1592년 임진란에는 고경명, 김천일 등과 고향에서 의병을 모아 훈련을 시키는 한편 군
　　량을 수집하고 병기를 수선하여 나중에는 도원수 權慄을 도왔고 다음 해 나주 목사가
　　되었다.
　　광주의 포충사, 광주 서창의 義烈祠, 전북 남원에 있는 雲峰의 龍巖書院에 제향.

44) 梁大樸(1544~1592)

　　임진란 때의 의병장. 자는 士眞, 南原 사람. 선조 25년(1592) 임진란이 일어나자 의병
　　을 거느리고 고경명의 휘하에 들어가 全州에서 의병 2,000명을 모았으나 과로로 珍山
　　의 진중에서 죽었다. 글씨를 잘 썼다고 한다. 그의 雲巖勝捷은 奇兵策으로 각종 군 노
　　획품과 일본군사 1,000여 명의 참살, 200여 명의 조선포로를 구출했다. 그가 이끈 남
　　원 의병은 당시 희생자 40명이 전사했다.

한 운량참모제(양식을 운반하는 책임을 맡은 참모)를 두어 부전운량장(전쟁터에 식량을 운반하는 부대의 대장)과 재향운량장(고향에서 식량을 조달하여 실어 내는 부대의 대장)을 각각 2명씩 배정함으로써 전후방에서 각기 군량조달을 책임지게 한 것이다. 의병에게 반드시 필요한 것은 사람 못지않게 병력을 움직이게 하는 원천인 군에 공급할 식량이었다. 의병을 일으키는 유생들이 군량을 모으는 과정은 대체로 두 단계를 거쳐 이루어지고 있었다.

첫 번째로는 기병할 때 처음부터 상당한 군량을 취합하는 것이다. 다음으로는 성군(의병을 조직한) 뒤 의병활동을 전개하는 과정에서 필요한 만큼 계속 그것을 확보해 가는 방법이었다. 창의하는 데 기병의 주역인 사람은 그들 대부분이 탄탄한 경제적 기반을 갖

---

45) 李大胤
절제사. 이대형의 형.

46) 崔尙重
자 汝厚, 호 未能齋. 선조 22년(1589) 증광문과에 병과로 급제하고, 검열을 거쳐 1592년 임진란이 일어나자 고경명 의병진에 합류하여 모량유사 즉 양곡을 모으는 직책을 수행하였다. 경명의 의병진이 금산에서 무너진 후 그는 도원수 권율의 종사관이 되었다. 그 후 지평, 장령, 부수찬, 교리 등을 지낸다. 1602년 사간을 마지막으로 벼슬을 버리고 고향에 돌아온다. 도승지에 추증, 아들의 공로로 대사헌(憲)에 가증, 南原의 露峰書院에 제향.

47) 楊士衡(본관 南原)
자 季平, 호 漁隱(영조 때의 琴客金聖器의 호와 같음). 선조 21년(1588) 문과에 급제하고, 병조좌랑, 경기도사, 병조정랑을 역임했다. 일찍이 盧禛 柳希春의 문하에서 수학하고, 경서와 사기에 통달하였다.
1592년 고향에 머물러 있던 그는 임진란이 일어나자 고경명 휘하에서 崔尙重, 楊希迪 등과 함께 양곡을 모집하는 책임을 맡아 의병진을 도왔다. 1차 금산전투에서 패하게 되자 그는 邊士貞 등과 흩어진 의병들을 다시 수습하여 일본군과 싸워 많은 공을 세웠다. 도승지에 추증, 전북 淳昌郡 柳等面의 花山祠에 제향.

48) 楊希迪(전북 任實郡 三溪面 阿山里)
阿溪祠에 제향. 명종 10년(1555) 삼계면 삼계리에서 태어났다. 임란 당시 38세로 유팽로, 양대박과 함께 고경명의 병진에 합류, 일본의 조선 침략에 대한 창의소를 설치하고 궐기했다. 양곡과 군기를 보급하는 부전운량장이 되어 임무에 충실했다. 전란이 끝나고 內膳寺 판관을 제수받았으나 사양하고 고향으로 돌아가 부모에게 효도하며 살았다.

춘 그곳의 지주들이었다. 특히 의병 지도층에 속한 지역 사람이 대체로 경제적 유력자들이란 사실이다. 이를 입증할 만한 사료는 각 군의 군량, 군기 모집에 관한 기록들을 살펴보면 확인이 가능했다. 또한 의병장의 재력을 말해 주는 지접적인 기록도 찾을 수 있었다.

10

　남원에서 의병을 일으킨 양대박의 경우는, "누세부기지업 자산유
족 갑우일도지 시진탕어 결호사향 대중지거불 이위념언(累世富貴
之業 資産裕足 甲于一道至 是盡盪於結豪士餉大衆之擧不以爲念
焉)"(양대박, <梁大司馬實記> 권 1, <종군일기(從軍日記)> 상, 임
진 5월 22일)라고 한 것을 보더라도 그가 재향지주임을 나타낸 것
이다.

　전주에서 의병을 일으켜 공을 세우고 순절한 양대박과 그의 아
들 양경우[49]의 업적을 기리기 위해 1796년(정조 20, 병진)에 세운
정려가 있었다.

　황진, 조경남[50]과 함께 남원의 삼웅이라 불리는 양대박은 전라북

---

49) 梁慶遇
　　양대박의 아들이다. 아버지와 함께 운암전투에서 크게 승리하고 7,000여 석의 군량미
　　를 거두어 명나라 군대에 제공했다.
50) 趙慶男
　　자는 善述, 호는 山西. 趙憲의 문인으로 임란 때 창의하여 많은 일본군을 무찔렀다.
　　학문에도 뛰어났다. 英祖 때 南原의 新浦書院에 제향. 저서는 ≪난중잡록≫, ≪山西
　　野史≫, ≪性理釋≫, ≪倫理辨≫이 있다.

도 남원에서 1,000여 명의 의병을 모아 1592년 6월 하순 섬진강 상류의 임실 운암전투에서 1,000여 명의 왜군을 물리쳤고, 그의 아들 양경우는 7,000여 석의 군량미를 거두어 명나라 군대에 제공했다. 운암전투는 양대박 휘하의 남원 의병이 거둔 승전이었을 뿐만 아니라 임진란 극복사에서도 매우 중요한 의미를 갖는 싸움이었다.

치열했을 운암전투 현장을 방문한 것은 포충사의 제사에 참례했던 그해 12월이었다. 그곳에 내려가 맨 먼저 현지를 답사하게 된 것은 '부자 충의문'이었다. 충의문은 특이했다.

비각은 정면 1칸, 측면 1칸의 겹처마 맞배지붕 건물로서 조선 후기의 건축양식을 따랐는데 앞면에 8각으로 다듬은 180㎝의 돌기둥을 사용한 점이 특이했다. 돌기둥은 머리를 네 갈래로 터서 창방과 익공 쇠서를 직접 연결한 뒤, 거기에 주두를 얹고 익공 쇠서와 첨차를 이어 도리와 장혀를 받게 하였다. 초제공과 이제공 살미에는 아래위로 연꽃봉오리를 조각했다. 안쪽도 첨차 끝을 중첩한 끝에도 연꽃봉오리를 조각했다. 비각은 사면이 홍살로 꾸며져 있었다. 내부에는 양대박 부자의 충절 내용을 기록한 화강암 비석이 가운데 서 있고 현판 3점이 걸려 있었다. 비석의 크기는 높이 141m, 너비 55㎝, 두께 25㎝이다. 건물 정면에는 '부자충의문'이라고 새긴 현판이 걸려 있었다. 남원양씨 충장공파 종중에서 소유, 관리하고 있었다.

그들은 의병 지도층으로 성원(구성)되는 과정에서 스스로 군량을 내놓고, 이를 수합하여 휘하 의병의 군량으로 충당했다.

의병장의 한 취양(양곡을 모으는) 사례로 보면 옥과에서 의병을 일으킨 유팽로는 임란 전에 이미 왜란을 예견하여 수년 전부터 향리의 뒷산골짜기에 세 칸 집을 짓고 각 방에 군기, 군량, 군복 등을 비축한 것이다. 매년 100여 석의 양곡을 저장하였다가 거병 시에 이용했다. 의병이 조직된 뒤 상당한 군량을 모아 출진한 후에도 계속 군량을 확보해 가지 않을 수 없었다. 수천 병력을 관리하기 위해서는 절대로 필요한 것이 식량이기 때문이다. 6,000여 의병을 보유했던 제봉은 군량 문제에 심혈을 기울일 것은 당연한 일이었다.

제봉 휘하의 호남 초기 의병이 담양에서 출진한 뒤 여러 도에 보낸 격문에서 그는 이렇게 호소하였다.

"…… 바라건대 제봉은 모두 함께 순국의 뜻으로 분발하고 지균(내놓은 창고의 곡식)의 의로움을 본받아 각기 곡식을 염출하여 군량을 보태 준다면 저 맹자가 이른바 '말만이라도 양묵(양자와 묵적을 막는)을 막는 자는 역시 성인의 무리에 든다.'"라고 하여 각별히 군량지원을 호소한 것도 그와 같은 사정에서 비롯된 것임을 알 수 있었다.

11

　여기 격문의 글 내용에, 맹자가 눈엣가시로 여기던 묵자와 양자를 하필 제봉이 왜 그의 격문에 인용한 것일까? 그가 한때 묵자의 설법에 호감을 가졌음에도……. 묵자의 가르침은 본받을 만하나, 그들의 날카로운 감성과 공격성이 깃들어 있어 다른 사상가들에 대한 인격적인 배려가 없었다. 그것을 발견한 제봉으로서는 크게 상심하지 않을 수 없었다. 특히 묵자의 결정적인 결함은 겸애사상이 가져온 폐해였다. 묵자는 무차별적 사랑을 중시하여 때로는 은연중에 친부모를 경시하게 되는 경우가 드러나기도 했다.

　충성과 효도가 지상 명제이다시피 한 사상을 존중한 제봉으로서는 여간 껄끄러운 일이 아니었다. 묵적(묵자의 본 이름)을 보고 "그들처럼 친아버지와 임금을 무시하는 자들은 사람이 아닌 금수이다."라고 일갈했던 맹자였다. 제봉은 이 같은 묵자의 하느님에 대한 믿음을 따르려 했으나 폐단이 드러난 것이다. 제봉의 성정은 충효를 저버리고는 생각할 수 없었다. 제봉은 묵적의 제자들 언행에 동의할 수 없는 것이다. 아무리 어떤 사상이 특출하더라도 이를 다루는 관리자들이 펼치는 방법이 서툴면 걸림돌로 작용하게 될 것이기에 그렇다. 사상을 펼치는 것이 오히려 걸림돌이라면 누가 선봉장인 첨병의 뜻을 따를 것인가.

도내 전 지역을 대상으로 하여 군사를 모은 제봉의 의 진을 보면 각 읍 단위로 의병 지도자를 두어 의병 지도층의 계층을 이룬 것이다. 이것은 곧 대규모 의병진으로 성군 6,000대군(또는 7,000대군)으로 알려진 임란 최대의 의병부대를 결성토록 한 것이다. 그런데 근왕 의병의 활동이 시작되면서 가장 어려웠던 것이 지속적인 군량조달 문제였다. 특히 제봉 의병군은 본도에서 멀리 떨어져 위치한 어가행렬과 대군의 군량 공급을 위해 한편으로는 이를 도외의 본진에 수송・공급하는 방법을 택했다. 곡창지대인 호남이 아니고서는 군량 공급이 거의 불가능한 상황이었다. 그럼에도 전란은 장기화되고 있었다. 근왕병의 성패는 군량난 해결에 달려 있었다고 보아도 과언은 아닐 것이다.

임금의 행차가 서쪽으로 떠나 5월 22일엔 의주로 옮겼다는 소식이 전해졌을 때, 그의 마음은 어떠했을까. 도성에 남은 신하들은 도성을 지키지 못한다는 소식도 간간히 들려오던 때이니……. 나라가 위급하게 되자 통탄해 마지않던 그는 식음을 전폐하고 밤낮 3일을 목이 쉬도록 대성통곡을 하고 나서 결연한 의지를 다지던 그때를 다시 회상하지 않을 수 없었다.

12

　6월 1일 출사표(전쟁터로 출병할 때 임금에게 올린 글)를 작성하여 양산숙과 곽현 두 사람에게 서해간도를 통해 의주에 머물고 있는 임금에게 상달하도록 했다. 이 출사표를 받아 본 선조임금은 얼굴에 기쁨을 가득 머금고서 다음과 같이 하교했다.

　"경명에게 즉시 '공조참의지제교겸초토사(工曹參義知制敎兼招討使)'로 제수토록 하여라."

　이때 도체찰사로 있던 송강 정철에게서도 편지가 의병 진중에 날아왔다.

　"살아 돌아와서 오늘 일을 보고 있던 차 …… 조의에 눈물이 얼룩지고 눈물이 그치더니 피가 흐릅니다.

　차마 말 하오리까! 차마 말 하오리까!

　양좌랑(梁佐郞) 산숙이 와 소식을 들은즉 '형이 창의하여 군사를 일으켜 호산(壺山)에 당도하였다.' 하니 친구의 정으로 보아 반가움이 배나 더할 뿐만 아니라 우선 상감께서 기뻐하시고 만조백관들도 기운이 솟아난다오.

아마도 하느님이 국가를 복되게 하기 위해 모르는 가운데 도우신 것이 아니겠는가.

기운을 가다듬어 전진하여 속히 이 나라를 회복하고 난로(鸞駕, 輦: 임금이 탄 가마의 종류)를 맞아들이기를 날로 바랄 따름이오.

이 철(澈)도 도체찰사의 명을 받고서 명일에 길을 떠나기로 생각하는데 혹 길이 막히지 않을까 염려된다오. …… 정지하자는 의논도 나오고 있으니 어떻게 될지 모르겠구려! 종이는 짧고 할 말은 많으나 이에 그치고 다 갖추지 못합니다."

출사표를 받아 본 선조임금은 얼굴에 기쁨이 가득하여 제봉에게 새로이 관직을 하교하고 '만조백관들도 기운이 솟아난다.'는데 진중의 한쪽에선 안절부절못하고 허둥거리는 순찰사의 모습이라니, 민심은 흉흉해지고 정정은 더할 수 없이 불안정해 간다니 이 일을 어찌할 것인가.

제봉은 순찰사에게 뒷일의 책임을 지고 책망하듯 한 내용의 편지를 또다시 보낸다.

전라도 순찰사는 일본군이 얼마 안 있으면 호남으로 들이닥칠 것을 두려워서였을까. 어찌할 바 모르고 여전히 허둥거리다가 결국 군대의 진을 또다시 해산시켜 버린다. 호남에는 민심이 매우 흉흉해져만 갔다. 백성들은 두려워 안절부절못하고 …… 정정은 더할 수 없이 불안정해져 가고 있었다.

도순찰사는 한동안 근왕할 뜻이 없었으나 제봉이 권면한 대로 징병을 하게 되어 비로소 제봉에게 격문을 구해 와 다시 붓을 들게 되었다.

"국사가 이 지경에 이르렀으니 더 무슨 말을 하오리까. 오직 날로 북쪽을 바라보며 길이 애통해할 따름입니다.

방금 마음이 초조하여 어찌할 바를 모르던 차에 영감의 서신을 받게 되어 다 읽기도 전에 눈물이 쏟아집니다."

노쇠하고 병든 몸이라서 초야에 엎드려 방 안에만 들어앉아 있었던 그로서는 임금에게 행장을 갖추어 주야로 달려가 행재(임금이 멀리 외출할 때 임시 머무는 곳)에 위문할 수도 없을 뿐 아니라, 군막에 나아가 군무를 도와줄 수도 없었다.

"…… 민망하고 부끄러워 몸 둘 바를 모르며 다만 죽음이 있다는 것을 알 따름이었습니다.

하교하신 격문에 대해서는 경명이 비록 오랫동안 문묵을 폐했으나 의리상 감히 사양할 수 없으므로 삼가 초해 올리기는 하오나 사연이 너무 허전하여 절하의 창의 흥사하려는 뜻을 발휘하지 못하는 것이라면 어찌할까 하고 마음이 조급할 따름입니다.

더구나 모월 초에 본주 동쪽 폐장(버려둔 채로 있는 논밭)으로 옮긴 까닭에 지금 보니 영감의 서신이 초 3일에 발송되어 초 6일에 우체군이 비로소 빈집으로 전달되었기에 이렇게 지연되었으니 혹시 늦어서 일에 미치지 못할까 깊이 걱정됩니다.

구구한 소회나마 진술한 것이 있어 별지에 기록하여 올립니다. 절하는 행여 사람이 변변치 못하다 하여 말까지 버리지 마시고 중론을 널리 들어서 나라를 위해 큰 공을 세우시길 간절히 바랍니다.

때마침 창의사 김천일이 편지를 보내 왔기에 영감의 의사를 상세하게 전달했습니다. 남은 말은 심신이 산란해서 다 아뢰지 못합니다."

당시 백성들 편에서든 어느 면으로 보나 제봉이 이광에게 보낸 편지 내용은 타당하고도 예의를 갖춘 적절한 것이었다. 그 내용에 불편한 심기를 드러낼 것이라는 하등의 이유가 없다고 생각하고 제봉은 다음의 별지에 세세한 소견을 적어 보낸다.

13

　오늘날 일로는 군사를 일으켜 근왕하는 것이 제일이지만 마땅히 인심을 단결시키는 일이 선행되어야 할 것이외다. 왜적의 침범으로 민심이 이미 극도로 소란한데 끊임없이 군사만을 모집한다면 백성들의 생활은 더욱 핍진하진 않을까요?

　옛사람이 말하기를 '군사란 많은 것보다 정예(날래고 용맹스럽게 정련된 군사)해야 한다.' 하였지요. 모집된 군사라도 잘 이용하면 현재의 군사로도 족히 적을 제압할 수 있어 나랏일은 날로 잘 굴러 가겠지만, 잘못 이용하면 오히려 나라의 근본이 날로 흔들리고 말 테니 아무리 많은들 무엇이 유익하오리까.

　임금이 탄 수레가 서도를 순행하시는데 평양이 말할 수 없이 조잔(형세가 지쳐 쇠잔하다)하여, 백관유사에게 지급할 비용을 마련하기 어려울 뿐 아니라 심지어 태관(太官) 찬수(반찬거리)를 구입하는 데 드는 비용까지도 지급하기 어렵다 하니 이 아니 한심스럽지 않습니까. 깊숙하고도 세세한 일까지 듣건대 군산에서 임금에게 상납

하는 세미도 강에 도착했다 도로 돌아가고 법성창(전남, 영광군 영
광읍 법성포구의 창고)에서도 아직 배가 떠나지 못했다 하니, 이
말이 사실이라면 '중상(상을 후하게 주면) 아래 반드시 날랜 사람이
있다.'는 말처럼 지금 중상을 걸고 그런 사공(뱃사공)을 모집해서
서해로 배를 띄워 대동강에 닿게 하면 좋지 않을까 합니다.

가령 심부름차 나선 병사와 사공들이 사용하고 그 절반이라도
행재에 득달케 되더라도 도 지방과 군과, 나라의 용기가 북돋아질
때, 이에 힘입어 근왕군은 지탱하게 될 것이고, 사방의 인심 역시
믿음이 생겨서 걱정하지 않아도 될 것이 아니겠습니까.

지금 왜적이 배를 버리고 육지로 올라와 천 리를 누비며 싸우고
있으니 비록 도성을 점거했기에 육로는 이미 막히고 서방의 바닷
길은 아직 탈이 없은즉 지금 계획하면 일이 될 만도 한데 단지 평
상시의 예대로 변변치 않은 말장에게 맡겨 둔다면 의외의 변고를
어찌 예상하지 않으리까…….

그러니 충용한 사람으로 주즙(배와 노)에 정통한 자를 모집해서
정병을 곁들여 주어 싸우면서 가게 한다면 비단 군량만 무사히 득달
할 뿐 아니라 행도에 있는 군세도 차츰 떨치게 될 것이 분명합니다.

다만 민심이 동요되어 군사모집이 용이하지 못하다면 급히 조치
해서 선졸만으로 전례대로 거느리고 가게 하는 것도 가능하지만,
그러나 만약 시일을 천연(시일을 미룬다)한다면 저 왜적이 딴마음
을 먹지 않는다는 것을 누가 보증하리까.

오늘날 조정의 호령이 군전을 넘나들지 못하고, 사방의 소문이
행도에 들리지 못하니 진실로 통곡할 일입니다.

만약 후한 상으로써 포작(잠수부)을 모집해서 고기잡이로 위장하

여 납지(밀이나 백랍 또는 파라핀 등을 먹인 종이)에 쓴 서신을 전달하고, 무사히 갔다 오면 고을 벼슬인 판관에 보충되게 하겠다고 다짐도 하고 혹은 쌀과 포목을 넉넉히 주기로 하여, 이 두 가지 중에 원하는 대로 응해 주며 또 그 처자를 관으로 불러들여 돌아올 기간 동안은 날마다 술, 밥을 공급하되 평상시의 양보다 배를 더하여 줍니다. 한편으로는 집안을 두루 양육하는 은혜를 보이고 한편으로는 얽어매는 꾀를 쓴다면 일이 잘되리라 믿어집니다.

사방의 장수들이 힘을 모아 근왕할 때는 마땅히 수륙으로 한꺼번에 진출하여, 대군은 곧장 평탄한 길로 나가고 기병은 바다로 나가서 적으로 하여금 앞뒤로 공격을 받게 하면 급작스런 천둥소리에 미처 귀 가릴 틈이 없는 경우와도 같을 것이니, 이것이 전략가가 사변에 응할 때 임기로 꾸며 대는 권모가 아니고 무엇이겠습니까. 바로 이것이 기정(임시변통의 수단과 정도)의 도란 것입니다.
……

제봉은 또 담양 최우에게도 격려의 편지를 띄운다.

군부의 원수는 사람마다 보복할 것을 생각한 것이다. 종사의 수치는 누군들 씻기를 원치 아니하랴. 지금 우리 국가의 욕은 전고에 없던 일이니 통곡밖에 다시 무슨 말이 있겠는가.

경명은 만인을 당적할 용맹도 없고 구정(상여 밑 좌우에 줄을 걸고 한쪽에 18명씩 메는 큰 상여)을 들 힘도 없지만 나라 원수를 갚지 못했으니 한 번 죽음을 허락해야만 하므로 감히 지닐총[51]을 다하여 마침내 병을 일으켰는데, 우격[52]을 한 번 날리자 원근(遠近)

---

51) 지닐총: 한 번 듣거나 본 것을 잊지 않고 오랫동안 지니게 될 총기.

이 모두 호응하니 이것이 어찌 용기의 소치가 아니겠는가, 실로 나라 위하는 심정은 모두 같기 때문이다.

그러나 도중(사람의 무리)은 비록 많지만 동지는 얻기 어려운 것이라 구해도 얻지 못해서 자나 깨나 생각만 한 적이 무릇 몇 날 몇 달이었는데, 듣자니 족하(足下)⁵³⁾는 용맹이 삼군을 뛰어넘고 힘이 천 명을 누를 만하다 한즉 흉한 왜적을 소탕하는 것은 그대의 장중에 있다 하겠다. 그런데 경명을 비루하게 여기지 않고 장차 협력을 하겠다. 하니, 어리석은 나는 시기가 적절하고 동류가 호응되어 장차 훈업을 이룰 수 있다고 생각하니 몹시 다행하게 여겨 두 손을 치켜들고 반긴 지 오래이다.

지금 적의 동향이 차츰 가까워져 군사를 일으킬 일이 날로 급박한데 아직까지 아무런 기별이 없으니, 어리석은 나로서는 의심됨이 없지 않다. 대저 계획은 같이해야 되고 일은 단독으로 이루어지는 법이 없으니, 사방을 돌아보아도 함께 일할 수 있는 자는 그대가 아니고 누구이겠는가. 종사의 신민이 오랑캐 될 수는 없고 조종(祖宗)의 의관을 좌임⁵⁴⁾으로 만들 수는 없는 일이니 족하도 역시 조종의 신민인즉 아무쪼록 힘과 충성을 다하여 죽은 뒤에야 말겠다는 생각이 들지 않겠는가.

더구나 하늘이 인재를 내보낼 적에는 어찌 까닭이 없으리오. 반드시 반근⁵⁵⁾을 만나야 이기(利己)를 식별할 수 있고, 질풍을 만나

---

52) 羽檄: 옛날 중국에서 매우 급한 일이 있을 때에 날아가듯 빨리 가라는 뜻으로 닭 깃을 꽂아 보내던 일에서 유래된 것이다. 여기서는 軍事上 급하게 전하는 격문을 말한다.

53) 足下: 비슷한 연배에서 상대방을 높여 부르는 말이다. 흔히 편지글에서 상대방을 높여 부르는 존칭으로 사용하곤 했다.

54) 左袵: 미개함을 이른 말. 북쪽 미개한 종족의 옷 제도가 오른쪽 섶을 왼쪽 섶 위로 여민다는 데서 유래된 것이다.

야 경초(억센 풀)를 알게 되나니 지금 위급한 고비를 당하여 어찌 지혜와 용맹을 시험해 보지 않겠는가.

바라건대 족하는 갑 속에 든 칼을 끌어내고 남산의 안개를 벗어 나서 손바닥을 부비고 기운을 더하여 스스로 왕림해 준다면, 나는 곽분양56)이 아니지만 그대는 이광필57)이 되고, 나는 악무목이 아니 지만 그대는 한세충58)이 되어 동심협력하며 두 사람이 함께 정 고59)하여 나의 꾀는 그대가 결단하고 그대의 꾀는 내가 들어서 마 치 순치60)처럼 서로 의지하고, 의기를 동으로 향하여 곧장 적의 소 혈을 무찔러 한 칼로 천, 백의 목을 베고, 장창61)으로 억, 만의 귀 를 베어 괴수를 없애고, 큰 공을 세워 변방의 난리를 깨끗이 맑게

---

55) 盤根: 서려서 얽힌 뿌리를 말하나, 얼크러져 처리하기 곤란한 일을 의미한다.

56) 郭汾陽(697~781)
汾陽에 봉해진 唐나라 肅宗 때의 충신 郭子儀의 별칭. 그는 한때 당나라 名將이었다. 河南省 鄭縣 사람. 安祿山의 난을 토벌하여 하북의 10여 군을 회복하였고, 숙종, 代宗 때에 吐藩을 쳐서 많은 공을 세우고 司徒, 中書令에 이어 분양왕으로 봉함을 받았다. 곽분양팔자란 말이 한때 회자가 되기도 했다.

57) 李光弼(생몰년 미상)
고려 明宗 때의 화가, 全州 사람. 명종이 그림에 열중하여 高惟訪, 광필 등과 더불어 종일 山水를 그리고 나랏일을 개의하지 않았다고 한다. 작품으로는 ≪瀟湘八景圖≫ 가 있다.

58) 韓世忠
중국 南宋시대 초기 高宗과 孝宗시대에 활동한 15명의 서예가 중 한 사람이다. 北宋시대 서예가의 중심 격인 蘇軾의 서예는 徽宗시대에 배척되었기 때문에 南宋의 초기에는 유행하지 않았고 황정견(黃庭堅)과 미불(米芾)의 서예는 高宗의 사랑으로 계 속하여 유행할 수 있었다. 南宋 초기 高宗과 孝宗시대에 활동한 서예가로는 吳說, 米 友仁, 王昇, 吳琚, 韓世忠, 岳飛, 蔡松年, 楊萬里, 周必正, 周必大, 虞允文, 張孝祥, 沈遼, 範成大, 姜夔 등이 있다. 이들 南宋 초기의 서예가는 대부분 王羲之의 서예를 모범으로 하여 서예를 배웠고 또 王羲之 書風으로 창작을 했다. 그 가운데 미우인, 왕 승, 오거 등의 서예가는 미불의 서예를 배웠으며 그의 서풍으로 창작 활동을 하기도 했다.

59) 정고: 마음이 곧고 굳어 정도를 굳게 지킨다.

60) 脣齒: 입술과 이빨의 서로 밀접한 관계를 비유한 것.

61) 長槍: 전체의 길이가 4m 안팎의 긴 창이다. 끝에는 물미가 있고 창날과 자루 사이에 코등이 있는 軍器다.

하고 종사를 다시 편안케 한다면, 일을 일으킨 사람은 나지만 일을 완성시킨 자는 족하요, 공을 시작한 사람은 나지만 공을 이룬 자는 족하이니 오직 족하가 더욱 힘쓰기 바란다오.

그 후로 담양의 최우가 제봉의 의병진에 가담했는지는 알려져 있지 않았다.

나주에 사는 전 부사 김천일, 그와 박광옥과 함께 나라를 회복시킬 것을 도모하는 편지는 이미 주고받은 바 있었다. 제봉이 앞장서서 제일 먼저 의병을 일으킬 것을 결정한 것이다.

14

2009년 3월 15일, 용산(전 육군본부자리)에 있는 전쟁기념관을 둘러본 일이 있었다. 기념관 1층 한 통로를 지나다가 고경명과 조헌 등 몇몇 조선조 의병장들이 전쟁터에서 싸우는 장면들, 대형 액자에 그려진 그림이 전시되고 있었다. 그중에서 눈길을 끈 것은 유팽로와 안영 등을 대동하여 담양에서 출진한 의병장 고경명이 모습이 보였다. 이 그림 역시 대형액자에 그려져 벽에 전시되어 있었다. 갑옷을 입고 투구를 쓰고 말을 탄 두 장수들을 좌우로, 호위를 받으며 제봉은 말을 타고 하얀 점박이 갑옷과 투구로 무장했다. 그 뒤로는 수천 명의 장정들이 창과 기를 펄럭이며 출진하는 장면이었다. 퍽이나 인상적이었다. 그 장면은 바로 다음의 이야기의 장면을 화가가 묘사한 그림이었다.

담양에서 출진한 제봉 부대는 태인, 금구를 거쳐 전주에 이르렀을 때, 임진강을 지키고 있던 군사가 무너졌다는 소식을 접하고 일시 군중이 동요하기 시작했다. 이때 양대박 등이 주장하기를 "우리의 수천 외로운 군으로써 적의 대군에게 대항한다는 것은 불가능한 일이니 의병을 더 모아 군세를 키워야 한다."라고 했다. 그러자 추가로 의병을 모집해야 한다는 논의가 있었다. 이에 따라 양대박을 '가모의병(더 많은 의병을 규합)'의 책임자로 정했다. 이래서 그를 남원으로 파견하고, 본진은 전주에 주둔하면서 조련소(군사를 교련하는 훈련장)를 설치하여 군사훈련에 들어갔다. 이때부터 열흘 후(군에 임실 운암에서) 양대박이 지휘하는 제봉 군의 일진이 처음으로 일본군과 접전하게 된 것이다.

남원 출신의 양대박은 성혼의 문인으로 일찍이 천거에 의해 종부시 주부를 지낸 사람이었다. 그는 평소에 병서를 익혀 왔다. 김천일, 변사정[62] 등과도 진법과 병략을 강론하는 등 군사 문제에 깊은 관심을 갖고 있었다. 따라서 그의 여유 있는 경제력을 기반으로 5월 초에 이미 남원에 의병청을 설치하고 독자적인 모병 활동을 전개하기도 했다.

그가 추가모병을 자청한 것도 그의 경제적 기반이 있었기에 가능하지 않았을까. 그가 전주에서 남원으로 돌아온 직후 남원, 순창, 임실 등 인근 열읍을 돌며 의병을 모은 뒤 전투에 임하고 있었다.

---

62) 邊士貞

자 仲幹, 호는 桃灘, 李恒의 문인. 蔭補(조상의 덕으로) 慶基殿 參奉이 되고, 선조 25년(1592) 임란 때 順天과 南原에서 의병을 모집하여 고경명 의병장과도 군의진법과 운영에 관해 협의했다. 의병장으로 일본군 2,000여 명을 사살했다. 掌令(사헌부 정4품)에 추증되고 雲峰의 龍巖書院에 재향.

15

　6월 24일 약 1,000여 병력을 확보하여 임실관내 갈담역까지 진 군했다. 그가 추가병력을 모으는 과정에서 남원부사의 도움이 컸던 것이다. 부사 윤안성[63]은 군량 60석과 전마 40필을 지원해 주었다. 그뿐인가. 관군에 적을 둔 군사들이라 할지라도 의병이 되기를 희 망하는 경우에는 이를 허락하여 양대박 군을 파격적으로 지원했다. 갈담역에 도착한 양대박은 다음 날 새벽에 율치를 넘어 전주로 향 하려 했다. 그러나 앞서 가던 척후병들이 돌아와 운암에 적의 대군 이 나타났다는 급보를 전했다. 적은 운암천 장곡, 용산 일대에 벌 떼처럼 엉켜 무질서하게 진을 치고 있었다. 이들은 무주, 진안 방 면에서 전주로 향하던 소조천융경의 1군으로 보이는 부대가 진을 치고 있는 모양이었다. 이때 의병의 진군은 양 진영으로 편성하여 일진은 양대박 자신이 인솔하여 정면에서 적을 공격하고, 다른 일

---

63) 윤안성
　　남원부사로서 고경명 의병진의 막하장 양대박에게 군량 60석과 전마(戰馬) 40필을 지 원해 주었다. 관군에 적(籍)을 둔 군사들이라 할지라도 의병이 되기를 희망하는 경우에 는 이를 허락해 의병진 막하 양대박 군을 파격적으로 지원했다.

진은 그의 아들 형우[64]에게 지휘를 맡겼다. 양대박은 사잇길을 따라 산곡간에 잠복해 있다가 적진의 측방 좌우에서 급습, 협공한다는 작전계획을 세운 것이다. 군중의 부하들 가운데서는 양진으로 나누어 적을 공격하는 데에 대한 반대론도 있었다. 그러나 양대박은 기병책을 쓰지 않고서는 적을 토벌하기 어렵다는 점을 설명한 다음, 불의의 허를 찌르는 것이 상책이라는 것을 재삼 강조하였다. 작전은 그대로 진행되었다. 전라도 최초의 의병전이 전개된 것이다.

양대박의 지시를 받은 그의 아들 형우는 율치의 산허리 서쪽을 따라 내려와 백운암 동편 골짜기에 잠복하여 적을 기다리고 있었다. 그리고 양대박 자신은 운암천에서 아침식사 준비를 하고 있던 적진을 향하여 직형, 진열을 갖출 기회조차 잃은 적에게 기습공격을 했다. 의병의 일진이 적과 혼전을 계속하고 있는 가운데 기다리던 형우의 일진이 다시 급습하여 적진의 허리 부분을 끊어 버림으로써 일시에 배복(앞과 뒤) 양면에서 적을 협격(협공, 양쪽으로 끼고 들이치게)하였다. 마침내 적의 대군은 궤멸되었다. 운암천의 냇물이 적의 피로 붉게 물들었을 만큼의 대승을 거두었다. 그러나 이 전투에서 남원 의병의 희생도 있었다. 적의 포탄에 의해 40명의 전사자를 낸 것이다.

이 전투에서 양대박은 적병 천여 명을 참살하고 각종 군기를 노획했으며 조선 측 포로 200여 명을 구출하였다.

제봉 휘하의 남원의병이 거둔 '운암승첩'은 임란 의병사에 중요하게 다루어지지 않았다. 이 같은 '양대박의 운암승첩'이 곧 제봉

---

64) 梁亨遇
　　관직은 헌납(사간원의 정5품). 양대박의 아들.

의 승첩이련만, 아니, 임란의 삼대승첩에 이것을 더해 사대승첩으로 기록되어도 국가의 위상에 누가 되지 않을 것 같았다. 이에 대해 어찌 일본에서도 유구무언이었을까. 조선에서도 마찬가지였다. 이 같은 승첩이 숨겨진 채 왜 세상에 드러나지 않았을까. 이 전투가 있은 직후 임실지역에 일본군이 침략하였다는 기록은 <임진남행일록>에 남아 있었다. 유팽로의 <진중일기>에는 "운암대첩의 소식을 들은 고경명이 크게 기뻐하였다."는 기록이 명징하게 드러나 있었다.

　산곡간의 지세를 이용하여 기병의 전술전을 감행한 의병장 양대박의 이같이 운암전투를 승리로 이끈 의병의 전략전술은 깊이 묻혀 있어야 했다. '밥을 먹을 땐 개도 차지 않는다는데' 하물며 사람이 사람을 두고 어찌 그리도 인면수심의 흉포함을 드러낸 것이라 나무랄 것인가. 아무리 적이라지만, 밥을 먹으려는 순간까지 용납지 않았다니 …… 하고 …… 전쟁이라 할지라도 사람이기를 포기하지 않는 한 일정한 룰이 있을 터인데 …… 들짐승 중에 기린이 있다. 기린의 뒷다리로 채이면 그 뒷다리의 압력에 차인 기린이 죽을 수도 있다는 것이다. 그럼에도 기린은 서로 싸울 때 절대로 뒷다리를 사용하지 않는다고 한다. 사슴들의 싸움을 관찰해 보면 날카로운 뿔이 있음에도 사슴은 절대로 그런 뿔로 상대를 찌르지 않고 이마를 맞대어 밀어내기만 하는 것 같았다. 그뿐인가. 집에서 기르는 황소의 싸움에서도 날카로운 뿔로 상대방을 찌르는 것을 보지 못했다. 다만 이마로 서로 밀치면서 힘겨루기를 하는 것 같았다. 운암전투의 조선의병은 그 규칙을 배반해 야비한 승전이라 해서 아예 외면해 버린 것일까. 조선 측에선 "선전포고도 없는 전쟁을 도발해 조선을 통째로 삼키려는 일본이 오히려 적반하장이다."
라고 대답해 준 것이 마땅할 것 같았다. 불행히도 "양대박은 본진
에 돌아가지 못한 채 7월 초 진중에서 병사하였다."고 기록은 전한
다. 양대박과 함께 죽은 40여 명의 순절의병들은 이 '운암승첩'에
대해 아무런 말이 없었다. 또 다른 그의 부하들만이 본진에 합류하
여 금산1차 전투에 참전했을 뿐이다.

　양대박이 이끈 남원의병이 운암승첩을 거둔 직후, 전주에 주둔하
고 있던 제봉의 본진은 북상을 서둘러 여산을 거쳐 충청도 은진까
지 진군했다. 이때 황윤에 있던 적이 금산을 넘어 전주에 쳐들어갈
것이란 소문이 들려왔다. 이래서 군중의 여론이 우선 전라도부터
구해야 한다는 쪽으로 기울기 시작했다. 전주는 곧 호남의 보루인
데 근본이 먼저 흔들리면 적을 제압하기 어렵다는 것이 의병의 중
론이었다. 제봉 역시 같은 생각이었다. 그러기에 진로를 바꿔야 했
다. 연산을 경유하여 진산에 이르렀을 때, 이미 일본군은 금산을
침범했다. 군수 권종이 전사했다는 소식을 접하게 된 것이다. 이날
제봉은 유팽로에게 지시했다. "호서 의병장 조헌에게 전격 양호의
병이 합세하여 금산의 적을 함께 토벌하자."고 전갈을 보내 약속하
게 했다.

16

조헌이 청주성 전투 직후에 올린 장계에서, "고경명과 신은 함께 형강을 건너 왜적을 토벌하자고 약속했습니다."라고 했으나, 그 후 양 의병진 사이에 이루어지지 못한 특별한 이유가 있는 것이 분명했다. 그 후 진산에서 전군을 재편성한 제봉 의병진은 일부 군사를 그곳에 주둔케 하여 군량 공급의 임무를 맡겼다. 유팽로를 금산 공격군의 선봉장으로, 안영을 후발대군장으로 각각 임명했다.

7월 8일 제봉 의병군은 이윽고 금산성을 향해 진격해 간 것이다. 그런데 수일 전 의병진이 연산에 있을 때 전라방어사 곽영에게 전령을 보내 금산의 적을 함께 치자고 약속했기에 7월 9일 방어사군과 합세하여 좌우익을 이룬 가운데 성 밖 10리 지점에 진을 친 다음 작전을 개시하게 되었다.

제봉 의병진은 먼저 정기(썩 날쌔고 용맹스런 기병) 수백을 선발하여 적을 공격하기 시작했다. 안타깝게도 군관 김정욱[65]의 말이

---

65) 金廷彧: 임진왜란 때, 근왕병의 군관.

부상당하게 되어 후퇴함에 따라 적의 공격이 뒤따르고 있었다.

기병부대는 일시 후퇴할 수밖에 없었다. 그러나 이날 석양 무렵 제봉은 적병이 모두 성안에 들어간 틈을 이용하여 재간이 뛰어난 의병 30여 명을 차출하여 성 바로 밑에 잠입케 했다. 차출된 의병들은 공가 및 사가 모두를 불태운 동시에 성내에도 진천뢰를 쏘아 창고 같은 건물들을 분탕해 버린 뒤 의병진으로 돌아왔다. 서막전을 유리하게 이끈 의병 측에서는 "이제 여유를 갖고 회군했다가 다시 기회를 보는 것이 타당하다."라는 철군론이 제기되었으나 제봉의 반대에 부딪쳐 그렇게 되지는 못했다.

다음 날 7월 10일 이른 아침에 의병은 방어군과 더불어 다시 적진을 공격하기 시작했다. 관군은 북문을, 의병은 서문을 향하여 공격하기 시작한 것이다.

이때 적은 조선의 관군진이 취약함을 사전에 정보를 탐지하여 갑자기 그쪽으로 집중공격을 가해 오자 선봉장이던 영암군수 김성헌[66]이 말을 채찍질하여 먼저 달아나 버렸다고 한다. 어이없게도 일시에 관군이 무너지고 만 것이다. 이때 제봉 군은 관군이 무너진 것을 보고 의병만이라도 적과 대항하고자 하였으나 이미 사기를 잃은 의병진도 따라서 무너지기 시작한다. 관군이고 의병이고 모두가 훈련되지 않은 오합지졸의 군사들은 끝까지 사투하려는 의지가 없어 자기 한 몸 살리려는 초극(어려움을 이겨 낸다.)한 상황이기에 그렇게 쉽게 흩어져 버린 것이다. 이는 나라에 대한 충성의 의지가 없는 자에겐 군관이건 군졸이건 크게 다를 바가 없었다.

이 같은 위급한 상황에서도 대장인 제봉이 위험에 처하게 되자

---

66) 金聲憲: 방어사 이광의 휘하장, 영암군수.

그의 종사관 안영과 유팽로 등이 그를 구하고자 하였으나 뜻을 이루지 못한다. 특히 유팽로의 경우 자신은 건마를 이용하여 위급한 상황을 탈출하여 벗어났음에도 대장을 구하기 위해 다시 말을 달려 어지러운 싸움터에 뛰어들었다. 그는 고령의 의병장이 죽음을 피할 수 없는 상황에 이르렀을 때, 안영과 함께 제봉의 몸을 감싼 채 적의 화살과 칼날을 함께 받으며 분투했다.

이같이 제봉의 부자는 물론 의병 핵심 지도층은 나라에 대한 의리를 지키기 위해 한번 품은 뜻을 바꾸지 않고 끝까지 지켜 냈다. 그가 대장으로 추대되어 처음 단위에 올라 의병들에게 서사독전을 외쳤듯이, 그때 의병들에게 권면했던 맹세의 말을 스스로 짊어지고 세상을 떠난 것이다. 제봉과 그의 핵심 막하장들은 음음한 죽음의 골짜기를 지나 구천(하늘의 가장 높은 곳)을 향해 홀가분하게 떠난 것일까.

그들이 모두 그렇게 순절한 것임에도 전쟁에 실패한 원인에 대해 여론은 정신이 어수선할 정도로 구구했다. 조헌이 장계에서 지적한 것처럼 고경명과 관찰사 이광의 불화로 관찰사가 이 전투에 전혀 협조하지 않았을 뿐 아니라 함께 참전했던 방어사 곽영 역시 사실상 관전만 하며 응원하지 않아 의병이 패하게 되었다는 것이다. 그런가 하면 일본 승려의 첩자행위가 있어 그리되었다는 설, 또는 의병의 군략과 전술운영 미숙함이 패인으로 작용했다는 견해 등등 이루 헤아리기 어려웠다.

"부질없게 죽은 이들의 행적을 따져 무엇에 쓸꼬?" 하고 지상을 떠난 이들이 묻는다면 어찌 대답해야 할까.

'하늘이여 의로운 자를 돕지 않는다면 흉포한 자를 도우렵니까?

어찌 정의로운 자 편에 서지 않아 진중에서 제갈량[67]이 쓰러질 때 하늘에서 큰 별이 떨어지게 하듯 그의 죽음을 애달프게 하렵니까.'

참혹한 싸움터가 어찌 이 한 곳뿐일까만 부자가 함께 진중에서 생명을 놓아 버린 일이 어디 그리 흔하던가. '진나라 변호 앞에 까마귀는 감히 소리를 내지 못하고, 여우 너구리도 덤벼들지 못했다.'고 한다.

이 나라에 큰 변이 일어나 어지러운 이때 그의 지혜가 두루 쓰이지 못해 참혹하고 암담할 뿐이다.

산골에 흐르는 물소리도 목이 메인 듯 처량하게 들려오고…… 아침안개가 자욱하더니 어느덧 저녁 해는 핏빛으로 물들어 간다. 거친 언덕 넓은 들에는 밤낮으로 귀신 울음소리가 귀살쩍게 들려온다. 살아남은 의병들은 복수를 거듭 맹세한다.

---

67) 諸葛亮(181~234)
　　중국 삼국시대 蜀漢의 정치가. 그는 山東省 사람으로 비교할 만한 것이 이전에는 없을 정도로 탁월한 전략가이다. 어느 날 유비가 南陽 隆中 땅에 있는 제갈량에게 세 번이나 찾아갔다. 자기의 큰 뜻을 말하고 그를 초빙하여 主將 밑에서 군기를 장악하고, 군대의 모든 경영을 맡을 뿐만 아니라 책략과 수단을 꾸며 내는 역할을 맡겨 軍師로 삼고자 한 것이다. 제갈량은 이 같은 유비의 삼고초려에 감격하여 결국 유비를 도와 吳와 연합하여 조조의 魏軍을 적벽에서 대파하고 巴蜀 盆地의 4분의 3이나 되는 땅 四川을 얻어 蜀漢國을 세우고 유비가 帝位에 오르자 그는 재상이 된다. 그러던 중 유비가 죽자 그는 武鄕侯로서 남방의 야만의 종족인 蠻族을 평정한다.
　　계속해서 魏나라를 여러 차례 祁山에서 쳤으나 五丈原에서 司馬懿와 대전 중 병이 들어 운명을 다하고 만다. 시호는 諸葛武侯이다.

17

　물론 패인의 연유를 알아야 그들의 공적을 가려도 가릴 것이 아닌가 하고 말할 테지만 죽은 이들과는 아무런 상관이 없을지도 모른다. 혹여 그들의 가문과 후손을 위하는 것이 될지언정 구천으로 이미 떠나 버린 그들에겐 진정 이승의 잡스런 짓거리로 치부해 버릴 뿐이 아닐까. 다만 제봉 의병의 승패를 따지는 것보다 일련의 의병진이 끝까지 이어져 갔다는 사실이 더 중요하다고 보았다. 이는 임란 의병의 역사에 매우 중요한 위치를 차지하게 될 것이기에 그렇다. 제1차 금산전투가 있은 직후 호남지방에서는 의병의 지원이 끊임없이 이어지고 있었기 때문이다. ≪난중잡록≫의 송제민[68]의 격문에는 이러한 기록이 있었다.

　난 초에 왜침의 기세가 치성하던 날 효용(사납고 날쌘 것)을 자

---

68) 宋濟民
　자는 而立, 호는 海狂, 李之菡의 문인. 호방한 성격으로 구속받기를 싫어하여 벼슬에 나가지 않았다. 선조 25년(1592) 임진란 후 난중의 모든 일과 그 득실을 논한 ≪臥薪記事≫를 저술했다가 관찰사의 미움을 사 해산에 은거, 농사를 지으며 후진교육에 힘썼다. 아들 타(柁)와 사위 권필(權韠)과 함께 광주 雲巖祠에 재향.

랑하는 장수들도 모두 관망하거나 달아나 자신의 목숨을 부지하는 데 급급했다. 고제봉은 유약(柔弱: 성품이 부드럽고 약함.)한 문관 출신으로 평소 군사에 대하여 알지 못하였으나 어려운 때 의병대장으로 추대되어 문득 장단에 올라 나라를 위해 목숨을 바쳐 절사하였다. 그의 아들 또한 아버지를 따라 죽어 일가가 충효를 다하였으니 죽었어도 그 영광은 남아 열렬한 빛이 되었다. 사람마다 한 번의 죽음은 있는데 제봉은 오직 선비의 도를 다하고 그 자리를 얻었으니 이제 그의 죽음에 눈물 뿌려 심통(몹시 슬퍼)해할 것이 없다.

위의 격문은 제봉의 유자(유도를 닦는) 선비로서의 정신에 대하여 그리고 군사에 밝지 못했음에도 국난 극복을 위해 절사한 그의 실천적 행동이 어떠하였는지에 대하여 지적한 것이다. 의병장의 절의가 눈앞에 보는 일회적인 전승이 미미하다고는 했으나 결국은 나라를 지킨 힘이 되었다는 것이다. 어느 면에서는 국가의 존망이 절의의 기틀을 마련한 계기가 되었다고 해도 지나친 말은 아닐 것이다. 난국의 위기 때 의병의 선봉에 서서 순절로 절의를 다했다는 것이 아닌가. 그가 죽은 뒤에 그의 뒤를 이어 그의 장자 종후(從厚)가 복수의병을 일으킨 것이고, 능주에서는 최경회, 문홍헌 등이 전라 우의병을, 보성에서는 임계영을 중심으로 하여 전라 좌의병을, 남원에서는 변사정을 주축으로 적개의병을 일으킨 것이다. 그 밖에도 광양의 강희열[69], 구례의 강희보[70], 영광의 정충훈[71], 태인의 민여운[72], 이계연[73] 등이 줄을 이어 의병을 일으켰던 것이다. 그들은

---

69) 姜希悅: 광양에서 의병모집, 奮義將.
70) 姜希輔: 구례출신, 의병 부장.
71) 丁忠訓: 영광에서 의병을 일으킨 의병장.
72) 閔汝雲: 태인에서 의병을 일으킨 의병장.

모두 제1차 금산전투에 참전했던 제봉의 막하의 인사들이었다. 임란 초기의 상황에서 전란 극복의 근본이 호남지방을 보전하는 데 있었다면, 호남보전을 뒷받침한 것은 의병장이 죽으면 그 아래 부장들이 뒤를 이어 의병들이 지속적으로 이어진 활약이었다. 이 또한 호남의병의 활동을 촉발시킨 것은 제봉의 의병활동에서 비롯되었다고 본 것이다. 이처럼 임란의병 역사에서 제봉의 의병활약과 금산전투를 그렇게 낮게 보아 넘길 것은 아니라는 생각이 들었다.

---

73) 李繼璉: 태인에서 의병을 일으킨 의병장.

18

　2008년 12월 말경 제1차 전쟁터인 옛 금산성을 찾아 당시 치열했던 전황의 장면을 떠올려 상상에 잠겨 보았다.

　제봉은 6순의 노구를 이끌고 나라를 위해 죽을 곳을 찾아온 노선비의 육신이 이곳에 누웠으니 이 벌판이 '누운 벌' 곧 '눈벌 와평'이었다.

　'와평 – 누운 벌'이라는 이름이 제봉을 위하여 미리 붙어 있었던 것이 아닐까. 역사와 인물과 지명이 한가지로 이 사실을 증언하기 위해 짝을 맞추지 않았을까 하는 생각이 불현듯 스쳐 갔다.

　그때, 제봉이 6,000여 의병을 이끌고 와서 머물렀던 고개는 지금도 장군재(금산군 금성면 하림리)라 부르고 있었다. 지명마다 그 이름을 통해 후세에 이 사실을 알려 주고자 하는 것이었다.

　옛 전쟁터는 전답으로 밭갈이가 한참이었다. 또 다른 분지에는 잡초만 말없이 무성하게 자라고 있었다. 일부러 눈여겨 바라보지 않고는 그렇게도 치열했던 전쟁으로 일본군과 조선 의병들의 많은 시체들이 쌓였던 장소란 것에 선뜻 믿음이 가지 않았다. 금산 의진 (義陣)의 싸움터에서는 일본 군사 역시 조선의병 못지않게 많은 희생을 치른 것이었다.

아들 용후, 전쟁터로 떠나는 아버지와 이별 광경도 떠올랐다.

풍전등화와도 같은 나라의 운명을 내맡긴 마당에 집에 남은 가족을 향한 혈연의 족쇄를 풀어 버리고 홀가분하게 떠나려는 그에게는, 눈물로 따라나서는 어린 용후가 있었다. 제봉은 마지막 부자지간의 이별을 매정하게 해 되돌려 보냈지만 어쩐지 자꾸만 눈에 밟히는 것만은 그로서도 어쩌지 못했다.

전쟁이 끝난 후로 용후는 아버지 제봉의 뒤를 이어 사가독서를 하고 연경에 두 차례나 사신으로 다녀와 남원부사와 고성군수를 거쳐 판결사에 이른 것이다. 용후의 청소년 때의 회고담이 기록으로 아직 남아 있었다.

"돌아가신 부친께서 의병을 일으켜 임금을 받들 때 나는 막 열다섯 살을 지난 나이였다. 흐느끼며 아버지를 따라가려 했다. 그러자 아버지는 길에서 잠시 멈추어 내 손을 잡고는 말씀하셨다. '너는 울지 마라. 이 아비가 나라를 위해 출전한 것은 임금의 소명에 따른 직분이기에 그렇다. …… 적의 형세가 비록 매우 성하나 우리 조정의 국운은 장구하니 반드시 중흥[74]할 것이다. 네가 만일 급제하여 조정에 서면 마땅히 충성을 다할 것을 생각하여 집안의 명성을 떨어뜨려서는 아니 될 것이다. 늙은 이 아비는 이번 길에 죽음으로써 맹세하니 부자가 서로 볼 것을 다시는 기약할 수 없구나!

---

74) 中興: 오래된 역사를 가진 우리 국가의 운명은 기필코 다시 일어설 것이다. 쇠하던 나라가 중간에 다시 일어나게 된다는 것을 의미한다.

오늘 이 아비의 말을 너는 뼈에 새겨 두어라.' 그리고는 드디어 말에 오르시어 말꼬리를 잡아당기며 떠나가셨다."

죽음을 각오한 제봉의 결연함이었다. 아버지가 자식을 바라보는 연민의 정이 깃든 약한 모습을 어린 용후 앞에서는 억지라도 감추어야 했다. 자식의 눈에 그런 아버지로 비춰서도 아니 된다는 그의 강한 의지의 표현이었다.

의병은 신하된 자로서의 직분이라는 인식에서 어린 용후에게도 충성을 강조했다. 그리고 패배를 거듭하는 급박한 상황에서도 그는 국가가 다시 일어날 것을 확신하고 있었다. 목숨을 바쳐서 지켜야 할 신하의 직분과 국가의 미래에 대한 확신이 소외된 관료이며 노문사인 그를 의병장이 되게 했던 것은 아닐까.

신하의 직분이란 왕의 개인에 대한 충성이나 출세 지향의 공명의식일 뿐만은 아니었다. 국가에 대한 책임과 의무까지 포함하고 있었다. 국가라는 개념이 임금과 동일시되던 시대였기에 그랬다.

그렇다고 해 지배층 지식인인 사대부들의 의식이 공명에 대한 애착심이나 가문에 대한 생각보다 국가의 의식에 비중을 두었다고는 생각이 들지 않았다. 이상에서 이야기하고 있는 것처럼 당시의 사회 정치적 구조에서는 이런 의식들이 분리될 수 없었기 때문이다. 개인의 가치관이나 현실적 상황에 따라 차이는 있을 테지만……

신하로서 임금에 대한 의식을 출세 지향의 공명심이나 현실 개혁의 도덕에 관한 학문이나 역사적인 국가의식 등 어느 하나로도 구분하기 어렵기에 그렇다. 그러한 처지에 놓여 있던 사람 중 한 사람이 바로 제봉이 아니었던가.

그러나 그의 의병활동은 충성이라는 그 시대의 덕목을 분명, 실천한 것이었다. 이를 신성시하는 문중이나 후손의 태도는 그의 공적에 대한 평가에서 객관성을 갖기 어려울지는 몰라도, 제봉은 자기 자신과 그의 아버지 맹영이 추락시킨 가문의 명성을 회복하기 위한 그의 살신성인 정신 의식이 필요했는지도 모른다. 그의 마음 속과 당시 사대부들의 사고방식과 현실적 필요성이 복합적 원인으로 작용했을지 누가 아는가.

그의 의병활동도 임금에 대한 충성과 국가의식 지배층으로서 피지배층에 대한 책임감 그리고 개인적인 그의 가문을 위한 필요성이 견고하게 융합된 행위였으리라.

이날 담양에서 출발한 의군은 북으로 계속 진군했다. 전북 태인에 도착해서는 종후에게 격문을 소지하고 복전, 금구, 임피에서 병기와 양곡을 수집케 했다.

장자 종우가 혹 초안을 했을까. 어찌하던 제봉의 이름으로 격서는 제주목사 양대수[75]에게도 보낸 것이다. 전쟁에서 쓰일 수 있는 훈련된 말을 보내 줄 것을 간곡하게 요청했다.

---

75) 梁大樹: 제주절제사 겸 목사

19

"…… 경명은 삼가 제주절제사[76] 양공의 휘하에 통고합니다.

왜놈들이 난리를 일으켜 임금의 수레가 먼지를 무릅쓰고 파천길에 들었어요. 임금으로 하여금 혼자서 근심하게 하고 자기 처자만 보전할 생각을 가지며 좌우 족을 부지런히 옮겨 먼저 사직을 보위할 마음 뉘 없으랴! 임금의 어가는 돌아오지 못하고, 한양의 군사는 이미 무너졌소이다. 이 나라를 짓밟는 요괴들을 소탕하여 나라를 회복할 기약은 의기가 떨어져 요원하외다. 병력과 양곡을 버려 던지어 거꾸로 왜적의 손에 들어갔어요.

다행이 하늘이 우리를 영영 끊어 버리지 아니하였으니, 아직도 나랏일은 희망이 있소이다.

경명은 이에 의기를 들고, 이 요괴들을 밀어내기로 하였습니다.

소문 듣고 따라붙은 형초의 기재[77]도 있고, 예병[78]을 가지고 앞

---

76) 濟州節制使: 節度使 밑에 딸려 있던 巨鎭(절제사, 첨절제사의 진영)의 정삼품. 이 명칭으로 兵馬節制使로 府尹이 겸직했다.

77) 荊楚奇材: 중국의 고대의 형. 초(형주의 초나라)에서 將材가 배출해 인용했다.

장선 연, 조[79]의 검객[80]도 있으나, 다만 보병들이 발이 묶였으니 말을 달려 적장을 무찌른다는 것은 바라기 어려운 실정이외다. …… 본도는 공사 간에 남은 것이 없어서 군기와 전마를 변통하여 갖출 길이 없사외다. 그래서 귀주 세 고을이 유독 문력이 온전함을 생각하고 이에 격서를 띄웁니다. 이 격서를 보이고 사노와 대소 사민을 설득하고 회유하여 선처 있기를 바랄 뿐이외다. 생각건대 동성의 친함은 진실로 만세라도 끊을 수 없는 의가 있는지라 고, 양 문중 두 집안은 경명과 본이 같은즉 서로 간에 말 한마디라도 소홀히 할 수 없으므로 감히 깊이 감추어 둔 마음을 털어 보이니 이를 헤아려 의를 사모하기를 바라는 바입니다. ……"

까마득한 옛날이었다. 인, 물이 형성되지 않았을 때 하늘은 세 신인(三神人)을 한라산 밑으로 내려보냈는데, 그들이 곧 고, 양, 부였다. 하늘은 또 그들에게 세 미녀와 망아지, 그리고 송아지 등을 종류대로 내려 주어 한 섬 지방의 터를 닦게 하고 그들을 시조로 삼게 한 것이다. 오늘날 이 나라의 백성의 번성과 목축의 발달이 그들 세 사람으로부터 시작된 것이라는 것을 조상 대대로 전해져 내려온 것이다.

해동(발해의 동쪽에 있다는 뜻으로 옛날 조선을 일컫던 이름)의 탐라는 중국의 기북[81]과 같이 명마가 많았다. 계곡을 뛰어넘으니

---

78) 銳兵: 날카로운 무기를 상징하나, 여기서는 精銳병을 가리킨다.

79) 燕, 趙: 河北省 북부와 山西省 서북지역으로 戰시대의 燕, 趙나라의 땅. 그곳엔 憂國之士가 많았다.

80) 劍客: 중국 고대에 燕, 趙에서 검객이 배출되어 '荊軻, 秦舞陽, 高漸離' 등이 그중에서 特出하였다.

81) 冀北(冀州 북쪽): 중국 고대의 한 지명인데, 명마(名馬)가 이곳에서 많이 생산되었다고 한다.

오직 사렵(활을 쏘아 잡는 사냥)의 소용뿐 아니라, 전장에 나가서도 역시 사생을 의탁할 만하다고 생각이 든 것이다.

그 후 자손들이 바다를 건너 각처에 흩어져 살게 되었다. 세상에 전해지는 제주의 고, 양, 부의 성을 가진 사람들이 그 후예였다. 제봉의 중간 선조가 고려시대에 장흥(이전엔 長澤)으로 건너와 관향으로 삼기에 이른 것이다.

"…… 비록 피가 흩어지고 세대가 멀어 경조가 서로 통하지 못하고 있으나 당초 세 신인이 탄생한 상서로움과 형제간의 화락의 의는 지금도 사람의 이목에 비쳐 세상에 훌륭한 가문으로 뭇사람의 입에 오르내리거늘 하물며 자손 된 자가 어찌 차마 시조의 옛일을 생각지 않고 길거리 뜨내기처럼 보아 넘길 수 있으리까. ……

행여 여러 차례 나누어서라도 배에 가득 실어 내보내 주면 군대의 용명을 크게 떨치게 될 것이외다. 모관은 임금의 은혜를 깊이 입었으니, 바다 지역을 전제로 할 때의 처지를 말함이리다.

이 격서를 듣고 울면 응당 한 지방의 풍성(들리는 명성)을 움직일 것이요, 팔을 휘두르며 외치면 어찌 십 실[82]의 충신이 없으랴. 만약 종군을 원하는 장사가 있다면, 규정에 구애받지 말고 속히 보내 주길 바랍니다."

6월 13일에는 의군이 전주에 도착했다. 제봉은 거기에서 또 각도 여러 고을에 격문을 보내 위국 진충하도록 격려했다.

---

82) 十室: 十室九空. 患亂으로 많은 사람이 뿔뿔이 흩어지거나 죽어 없어지는 주에서도 반드시 나라에 충성할 자가 있을 것이라는 자긍심을 주는 말이다. ≪논어≫에 "十室之邑必有忠信如丘者"라는 말이 있었다.

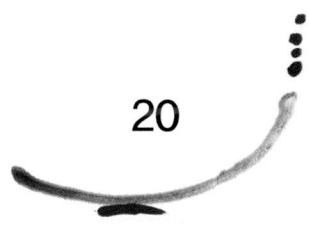

20

필봉은 외롭게 빛난다. 흰 하늘은 어인 일로 차가울까? 여러 고을에 살신성인 정신을 가진 남자 없는 것을 누가 알아서 경명이라는 이 서생을 내보내어 말 타는 것을 시험했을까.

이때 제주 절제사 양대수에게서 말(馬) 수백 필을 여러 차례 배에 나누어 실려 보낸다는 통보가 날아온 것이다. 품질 좋은 말을 선별했으니 난국을 하루속히 수습하는 데 귀히 써 달라는 간략한 서찰까지 동봉되어 있었다. 동남해안 중 부산 앞바다는 왜적들이 진을 치고 있으니 서남방향으로 보낸다는 장소까지 알려 온 것이다. 제봉은 말 인수팀을 준비해 속히 목포 부두로 내려보내야 했다.

의병을 일으킬 때 그는 전라도 열개 읍(邑) 인사들에게도 다음과 같은 격문을 띄웠던 것을 다시 회상해 본다.

"…… 현제 본도 근왕군은 금강(錦江)에서 깃발을 돌리던 날 일차로 무너지고 열읍에서 불러 독려하던 때 재차 무너졌습니다. ……"

대체로 기병법이 다르고 기율이 해이해짐에 따라 유언비어가 퍼져 군중이 의구심을 갖게 되었다. 지금 비록 흩어져 도망한 군사들 나머지를 수습한다 한들 사기가 떨어지고 정예도 흩어져 있는 처지다. 위급한 상황에 어찌 대처할 상유[83]의 공을 기대할 수는 없을까.

"…… 임금이 탄 수레는 파천해 계시나 관수는 달려가 위문 드리지도 못하고 있습니다. 종묘사직이 잿더미가 되었으나 임금의 군대는 아직도 적을 몰아내지 못하고 있습니다. 생각이 여기에 이르면 저는 슬픔이 심장을 뚫는 것 같습니다. ……"

전라도는 원래 정예한 군사와 말이 많듯이 성군이 나라를 다스릴 때 황산(荒山)의 지첩[84]은 삼한을 다시 만든 공이 있었다는 것을 상기시켰다.

"…… 선조(先朝) 때 낭주(朗州) 지전[85]에 '적의 배는 한 척도 돌아가지 못했다.'는 노래가 있는데 지금까지 사람의 이목에 혁혁하게 빛나고 있습니다. 그때에 용감하게 먼저 적진에 뛰어들어 장수의 목을 베고 깃발을 빼앗은 자는 이 도내 사람이 아니었던가요. 하물며 근간에 이르러 윤리도덕이 크게 떨어져 흉합니다. 사람마다 뜻을 가다듬고 학문에 힘을 쓰고 있던 터에 임금을 섬기는 대의를 어느 누가 익히지 않았으리요. 유독 오늘에 와서는 의기가 빈약해져 공포에 떨어 스스로 무너지고 있습니다. ……"

일찍이 한 사람도 기력을 내어 적과 더불어 싸울 생각을 하는

---

83) 桑楡: 뽕나무와 느릅나무를 말하나, 여기서는 저녁 해가 뽕나무나 느릅나무 위에 걸려 있다는 뜻으로 해가 질 무렵을 일컫는 말이다.
84) 荒山之捷: 이태조가 雲峯縣 황산에서 왜장 阿只板都를 사살하고 대첩을 거둔 것을 말한다.
85) 朗州之戰: 명종 때 李潤慶이 지금의 靈巖에서 왜적을 무찌른 것을 일컫는다.

자가 없었다. 자기 몸과 자기 처자들만을 보전하는 데 급급하여 머리를 쥐고 쥐구멍을 찾되 행여 죽을까 걱정들만 하고 있다는 것이다. 이는 남도 사람이 너무나 국가의 은혜를 저버릴 뿐만 아니라 또한 자기 조상을 더럽히는 일이 아니겠는가라고 제봉은 반문한다.

지금은 적의 형세가 크게 꺾기고 왕의 위력이 날로 신장되어 가고 있으니, 지금이야말로 대장부로서 나라에 크게 공을 세울 기회요, 임금에게 보답할 날이라고 호소한 것이다.

6월 11일은 출정할 날이었다.

"…… 무릇 우리 도내 사람은 아비가 아들에게 명하고, 형이 아우에게 권하여 의도를 규합해서 함께 일어나게 해야 할 것입니다. 속히 결단을 내려 선을 따르도록 해야 합니다. 머뭇거려 이 의로운 뜻을 스스로 그르치지 않기를 바랍니다. 짐짓 이 같은 충고의 격서가 이르거든 곧 시행할 것을 당부하는 바입니다. ……"

21

"······ 만력 20년(1592) 6월 1일, 절충장군행
부호군 고경명은 도내 열읍 인사들에게 통고합니다."

병사들은 모두가 공포에 떨며 스스로 무너지고 말았다. 한 사람
이라도 기력을 내어 적과 싸울 생각을 하는 자가 없었다. 이것은
본도(호남) 사람이 너무나 국가의 은혜를 저버릴 뿐만 아니라 또한
조상을 더럽히는 일이라고 제봉은 통분을 쏟아 내었다.

제봉은 글만 아는 오활(세상 사정에 어두운)한 선비라 병법에는
전혀 어두운 사람이라는 것도 강조하고 있었다. 싸움에 무지한 그
런 사람도 나섰으니 나서지 못할 사람이 없을 것이라는 생각을 우
회로 표현한 것이리라. 그런 사람이 엉겁결에 등단하게 되어 장수
로 추대된 것이 그 스스로가 망령된 일이라고 생각했다. 능히 군사
들의 흐트러진 마음을 수습하지 못하고 두세 동지들에게 누만 끼
치게 될까. 그러나 그가 분명히 못 박아 말한 것은 '마땅히 피눈물
을 뿌리고 전장으로 나가서 조금이라도 임금의 은혜에 보답해야

할 것이란' 대목에선 강한 어조를 토해 내었다.

그의 휘하 서생들은 이러한 격서를 읽고서 눈물로 가슴을 적신다. 군의 가장 큰 명분은 바른 것을 존귀하게 생각하고 엄숙히 여기는 전통을 가지고 있지 않았던가. 하물며 임금과 나라에 대한 충성과 그의 의리를 본받는 자 있다면, 어찌 그를 따르지 않을까. 곧고도 정의로운 그의 행동으로 군의 진용은 보무도 당당했다. 그의 이름과 위세는 바람 따라 구름 따라 또는 물길 따라 멀리멀리 전해져 갈 것이었다.

이처럼 제봉은 비단 호남뿐이 아닌 나라를 구하고 왕을 나라의 지주로서 다시 모시기 위해서라도 살신성인의 정신으로 싸움에 임해야 하겠기에 여러 차에 걸쳐 각 지방(道) 또는 친구 등에게 격문을 띄워야 했다. 임란 개전 초기부터 호남의 근왕병으로서의 역할을 다하기 위해서는 도내 열읍 사림의 도움이 절실하다고 생각했기 때문이다. 그같이 보태어진 도내 여러 사림의 기반을 토대로 광범위한 의병지도층 형성이 가능했다. 지도층의 결합 성향은 학연과 그 밖에 젊은 관료 때 미리 쌓아 두었던 우정을 기반으로 강한 결속력을 보인 것이다. 호남의 초기 의병을 이끈 김천일과 제봉은 처음에 단일한 의병 조직하에 결합하고자 했다. 그러나 서로의 의견이 상충되어 뜻을 이루지 못했다. 김천일 측은 빠른 시간 내 북상할 것을 주장했으나 제봉 측은 좀 더 강력한 의병부대의 결성을 주장했다. 그런 결과 양자의 의병활동이 분리되지 않았을까. 그렇게 되자 나주의 김천일 군은 소규모의 병력을 이끌고 먼저 근왕길에 오른 다음, 그 뒤를 이어 제봉 휘하의 담양 회맹군이 출진하면서 근왕병의 본격적인 활동이 시작된 것이다.

6월 20일(무신)

임란이 일어나자 왕의 대신으로 싸움터에 내려가 일반 군무를 총괄하게 된 체찰사 정철에게 제봉은 편지를 보내게 된다. 재상이 겸직을 했던 체찰사에게 그가 창의를 하게 된 전말을 이야기했다. 그때 정철은 삼도 체찰사가 된 직후였다.

양산(梁山)과 밀양(密陽)이 뒤를 이어 함몰되었다. 소문이 알려진 뒤부터 일본군은 이미 승승장구할 기세를 가지게 된 것이다.

적들이 무인지경처럼 생각하고 서울로 치달을까 염려하지 않은 이가 없었다.

이때 전라도 순찰사 이광은 나주에 있었다. 백성들은 모두가 그에게 빨리 군사를 이끌고 서울로 올라가 후원하기를 바랐다.

광주목사 정윤우도 순찰사에게 찾아가 근왕(임금에게 충성)할 것을 강력하게 이야기했으나 순찰사는 조금도 걱정하거나 움직이려 하지 않았다는 것이다.

이에 정윤우 목사는 민망하여 그만 돌아오고 말았다. 도내 사람들은 주먹으로 가슴을 치면서 모두 분개해 떨고 있었다. 얼마 후 조정에서 징병하라는 임금의 명령이 내려왔다.

순찰사는 그때 창황[86]한 모습으로 몸 둘 바를 몰라 했다. 그러다가 도내의 군사를 출동하여 모두 여산으로 나아가도록 한 것이다.

여산으로 집합하라는 날짜가 너무 임박했던 때 내려진 것이다. 게다가 장마가 열흘 동안이나 계속되었다. 각 고을 수령들은 모두 늦게 왔다는 꾸지람이 있을까 두려워 밤낮으로 비를 맞으면서, 배고픔과 목마름도 참고 휘몰려 가게 되었다.

---

86) 蒼黃: 어찌할 겨를 없이 매우 급함.

이런 상황을 견디다 못해 심지어 어떤 사람은 길가에서 목을 매어 자살한 자까지 있었다.

그들의 고생은 이루 말할 수 없었다. 그렇다고 감히 누구 하나 원망스럽게 생각하거나 항의하지는 않았다.

이는 국가를 위해 의병을 일으켜야 한다는 것을 모두가 깨닫고 의분을 품고 있었기 때문이다.

순찰사가 이윽고 공주에 도착했다. 서울이 함락되고 임금의 행차가 평양으로 옮겨 갔다는 소문이 들려왔다. 그러나 이를 어쩌면 좋을까. 순찰사는 당장에 한 군관에게 전령패(명령을 전달하는 패)를 주어 진중으로 달려가 모든 군사를 해산하도록 명령을 전달하게 했다.

해산한다는 명령이 내려지자 모든 군사들도 깜짝 놀라면서 분개하는 이가 많았다. 몇 명 수령들도 공주로 달려가 순찰사에게 "군대해산이란 절대 있을 수 없는 일이다."라고 타일렀으나 순찰사는 끝내 말을 듣지 않았다.

상황이 이렇게 되자 모든 군사가 다 흩어져 가면서 노여워하는 말로 "순찰사의 생각은 국가를 위하는 것이 아니고 다만 우리들만 괴롭힐 뿐이다."라고 하면서 서로 자기 갈 길을 찾는 이들의 모습이 마치 꼭 틀어막아 놓았던 저수지 물이 한순간에 터진 것처럼 순식간에 이리저리 흩어지고 말았다.

또 두 번 징병할 때는 도에 모여 있던 각 고을 군사가 연이어 흩어질 무렵이었다. 아무리 불러 모아도 금방 모였다가 바로 흩어지게 되고 두 번, 세 번까지 불러들여도 제대로 모이지 않았다. 이때 광주에서는 제봉이 박광옥과 함께 이곳저곳 쫓아다니면서 자기 고향으로 떠나려는 사람들에게 잘 타일러 발길을 되돌리도록 해 보았다. 그런 결과 병사는 어느 정도 모여들었다. 그는 아들 종후와 인후에게 규합된 의병들을 나누어 거느리고 수원전소로 가서 광주 목사 정윤우에게 넘겨주도록 했다.

아직까지도 순찰사는 진중으로 돌아오지 않고 도중에서 배회하고 있었다. 이때 모든 군사는 진위(振威)에 도착하여 5일 동안 묵으면서 모두 비를 맞고 서 있었다.

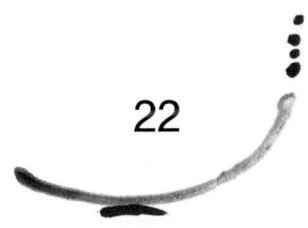

22

수원에 있던 정윤우 목사의 군사가 용인전투에서 적과 싸움을 벌였을 때 적의 형세는 군사 숫자도 적고 사기도 줄어들어 아주 험한 산꼭대기에 철책을 둘러쳐 방위상태만 유지하고 있었다. 그때 조선의 군사는 충청도의 순찰사와 절도사, 전라도의 순찰사와 방어사가 거느린 군사를 합치면 10만이나 되었다.

보잘것없는 적들은 한 번만 휘둘러도 모조리 박멸할 수 있다고 믿었다. 그럼에도 이때 백광언 등 여러 사람이 그들 주장의 강박에 못 이겨 너무 경솔하게 교전을 시작했다가 갑자기 일부가 패하게 된 것이다.

그러나 전 군이 아직 그대로 남아 있었으니 다시 승리할 기회도 있다고 믿었다. 바로 그때였다. 갑자기 적군 세 명이 버티고 있다가 앞으로 다가오자 충청도 절도사의 군사가 먼저 허물어지고 다른 군사도 모두 연속적으로 흩어지고 말았다. 이렇게 되자 결국 화약, 총통, 전마까지 고스란히 적에게 뺏기고 말았다. 이런 정황을 두고 어찌 표현해야 할까. 진정 어처구니없고도 납득할 수 없는 일이었다.

제봉이 그 당시 전사 4, 5명을 만나 이렇게 된 연유를 자세히 물어봤다. 그들의 설명은 장성현감 백수종[87]의 말도 역시 이 전사들의 이야기와 같았다. 고금 천하에 전쟁에 패망한 자가 어디 한둘뿐일까만 이토록 통분하고 서럽고 억울하며 애석한 경우는 없었다.

이때 순찰사는 겨우 자기 몸만 빠져나와 충청도 내포를 지나 임피까지 와 바로 공문을 도내 열 곳에 띄웠다. 정병을 징발하여 바닷가를 통해서 임진으로 가려고 한 것이다. 참으로 어처구니없는 일이었다.

그러나 병사들이 모두 동요되어 있는 터라, 이를 꺼린 그들은 명령에 응하려 들지 않았다.

아무리 억눌러 모은다 하더라도 결국은 전날처럼 흩어지고 만다는 것이 지금 공통된 이야기였다.

순찰사는 지금 태인에 안주하고 있었다. 무슨 의논할 일이 있다고 핑계 삼아 좌수사 이순신[88]과 무주 조방장 이계정[89]에게 격서를 띄워 태인으로 모이도록 했다.

태인에서 좌수영과 무주까지 가자면 매우 먼 거리였다. 요즘 적

---

87) 白守宗: 長城縣監.

88) 李舜臣(1545~1598)
선조 때의 무장. 자는 汝諧, 德水 사람. 전라좌도 수군절도사가 되어 거북선을 창작했다. 임진란이 일어나자 閑山島에서 적선 70여 척을 불 질러 대승리를 거두었다. 이순신은 수군통제사가 되어 삼도의 수군을 총괄했다. 정유재란 때 원균의 誣陷을 입어 枯死될 뻔하다가 鄭琢의 변호로 풀려나 백의종군하였다. 통제사 원균이 패하게 되자 다시 통제사가 되어 흩어진 병선을 모아 울돌목(鳴梁)에서 적선 100여 척을 무찌르고 露梁 해전에서 적의 유탄에 맞아 전사했다. 시호는 忠武이다.

89) 李繼鄭(본관 原州)
자 景胤. 무주 조방장으로 시작하여 수군절도사에 이르렀다. 해남에 있는 英山祠에 제향.

들이 고을마다 꽉 차게 들어와 있는 만큼 무슨 변고가 생길지도 모르는 일이었다. 또는 순찰사가 무슨 일을 의논한다는 것인지도 잘 알 수도 없고 …….

제봉은 지금 전주에 있었다. 이계정이 의병진을 찾아온 것은 어제 일이었다.

오늘 아침에는 관에서 전하는 첩보를 받았다. 요즘 일본군이 무주의 속현(屬縣) 등지에 들어가 민가를 모조리 불태우고 또 적선 두 척은 순천에 침입하여 계엄령을 내렸다고 한다. 적들이 조선 사람을 그들의 간첩으로 이용하는 까닭에 가끔 빈틈을 엿보아 지역을 경계하고 있는 의병진에 들이닥쳤다. 그런데 순찰사의 전·후 일에 한 행동을 따져 본다면 지금 또 무슨 의논을 하려는 것인지 앞일이 막막했다.

제봉은 도사 최철견90)과 권부 윤수91)를 만나 보았다. 이들도 역시 순찰사가 하는 행동과 그의 의중이 무엇인지 그 이유를 측량할 수 없다고 한다. 매우 괴이하고 통분하게 생각할 뿐이었다.

맨 처음 제봉이 의병을 일으킬 때 병사 최원92)이 그 소문을 들

---

90) 崔鐵堅(1548~1618)
　　자는 應久·蘭圃, 호는 夢隱. 선조 9년(1576) 司馬試 합격. 1585년 別試文科에 장원. 전적, 감찰, 형조좌랑, 사간원, 정언. 1590년 병조좌랑 때 서장관이 되어 명나라에 다녀왔다. 그는 학행이 뛰어나 경주부윤의 천거로 청주목사와 전라 도사를 지냈다. 전라도 관찰사 李洸이 패주하자, 70세 고령의 의병장으로 죽기를 맹세코 전주를 수호하고 崔竣立과 함께 향리 慶山에서 의병을 일으켰다. 영천의 권응수와 합류, 영천·경주 등지에서 적과 싸웠다. 특히 阿火山城 싸움에서 큰 공을 세웠다. 1597년 수원부사, 1599년 內資寺正(정3품), 1601년 황해도 관찰사, 호조참의, 1604년 춘천부사로 재수되었으나 병으로 사임하고 낙향. 경북 경산시 龍城面 谷蘭里에 있는 '蘭圃古宅'은 조선시대의 古家로 명종 1년(1546)에 지었다. 경북 유형문화재 제80호로 지정되었다. 저서로는 ≪夢隱集≫이 있다.

91) 尹燧: 權府(권력을 행사하는 관청 관리).

92) 崔遠: 병마절도사.
　　오직 全羅兵使 최원은 자기 소속부대를 이끌고 서쪽으로 올라가는데, 軍情(군대의

147

고 아주 기쁘게 여기면서 모든 일에 서로 협조할 만한 것은 힘껏 봐주겠다고 약속을 했다. 이때 순찰사가 경내를 벗어난 까닭에 최병사가 순찰사에게 공문을 띄워 각 고을의 남은 군기를 의병에게 나눠 주도록 요청했다. 제봉은 의병을 일으킨 이후부터 군사를 이끌고 지나는 고을마다 군기를 조금씩 얻게 되었다. 그러나 모두 닳고 무디어져 쓸모없는 것들이 많았다. 그렇다고 수량이 많았느냐 하면 그렇지도 않았다.

꼭 가져가야 할 군관에게도 다 제대로 나누어 줄 수가 없었다. 하물며 위급한 전쟁에 임해서 더 말할 여지가 있을까.

情狀)이 중도에서 크게 변하자, 하루는 자신이 지켜보는 앞에서 50여 인을 斬首하게 하여 必死의 뜻을 보인 것이다. 그래도 끝내 금지할 수 없게 되자, 江華로 들어가 雄據하면서 군사들을 도망치지 못하게 하고 1년이 넘도록 애써 지키는 동안에 굶어 죽은 자가 더러 있었으나 끝까지 마음을 변치 않았다. 비록 공은 크게 세우지는 못했으나 그 마음은 충분히 가상하기 때문에 항상 변란이 일어난 이후의 여러 장수들 중에는 오직 이빈과 최원이 신하 된 의리를 잃지 않았다.

36. 선조 관서로 파천

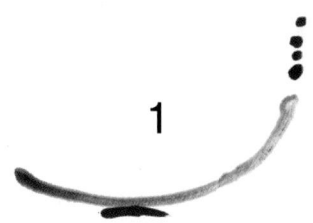

1

지금 들리는 소문에, 순찰사는 용인에서 실패한 이후로 언제나 본도의 인심이 나쁘다고 핑계 대면서 오직 흩어진 군사에게 죄를 덮어씌운다는 것이다. 필요시에 스스로 변명할 계획을 그렇게 꾸미고 있었다. 그러나 제봉이 의병을 일으킬 때 응모하는 자가 구름처럼 모이자 순찰사는 이를 좋게 여기지 않고 심지어 제봉에 대해 병기를 넣어 두는 창고를 마음대로 내어 쓴다고까지 헐뜯었다. 너무나 괴이하고 두려운 일이 아닐 수 없었다.

그때 수령들도 거의 제봉의 의거에 따르려고 한 자가 많았다. 그럼에도 순찰사에게 얽매어 결국 그것도 맘대로 하지 못했다. 또 수령들이 제봉의 소문을 듣고 협조하려는 자도 많았다. 그러나 순찰사에 억눌려서 끝내 도와주고 싶은 생각이 있어도 협력할 수가 없었다. 순찰사의 비위를 맞추느라 어쩔 수 없었던 것이다. 모든 일이 제봉의 뜻대로 따라 주지는 않았다. 순찰사는 심지어 의병에 응모한 자의 처자까지 잡아 가두고 지금까지 온갖 방법으로 훼방을 놓아 의거에 동참하려는 마음을 가로막곤 했다. 그래도 많은 의병들은 제봉의 뒤를 따라다니면서 끝까지 포기하지 않았다. 병사들에겐 가상하면서도 한편 그런 정황에선 슬픈 일이었다.

그때까지만 해도 모든 도에서 출동한 근왕병이 적과 싸우려고 하는 자가 한 명도 없었다는 것이다.

한양과 평양은 벌써 잿더미가 되어 버리고 결국 임금까지 적에게 쫓기도록 해 먼 관서로 떠나게 되었다. 이렇게 되어도 조금 믿을 만한 것은 이 의병이 있다는 것이 하나의 희망이라면 희망이었다.

그러나 순찰사의 생각은 그런 정황과는 거리가 먼 것 같았다. 조정은 먼 천 리 밖에 떠나가 있고 문이 겹겹이 달린 천문(대궐문)도 높고 깊어서 제봉은 이 억울한 심정을 하소연할 길이 없었다. 헤아릴 수 없는 죽음만 당할까 두려울 뿐이었다.

이 억울함은 피륙(필로 된 비단)의 색깔이 빛에 의해 변화해 버리듯 전혀 다른 감정으로 바뀌었다. 그럼에도 임금이 욕스러운 일을 당하면 신하로서 죽음을 잊고 적과 싸우는 것은 고금을 막론하고 공통된 의리였다.

다행이도 조금 힘을 얻을 만한 것은 거리가 머나 가까우나 간에 제봉이 의거를 일으킨다는 소문을 듣고 수많은 용사들이 먼 길에 발이 부르트는 줄도 모르고 사방에서 달려와 나라를 위해서 목숨을 바치려고 했다. 제봉은 싸움터에 나가 피를 뿌려 그의 마음을 명백히 할 생각뿐이었다.

앞으로 있을 성패에 대해서는 따질 겨를이 없었다. 오직 상공(재상)은 비생(경명)의 한 조각 단심을 밝게 보살펴 억울한 죽음을 당하지 않도록 한다면 매우 다행한 일이라 생각하고 있었다.

차남인 인후에게 휘하 용사 수백 명을 인솔하고 무주, 진안 부근 지역 여러 곳에 복병을 세우도록 지시했다. 이는 영남에서 호남으로 침입하는 적을 미리 차단하기 위해서였다.

같은 달 22일, 전주에서 여산으로 옮겨 임피에서 식량을 모으고 군사를 모집하던 장남 종후와 무주에서 복병 중이던 차남 인후가 다시 합류하지 않으면 안 되었다.

제봉은 해남, 강진 두 군에도 또 격문을 발송한다. 그가 진중에서 가장 중요시되는 일 가운데 하나가 각 도 사람들에게 격문을 작성하여 자주 보내는 일이었다.

제봉은 전날 추성(담양)에서 의병을 일으키던 때, 처음으로 가슴속에 가득한 열정으로 끓는 피를 쏟은 종이 한 장에 적어 열읍 수령에게 알린다. 함께 난국을 구출할 것을 당부한 글이었다. 그의 정성은 과연 다른 사람을 감동시키지 못하고 외쳐 대기만 했던 공허한 글이었던가.

"…… 호응하는 사람이 없으니, 초야에 있던 몸이 빈주먹만 쥐었을 따름이라 군사와 양식의 뒷받침이 없어 어찌해야 좋을지 실로 막연하외다. 생각 깊게 듣자 하니 의병의 격문이 전달되자 정병을 계속 원조한 것은 호남 50고을에 유독 두 사군(임금의 명령을 받들고 지방에 온 사신)이 있어 선성(전부터 알려진 명성)이 미치는 곳마다 사기가 저절로 앙양되었기에 두 분을 고대하여 왜병을 소탕하기로 했는데, 뜻밖에 병상이 격서를 띄워 부르고 있으니, 행동이 자유롭지 못할까 심히 걱정되는 바입니다. ……"

이때 금산에 머무른 적은 청진의 적과 함께 명성과 위세가 서로 합치되어 나아가고 흩어지는 것이 자유로웠다. 적의 한 부대는 이미 용담을 함락시키고 또 다른 부대는 무주를 함락시켜 세 곳에 진지를 만들고 있었다. 다음으로 완산(完山, 全州)을 침범할 야심을 품고서 …….

"…… 완산은 호남의 근본이 되는 땅일 뿐만 아니라 진전[1])이 소재한 곳으로 우리 성조의 풍패[2])입니다. 그래서 이 경명은 의기(의병의 군기)를 돌려 적의 선봉을 막으려고 생각했습니다. ……"

그러나 제봉은 다시 생각해 보았다. 원숭이처럼 잔꾀가 많은 일본군을 코앞에 두고, 진산에 있는 의병 세력이 매우 빈약하다는 사실을 알았다. 만약 적이 진산, 연산(계룡산과 대둔산 사이의 요해처)의 좁은 목을 넘어 은진(충청남도 논산군에 있는 옛 읍), 여산의 평탄한 길로 돌격해 온다면 비단 호남이 앞뒤로 적을 받아들이게 될 뿐만 아니라 금강의 군사도 역시 놀라서 오금을 펴지 못하고 떨게 될 것이다. 물론 이때 우도 의병장이 거느린 군사도 충청도에 머무르고 있긴 했다. 호서는 가로막힌 채 적의 세력이 확장되면 호남의 군량이 어떻게 수원에 도달할 것인가, 그래서 조정의 소식을 어떻게 사방으로 통달하게 할 수 있을까, 상황은 몹시 급박했다.

"…… 이에 군사를 이용하여 진산으로 들어가 금산의 적을 뒤에서 추격하여 용담, 무주의 적으로 하여금 뒤돌아보며 불안을 갖게 해 서서히 두 사군의 군사를 기다려 곧장 적의 소굴을 무찌르면 거의 흉악한 무리들이 앞으로 나가거나 뒤로 물러나거나 갈 곳이 없게 될 것이니 이것이 비단 근왕의 전략일 뿐 아니라 또한 완산을

---

1) 眞殿: 조선 왕조 璿源殿. 조선 왕조의 '太祖, 肅宗, 英祖, 正祖, 純祖, 翼宗, 憲宗' 등의 御眞을 모신 궁전. 경기전.

2) 聖朝의 豊沛: 전주가 이태조의 先鄕이 되므로 漢高祖 劉邦의 豊沛에 비유하여 전주를 指稱한 것이다. 대대로 이어진 어진 일곱 임금께서 다스려 오던 안전하고 넉넉한 고장으로서 소중한 위치란 뜻을 담고 있다.

구출하는 한 가지 방법이 아니겠습니까? 사군이 지금 만약 정상의 길만 고수하고 변통할 것을 생각하지 않는다면 본인의 병력이 고단하니 경솔히 거사할 수 없는 처지입니다. ……"

호남의 적을 없애지도 못하고 수원의 군사가 혹 시일만 끌게 된다면 병상이 거느린 군사는 모두 호남 사람들인지라(이때 병상이 전라도 군사를 거느리고 수원에 머물러 있었다.) 만약 적이 오늘 아무 지대를 지나가고 내일에 아무 고을이라도 들어간다는 말을 듣는다면 군량이 수송되지 못하고 군정도 흉흉할 것이라는 것이다. 이것이 목전에 시급한 문제라는 것쯤은 지혜 있는 자를 기다리지 않아도 알 수 있는 일이었다.

"…… 그렇다면 두 사군이 합세하여 금산의 적을 치는 것이 호남을 보장하는 유일한 길이 될 뿐만 아니라 또한 병상을 위해 성원하는 것도 될 것입니다. 옛사람의 말에 '장수가 밖에 있을 적에는 임금의 명령이라도 받지 않을 수가 있다.' 하였으니 이는 임기응변하는 것을 귀히 여기고 교주고슬[3]을 취하지 않는다는 뜻인데 하물며 우리 병상은 멀리 천 리 밖에 있어 이 도의 위태로움이 일촉즉발 같다는 것을 모르거늘 어찌 가깝게 오는 적을 버리고 후회를 남기게 해서야 되겠는가. 만약 사군이 위로 수원의 정한 날에 미치지 못하고 아래로는 금산의 언약을 지키지 않으면 오늘 이 의논이 금산의 적을 피하기 위한 것이라 하지 않겠는가. 부디 잘 생각해서 남에게 말을 듣지 않기를 바랍니다."

강진, 해남에게도 의병을 규합하고 물자의 지원 등을 요청한다.

---

3) 膠柱鼓瑟: 고지식하여 조금도 융통성 없이 꼭 달라붙는 소견을 비유한 것이다. 즉 비파나 거문고의 기둥을 아교풀로 고착시키면 한 가지 소리밖에 나지 않는 것과 같이 변통성이 없다는 것을 말한다.

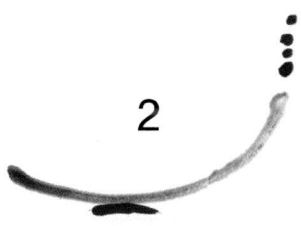

2

　같은 달 24일, 말 잔등에서 구국의 격문을 손수 작성하여 호서, 경기, 해서, 평안 등 각 도에 송달하게 했다. 이것이 바로 세상에 전해져 오는 제봉의 '마상격문'이었다.

　6월 27일, 의병은 북쪽으로 계속 진군하던 중 은진에 진을 구축하여 잠시 머물러 있었다.

　이미 황간, 영동 등에 있던 왜적이 금산을 탈취하고 전주를 경유하여 호남을 침범할 계획이라는 정보가 들어왔다. 제봉은 이때 막하장들과 비밀회의에서 "아군이 만일 북상하면 왜적이 우리 군의 허세를 이용하여 호남을 분명 탈취할 것이다. 호남은 알다시피 곡창으로 국가의 보고이니 절대 방어하여야 한다."고 판단했다.

　북상 중이던 제봉 의병진은 다시 진로를 바꾸어 호남으로 회군하기로 작전계획을 변경했다.

　7월 1일, 의병진은 은진에서 연산으로 옮겨 그곳에서 한동안 머물기로 했다.

같은 달 5일, 충청도 의병장 중봉 조헌에게 서한을 보내 동월 10일에 형강을 건너 합세하여 금산에 있는 왜적을 토벌하기로 약속했다.

그러나 그날 조헌이 형강을 건너오지 못했다. 다음 날 연산에 머물러 있던 중에 제봉이 보낸 격문을 보는 이마다 정의의 마음에서 일어나는 그의 기개에 감동해, 논밭에서 일하고 있는 농부들과 서당에서 공부하고 있던 학도들이 자진 입대하고 관군들도 의병부대로 이동하여 그 총수는 6,000여 명에 달했던 것이다.

동월 9일, 의병진은 진산을 경유, 금산에 주둔하게 되었다. 방어사 곽영이 이끄는 군과 좌우익으로 기세를 모아 적진을 치기로 했다.

정예병 수천 명이 이제 제봉의 진두지휘에 따르게 되었다. 그의 통솔을 받은 군사들은 사기가 충천해 있었다. 장수와 정예병은 물론 의병들까지 모두가 서사독전4)하기로 이미 확약한 바 있었다.

관군과 의병진은 먼저 금산 토성에 있는 적의 진영을 소탕하기 시작했다. 사면으로 공격했다. 당일은 일본군 수천 명을 도륙하고 대승첩을 거둔 것이다. 그날 저녁 제봉은 방어사 곽영과 다음 날 함께 공격하기로 다시 약속했다. 그때 그의 장남 종후가 대장이던 아버지에게 말했다.

"금일에 아군이 승리하였으니 이 승세를 몰아 전군이 회군하였다가 기회를 보아서 다시 나와 토벌하는 것이 가할 것입니다. 적진 가까이에 대루야숙5)하는 것이 옳지 않겠습니까? 오늘 밤 적들이 야경을 돌아 우리 진지를 염탐하여 습격해 올까 우려됩니다."라고

---

4) 誓死督戰: 죽기로 작정하고 전투에 임한다.
5) 對壘野宿: 적진 주위에 아군진지를 구축하고 야영한다.

했다. 그러자 대장은 아들에게 이렇게 타일렀다.

"너는 부자의 정으로 내가 죽는 것을 두려워하는 모양이로구나. 나의 위국 일사하는 것이 나의 본분이니라."

고종후의 예상대로 그날 밤에 적이 의군의 진을 침범하려고 염탐하다가 나졸[6]에게 발각되어 도주해 버린 일이 있었다.

동월 10일, 금산 전투에 임하면서 아들에게 보여 준 그의 말뿐 아니라 그의 사위 박숙에게 보낸 편지에서도 그의 또 다른 의지를 결연히 나타내고 있었다.

윤근수는 그의 편지 내용을 제봉의 신도비명에 이렇게 기록해 두었다.

"…… 금산에 적을 토벌함에 이르러 사위 박숙[7]에게 편지를 보내 가족을 보살펴 줄 것을 거듭 부탁하였다. ……"

<제봉의 신도비명, 윤근수 서>

---

6) 邏卒: 원래 포도청에 소속된 병사가 자기가 맡은 구역 안을 순찰하던 병사를 말하나 여기서는 진중에서 야간 순찰을 도는 병사를 일컫는다.
7) 朴橚: 고경명의 사위.

37. 참혹한 전란

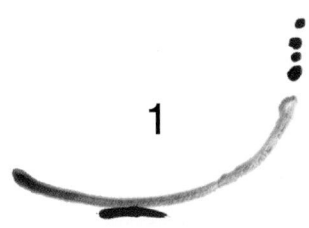

1

그날 의병진은 왜적 적진과는 불과 5리(2㎞)밖에 떨어지지 않는 곳에 주둔해 있었다. 방어군과 좌우로 포진하고서 제봉은 8백 기병을 동원하여 먼저 공격토록 명령을 내린다.

방어군과 함께 작전을 펼치기도 전에 적은 토성에서 한꺼번에 쏟아지는 폭포수처럼 뛰쳐나온다. 그때 관군은 공격다운 공격도 해 보지 못하고 어이없게도 무너지고 말았다. 방어사가 말을 채찍질하여 먼저 달아나 버렸기 때문이다. 제봉은 홀로 공격할 계책으로 사졸들에게 나라에 충성을 서약했던 것을 상기시킨다. 이를 지키자는 애절한 호소가 담긴 외침은 거기에 운집한 의병들에겐 강력한 격려가 되었으리라. 바로 그때였다. 2, 3명의 군졸들이 급히 달려와 대장에게 말한다.

"방어군이 궤주[1]하였습니다."

고 한다. 불길한 소문이 퍼지자 그의 의병진도 허망하게 무너질

---

1) 潰走: 전쟁에 져서 뿔뿔이 흩어져 달아난다.

수밖에 없었다. 이를 다시 제지하기에는 불가항력이었다. 청천병력이 따로 없었다.

어차피 질 수밖에 없는 싸움에 목숨 하나 내놓은들 나라에 무슨 유익이 있으리오. 병사들은 각각 피신하여 고향으로 살아 돌아가게 될 뜻하지 않은 기회가 왔다고 좋아들 했을까. 많은 의병들의 생각이 이에 미칠 때, 한 목숨이라도 부지하는 것이 더 현명한 일이 아닐까. 옳다! 하고 생각했는지 모른다. 그래야 다음을 기약해도 기약할 수 있지 않는가. 그들에겐 부모, 처자가 시퍼렇게 눈을 뜨고 아버지와 자식이 적과 싸움에서 살아 돌아오기를 학수고대하며 아직은 목숨들을 부지하고 있을 터이니까. …… 그 부모 처자식의 시퍼런 눈동자에 참혹한 전란의 참화로 눈꺼풀이 덮이게 할 수는 없었다. 죽어도 부모, 처자와 같이 죽는 편이 더 났다고, 이미 마음을 굳히고 난 뒤였으리라. 그렇지 않다면 누가 그들을 감당하고 봉양하랴! 에라! 위급한 이 순간을 피하고 본다는 가슴속의 충동질을 어찌 감내해야 한단 말인가. 그들도 '자기 목숨이 있어야 나라가 있는 것이다.'라고 생각했을까. 그가 죽어 이 땅에 없는 나라, 즉 적이 차지한 나라가 그의 가족에게 무슨 보탬이 있으리오. 어찌하든 가족을 부양할 그들이 있어야 했다. 부모처자는 강력히도 그들을 필요로 했다. 이것이 병사들대로의 애절한 사연이라면 사연이었을 것이다.

목숨을 내놓은 의병들이 그들을 욕질하고, 자기 스스로도 비겁하다는 생각이 들더라도 그들은 먼저 목숨을 부지하고 봐야 했다. 부모, 처자를 살리기 위해 불가피했다고 할 것이다. 도망이란 창피를 무릅쓰고라도 그들 각자의 살길을 찾아야 하는 것이다. 한결같은 다수의 의병들의 마음이 이런데 누가 그들을 향해 창을 겨누고 화살을 날리려는가.

그런 마음을 품었던 분위가 진중에서 순식간에 퍼져 각기 마음에서 마음으로 퍼져 나갔을 것이다. 의병진영이 무너지는 것도 순간이었다. 자기 의지로 진중에 들어오는 군사를 모집하기는 극히 어려웠다. 그러나 위급한 때, 아니 목숨이 촌각에 달렸다는 마음에 사로잡혀 있을 때의 흩어짐은 나는 티끌과도 같았다.

그런 생각으로 무너진 그들에겐 진중에 남아 있는 자들이 오히려 지극히 어리석어 보일 수도 있었다. 남은 자들에 대한 연민까지 품으며 그렇게 진중을 벗어났을지도…….

그때 제봉은 유팽로 등에게 일렀다.

"너희들은 빨리 후퇴하라. 나는 불행히 전쟁에 패하였으니 오직 한 번 죽음이 있을 뿐이다."

그러자 유팽로가 대장에게 말한다.

"이 월파(유팽로의 호)가 어찌 대장을 버리고 저의 살기를 구할 것입니까."

비 오듯이 쏟아지는 적의 총탄과 화살을 맞고 말이 쓰러지고 대장이 위급한 지경까지 왔다. 최후에 숨을 거두려는 경각이었다. 그가 순절할 순간 유팽로, 안영, 충성스런 부하들과 함께, 독립되어 밖으로 나온 그들은 여왕벌을 겹겹이 감싸고 있는 일벌 떼처럼 순식간에 진중으로 달려와 대장의 몸을 가리고 방어하는 것이었다.

…… 그의 막하장들을 보좌하는 부하 병사들 모두가 한 몸이 되었다.

차남 인후는 정예부대로서 최전열에서 맹렬히 싸운다. 관군이 붕괴되는 것을 보고 대오를 정돈하여 단독으로 공격한다. 그러다가 그도 같은 날 얼마 되지 않는 시각에 아버지 뒤를 따랐다. 장남 종후는 의군이 무너질 때 사내 몸종이 말을 채찍질하여 가까이 다가와 말하기를 "대장께서 멀리 떠나셨습니다."

이르자, 종후는 30여 리나 멀리 떨어진 곳으로 급히 달려간다. 아버지와 동생이 처한 상황을 알고 넋을 잃고 만다. 그는 한동안 실성한 사람처럼 서 있다가 맨손으로 적을 향해 달려가 당장 복수하려고 했다. 그러나 좌우에서는 이를 극력 만류하고 나섰다.

"일이 이미 이렇게 되었으니 무리하게 나선다 한들 군사들과 함께 떼죽음을 당할 것이 분명한데 그렇다면 우리에게 무슨 유익이 있겠습니까. 선친 대장의 오래된 체백이 쌓여 있는 시체 더미 속에 있습니다. 공이 안 계시면 수렴을 어느 사람이 해야 합니까."

종후는 막하의 그 같은 권유를 받고 적이 물러가기를 한동안 기다렸다. 얼마 후 종후는 의병들의 시체가 쌓인 싸움터에 가서 대장과 아우 인후의 유체(부모에게 신세를 끼친 몸)를 수렴하게 되었다.

"두 사람(경명과 유팽로)의 옷자락 안에는 모두 성휘(제봉과 유팽로의 생전의 이름)가 적혀 있었으나 이는 아마 거의하던 날 꼭 함께 죽음을 바치겠다는 결심으로 오늘날 수시의 증거로 삼도록 했던 것인 듯하다."(제봉연보 40장)

2

제봉과 그의 막하장들은 전투에 나가면서 가족의 뒷일을 부탁하고 옷자락에 이름을 적어 넣었던 그와 의병 지휘관들의 주도면밀함과 함께 죽음을 각오했다. 비장한 결의의 표시가 아닌가.

제봉은 수천 명을 이끌고 일본군과 정면 대결을 했지만, 훈련받지 못한 농민이 대부분인 의병은 패할 것이 분명했다. 그래도 전투는 확실하게 전개되고 있었다. 질적으로 우수한 병기로 무장한 적군을 원시적인 도구로 맞대항한 것치고는 의병 개개인의 용맹스러움은 앞서 가고 있었다. 그렇게 사력을 다 쏟았음에도 결과는 불을 보듯 명확한 것이었다. 다른 한편에서 일본군 대장 융경이나 전라 관찰사 이광이 되뇌며 쾌재를 불렀을까. 어찌하든 의병의 금산 1차 전투상황은 작전상으로는 최선을 다한 싸움이었다.

"금일에 아군이 승리하였으니 이 승세를 몰아 전군이 회군하였다가 기회를 보아서 다시 나와 토벌하는 것이 가할 것입니다. ……오늘 밤 적들이 야경을 돌아 우리 진지를 염탐하여 습격해 올까 우려됩니다."라고 한 장남 종후의 건의에 그는 "너는 부자의 정으로 내가 죽는 것을 두려워하는 모양이로구나, 나의 위국 일사하는 것이 나의 본분이니라."라고 동문서답격인 말로 일축하고 말았다. 그는 왜 그의 한 몸, 죽음에만 생각이 미치고 만 것일까. 아무리 '위국 일사하는' 것이 그의 '본분이라'지만, 대장이 목숨을 내놓음으로써 의병진은 풍지박살이 나고 말 것인데, 그에 따른 막하장들과 병사들의 천금 같은 목숨에 대해서는 어떻게 담보해야 할까. 왜 그에 대한 생각이 제봉에게는 크게 미치지 못한 것일까. 금산 1차전에서 그는 목숨으로 대장을 호위하던 막하장 유팽로와 안영의 권고에 따랐어야 했다. 의병진이 진중을 벗어났다가 재수습하여 최대한 적에게 피해를 주기 위해서라도 되도록이면 목숨을 아끼고 연장했어야 옳지 않았을까. '운명은 재천이라' 했다. 이승에 온 한 생명이 언제 떠나도 이승을 떠나게 된다지만, 진중에서 위급하다고 쉽게 생을 포기한 것은 아닐지라도, 황급하게 떠나는 것이 능사는 아닐 터였다. 대장의 목숨은 그의 뜻과 같이 자신의 것이 아니었다. 국가의 소유요 나아가서는 부하장병들을 위한 목숨이기에 살아서 더욱 존귀하게 보전되었어야 했다. 수양성을 일 년 동안 사수했던 장순의 말이 새삼 떠오른다. '나는 내 몸이라도 병사들을 위해 나누어 줄 마음이 있지만 여러분이 알다시피 나는 이 수양성을 지켜야 하는 책임을 맡은 장수이니 그럴 수는 없다. 그 대신 내 애첩을 이렇게 죽여 너희의 식량으로 나누어 줄 테니 자랑스럽게 먹고 용기를 내어 싸우도록 해라.'

제봉 의병은 호남 곡창지를 공격하기 위해 일본의 대병력이 운집해 있는 금산성으로 또다시 진격해 간다.

그는 금산의 적을 치기로 마음먹고 일단은 그곳을 먼저 공격해 들어간 것이다. 막상 공격해 적 가까이 접근해 보니 뜻하지 않게 적의 진영은 거대한 산을 방불케 했다. …… 간사한 무리들은 억새가 빽빽이 들어차 얽혀 있는 것처럼 포진해 있었다.

그가 이윽고 말에서 내린다. 그리고 호상에 걸터앉는다. 문무의 사가 좌우로 늘어서 있다. 군대의 전열을 가다듬기 위한 것이다. 이윽고 북소리가 울린다. 소라 나팔 대각 소각으로 울려 퍼진 분위기에 의병들의 위세는 더욱 드높아만 갔다.

그러나 실상 의병들의 무장이라는 것은 빈약하기 이를 데 없었다. 그들은 흰 도포자락에 상투를 튼 채 투구를 쓰고 뽕나무로 만들어 강하다고 하는 활을 메고 있었다. 이것을 가지고서 어찌 전쟁터에서 온전히 갖춘 병사의 무장이라고 할 수 있을까.

적은 여러 가지 빛깔로 된 요란한 옷을 입고, 민머리에 단검을 차고 있었다. 적들은 총탄이 우박처럼 쏟아지는 조총으로 의병들의 진영을 향해 마구 쏘아 대었다. 보라매가 하늘을 날듯 송골매가 먹이를 덮치듯 곰을 잡고 표범을 잡듯 한 정황이었다.

그래도 전투는 피아간에 치열했다. 백리안길 맹수도 두려워 더욱 더 멀리 달아난다. 나는 새들도 날개를 거두고 울음조차 그쳐 버린 지 오래다.

의병들은 하루 종일 고전에 고전을 거듭한다. 그렇다고 싸움이 덜 격렬했다는 말은 아니다. 의병들의 힘은 지친 것 같다가 기운을 다시 찾아 싸움은 더욱 격렬해져 가고 있었다. 씩씩한 모습들도 여전히 잃지 않았다. 창을 휘둘러 해를 가리켜도 태양은 물러설 줄 몰랐다. 채찍을 당한 말들도 이리 뛰고 저리 뛰면서 특유한 소리를 질러 댄다.

'하늘이여 의로운 자를 돕지 않는다면 흉포한 자를 도우렵니까? 어찌 정의로운 자 편에 서지 않아 진중에서 제갈량이 쓰러질 때 하늘에서 큰 별이 떨어지게 하듯 그의 죽음을 애달프게 하렵니까.'

참혹한 싸움터가 어찌 이 한 곳뿐일까만 부자가 함께 진중에서 생명을 놓아 버린 일이 어디 그리 흔하던가. '진나라 변호 앞에 까마귀는 감히 소리를 내지 못하고, 여우 너구리도 덤벼들지 못했다.'고 한다.

이 나라에 큰 변이 일어나 어지러운 이때 그의 지혜가 두루 쓰이지 못해 참혹하고 암담할 뿐이었다.

산골에 흐르는 물소리도 목이 메인 듯 처량하게 들려온다. 게다가 아침안개는 자욱해 산과 내를 식별하기도 어려웠다. 어느덧 저녁 해는 핏빛으로 물들어 간다. 거친 언덕, 넓은 들에는 밤낮으로 귀신 울음소리가 귀살쩍게 들려온다. 살아남은 의병들은 복수를 거듭 맹세한다. ……

그의 관을 바꾸어 멜 의병들은 날마다 줄을 이어 가고, 영특하고도 굳센 넋은 그가 태어난 곳을 거치지 않고 그대로 하늘로 올라가 삼라만상의 주인에게 이 잔인한 도적들을 씨 말리듯 소멸해 주기를 호소할 터였다. 씩씩하고 용맹스런 그의 기운이 엉기어 흩어지지 못하고 시월의 긴 무지개로 변했다. 그리해 백성들의 마음을 위로하고 굳게 북돋아 주려는가.

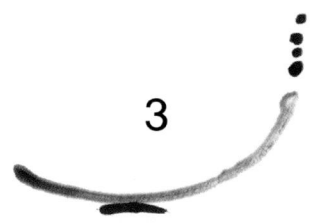

3

선조는 의주의 피난길에서 돌아와 공신각²⁾을 다시 만드는 기쁨
을 경축하려는가 보았다. 단청도 새롭게 빛난다. 화려한 방을 새롭
게 마련하고 노래와 춤을 가르친다.

'왼쪽은 현군³⁾이요 오른쪽은 교자⁴⁾라.'

_____

2) 功臣閣: 국가나 왕실을 위하여 공을 세운 공신들에게 功勳을 나타내는 名號를 주고 그
  등급에 따라 포상을 하는 장소다. 왕은 국권이 회복되자 서울에 다시 돌아와 임진란의
  공로자들을 위로하고 노래와 춤을 추면서 연회를 베푼다. 그날은 특히 外命婦 여자들에
  게 봉작을 주면서 춤을 가르쳐 주고 마음껏 즐기면서 왜적으로부터 나라를 다시 찾은
  것을 경축하게 했다.
3) 縣君: 外命婦의 정6품의 봉작을 말한다. 조선조의 왕족, 종친의 여자, 또는 妻로서 그
  夫職에 따라(公主, 翁主, 府夫人, 奉保夫人, 郡主, 縣主와 종친의 妻로 부부인, 郡夫
  人, 縣夫人, 愼夫人, 愼人, 惠人, 溫人, 順人 등과 文武官의 처로 貞敬夫人, 貞夫人,
  淑夫人, 淑人, 令人, 恭人, 宜人, 安人, 端人, 孺人 등을 외명부라 일컫는다. 경명의 어
  머니는 정경부인에 封爵되었다.
4) 嬌子(平交子): 종일품 이상 및 耆老所 堂上官(나이가 높은 임금이나 70이 넘은 文官의
  정2품 이상 되는 노인이 들어가서 대우받는 곳. 太祖 3년(1394)에 창설. 이곳의 靈壽閣
  에는 그들의 肖像을 걸어 두었다.)이 타는 가마. 앞뒤로 2사람씩 4사람이 낮게 어깨에
  메고 천천히 가도록 되어 있다.

38. 복수의병장

1

장자인 종후가 부친의 시신을 수습할 때 옷자락에 적힌 성명을 확인하고 금산 인근 산중에 잠시 매장했다가 8월에 비로소 관곽(시체를 넣은 속널과 겉널)을 갖추었다. 40여 일 만에 더위와 여러 차례 비를 맞았음에도 얼굴색 피부가 살아 있는 사람 같아 보였다. 이를 보는 이마다 기이하게 여긴다. 그해 10월에 화순 흑토평에 장사를 지낸다. 다음 날에는 풍설이 몰아치고 긴 무지개가 묘 왼쪽에서 일어나 영역(성스럽게 여기는 지역) 수십 리를 비치고 광채가 이상하게도 해가 져도 없어지지 않는다. 보는 이마다 모두 충분소감[1]이라 했다.

제봉의 호남의병은 어찌됐건 간에 물리적으로는 1차전에서는 패한 것이 분명했다. 이제 그들은 모두 죽어 토양으로 돌아갔다. 생밤 한 톨이 땅에 묻히면 그 한 톨의 밤은 서서히 썩어 토양이 되어 사람의 눈에는 잘 분별이 되지 않는다. 보이지 않는 밤은 토양과

---

1) 忠憤所感: 임금에 대한 충성심과 그에 대한 감회.

자양분으로 산화된 후라서 사람의 일상적인 눈으로는 판별하기 어려울 것이다. 한 톨의 밤은 산화되지만 그것이 자양분이 되어 수많은 밤을 열매 맺게 하지 않는가. 그들이 목숨으로 지켜 낸 곡창지대에서 생산된 것, 식량을 충당하지 못해 굶주려야 했던 임금의 어가가 머물던 곳에도 식량과 물자를 실어 보냈다. 바다에서 이순신 함대가 연일 승전하는 데에도 병사들은 먹을 것이 있어야 했다. 그들에게도 식량이 공급된 것이다. 의병들이 뿌려 놓고 떠난 정신적인 힘과 피의 자양분이 강토를 물들여 놓았다. 이것이 나라의 원기, 생명의 원천인 정기, 바로 그것이 아닐까. 이 기운2)을 받은 후속 의병들의 군사가 전투를 지속할 수 있었다. 비록 제봉이 일찍 순절했다지만 그와 함께 금산벌에 뿌린 수많은 의병들의 피는 살아 있었다. 토양에 뿌려진 의병들의 값진 피는 후진 의병들의 기운을 북돋아 줄 것이었다. 그들의 생체인 몸은 모두 이승의 삶을 접고 원천인 자연으로 회귀할 것이었다. 진중에서 살아남은 자, 이를 목격한 군사들의 의협심에는 충성심이 찌를 듯했다. 제봉이 세상을 하직한 뒤 그의 큰 아들 종후는 전쟁이 소강상태에 이르자 집으로 돌아왔다. 의병을 재결합하여 아버지와 아우의 원수를 갚기 위한 준비를 하기 위해서였다. 그러나 어머니가 적극적으로 만류하고 나섰다.

"아버지와 두 작은 아버지(경임, 경민) 네 동생까지 왜놈에게 빼앗기고 또 너까지 놈들에게 빼앗겨야 한단 말이냐. 너마저 그렇게 훌쩍 떠나 버리면 이 어미는 어린 동생(용후 당시 15세)과 남은 가족들을 데리고 어떻게 살아간단 말이냐. 종후야 너는 효자가 아니냐. 지극한 효자란 이 세상에 없는 사람을 위함이 더 중하겠느냐,

___

2) 氣運: 하늘과 땅 사이에 가득히 차 온갖 생명이 새롭게 솟아나고 자라나는 근원.

살아 있는 식구들을 위함이 더 중하겠느냐."

종후는 어머니의 이 애절한 호소를 차마 거절할 수 없었다. 어머니의 절박한 뜻을 받아들이지 않으면 안 되었다. 그러나 종후는 복수를 하고자 하는 마음까지 접지는 못했다. 식음을 전폐하다시피하여 생활에 대한 의욕은 상실되고 집안일은 손에 잡히지 않았다. 그는 식욕을 잃고 의욕마저 잃었으니 점진적으로 몸은 쇠약해질 수밖에 없었다. 이를 보다 못한 어머니는 이래 죽으나 저래 죽으나 자식을 잃게 되기는 마찬가지라 여겼다. 결국 종후의 의지를 꺾지 못해 싸움터로 나가는 것을 허락해 주고 말았다. 자식 이긴 부모 없다는 말은 허언이 아님을 실감하게 된다. 종후는 어머니의 허락이 떨어지기가 무섭게 얼굴이 환하게 밝아져 생동감이 넘쳐 나고 의욕을 되찾아 갔다. 이윽고 종후는 하나 남은 어린 동생 용후에게 집안을 당부하고 전선으로 떠나간다.

그는 의병 400여 명을 재수습 인솔하여 호남 곡창지대의 방어진 진주성을 향해 출발한다.

능주에서는 최경회가 전라 우의병을 이끌고 진주성을 향하고, 보성에서는 임계영[3]을 중심으로 전라 좌의병을, 남원에서는 변사정을 주축으로 오빈은 광주에서 의병을 모집하여 고종후, 김천일, 최경회 등과 진주성을 목숨이 다하도록 지키다가 성이 함락되자 왕이 피난해 떠나 있는 북쪽 의주를 향해 두 번 절하고 모두 남강에 투

---

3) 任啓英(1528～1597)
문신. 抗倭 의병장. 자는 弘甫, 호는 三島, 長興 사람. 선조 9년(1576) 별시문과에 병과로 급제. 진보현감을 지낸다. 선조 25년(1592) 임진란이 일어나자 전라좌도 의병장이 되어 고성, 거제 등지에서 일본군을 공격하여 많은 전과를 거둔다. 그 후 화의가 성립된 후 楊州, 定州, 海州 등지의 목사를 역임한다. 정유재란 때 다시 의병을 일으켰다가 객사하게 된다. 병조참판 겸 동지의금부사에 추증되었다.

신하여 순절하게 된다. 이들은 모두 제봉의 휘하 의병 막하장들이
었다. 그로부터 살신성인 정신을 물려받은 후속 의병들은 그 후로
도 계속 적병이 호남평야로 침입하는 곡창지대를 몸으로 막고 쓰
러지면 또 다른 의병들이 고스란히 지켜 낸 것이었다.

2

　'09년 4월과 06월 중에 두 차례나 진주를 답사차 내려간 일이 있었다. 고 씨 종문회 회장 고영두[4](농학 박사)의 초청으로 25일에는 효열공의 묘소정화 고유제에 참례하고 돌아온 후였다.

　06월 17일, 촉석루를 답사하기 위해 이른 아침 강남 경부선 고속버스 터미널에서 진주행 고속버스에 몸을 실었다. 아침 8시에 출발한 고속버스는 시원시원하게 트인 고속도로를 잘도 미끄러져 간다. 그렇게 한동안 달려간 뒤 고개를 돌려 고속버스 창을 바라보았다. 강산은 푸르고 나뭇잎들은 연녹색에서 검푸른 색으로 변해 가는지 삼림은 울창해 있었다. 무작위로 심어 놓은 잡목들을 간벌해 준다든가, 잘 가꾸지를 않고 내버려 두어 제멋대로 자란 잡목들이었다. 목재로 쓰일 나무는 많지 않아 보인다. 지금 시대는 생산성이 떨어지고 비효율적인 일은 손을 대지 않으려는 데서 그리된 일일 것이다. 애초에 수종선택부터가 잘못되었는지 모른다. 높고 험준한 산

---

4) 高永杜: 장흥 고씨(효열공 고종후)의 진주종문회 회장. 경상대학교 전 교수.

들이 많아 역시 터널이 많았다. 꾸불꾸불한 산골짜기를 따라 도로가 이어지지만 그것도 더 이상 뻗어 나아갈 수 없는 산악이 가로막으면 어쩔 수 없이 산허리를 관통해 도로를 펼칠 수밖에 없었을 것이다.

진주는 다른 지역과 달리 그 지역에도 특산품이 많으나 진주를 대표할 만한 상품이 대외적으로 잘 알려진 게 없었다. 사실은 그곳에서 생산되는 것 중에 진주를 대표할 것들이(실크, 복숭아, 배, 파프리카, 딸기 등등) 이루 헤아릴 수 없이 많았다. 그중에서도 대표적인 생산품이 실크산업이 아니었나 싶었다. 그래서 진주는 비단의 고장으로 불렸나 보다. 당시 상평공단 110여 개의 비단 생산 공장에서 출하된 것이 국내 비단 수요의 70%에 달했으니 말이다. 지금에 와서는 딱히 어느 한 가지를 대표적인 것으로 내세우기는 어려운 모양이었다. 근대에 와서는 방직 산업이 성행하였으나 진주의 특성상 옛 도시로서 교육도시가 되다 보니 산업 쪽은 크게 발달하지 못한 것 같았다.

정확히 12시에 진주 고속터미널에 도착했다. 시속 100킬로로 달리는 고속버스는 특별히 고속도로가 막히지 않는 한 예정된 시간에 정확하게 도착하도록 고속버스회사에서는 애를 쓰는 것이 역력해 보였다. 고종후 진주종문회 회장의 안내를 받아 점심을 마치자마자 진주성을 두르고 있는 성곽, 촉석루, 창렬사, 그리고 논개와 진주박물관을 둘러보기 위해 승용차를 정문 오른편 주차장에 주차했다. 매표소로가 종문회장이 지불한 2,000원 하는 입장권을 받아 진주역사문화의 정문인 촉석문 안으로 들어선다. 왼편 성곽으로 먼저 다가가 성곽 너머 시원스럽게 펼쳐져 흐르는 남강을 바라본다.

여기 촉석루엔 무수한 묵객들과 풍류객들이 유람하고 시를 지어 읊고 사라졌을 것이다. 촉석루와 관련된 시와 글이 640여 편이 넘는다고 한다. 시를 읊는 풍류객들이 진주에 몰려온 것은 나라를 위해 순절한 기막힌 역사의 고장에 경치는 물론이려니와 그중에서도 유명한 진주기생이 있었기에 그러지 않았을까. 북쪽에 평양기생이 있다면 남쪽엔 진주기생이 있었다. 풍류객들은 그녀들의 단련된 성과 아름답고 아양 부리는 자태에 오금을 펴지 못했을 것이다. 그뿐인가. 그녀들은 학문과 문학예술에도 재능을 발휘했다. 이들 중에 바로 논개가 있었다. 무수한 전쟁영웅들의 영혼이 사라지지 않고 있는 이곳에 그녀의 영혼도 의암에 맴돌고 있을지 모른다. 아니 그녀는 이제 세계인의 발길을 불러들여 수많은 관광객들을 추억에 잠기게 한다. 그녀는 선비들이 흠모했던 정녕 그런 기생은 아니었다. 영원한 추억을 간직한 최경회의 아내로 남강변 의암에 흔적이 영원히 사라지지 않도록 아로새겨져 있었다.

퇴계 이황과 다산 정약용5)도 촉석루에 올라 강변 동편을 바라보았을 것이다. 거기에는 강변길 대나무 숲이 펼쳐져 있었다. 진주는 그야말로 충절의 고장이 아닌가. 충절의 주 공간은 남강변 진주성이었다. 참혹한 전투가 1, 2차에 걸쳐 벌어진다. 1차 전투에서는 조선(김시민)의 승리였다. 그러나 2차는 일본의 힘겨운 승리였을 것이

---

5) 丁若鏞(1762~1836)

조선왕조 말의 대학자. 자는 美鏞, 호는 茶山, 與猶堂 또는 俟菴, 羅州 사람. 李承薰의 처남. 경기도 廣州 출신. 문장과 經學에 뛰어난 일세의 碩儒로 柳馨遠과 李瀷의 실학을 계승, 集大成했다. 벼슬은 正祖 때에 同副承旨, 병조참의를 지낸다. 辛酉敎難과 조카사위인 黃嗣永의 帛書事件에 관련되어 전라도 康津으로 귀양 갔다가 19년 만에 풀려났다. 시호는 文度이다. 저서 ≪麻科會通≫, ≪牧民心書≫, ≪欽欽新書≫, ≪經世遺表≫ 등은 불후의 명저이다.

다. 그들도 성을 함락하기 위해 많은 손실이 따랐기 때문이었다. 병력을 반 이상을 잃어 가면서 함락시킨 성이 그렇게 값진 것인가? 조선도 일본도 …… 진주 성안에 모여든 조선의 6만여 백성과 1만여 의병들, 그리고 일본 병사들 수만여 명에 이를지도 모를 유해가 잠들어 있다는 것을…….

촉석루를 둘러보자 먼저 진주를 상징하는

"울어라 진주 남강"(김종택 작사, 작곡)이란 노래가 떠오른다.

"촉석루 난간을 보니 달빛은 고요하다. 엄마 찾는 어린 물새 울음소리 애달퍼라. …… 아, 목 놓아 울어라! …… 남강은 굽이굽이 돌아 끊임없이 흐른다. 목메어 울던 어린 물새 백사장에 잠들었네. ……"

어린 물새는 남강에 빠져 죽은 무수한 백성들의 넋이 물새로 환생, 남강을 지키는 텃새가 되었을까. 수많은 원혼들의 한을 대신 풀어 주려고…… 어미 물새에서 어린 물새에게 대를 이어 가면서 400여 년이 훨씬 지나도록 촉석루의 애환을 말해 주고 있는 것 같았다.

189킬로미터에 이르는 남강은 낙동강 첫 번째 지류로 진주의 젖줄이다. 다른 지역에서도 식수를 공급해 달라고 요청받고 있는 남강은 진주시의 남쪽으로 소리 없이 흐르고 있었다. '어린 물새가 백사장에 잠들었다'는 노랫말에서 지적한 백사장이 촉석루의 강 건너 쪽을 지적한 것인지는 모르나 지금은 뜨인 돌 축대로 단장되어 있었다. 그래서 의암바위 주위는 수심이 더 깊어지고 강의 폭은 예전보다 더 넓어진 것 같았다. 지금은 상류에 땜이 건설되어 급류에 모래가 유입될 리 없지만 예전엔 절벽을 이루는 바위에 모래층이 쌓일 겨를이 없이 물결이 휘몰아쳐 씻겨 가면서 수심이 깊어질 수밖에 없었을 것이다.

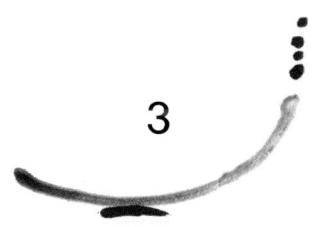

3

　그러면 여기서 잠시 1593년(선조 26) 당시 의병들의 활약상을 더 듣어 보아야 진주성을 보다 깊이 이해할 것 같았다.

　창의사 김천일은 군사 300명을 거느리고 먼저 달려가 성에 들어가 지키고 있었다. 충청병사 황진 700, 경상병사 최경회 500, 의병 복수장 고종후 400, 부장(副將) 장윤[6] 300, 의병장 이계련 100, 의병장 변사정은 그의 부장 이잠[7]을 보내어 군사 300명을 거느리게 했다. 또한 의병장 민여운 200, 강희열[8], 고득뢰[9], 강희보, 오유웅[10] 등이 함께 군사 수백을 거느리고 진주성에 각각 도착했다. 거제현령 김준민[11]과 김해부사 이종인[12]은 먼저 성안에 있었다. 그는

---

6) 張潤(1552~1593)
　선조 때의 무신. 자는 明甫, 木川 사람. 사천현감. 임진란 때 좌의병 부장으로서 星山, 開寧 등지에서 공을 세웠다. 선조 26년(1953) 진주성에서 병마절도사 黃進이 전사한 뒤 대장이 되어 전투를 지휘했다. 전후 8주야의 공방전 끝에 그도 전사했다. 시호는 忠毅이다.
7) 李潛: 변사정의 부장.
8) 강희열: 의병장.
9) 高得賚: 의병 부장.
10) 吳宥熊: 의병 부장.

목사 서예원과 수비책을 논의하고 있었다.

6월 26일은 폭우로 동문의 성이 무너져 내렸다. 일본 병사들은 개미 떼처럼 성 주위로 기어올랐다. 이종인이 근왕병(친병: 왕의 수비대)과 함께 적과 가까운 거리에 맞부딪쳐 있을 때는 활과 화살은 무용지물이었다. 근왕병과 의병들이 화살과 활을 놔두고 칼과 창으로 육박전을 벌여 죽인 적의 시체가 언덕처럼 쌓이자 적은 주춤하더니 일단 물러나 있었다. 그러나 적은 김천일이 지키는 서쪽과 북쪽 성문은 병력이 미약하다는 것을 알고 많은 군사를 모아 힘을 다해 그쪽을 향해 공격해 올라왔다. 창의군은 이에 제대로 버텨 내지 못했다. 적은 이때다 싶어 기를 쓰며 성에 기어올랐다. 무자비한 적은 창, 칼을 춤을 추듯 휘둘러 댔다. 이때 성벽을 지키던 군사들이 흩어져 촉석루로 들어갔다. 이때 서예원은 먼저 달아나 자취를 감추어 버렸다. 김천일은 최경회, 고종후 등과 청당(싸움광경을 높은 곳에서 내려다볼 수 있는 촉석루 위치로 짐작된다.)에 나란히 앉았다. 이때 성 전체는 이미 일본군에게 거의 함락된 상태였다. 그들은 서로 의기투합해 있었다. 최경회가 먼저 말을 꺼냈다.

"여기를 우리들이 죽을 장소로 합시다."

고종후가 이에 덧붙여 말했다.

"그거야 여부 있겠습니까. 우리들 모두는 여기서 살아도 같이 살고 죽어도 같이 죽어야지요."

위급한 때 서슴없이 두려움을 접고 몸을 내던졌던 그의 아버지

---

11) 金俊民(?~1593)
　　선조 때의 무장. 임진왜란 때, 巨濟縣令으로 의병장이 되었다. 김천일의 휘하에서 진주성의 동문을 고수하다가 전사했다.
12) 李宗仁: 김해부사.

경명과 그의 아들 장자였다.

적이 곧 밀어닥칠 찰나였다. 이런 급박한 순간에 그들 곁으로 한 의병이 술을 가져왔다. 술을 가지고 있던 사람은 술만 남겨 놓고 이미 달아나고 그곳엔 없었다.

그때, 최경회는 시를 즉석에서 지어 다음과 같이 그윽이 읊는 것이었다.

"촉석루 가운데 삼장사는 술 한 잔을 들고 웃으며 장강의 물을 가리킨다. 장강의 물은 도도히 흘러가노니 물결은 마르지 않고 혼도 죽지 않으리. ……"

그들 세 사람은 주위 병사들에게 불을 지르도록 명령했다. 스스로 불에 타 죽으려 했다. 그러나 적이 바로 촉석루에 올라오자 김천일이 그의 아들 김상건과 최경회, 고종후, 양산숙 등과 함께 북쪽을 향해 두 번 절하고 강에 몸을 던져 순절하게 된 것이다.

고종후는 장남이라 그의 아버지를 닮아 그런지 글을 잘하도록 머리가 뛰어나, 선조 3년(1570), 과거를 보아 16세에 진사에 합격하자 성균관에 들어간다. 그 후 선조 10년(1577) 별시문과에 24세로 급제하게 된다. 곧이어 예조좌랑에 부름이 있었다. 11년 후인 1588년 임피지역의 현령(종5품)이 되어 임지로 나아간다.

전북 군산시 이전에는 옥구군 임피면의 지명인 외관직의 하나였다. '국악보에는 이서구[13]가 지었다고 하나 동리 신재효[14] 계통에서

---

13) 李書九(1754∼1825)
　　純祖 때의 학자, 시인, 정치가. 자는 洛瑞, 호는 薑山 또는 惕齋, 全州 사람. 조선왕조 후기 한문학자로 또 명문장가로 특히 詩名이 높아 漢詩 四家의 한 사람으로 알려져 있다. 英祖 50년(1774) 庭試文科에 급제했다. 여러 벼슬을 거쳐 순조 24년(1824) 우의정에 올랐다. 문집은 ≪薑山集≫이 있다. 시호는 文簡이다.
14) 申在孝(1812∼1884)

는 신(申)의 작품'이라고 하는 '호남가'에도 나오는 임피, 이는 '전라도 주군현(조선조) 57고을 중 40개 지역의 이름을 산수와 순후한 풍속, 그리고 충효와 선행에 따라 ……' 노래로 불린 시 작품이었다. 함평천지로 시작하여 임피로 거의 마무리된다. 그런 순서로 엮인 노래가사에 기록된 임피의 종5품직인 것이다.

그의 아버지 고경명이 순절할 때, 고종후는 바로 그 주위에서 아버지가 타고 있던 말이 적탄에 쓰러지는 것을 보았다. 그는 아버지를 따라 그 자리에서 죽을 수 없는 것을 통탄했다. 주위 막하장들의 반대로 죽으려야 죽을 수도 없었다. 아버지와 아우인 고인후의 시체를 거두어 간략한 장사를 지내고 다시 죽을 길을 찾아 진주성을 향해 종군하게 된 것이다. 그는 다른 사람에게 보낸 서신에서 "어버이의 원수를 갚지 못하고 나라의 수치를 씻지 못했다."고 했다.

얼마 후에 그는 조정의 명령을 받아 사노와 가까이 있는 집안 식구들을 데리고 아버지의 원수를 갚기 위해 자칭 복수의병장이 되었다. 호남으로 통하는 관문이기도 한 진주로 전진하면서 병력이 점진적으로 더해지고 있었다.

400명에 이른 병력으로 계속 일본군과 싸우면서 이윽고 진주성에 이른 것이다. 성이 곧 적에게 완전 포위되려 할 때, 김천일은 제봉의 가족이 모두 죽게 되는 것을 안타깝게 여겼다. 그래서 김천일은 고종후에게 성을 탈출하기를 강력하게 권유했다. 그러나 고종후는 그의 말을 따르지 않았다. 성이 함락되는 순간 남강에 투신한 것은 최경회, 김천일, 고종후뿐이 아니었다. 얼제(아버지인 경명의

고종 때의 판소리 작가. 자는 百源, 호는 桐里, 平山 사람. 종래의 광대소리를 통일, 체계를 세우고 판소리 辭說文學을 집대성했다. ≪춘향전≫ 등도 唱劇化했다.

이복동생)인 고경형15)도 종후를 지키며 끝까지 곁에 있었다. 대장인 그를 보호하며 함께 싸우다가 종후가 강에 뛰어들자 그의 뒤를 따랐다. 또한 오유는 보성의 무인이었다. 그도 고종후를 따라 부장이 되어 치열하게 싸우며 대장을 보좌했으나 그가 순절하자 그의 뒤를 따라 강에 뛰어들었다. 오빈은 문과정자(조선조 홍문관, 승문원, 교서관의 정9품)였다. 그는 유생 김인혼16)과 함께 그의 막하에 있었다. 그들 모두가 의기와 담략(담략과 지략)이 있었다. 그들도 대장인 고종후를 따라 강물에 투신했다. 그 외에 직방재 등 이름을 일일이 열거할 수 없는 많은 의병들이 그를 따라 속속 남강 물에 뛰어든 것이다.

15) 高敬兄: 고맹영의 아들, 고경명의 이복동생.
16) 金麟渾: 당시 유생.

4

촉석루를 지나 의암바위에 이르자 해설사인 듯한 두 중년 부인이 안내를 맡아 많은 것을 설명해 주었다.

"안녕하세요. 선생님들! 북쪽 서울에서 진주성 천 리 길 찾아 이곳에 잘 오셨습니다. 여기 오시면 당연히 논개를 생각하시겠지요. 촉석루로 유명한 진주성에서 논개를 모시고 있는 '의기사(義妓祠)'에서 '논개'의 영정을 구경하셨지요. 그런데 많은 사람들이 '논개'를 단순히 기생으로 알고 계실 것입니다. '논개' 사당 앞에 붙은 이름처럼 '의기' 정도로 알고 계실 것입니다. 오늘은 '논개'에 대해제가 알고 있는 진실에 가까운 이야기를 해 드리겠습니다. 선생님께서 이전에 알고 계신 내용도 무리는 아니었습니다. 백과사전에서조차 이렇게 설명하고 있으니 말입니다.

'논개(?~1593)는 진주싸움에서 전사한 경상우병사 최경회 혹은충청병사 황진의 각별한 사랑을 받았다. ……'는 등 여러 가지 주장을 했지만 그것은 확실하지 않다고 생각합니다.

'…… 1593년 6월 김천일, 최경회, 황진, 고종후 등 관군과 의병의 결사적인 항전에도 불구하고 가토기요마사(加藤淸正), 고니시 유키나가(小西行長), 구로다 나가마사(黑田長政) 등이 이끄는 일본군에게 진주성이 함락되었다. ……'고 했습니다.

'…… 일본군이 이같이 진주성을 유린하고 수많은 양민을 학살하는 등의 만행을 저지른 것에 의분한 '논개'는 일본장수 게야무라 후미스케(毛谷村文助)를, 물이 철철 넘쳐흐르는 남강 의암으로 유인합니다. 납작해 평평한 바위 위에서 잠시 춤사위를 벌이는가 했더니 그만 게야무라를 껴안고 남강에 뛰어들어 함께 죽었다고 ……'고 했습니다.

이때부터 '논개'가 떨어졌던 바위를 의암(義巖)이라 부르게 되었습니다. '논개'는 경상도 진주 여자가 아니라는 사실은 얼마 지나지 않은 해에, 경상도 진주와 전라도 장수가 서로들 자기 지역에 연고가 깊어 자기들 고장에서 '논개'를 선양(宣揚)해야 한다고 주장하는 기사를 신문이나 매체에서 보고 들어 아실 것입니다. 그러나 분명한 것은 '논개'는 전라도 덕유산 자락에 있는 장수에서 태어난 것으로 믿어집니다.

'논개'는 심성이 곱고 예쁜 소녀였습니다. 그녀가 죽었을 때, 나이가 18살 꽃다운 나이라는 것이 말해 주지 않습니까. 하기야 옛날 나이로야 이미 시집을 가고도 남았겠지요. 하지만 예나 지금이나 사람의 나이는 시대를 막론하고 성장발육은 비슷하지 않겠어요. 어찌됐든 청순하고 가녀린 소녀의 심성을 간직했으리라는 생각엔 의심이 가지 않아요. 앞서 전해드린 내용처럼 백과사전에서까지 여러 설을 기록해 놓았지만 얼마 전에 방영되었던 'KBS 역사스페셜'에서 보고 어떤 대학 교수님의 논문을 읽어 보면 '논개'는 이런 삶을 살다가 홀연히 이 세상을 떠난 의인이었습니다.

'논개'가 1574년 9월 태어나 1593년 7월에 죽었으니 18살에 남 강의암에서 물에 뛰어들어 일생을 마친 것이 분명합니다. '논개'의 성은 주씨(朱氏)이므로 '주논개'인 것이지요. 아버지가 '주달문'이고 어머니는 '함양박씨'입니다. 집안이 가난한 천민이라는 설이 있지만 아버지 '주달문'은 한학(漢學)에 능통해 장수에서 청년자제들의 훈장으로 종사했습니다. '논개'의 집안이 선대로부터 양반이 아니었는지는 모릅니다만(이것도 믿음성이 없다. 훈장을 했다면 그의 선대에는 학문이 깊었을 것으로 추측이 가기에 ……) 천민은 결코 아니었습니다. 기생은 더더욱 아니었고요. '논개'가 14살이던 1587년 아버지가 돌아가셨습니다. 의당 집안 살림은 어려워졌겠지요. 그런데 '논개'의 아버지 형제 중에 작은 아버지 '주문달'이라는 천하의 건달이 있었답니다. 형님이 세상을 떠나고 없는 틈을 이용하여 숙부인 '주문달'이 논개를 부잣집에 팔아먹었다고 하는 사건이 일어납니다. '논개'의 어머니가 관가에 이를 고발했어요. …… 이 사건을 맡은 현감이 다름 아닌 당시 무주, 장수의 현감이었던 최경회였습니다. 현감 최경회는 '논개'의 사건 전말을 알아보고, 가정생활이 어려운 '논개'를 찾아 자신의 집에서 병약해 병상에 누워 있는 자기 부인의 병간호를 맡게 했습니다. '논개'는 열심히 일하면서 부인의 병간호도 정성껏 했다고 합니다. 최경회의 부인은 '논개'의 외모가 반듯하고 마음 됨됨이에 감복하게 되지요. 그래서 지병으로 숨을 거둘 즈음 부인은 남편인 현감 최경회에게 '논개'를 소실로 맞을 것을 애원하다시피 했습니다. 부인이 죽고 난 다음 최경회는 '논개'를 소실로 맞아들이게 됩니다. '논개' 소녀는 뜻하지 않게 현감의 부인이 된 것입니다. 그러나 운명은 이 남강의 물결이 바람에 출렁출렁 밀려왔다가 잔잔하게 가라앉는 것처럼 사라지는 것일까요. 임진란이 일어나자 최경회는 1593년 경상우도 병마절도사로 승진해, 1차 전투에 김시민 장군이 치열하게 싸워 이겼던 이곳 진주성으로 오게 됩니다. 물론 '논개'도 서방인 현감을 따라 이곳 최전선으로 오게 되었지요. 말이 승진이지 전쟁터로 가는 것이 무슨 놈의 승진이랍니까. 이것이 전라도 장수의 시골소녀가 경상도 진주로 와 남강에 빠져 죽은 사연이랍니다. ……"

때와 분위기에 따라서는 약간에 유머가 담긴 듯한 어조로 설명을 하던 중년 여인의 해설은 슬픈 장면에서 눈가에 이슬이 맺혀 촉촉한 모습을 보이기도 했다. 그녀의 설명은 계속 이어졌다. 소녀였던 '논개'에 대해 그윽하고도 애절하게 해설을 해 주는 바람에 종친회장과 함께 넋을 놓은 채 이야기를 더 들어야 했다.

"이곳 진주성은 1차전에 패전하여 치명상을 입은 일본군은 수십만의 군사를 이끌고 와 호남 곡창지를 차지하려면 관문인 이 진주성을 기어이 점령해야 하겠기에 그들의 사활을 건 싸움터였습니다. 일본군은 원래 육지전에 더 강하지 않았습니까. 임진왜란 3대 대전인 진주성 전투는 1차전에 대패했기에 2차전에는 가토기요사마, 고니시 유키나가, 구로다 나가마사 등이 이끄는 수십만의 대부대들에게 함락되고 맙니다. 이때는 '논개'의 남편인 최경회도 남강에 투신합니다. ……"

"…… 남편을 잃은 '논개'는 슬픔을 넘어 분노로 변할 수밖에요.

분명 그녀는 일본에 짓밟힌 나라와 비참하게 죽어 간 남편의 복수를 위해 기생으로 변장해 촉석루에서 베풀어지는 일본 장수들의 연회장에 참석하게 됩니다. 시간이 얼마나 흘렀을까. 그녀는 연회장에서 살며시 빠져나옵니다. 그리고 고개를 게야무라에게 돌려 눈웃음을 지어 보입니다. '논개'는 그의 옆에 앉아 진즉부터 호감이 가도록 매혹적인 자태를 보여 그의 환심을 산 바 있었던 것이지요. 그러나 그녀의 미소 띤 얼굴 이면엔 '너 죽고 나 죽자'고 하는 무서운 비수를 품고 있는 것을 누가 알았겠습니까. 그 사실을 알 리 없는 게야무라는 자신의 욕정을 참지 못해 '논개'의 눈웃음에 응답하기가 무섭게 '살며시 주연 자리에서 일어나' '논개'를 따라나섭니다. 두 사람은 의암바위에서 춤사위를 한동안 펼칩니다. 그 순간 '논개'는 게야무라 후미스케를 껴안고 강낭콩 꽃보다 더 푸른 남강에 쓰러집니다. 그들에게 빼앗긴 사랑하던 남편 최경회와 나라에 원수를 복수하기 위해 그렇게 자기 몸을 남강에 던진 것입니다."

옆에서 심각한 표정으로 귀담아듣고 있던 서울에서 왔다는 한 중년 부인은 느닷없이 탄식을 했다.

"에구머니나 슬프다 슬퍼 ……"

이 같은 '논개'의 절개가 후대에 내려와 '변영로 시인'의 다음과 같은 내용이 담긴 시(詩)를 탄생시켰는지 모른다. 해설을 맡은 부인은 '논개'라는 시를 엄숙한 표정으로 낭송해 주었다.

논개

변영로

거룩한 분노는
종교보다 깊고
불붙는 정열은
사랑보다 강하다
아, 강낭콩 꽃보다 더 푸른
그 물결 위에
양귀비꽃보다도 더 붉은
그 마음 흘러라
아리땁던 그 아미(蛾眉)[17]
높게 흔들리우며
그 석류 속 같은 입술
죽음을 입 맞추었네
아, 강낭콩 꽃보다도 더 푸른
그 물결 위에
양귀비꽃보다도 더 붉은
그 마음 흘러라
흐르는 강물은
길이길이 푸르리니
그대의 꽃다운 혼
어이 아니 붉으랴
아, 강낭콩보다 더 푸른
그 물결 위에
양귀비꽃보다 더 붉은
그 마음 흘러라.

---

17) 蛾眉: 누에나방의 눈썹(촉각)처럼 '미인의 아름다운 눈썹'으로 비유한 것이다. 즉 관용
어로서 '아미를 숙이다' 의미는 여자가 머리를 다소곳이 숙이는 모습을 아름답게 표현
한 말로 쓰인다.

또 다른 여인이 바꿔 가며 안내를 해 준다. 조금 전엔 몇 사람 아니던 것이 장소를 성 부근으로 옮겨 가자 많은 사람들이 해설사의 뒤를 따랐다.

"…… 심한 장맛비로 동편 성벽은 이미 무너졌습니다. 점령당한 촉석루에는 왜병들이 진을 치고 있었어요. 그러니까 선조 26년 (1593) 6월, 김천일, 최경회, 황진, 고종후 등 관군과 의병, 1차 2차 전투를 합해 6만여 백성들과 힘을 합해 결사적인 항전에도 불구하고 가토 기요마사, 고니시 유키나가, 구로다 나가마사 등이 이끄는 일본군 수십만 대군에 의해 진주성이 함락되었어요. 우리나라 병사 몇천 명과는 비교할 수 없는 대군이 아닙니까. 일본군은 진주성을 유린하고 수많은 양민을 학살했습니다. 이처럼 만행을 저지른 것입니다. '논개'는 촉석루 연회장에서 남강 수면 가까이에 위치한 둥글넓적하고 평탄한 바위에 내려와 사뿐사뿐, 때에 따라서는 하느작하느작 요염하게 춤을 추고 있었습니다. 바로 그때, 논개의 이 요염한 자태에 반해 군침을 삼키며 촉석루에서 내려다보고 있는 일본의 여러 장수가 있었대요. 그 가운데 후미스케라는 막하장이 그의 욕정을 참지 못해 그녀를 따라 의암바위로 허겁지겁 내려와 논개를 덥석 껴안았습니다. 논개는 사전에 다섯 손가락 하나하나에 가락지를 끼고 있었어요. 논개는 후미스케의 손가락에 그녀의 가락지 낀 손가락으로 깍지를 끼고 팔을 펼쳐 유연한 춤을 추는 척하다가 바위와 맞닿아 철렁철렁 넘실거리는 물결 위로 한 몸이 되다시피 엉킨 두 남녀, 풍덩 소리를 내며 편대장의 몸을 끌어내려 자기 몸과 함께 던졌어요. 그리고는 허우적거리며 살아나려고 애쓰는 후미스케의 허리를(구렁이가 사람의 허리를 칭칭 감고 있듯) 껴안고 절대 풀어 주지를 안아 논개[18]는 일본편대장과 물속 깊숙이 수장 됨으로써 그녀는 나라를 위해 가녀린 그녀의 몸을 바친 의기가 되었습니다."

남강변 바위절벽 위 성안엔 촉석루가 높이 솟아 우뚝 서 있었다. 성 아래 물가엔 논개가 적장을 안고 강물로 뛰어든 평탄한 의암 바위가 있었다.

논개가 자기 손가락 하나하나에 가락지를 5개나 낀 것은 남녀가 서로 깍지를 끼고 춤을 출 때 쉽사리 남자의 손이 빠져나가지 못하도록 하기 위한 여인의 계책이었다. 일본 장수를 유인해 강물에 투신하려 할 때 그녀의 손에서 일본 장수의 손이 빠져나가지 못하도록 하기 위한 것이었다. 혹 그렇게 작정하지 않았더라도 물속에 빠진 사람의 본능은 자기도 모르게 상대방을 움켜쥐고 풀어 주지 않는다. 입과 코에 물이 가득 차 버리면 숨을 쉴 수가 없었다. 그런 순간은 사람뿐만 아니라 그것이 모든 동물까지도 살아나려는 본능이었다. 그야말로 사람이 물에 빠진 순간은 지푸라기라도 잡고자 하는 자기도 모르는 본능인지라 상대방을 놔주지 않게 된다. 물에 빠진 사람은 자기 자신을 구해 주려는 사람을 엉겁결에 덥석 안아 버려 두 사람이 함께 익사하는 사례를 많이 보았다. 익사자를 무사히 구해 내려면 이에 대한 사전 준비가 필요했다. 사람은 물에 투신하기 직전까지 어떤 각오가 되어 있더라도 막상 물에 빠져 허우

---

18) 論介(?~1592)
　　임진왜란 때의 기생으로 변장했으나 사실 그녀는 기생이 아니었다. 성은 朱, 長水 사람. 경상병사 崔慶會의 본처가 질병으로 사망한 뒤 본처가 권유한 대로 그녀를 후처로 맞이한 것이다. 진주성이 함락된 후 矗石樓의 술자리에서 그녀는 위장된 신분인 기녀로 행세하여 왜장 게야무라 후미스케(毛谷村文助)를 껴안고 남강에 투신해 죽었다.

적일 순간만은 자기의 의지와는 무관하게 생명에 대한 애착이 본능적으로 나타나는 것이 아닐까 싶다. 어찌하던 그녀의 번득이는 지혜는 높이 추앙받아 마땅했다. 초개같이 여긴 그녀의 한 몸을 나라에 바친 논개는 순절한 여인임엔 틀림없다.

남강대교 교각 밑 사이사이에 논개의 가락지를 상징하는 둥근 원이 다섯 개가 설치되어 있다고 안내원이 그곳을 가리켰다.

우리는 의암 바위에서 다시 촉석루로 올랐다. 이 촉석루는 평양에 있는 부벽루, 영남 밀양의 영남루 등 조선의 '3대 명루'였다. 이 대형 누각인 촉석루는 고려 말에 지어진 것인데, 전쟁 때에는 이곳이 바로 지휘대로 사용된 누각이었다. 임진란 때 역시 총지휘대와 성 남쪽 지휘대로 사용되었다고 한다. 촉석루의 다른 이름이 남장대인 것은 바로 이런 이유에서일 것이다.

종문회 회장은 다음 창열사로 안내했다. 먼저 창열사 외삼문(유중문)으로 들어섰다. 창열사는 경남문화재 자료 제5호로 지정되어 있었다.

창열사 건물은 자그마한 기와집이 3채, 위패를 모시기 위해 미리 지어 놓은 것이라 했다. 제사를 지내고 난 제례객들은 잠시 쉬면서 음복을 할 장소로 사용하도록 아래쪽에 별서를 지어 놓았다. 당초에는 대표적인 인물로 '김천일, 황진, 장윤, 최경회, 고종후' 등 다섯 사람이던 것이 진주성 싸움에서 순절한 의병들 후손의 요청에 따라 관계 당국에서는 사적이 고증되어 추가로 김시민, 유복립[19]

---

19) 柳復立(?~1593): 선조 때의 항왜 의병. 자는 君瑞, 호는 墨溪, 全州 사람. 선조 25년 (1592) 임진란이 일어나자 외숙 김성일 휘하에서 진주성을 공격해 온 왜적을 격퇴, 다음 해 4월 김성일이 병사하자 성을 지키다가 함락될 때 창의사 김천일과 함께 남강에 투신함으로써 자결한 것이다.

등 7명의 위패를 모셨던 것이다. 그러나 차후로 더해지고 더해져서 지금은 39명으로 늘어나 있었다. 물론 숫자에 관계없이 진주성 싸움에서 순절한 백성들까지 모두 위패를 모신들 누가 탓할까만, 죽은 이의 이름도 밝혀낼 수 없을뿐더러 여건상 어려운 일일 것이다.

임진란 당시인 1593년 제2차 진주성 싸움에서 장렬히 순절한 사람들의 신위를 모시기 위해 경상도관찰사 정사호[20)가 건립한 사우였다. 임금의 사액은 선조 40년(1607)에 받은 것이다.

진주성 제1차 싸움에서 대승첩을 한 김시민[21) 장군을 별도로 모신 충민사가 고종 5년(1868) 대원군의 서원 철폐령으로 철거되어 김시민의 신위를 이곳 창열사에 함께 모시고 있었다. 김시민은 제1차전에서 3,800명의 병사들로 일본군 2만여 명을 물리쳐 대승전을 거둔 것이었다. 이는 조선조 3대 승첩(이순신의 한산대첩, 권율의 행주대첩)의 하나로도 유명했다. 지금은 진주성 1, 2차 싸움에서 순절한 사람 중에 대표적인 인물 39명의 신위가 모셔져 있었다.

이들은 모두가 목숨을 미리 나라에 내놓은 사람들이었다. 나라를 위해 장렬히 싸우다가 순절한 이들은 그 이름이 장구한 세월에 걸쳐 빛을 발하고 있을 터였다.

성안에 있는 국립진주박물관은 1984년 11월에 개관된 건물이었다. 이는 1998년 1월 임진왜란 전문역사박물관으로 다시 개관된 것이다. 이곳 전시실에는 임진란 관련 유물 800여 점을 전시하고 있

---

20) 정사호(1553~?)
   경상도 관찰사.
21) 金時敏(1544~1592)
   선조 때의 무장. 자는 勉吾, 安東 사람. 임진왜란 때, 진주판관으로 일본군을 격파했다. 영남우도병마절도사로 특진했다. 2차에서 진주성을 고수하다가 전사했다. 시호는 忠武이다.

었다. 따라서 2001년 11월 제일동포 김용두[22]의 기증품 100여 점을 전시하는 전시관도 새롭게 개관돼 있었다. 전시관을 나와 다시 촉석루 앞으로 가까이 다가갔다.

진주 삼장사(최경회, 김천일, 고종후)라고 여러 역사 기록에서는 증언하고 있었다. 그럼에도 어인 일로 촉석루 앞에는 삼장사(김성일, 조종도,[23] 이로[24])라고 적힌 높은 비석이 세워져 있을까? 그리

---

22) 김용두(1922~2003)
   임란 역사 자료 기증자. 그의 기증품 100여 점을 진주국립박물관에 전시하는 전시관도 새롭게 개관돼 있었다.

23) 趙宗道(1537~1597)
   선조 때의 문신. 자는 伯由, 호는 大笑軒, 咸安 사람. 曺植의 문인. 陽智縣監으로 선정을 베풀어 表裏(임금이 은혜로서 하사하는 물건)를 하사받았다. 정여립의 모반 사건에 연루되어 투옥되었다가 석방되었다. 정유재란 때 의병을 규합하여 安陰현감 郭䞭과 함께 安義의 黃石山城(경남 咸陽郡 安義面과 西下面 사이에 있는 산, 1,190m)에서 왜장 가또오 기요마사(加藤淸正)의 군사와 싸우다가 전사했다. 시호는 忠毅이다.

24) 李魯(李櫓, 1544~1598) 본관은 고성(固城).
   * "길가에 돌이 하나 있으니
     지나는 이가 이를 보고 기이하다 여긴다.
     장차 화단에 옮겼으면 하고
     혹자는 돌무더기는 마땅치 않다고 하네.
     돌은 본시 마음이 없는 것이니
     수고스럽게 옳고 그름을 말하지 마라"
   이노가 53세 때 사간원 정언벼슬을 떠나며 읊은 <유석(有石)>이란 시로 초야에 돌아가는 선비의 높은 기개와 고고함을 엿볼 수 있었다.
   * 임진란이 일어나자 국난에 헌신할 뜻을 밝힌 뒤 벼슬을 버리고 낙향했다. 귀향길에 의병을 일으켜 적과 싸워 지면 물에 빠져 죽기를 맹세하고 각 고을 유생과 선비들에게 통문을 띄워 백척간두의 벼랑에 선 나라를 구하고자 호소했다.
   * "촉석루에 세 사나이가 앉아
     한 잔 술로 웃으며 긴 강물을 가리키는구나!
     긴 강물이 도도히 흐르는데
     강물이 마를쏘냐. 넋인들 없어질쏘냐."

   임진란 당시 삼장사로 불렸던 김성일, 조종도 등과 함께 촉석루에 앉아 쓸쓸한 마음을 한 잔 술로 달래며 국난에 함께 죽기를 맹세하면서 읊은 시라고 한다.
   * 네 딸 중 3명을 전란 중에 잃고 절손된 데다 조상대대로 내려온 선산 하나뿐 살림살이, 논밭 하나 남기지 않았던 충절과 청백이 길이 전한다.
   * "군부의 병드심이 위급하여 오랑캐를 물리침은 의리로서 앞서는 것이며 국가의 위태함을 생각하여 걱정을 이겨 내는 것은 정절로서 큰 것이다. …… 부모가 병이 들면 어찌 천명에만 맡기고 약을 쓰지 않으랴. 대세가 기울어졌다 하여도 때로 하늘에 힘

고 최경회, 김천일, 고종후는 39명의 위패와 함께 진주성 안 깊숙한 곳에 자리한 창열사의 39명 가운데 초라하게 신위가 있을 뿐이었다.

후손들 나름으로는 자기 조상이 분명 '삼장사'라는 것이 분명하다고 믿고 있기에 비석까지 세웠으리라. 설마 자기 선조는 삼장사가 아니라는 사실을 인지하고서도 그리 내세워 후손들의 이름을 드날려 볼까 하는 심산은 아닐 것으로 믿고 싶었다. 그래도 마음은 착잡했다. '삼장사'라는 명칭이 뭐가 그리 대단하기에 영남과 호남의 선비들 사이에 오랫동안 시비가 끊이지 않았을까. 순절한 영혼과는 상관없는 세속적인 명예가 과연 후손들에게 가져다주는 것이 무엇이기에 그럴까? 부귀와 영화는 죽은 이들에겐 헛되고 헛된 일이라는 생각이 들었다.

진주와 영남 여러 지역에 분포되어 있는 고종후 후손들은 영남 지역에 출중한 인재들이 많았다. 대체로 교육자가 많았다. 의로운 조상을 둔 후손들은 나라에 충신의 이름을 헛되이 하지 않으려 부단히 애를 쓰며 학문을 닦아 오고 있다는 정서가 후손들 면면에서 느껴진다.

준봉산 삼만여 평 높은 언덕에 자리한 묘소(초혼장)까지 안내하여 준 덕분에 진주에 대한 새로운 인식을 갖게 되었다.

입어 회복할 수도 있다. 죽음을 누가 좋아하겠는가마는 천지에 그물을 쳐서 빠져나갈 수도 없고 삶을 아무리 누리고 싶어도 개돼지에게 굴하여 차마 살겠는가. 아무래도 죽을진대 차라리 의에 죽을 것이요. 감히 살기를 바라겠는가. 생명을 인에 버릴 것이거늘 나라를 등지고 원수를 섬겨 편안할 수 있을 것이냐. ……"

의병 가담을 권유하며 지은 통문으로 당시 백성들이 눈물 없이는 차마 다 읽지 못했을 정도로 우국충절을 절실히 나타낸 명문이었다.

<from ballocha …… [출처] (10)세간, 논밭 하나 남기지 않았던 …… |작성자 발로 차>

195

선조가 친히 임재한 어전에서 세 사람에 대한 포상을 진언하고
있는 다음의 장면이 떠오른다.

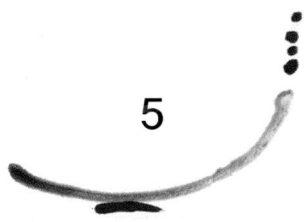

5

선조 26년(1593) 7월 21일 조정에서는 진주성이 함락되어 전사자 포상을 논하고 있었다. 그 자리에서 정원(승정원)의 관리가 임금께 말했다.

"성상께서는 특별히 사신에게 명하시어 한 장의 애통해하시는 교서를 짓게 하여 주십시오. 이는 죽은 이를 조상하고 그들의 가족을 위문하는 이외의 일에도 잘 헤아려 주시기 바랍니다. 그들을 포상 증여하여 원혼을 달래 감읍시키는 한편, 앞으로 의용한 사람들이 나올 수 있도록 권면하소서. 그중에 김천일, 최경회는 당초에 조정의 명령이 없었는데도 분연히 의병을 일으켰고 고종후는 아비의 원수를 갚고 왕의 원수를 무찌르기 위하여 기쁜 마음으로 몸을 희생하였으니 모두 더욱 특별히 우대하는 포장을 하지 않을 수 없습니다." 했다.

이어서 비변사(군국의 사무를 맡아서 처리하던 관아) 관리가 또다시 임금께 아뢰었다.

"진주의 일이 수양성 포위와 매우 흡사합니다. 힘을 다해 고수하였지만 외원(외부로부터의 지원)이 이르지 않아 끝내 성이 함몰되었으니 그 참혹하고 원통한 상황을 말하자니 기가 막힙니다. 특별히 따뜻한 성지를 내리시어 충의의 영혼들을 위로하시고 또한 한 도의 사람들로 하여금 격려 권장하는 바가 있게 하는 것이 매우 마땅합니다. 김천일, 최경회, 고종후는 세운 공이 두드러지게 우뚝하니 등급을 높게 …… 그 충절을 포장하는 것을 결단코 그만두어서는 아니 됩니다."

'그 참혹하고 원통한 상황을 말하자니 기가 막힌다.'고 비변사 관리는 말하고 있다. 당나라 현종이 양귀비와 놀아나느라 실정을 거듭했다. 이런 기회를 엿보다가 결국 30만 대군으로 반란을 일으킨 안녹산, 이때, 수양성 수성 장군 즉 사령관으로 있던 장순은 부사령관 허원과 측근 36명의 부장들과 6,000여 명의 병력과 주민 2, 3만 명이 함께 반란군을 진압하기 위해 모두 죽기를 각오하고 항전했다. 그 어느 누구도 투항하려는 사람은 없었다. 이렇게 사력을 다했으나 식량난까지 겹쳐 역부족이었다. 장순은 자기 애첩을 베어 군사들에게 식량 대신 제공했고 부사령관 허원은 자기의 노복을 죽여 식량으로 삼도록 했다. 주민들 중 여성들은 거의가 다 병사들의 양식으로 제공되었다. 그뿐인가, 노인과 아이들도 희생되었다. 그렇게 해서 1년여 동안 지탱할 수 있었다.

이렇게 치열하게 반란군에게 대항하면서 오랜 시간을 끌어왔으나 지원군은 오지 않았다. 30만 대군을 맞은 장순은 6,000여 명의 병력으로 400여 차례 전투를 벌여 12만 명의 반란군을 박멸했다. 그럼에도 성은 지켜 낼 수 없었다. 결국 성은 함락되었다. 장순과 허원 그리고 그의 36명의 부장들도 장엄한 순절을 했다. 장순의 이 초인적인 항전은 반란군의 사기를 꺾고 진격을 늦추어 조정이 반격할 수 있는 시간을 벌게 했다.

　수양성의 이 같은 전투상황과 흡사했으니 이 아니 비통한 일인가. 진주성과 수양성의 싸움이 뭣이 다른가. 오! 안녹산은 역적인 반란군이고 일본군은 조선의 침입자라는 것이 다른가. 오호라! 수양성은 양민을 식량 대신으로 삼아 가면서 시일을 거의 1년을 끌어온 것, 이에 비해 진주성은 1차에서 3,800명으로 2만의 일본군을 물리쳐 승리했으나 2차에서 5~6천의 의병과 6만여 명의 진주관민이 목숨을 내놓고 일본군 수십만 대군에 항전하다가 결국 8박 9일 만에 성을 함락한 것이 다르다는 것일까. 진주성은 관병과 의병 모두 8,000여 병사와 일본군 병사 20여만 명과 한 번은 승전했다가 결국 패전으로 성은 함락된 것이다. 물론 자연의 폭우가 급작스럽게 쏟아지는 통에 성이 무너지게 되어 시간의 차이가 있었는지 모르나, 그 밖에 무엇이 또 다르다는 것인가. 수양성의 함락이나 진주성의 함락은 크게 차이가 없었다. 그래서 당시 관리들은 임금에게 비통함을 울부짖듯 진언한 것이다. 참혹하고 원통하여 그 전투상황을 차마 입에 담기에 기가 막힌다고 …….

39. 추로(孔·孟)*의 다툼

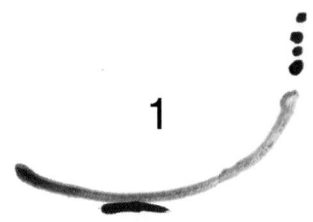

1

선조 27년(1594) 3월 20일

일본군을 영남에서 추격할 때였다. 중국 사신 심유경이 조선의 장사에게 한 서신을 보낸다.

"왜적에 의해 전일 진주에서 조선군이 불리했던 것에 매우 분개하고 있습니다. 반드시 우리가 함락시키려고 하니 여러 장수는 우선(진주) 성을 비우고 피하는 것이 좋습니다."고 한 내용이었다. 이편지를 받은 권율1)과 고언백2) 등은 멀리 피하였으나 김천일과 경

---

* 鄒魯: 孔孟을 가리켜 일컫는 말이다. 공자는 노나라 사람이고 맹자는 추나라 사람이라는 것을 가리킨 것이다. 孔子는 원래 그를 아름답게 불러 주기 위해 사용된 존칭이다. 중국 춘추시대의 대철학자이다. 儒家의 시조이고 성은 孔이고 이름은 丘이다. 자는 仲尼이다. 그는 어려서 부모를 여의고, 빈곤 속에서도 뜻을 학문에 두어 周公을 理想의 인물로 추앙했다. 노나라에 주공의 이상적 정치를 실현하고자 관리가 되었으나, 반대파 때문에 국외로 망명했다. 여러 나라를 두루 돌아다니며, 治國의 도를 설파하기 시작했다. 그러기를 수십 년, 결국 자기 고국인 노나라로 돌아와 오로지 제자의 교육에 힘썼다. 六經(禮, 樂, 詩, 書, 易) 春秋를 刪述(쓸데없는 글귀를 깎고 다듬어서 글을 잘 정리함)을 기술했다. '仁'을 이상의 도덕이라 하여 孝悌와 忠恕로써 이상을 이루는 근거로 삼고, 인간사회에 있어서는 가족생활의 倫理가 국가, 천하를 平定하는 원리가 된다고 역설했다. 뒤에 그의 제자들이 그의 언행을 기록하여 좋은 <論語> 7권이 있다. 그의 고향을 비롯해 중국, 한국, 일본의 각지에 孔子廟가 세워져 제사가 집전되고 있다. 후세 동양 3국의 정치, 사상에 커다란 영향을 주었다(B.C. 552~479).

상병사 최경회, 충청병사 황진, 복수장 고종후 등은 여러 장수와 함께 뜻을 더욱 굳게 가다듬고 향불을 피워 군중과 죽음에 대해 맹서하고는 8일 밤 9일 낮을 쉬지 않고 싸우며 전쟁을 독려했다.

그러니까 계사년 6월 21일 갑진에 일본군이 개미 떼처럼 성으로 올라와 마침내 성은 함락되었다.

그 무렵 진주성에 들어간 창의사 김천일은 도절제사로, 최경회는 경상병사로, 황진은 충청병사로, 황진은 진주성벽을 지키는 책임 맡은 순성장(진주성의 주위를 돌아다니며 경계하는 책임)으로 임무를 맡고 있었다.

6월 28일 어느 시각인지는 정확히 모르나 날래고 건장한 장수로

이에 비해 맹자는 중국 전국시대의 철인이다. 이름은 軻, 자는 子輿, 子車. 山東省 鄒縣에서 출생하였다. 공자의 '仁'의 사상을 발전시켜 '인의예지'의 네 가지 덕이 인간의 본성이라 하고 「性善說」을 주장했다. 齊, 梁 등 두 나라의 제후에게 왕도를 설파하고 '仁'의 정치를 권했다. 사상의 역사상 불후의 이름을 남겼다. 유학의 정통으로 崇仰되어 亞聖(聖人의 다음 가는 賢人)이라 불렀다(B.C. 372~289).
조선조 후기 선비들이 영남이 노나라를 대변한다면, 호남은 추나라로 비유하여 일컫던 말인 듯싶다.

1) 權慄(1537~1599)
선조 때의 都元帥. 자는 彦愼, 호는 晩翠堂, 暮嶽. 선조 15년(1582)에 진사에 합격한 후 光州牧使로 있다가 임진왜란 때, 방어사가 되었다. 郭嶸 밑에서 中郞將을 지낸 후 도원수가 되어 梨峙의 싸움, 幸州의 싸움에서 대승했다. 정유재란 때 다시 활약했다. 시호는 忠莊이다. 본관은 안동, 아버지는 영의정 철(轍)이고, 어머니는 창녕 조씨(昌寧曺氏)이다. 오성 이항복(李恒福)의 장인이다. 46세 때인 1582년(선조 15) 식년문과에 급제하여 승문원정자가 되었다. 이어 전적·감찰·예조좌랑·호조좌랑·전라도도사·경성판관(鏡城判官)·의주목사 등을 두루 지냈다.
전라좌도 도절제사, 전라도순찰사, 도원수, 한성판윤, 備邊司 당상, 충청도 순찰사를 거쳐 다시 도원수가 되었다.
1599년 노환으로 고향에 낙향하여 서거하니 향수 63세이다.
1604년 효충장의 선무공신 일등훈에 책록되었다. 영의정에 추증, 영가부원군으로 추봉. 1841년 행주에 기공사(紀功祠)를 건립, 그해 사액되었으며, 그곳에 제향. 시호는 忠壯이다.

2) 高彦伯: 자는. 호는 海藏. 관직은 兵使이다. 武科에 급제하여 邊將, 軍官 등을 지내고, 寧遠郡守, 楊州牧使, 京畿道 防禦使에 이어 경상좌도병마절도사에 승진했다. 1604년 선무공신 2등으로 濟興君에 봉해졌다. 경북 迎日郡 杞溪面 星溪동 星岡祠에 배향.

서 온 군사가 의지하고 중하게 여기던 황진이 왜적의 조총 탄환을 맞는다. 총탄은 공교롭게도 나무판자에 맞고 튀어서 황진의 왼쪽 이마에 맞아 순절하게 된 것이다. 이때, 적은 더욱 빠르게 성을 타고 올라왔다. 혈전을 벌인 지 9일째 되는 날 성은 마침내 함락되고 만다.

종후는 하늘 같은 아버지와 사랑하는 동생을 죽인 원수를 꼭 갚고야 말겠다는 자칭 복수의병장으로 함께 촉석루에 올랐다.

그때 일본군은 밀물처럼 조총을 쏘아 의병군의 눈을 가리게 하는 화약을 피우며 성안을 향해 몰려들었다. 그날은 6월 28일 임자일이었다. 일본군이 쏜 조총 탄에 맞아 설상가상으로 다음 날 29일에는 사천현감 장윤도 탄환에 맞아 전사했다.

6월 29일, 성 주위에는 26일부터 내리던 비가 연일 끊이지 않고 억수같이 내리자, 폭우에 못 이긴 진주성 동쪽 모퉁이가 순간 와르르 무너지고 말았다. 적들은 불개미와도 같이 성을 향해 기어올랐다. 이윽고 의군이 무너져 내린다. 그때 최경회의 어떤 부하 막하장이 그의 대장인 최 병사를 향해 이렇게 말한다.

"경예한 군사를 이끌고 나가서 후일의 공을 도모하도록 하시지요. 장군!"

최 병사는 큰 소리로 외쳤다.

"내가 나라의 은혜를 받고 이 지방을 맡았거늘, 성이 있으면 내가 있고 성이 없으면 나도 없다. 어찌 구차히 살기를 도모하겠느냐?"라고 했다.

그는 변함없는 일념으로 계속 싸움을 독려한다. 그러나 최후의 방패였던 화살이 모두 동이 나 버렸다. 의군들은 사기를 잃고 끝내 죽음을 면할 길이 없었다. 그는 김공 천일, 고공 종후와 함께 성루에 올랐다.

세 사람은 경상우병사였던 최 병사가 지은 시 한 수를 함께 읊었다.

> 촉석루의 세 장사는 각각 술을 한 잔씩 따라 마신다.
> 쓴웃음을 짓는다. 그리고 길게 뻗은 남강을 가리킨다.
> '긴 강은 참으로 도도히 흐르는구나!
> 물결이 마르지 않는다면 우리들의 넋도 아니 사라지리.'

그들은 북쪽을 향해 각각 네 번 절을 한다. 이때 김천일은 아들 상건과 최경회, 고종후, 양산숙 등과 함께 북향재배했다. 김상건,[3] 양산숙은 김천일을, 문홍헌은 최경회를, 오빈, 고경원은 고종후를 각각 부축하여 북향재배했다. 이 순간 고종후는 진주성 주위 진중 황계농사(黃溪農舍)에서 출전준비 중 아내가 면회를 간절히 요청했음에도 거절했던 일이 마음에 걸렸다. 그리고 지난 일들이 별똥불빛처럼 머리를 스쳐 지났다.

그는 그해 6월 아버지의 창의 격문을 휴대하고 금구(金搆) 임피(臨陂) 등지를 순방, 병기와 양곡을 모아 의병진에 보냈다.

7월 10일 의병장인 아버지와 함께 6천 의병을 이끌고 금산에서 일본군과 일대 혈전을 벌이게 되었다. 이날 전투에서 크게 패해 부친과 동생 인후(因厚) 등 많은 의병들이 전사하자 그는 부친을 따

---

3) 金象乾: 김천일의 아들.

라 죽지 못했다는 통절한 고통을 느껴야 했다. 그러나 그는 그렇게 통절함속에 빠져있을 수만은 없었다. 아버지의 원수를 갚고 나라를 구하기 위해 끝까지 싸울 것을 마음에 굳게 다짐했던 때의 일이 불현듯 떠오르는 것이었다.

당시 안동(安東) 친정에 피난해 있던 부인 이 씨는 남편이 가까운 진주로 왔다는 소식을 듣고 그녀는 어린 것들의 손을 잡고 안동에서 허겁지겁 걸어서 진주(晉州)로 왔다. 근처 황계농사에 진(陣)을 치고 있는 그에게 사람을 보냈다. 이는 면회를 요청하기 위해서였다. 그러나 인편에 돌아온 답변은 『출전을 앞둔 나는 지금은 진을 떠날 수가 없으니, 다음을 기약하고 돌아들 가라고 이르시오.』라는 말뿐이었다. 부인은 어쩌면 좋을까. 발을 동동 구를 수밖에 별다른 도리가 없었다. 이를 어쩌면 좋을까. 그녀는 문뜩 자식들을 생각했다. 일곱 살과 다섯 살 어린 것 형제를 막무가내 진중으로 보냈다. 종후는 자식들에게 마지막 당부를 한 후 속옷을 벗어 부인에게 전하게 했다. 이는 그의 체취만으로 결별의 정을 나눈 것이었다.

바로 그때 세 사람은 함께 팔을 붙잡고 강물을 향해 뛰어들고 말았다. 이때 그들 뒤를 따라 강물에 뛰어든 사람은 상건, 양산숙, 문홍헌, 오빈, 고경원, 직방재, 김공 등이 더 있었다. 그 뒤로도 얼마나 많은 사람이 강물에 뛰어들었는지는 아무도 알 길이 없었다. 최후의 죽음을 앞둔 세 사람은 나라의 군주인 왕이 있는 한양 도성을 향해 마지막 성스럽고도 엄숙한 생명의 의식을 행한 것이었다. 비록 직접적인 왕명을 받았건 그렇지 않건 간에 부모와 형제의 복수를 위하건 나라를 위해 전쟁터에 뛰어들었건 간에 모두 나라를 지켜 내고 왕에게 충성을 다하겠다는 것은 누구나 다를 바 없을 터였다. 그럼에도 진주성을 지켜 내지 못한 그들로서는 이유야 어떻든 왕의 불충에 가까운 일이었다. 그들은 그 불충에 대한 용서를 빌고 사죄하는 길은 오직 죽음의 길밖에 없다고 판단한 것일까?

뿐만 아니었다. 일본군에 무참하게 죽거나 설령 포로로 잡힌다 하더라도 최 병사의 말처럼 구차하게 적들에게 굴욕감을 보이고 싶지 않았을 것이다. 그 정신은 세 사람과 그들이 거느린 막하장들과도 한결같은 마음이었을 것이다.

그것이 적에게 굴하지 않는 조선 선비정신의 근본이었다.

당시 바로 옆에 있던 직방 김공도 그들과 함께 강물에 몸을 던지기 즉전, 그는 속 무명옷을 찢은 천 조각에 혈서를 쓴다. 그것을 접어 말 완장에 꽂아 집으로 보낸다.

지각은 꼭 사람에게만 해당되는 것이 아니라 말(馬)도 어느 정도 간직하고 있는가 보다.

유명한 장군이 타는 명마라면 아마 어느 정도 지능을 가진 동물이었을 것이다. 따라서 사람도 습관의 동물이란 말을 피하기 어려울 텐데, 말 못하는 말이라고 우습게 여겨서는 안 될 것이다. 동물도 습관에 길들여지면 가능한 일이라 보기에 그렇다. 식물에도 지적인 기능이 있다는 것이 과학자에 의해 이미 밝혀진 바 있지 않는가. 이 지적인 기능이 있는 식물이 영양소(단백질과 합성된 탄수화물인 당질)가 되어 매개체로 인간의 몸을 이루는 세포의 에너지가 될 뿐 아니라 세포 간의 교통수단의 역할인 정보전달 즉 의사교환으로 신체를 수리 보존의 수단으로 사용되고 있다는 것이 자연 과학자에 의해 속속 밝혀지고 있는 현실이다.

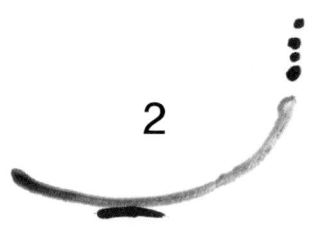

2

직방재의 애마는 주인의 말을 인지할 수 있는 지각이 있어 가능할 것으로 믿어진다. 아니면 주인을 태워 평소에 다니던 길이 습관적으로 몸에 밴 것이어서 자연스럽게 집으로 돌아갈 수 있었는지 모르는 일이다. '자신을 태운 말이 술집 앞에 멈추자 말의 목을 베어 버렸다.'는 신라의 명장 김유신의 경우를 빌리지 않더라도 지능이 있는 명마는 평소 잘 다니던 곳에 일단 멈춰 서는 것은 영리한 말의 당연한 행동일 것이다. 주인의 마음까지 헤아리어 행동하기를 바라는 것은 지나친 아집이 아닌가. 주인의 칼에 죽어 간 명마는 주인 김유신을 얼마나 원망했을까. 그의 애마는 아마도 말이 내는 특유한 비명을 지르며 눈물을 흘리었을 것이고, 그렇게 쓰러져 가며 슬프게 눈을 감았을 것이다.

어찌됐건 직방재의 말은 주인의 혈서를 완장에 지닌 채 집으로 달려갔을 것으로 보는 것은 억지가 아니다.

직방 김공이 쓴 혈서가 그의 가족의 눈에 띄게 됨으로써 그가 죽은 것을 확인하고 이 사실이 세상에 알려진 것이라 했다.

그 사실을 증명하듯 두 왕이 알고 치제해 왔을 뿐만 아니라 수많은 어진 이의 증언을 토대로 하고 있기 때문이었다. 진주교원으로 보낸 호남 유생 275명의 명의로 된 통문에는, 죽은 사람을 슬퍼하여 지었다는 '정일헌4)의 만장, 뼈가 강에 잠기니 물고기들이 산더미를 이루었도다.'

김충용5)의 제문, 영조실록, 호남 의병의 기록인 호남 절의록, 윤선도6)의 고산일록, 경상도 관찰사를 지낸 정사호의 소문, 청시소, 이조 정조의 학자로서 퇴계의 계통을 이어받아 안동(安東)에서 많은 후학을 길러 낸 바 있는 이상정7)의 용사일기와 문수산의 일기(日記), 선묘보감 등을 드러내어 말했다.

근래에 와서 기록된 한국고사대전 절의록, 한국인명대사전 등 이를 뒷받침할 만한 것은 이루 헤아릴 수 없이 많았다.

특히 이 중에서도 경상남도지에는 "때마침 비가 내렸다. 밑을 파낸 성벽이 허물어졌다. 적은 그곳으로 개미처럼 기어올랐다. 성중

---

4) 鄭逸軒: 최경회, 김천일, 고종후에 대한 輓章을 지은이.

5) 金忠勇: 최경회, 김천일, 고종후에 대한 제문을 작성한 관리.

6) 尹善道(1587~1671)
조선왕조 중기의 문신이며 시조작가. 자는 約而, 호는 孤山·海翁, 海南 사람. 여러 관직을 역임했으나, 남인의 거두로 성격이 굳고 강해, 그의 전 생애 중 服喪 문제를 포함한 여러 사정으로 20여 년을 귀양살이를 했다. 19년간을 숨어서 생활했다. 그동안의 행적이 그의 전 작품에 반영되었다. 문집 ≪孤山遺稿≫에 시조 77수와, 한시 문외에 2책의 歌帖이 전해진다. 가사문학의 대가인 鄭澈과 더불어 시조문학의 대가로 국문학사상 쌍벽을 이루었다. 특히 國語 美彫琢(문장을 다듬는 일)의 천재였다. 세속화된 자연을 시로써 승화시킨 뛰어난 시인이었다. 작품으로는 ≪遣懷謠≫, ≪雨後謠≫, ≪山中新曲≫, ≪山中續新曲≫, ≪漁父四時詞≫ 등이 있다. 시호는 忠憲이다.

7) 李象靖(1710~1781)
조선왕조 정조 때의 학자. 자는 景文, 호는 大山, 韓山 사람. 벼슬은 형조참의에 이르렀다. 退溪의 계통을 이어 安東에서 강의하여 많은 후학을 길러 냈다. 저서로는 ≪約中編制≫, ≪용사일기≫ 등이 있다.

에서는 가시에 불을 붙여 던지고 돌을 던지며 응전하였다. 북문을 지키던 金千鎰의 軍은 이미 성이 함락한 줄 알고 먼저 허물어졌다. 적이 위에서 아군이 허물어져 있는 것을 보고 일제히 올라오니 이에 크게 혼란하게 되었다. 김천일, 최경회, 고종후 등은 촉석루에 올라 북방 재배하고 남강에 몸을 던져 죽었다."[8]

그러나 현실은 이 사실과는 무관하게 돌아가고 있었다. 최경회가 지었다는 그 시는 최 병사의 것이 아니라 지은이가 김성일이라는 것이다. 그래서 지금은 현판이 그의 이름으로 걸려 있었다. 그들이 시에 지적한 세 사람은 최 병사, 김창의, 복수장이 아니라 김성일, 조종도, 이노라고 지목하고 있었다. 그리고는 그들을 위해 촉석루에 비석을 세우려고 한다는 것이었다(최근에 확인한 바로는 그 당시에 이미 비석이 세워져 있었다.).

그러면 여기서 학봉 김성일과 관련한 이야기의 근원을 만나 보아야 하겠다.

촉석루 양상(樑上, 上樑: 마룻대라고 하는 이것은 한옥집이나 기와를 올린 기타 여러 건물을 지을 때, 기둥에 보를 얹고 위에 마룻대를 올린다.)에 있는 소 현판 문에 촉석루 삼장사 시는 학봉 김성일의 소작으로 판각 게재되어 있는 것을 볼 수 있었다. 이 소 현판 문에 보면 삼장사 시를 게재하고, 옆에 학봉 김성일이라 판각 게시해 놓았다. 따라서 삼장사는 학봉 김성일, 대소헌 조종도, 송암 이노 등이 삼장사라 하고, 삼장사 시를 게재하게 된 그 연유를 적고 있었다.

"임신년(인조 10, 1632) 정월 보름날 저녁에 협천(陝川) 원으로

---

8) 慶尙南道志 慶南의 古蹟과 그 文化.

있는 유공진(柳公袗)9)과 통판(通判) 조공(趙公) 경숙(卿叔)10)이 촉석루에 올라 서로 술잔을 나누며 진양의 고사를 이야기하다가 유공(柳公)이 학봉(鶴峯)의 절구 한 수를 읊었다. 임진년에 학봉이 순찰사로서 진양에 머물러 왜적과 대진하고 있었는데, 조종도와 이노가 뒤를 따랐으니 또한 모두 영남에서 뛰어난 선비들이었다. 술자리에서 지은 시의 운치가 비장하여 사람으로 하여금 무릎을 치며 한 글자가 한 눈물이 되게 하였다. 통판 조공이 드디어 편액에 새겨서 벽에 걸어 후세 충신의사의 간담을 격동시키게 하였다."라고 했다.

---

9) 柳袗: 陜川郡守
10) 趙卿叔: 通判(判官: 지방에 나가 郡의 정치를 감독)

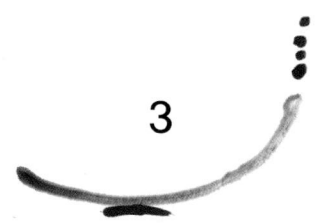

3

"위에 소개한 소 현판 문에는 학봉 김성일이 삼장사 시를 읊고 삼장사는 김성일, 조종도, 이노라고 적혀 있었다. 그러나 공감이 갈 만한 설득력 있는 전후 문맥을 찾을 수 없었다. 즉, 비장한 시구가 나올 만한 정황이 아니었다. 우선 시도 계사(1593)년이 아닌 임진 년에다가, 다만 삼 인(학봉, 대소헌, 송암)이 술자리에서 이 삼장사 시를 읊었다는 것이다. 그래서 이 삼장사 시가 김성일의 소작이라 는 데는 많은 의혹을 불러일으키는 것이었다. 그 소 현판 문에는 이어서 차원운이라 하여 다음과 같은 내용을 기재하고 있었다.

"지나간 옛 자취 삼장사를 따르려 했는데 지금에 이르러서는 남 강수만 보이는구나 강 물결 말라 다하고 돌은 깎여 없어질지라도 장사의 의로운 영혼이야 길이 남아 있으리로다."라 기록하고 또 계 속해서

"순조 8년(1808) 무진에 영우의 어사로서 우연히 선춘의 저택으

로 좇아 촉석루의 고사를 상세히 들었으니 천파순상께서 기록한 삼장사의 시를 편액에 새겨 걸었다가 중간에 없어지고 중설하지 못한 지 수십 년이 된다. 이제 본즉 과연 그러한데 고을에 제영(시를 지어 읊음)등서한 책자에 시와 식(識)이 모두 실려 있었으니 비로소 옛날에 들었던 말이 거짓이 아님을 알았다. 이에 드디어 다시 편액을 걸고 끝에 그 전말을 써서 중간에 인멸되었던 사실을 고하는 바이다."로 되어 있었다.[11]

이는 1808년(순조 8)에 삼장사의 판각편액이 게재되어 있었으나 중간에 수십 년, 이것이 없어졌던 것을 다시 복구해서 편액을 게재한다고 했다. 그것을 복구 게재하는 데는 진주고을의 제영을 등사한 책자에 모두 기록되어 있어서 사실인 것을 확인하고 다시 편액을 제작 게재한 것으로 되어 있었다.

삼장사 시와 삼장사에 대한 확인할 근거로는 진주의 제영을 등사한 책자로 되어 있어 현재로서는 이 자료를 찾기가 매우 어려웠다. 최근에 건립한 비문은 하나 있었다. 바로 「矗石樓重三壯士記實碑」였다. 이는 1960년 8월 三壯士追慕契에서 건립한 것이었다. 이 비문 내용에는 촉석루 삼장사 시는 학봉 김성일의 작이고 삼장사는 '대소헌 조종도, 학봉 김성일, 송암 이노'로 되어 있다. 이렇게 해서 이들이 삼장사란 것이 세상에 알려지게 되었다는 것이다. 따라서 현재 촉석루 상량에 게재되어 있는 삼장사 시 작은 이 현판에 근거해서 쓴다고 했다. 그러나 촉석루 상량 작, 현판문 내용의 근거는 그 연유를 알 수 없었다. 이 비의 건립자는 삼장사 추모계

---

11) 朴性植(慶尙 대학교 교수)의 논문: 癸巳 晋州城戰鬪 三壯士……(大邱史學 제20, 21 輯 pp.248~249) 참고.

명의로 되어 있으나 그 계장과 계원이 누구인지 진주지방에서도 아는 이가 없었다. 이 같은 역사적 논쟁거리가 고루하게 느껴질지 모르나 더 인내가 필요했다. 다음과 같은 상세한 기록에 마음을 저버릴 수는 없었다.

"공(학봉)이 처음 진양에 도착했을 때, 목사는 지리산에 있고 군사와 백성이 모이지 않아 성안은 요요적적한데 강물만 끝없이 흘러가고 있으므로 공은 서글픈 생각으로 이리저리 거닐며 슬픔과 울적함을 견디지 못하였다. 조종도, 이노, 두 사람이 의령에서 와 (김성일과) 손을 잡으며 공에게 말하기를 '진양에 도착했을 때인데 지금 이 같으니 앞날의 사세는 다시 어찌해 볼 나위도 없을 것 같소. 차라리 여기에서 죽는 것이 나을까 하오. 원컨대 공은 같이 이 물에 빠져서 구구히 적의 칼날에 쓰러지지 마시기를 (……) 하고 손을 강물에 이끄니 잡은 손들이 힘차서 풀리지 않았다. 공이 웃으며 한 번 죽음은 늦지 않았으니 헛되이 죽어서 무엇을 한단 말이요. 부녀자들의 소절 같은 일을 나는 하지 않겠소. 선왕이 끼치신 은덕이 아직 끊어지지 않아 주상께옵서 이미 죄책하시는 교서를 내리셨고 천심은 바야흐로 회복의 삯을 갚았으니 만약 제군의 창의하는 도움을 입어서 열읍의 많은 선비들이 이에 호응함을 얻을 수 있다면 선비는 백성들의 사표가 되므로 어찌 백성이 따르지 않으리오. 그런 뒤에 군사를 나누어 요새지에 웅거하여서 적의 침략을 막으며 충분히 나라를 일으킬 수 있을 것이니 회복의 공은 쉽게 이룰 수 있을 것이요. 만약에 일이 뜻대로 되지 않는다면 장순과 같이 지키다가 죽는 것도 좋을 것이고 과경과 같이 꾸짖으면서 찢겨 죽어도 좋지 않겠소. 제군은 어찌 그처럼 서두르시오. 혹시 내 말이 거짓이 된다면 강물이 증명할 것이요. 내가 죽음을 두려워하는 것은 아니요. (……)라고 하고 서로 눈물을 흘리며 통곡하고 물러났다.12)

　"이 문맥에서는 조종도와 이노가 김성일에게 함께 강물에 빠져 죽자고 먼저 제의했다. 그러나 김성일의 뜻있는 설득으로 강물에 빠져 죽지는 않았다. 이는 삼장사 시의 그 비분강개한 시풍에 부합하도록 주위 분위기와 상황을 조성하려는 의식적인 노력이 엿보이는 장면을 연출하는 듯한 느낌이 든다. …… 결국 등장 주인공들은 실제로 삼장사 시에 부합하는 경지에 도달하지 못하고 만다. 삼장사 시를 읊고 난 후 순절하지 않고서는 물결도 마르지 않고 혼도 죽지 않으리(波不竭兮魂不死)라는 비장한 시구가 나올 수 없다. 설사 그러한 시를 읊었다고 하더라도 바로 그 강물에 투신, 순사하지 않았다면 그 시는 별 의미가 없는 것이다. 따라서 동참한 그 삼장사도 …… 삼장사로서의 의미를 부여할 수 없다. ……"13)

　그때의 세세한 정황을 최경회의 일휴당 유고와 화순읍지에는 이렇게 적고 있었다.

　"김성일은 계사년 4월 19일에 당시 유행하던 역질에 의해 병석에 누워 같은 달 29일에 진주 군영(공관)에서 죽었다.14) 그해 8월

---

12) 李象靖의 龍蛇日記
　　公之初到晋陽也 牧使在山 軍民不集 城中寥寥 江水茫茫 公徘徊惆恨不堪悲惋 趙李二君 自宜至握手謂公曰 晋陽巨鎭 牧使名官 今若此前頭事勢 更無下手地不如逝^死 爲得顯與令公同沈此水 不必死於兒鋒 執手引江 半^不可解 公笑曰 一死非脫徒死 何爲匹婦之諒 吾不爲也 先王遺澤 尙未盡斬而主上已下罪已之敎 天心方有恢復之崩^ 徜^賴諸君倡義之助 得聆列邑 多士之應 士爲民望 民何不從 然後分兵據要以遏模笑一旅 足以與夏恢復之功 不難辨也 如其不幸 張巡之死 於守可也 果卿之剛於罾可也 諸君何遞也 儻所否者 有如此水 吾非畏死者 因相與揮淚大慟而罷.

13) 朴性植의 논문, "진주성 전투 삼장사", pp.28~29. <대구사학 제20, 21집 pp.250~251> 참고.

황석산성이 함락될 때 전 함양군수 조종도는 절의에 세상을 떠났
다. 그는 김성일의 막하에서 종사관, 소집관, 사저관으로 활약했다.
정유재란(1597)년에 안음현감 곽공 계수(安陰縣監郭公季綏)와 더
불어 황석산성에서 왜장 가토 기요마사가 인솔한 적과 분전하다가
동지들과 함께 순절했다. 이노는 임란에 조종도와 함께 귀향하여
인근 열읍에 창의통문을 내어 민중의 의분심을 환기시키는 동시에
경상우도 관찰사 김성일의 종사관, 소집관, 사저관으로서 활약했다.
그는 선조 31년(1598) 김산객관에서 순절했다."

---

14) 金鶴峯誠一先生年譜.

4

　이상에서 볼 수 있듯이 위의 세 사람(김성일, 조종도, 이로)은 각
자 죽은 시간과 장소가 다른 것을 이해하게 되었다. 따라서 이 세
사람은 계사 진주성 전투에 참전했다는 자료가 없었다. 그런 연유
로 창열사 봉안 위패에도 들어 있지 않았는지 모른다.

　다만 촉석루 삼장사 시가 문헌에는 김성일 작으로 되어 있는 것
은 김성일의 문집에서 말하고 있었다. 그런데 여기의 기록은 김성
일, 조종도, 곽재우 등 세 사람이 그 시를 읊었다고 기록되고, 또
하나의 문헌은 용사일기(초서의 필세를 형용하여 쓴 일기)이다. 이
일기는 이상정이 쓴 것을 이노의 6대손인 구만[15]이 발간했다. 오
번[16]이 식별하여 적은 삼장사 시 현판 문이 들어 있는 것을 보면
후에 삽입된 것으로 의심을 갖지 않을 수 없었다. 애초 이런 의심
을 가진 것은 호남 유생들이었다. 그래서 김성일의 문집 내용을 믿
을 수 없다는 것이었다. 그들은 자기들이 주장하는 바가 사실이라

---

15) 李垢晩: 이상정의 6대손. 이상정의 ≪용사일기≫ 출판자.
16) 吳翻: 삼장사 시를 현판에 적었다.

는 것을 확신하고 있기에 그럴 것이다. 정답은 둘이 아니라 하나이기에 그렇다.

김성일 작이라 주장한 삼장사 시는 문헌상으로는 '김성일 선생문집'과 '용사일기' 이 두 자료 이외에는 촉석루 삼장사 시가 김성일 작으로 된 것을 찾을 수 없었다. 그러나 그의 후손들이나 그를 연구한 이들은 당사자가 직접 기록한 것보다 더 정확한 사실이 무엇인가라고 물을 수도 있는 것이다. 삼장사가 다른 사람(김천일, 최경회, 고종후)으로 되어 있는 자료가 아무리 많을지라도 구전으로 전해진 시나 사람 이름은 당시 김성일 자신이 직접 기록한 기록보다 더 정확할 수 없다는 믿음을 갖고 있기에 그럴지도 모른다. 말 그대로라면 타당한 말이다. 구전의 전달은 그 내용이 변질될 수 있다는 가정하에서 전제된 말일 것이다. 아마 이름까지 바뀌는 것은 사실을 왜곡하려고 작정하지 않고서는 그리 흔한 경우로 보기 어렵지 않을까. 만일에 그런 경우가 있었다면 여러 기록들이 같은 이름일 수는 없을 것이기에 ······.

순조 22년(1822) 임오에 와서는 학봉 김성일, 대소헌 조종도, 송암 이노 등을 '삼장사'라 하고 사당을 건립하려고 했다. 그러자 홍의장군 망우당 곽재우의 후손들이 들고 일어났다. 망우당이 삼장사 중의 한 사람이라고 주장했다. 그리고 송암 이노는 거기에 관계가 없다고 제외시켰다. 그래서 곽, 이, 두 집안이 서로 다투는 것이었다.[17]

영종 정묘에 최 병사의 인장을 남강에서 찾은 일이 있었다.

영조임금은 예관 안치댁[18]을 내려 보내 제사를 지내게 했다.

---

17) 霽峯全書 下, 霽下彙錄 下, 呈嶺營文.

"<혼 불사(魂不死)>, '영혼은 죽지 않는다.'는 시를 임금이 보았다."는 것을 제문에 넣도록 명령한 것으로 봐도 최공이 지었다는 것은 의심의 여지가 없다고 했다. 거기에다 영묘조의 제가까지 얻었다는 사실, 삼장사는 곧 최경회, 김천일, 고종후를 가리켜 한 말이라는 것이다.

조선 중기의 학자로서 성리학에 밝았으나 국란을 당할 때마다 의병을 일으켰던 우산(牛山) 안방준의 진주서사에는 이렇게 기록하고 있었다. '곽홍의는 그 성을 지키던 날에 먼저 군사를 이끌고 단성에서 산간지대에 있는 고을인 산군으로 떠났다. 강희열은 성이 함락된 뒤에 칼을 뽑아 적을 치다가 장엄한 전사를 하였다.'고 밝혔던 것이다.

이처럼 높은 충성과 큰 절의가 하늘을 뚫고 그 영광에 태양이 두루 비추지 않는 이가 없을 것이다. 그들 모두가 진주성 또는 그 주위에서 하루 먼저 혹은 조금 뒤에 충신들로서 충절을 지켰다. 그럼에도 불구하고 우리 후대들은 진주 '삼장사'라는 말이 얼마나 큰 업적이 더해지고 위대한 것이기에 '삼장사'란 세 글자를 가지고 갑론을박을 했을까? 다만 난리로 어려움 중에 문자와 사적들이 행여 잘못 전해져 착오가 생겼을 수도 있었을 테지만, 꼭 '삼장사'라는 한정적인 숫자로 명칭을 붙이지 않더라도 그들 모두가 진주성을 지키기 위해 싸우다가 죽었음이 분명할진대 그들 모두를 아울러 '진주장사'라 칭함이 더 어울리지 않을까?

"그거 좋은 말이외다. 어찌 그리들 명성 얻기에 집착하고들 있는

---

18) 安致宅: 英祖임금의 禮官. 이 의전관리는 고려 成宗 2년(983)에 두었다가 14년(995)에 尙書禮部로 고친, 6관의 한 의전관리.

지 흉악한 것 같으니라고들 …… 쯧쯧 불쌍한 지고……"

구천에 올라 있을 그 어른들이 우리 후대들을 준엄하게 꾸짖고 있을지 모르는 일이다.

'삼장사'에 '충성스러움과 진실하고 의리 있는 마음, 만일 가당치 않은 행실과 가당찮은 이름이 더해지고 가당치 않은 시를 지었다고 한다면 어찌 성(盛)한 덕에 누(累)를' 끼치는 일이 아닐까.

'선조의 훌륭한 일을 자손이 드러내지 못할 때 어질지 못한 것'이라는 옛 주자의 말이 있다고는 하지만, 그것은 사실에 바탕을 두고 정직한 공적에 한한 것이리라.

촉석루에 투신해 순절했다고 하는 그를 후세 사람들 일부는 그가 삼장사 중에 한 사람이 아니라는 시비들이 끊일 줄 몰랐다. 이것이 후세들에겐 추로의 다툼으로 알려져 왔던 것이다.

또 다르게 번역된 최경회 작 '삼장사'의 시를 읊어 본다.

> 촉석루의 한가운데 마주앉은 삼장사.
> 술잔을 들고 웃으면서 긴 강물만 바라보네.
>
> 강물은 도도히 흐르지만
> 물결이 다하지 않는 한 우리들 영혼도 죽지 않겠지.

임진란 당시 한 의병이었던 보원 안방준의 행장기에는 이렇게 적고 있었다.

김천일, 최경회, 황진, 고종후는 진주성으로 들어갔다. 김천일과 최경회는 병마절도사에 딸린 정삼품 벼슬 도절제사로, 황진은 순성장으로 진주성을 지킬 책임이 주어져 있었다. 고종후는 금산싸움에서 아버지와 동생의 목숨을 앗아간 원수인 일본을 복수하겠다는 비장한 각오로 의군을 모아 진군하는 자칭 복수의장이었다.

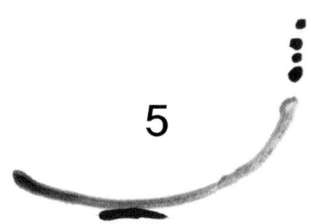

5

　계사 1953년 6월 21일 일본군은 15만의 군사를 거느리고 진주성 안으로 물밀 듯이 몰려들었다. 그달 말일에 황진은 그만 조총의 적탄에 맞아 성 주변에서 안타깝게 숨을 거두고 말았다. 일본군들은 성안을 가득 메운 벌 떼처럼 달려들어 순식간에 진주성을 점령해 버린다. 머물 곳을 잃은 김천일과 최경회 그리고 고종후는 함께 촉석루에 올라가 마지막으로 술을 한 잔씩 나누었다. 그리고는 최경회가 앞서 말한 시를 읊었다. 그러자마자 세 사람은 다시 함께 약속이나 한 듯 물속으로 뛰어들었다.

　이때 직방재는 물에 뛰어들기 전 피로 글을 써서 그의 말 완장에 끼어 말을 집으로 되돌려 보냄으로써 이 사실이 세상에 알려지게 된 것이라 했다.

　이를 두고 어떤 이는 촉석루 '삼장사'에 대해 언급하는 글에서 그것은 소설 같은 이야기라고 일축하고 있었다. 학문을 연구하는 학자라면 과거 수백 년 전에 일어났던 불가사의한 역사적인 사실을 어찌 그리 쉽게 단정 지을 수 있을까? 그 후로 여러 정황들이 말하는 당시 상황을 전해 주고 있음에도 잘못 와전된 것이라는 생각이 앞서서 그랬을까? 무엇보다도 그의 주장은 그때 당시 당사자가 직접 기록한 내용이 구술로 전하여진 것에 비해 더 설득력 있게 여겨졌을 것이었다. 진정성에서도 당사자가 기록한 내용에 대한 신뢰성을 두고서 그 같은 주장을 펼친 듯싶었다. 물론 그 기록의 진실을 바탕에 깔고 하는 말일 터였다. 그러나 직방재의 이야기에 진정성을 믿지 못하는 것과 마찬가지로 당사자의 기록 역시 진위 여부가 먼저 걸림돌로 작용한다는 것이 호남 유생들의 주장이고 보면 먼저 돌출된 걸림돌부터 재거되어야 했다. 발 없는 말이 천 리 간다는 속담처럼 물론 구전은 쉽게 퍼져 나갈 수 있었다. 문제는 진실이 아닌 거짓이 어떻게 명망 있는 사람들을 통해 전달된 사건이 왕의 입으로 공적을 논할 수 있었을까? 게다가 그것이 어찌 어진 이들의 여러 문집과 국사는 물론 지방지까지 기록되도록 방치되고 있었을까? 그것 또한 불가사의라 여기지 않을 수 없었다. 자고이래로 역사의 오류가 어찌 전무할까만 '삼장사'라는 직위가 얼마나 값지고 위대한 것이기에 왕을 능멸하고 역사를 거짓으로 장식하고 영호남 유생들이 몇백 년을 두고 다툼이 지속되게 했는지 이것 또한 불가사의가 아니고 무엇일까?

유성룡의 말처럼 임금과 나라에 대한 충성과 의리와 그들의 기이한 공로는 조정에서 높여 준 관위만으로도 그들의 이름을 충분히 빛내고도 남을 일이었다. 장사의 칭호가 그들의 공로에 비하면 더할 것도 덜할 것도 없는 것이었다.

과연 촉석루 시가 어떤 것이기에 그들은 시를 읊을 정도로 여유 있는 마음을 갖고 웃음을 지으면서 최후의 운명을 맞았을까? 웃음이 어찌 즐거워서 나온 웃음일까만 적들의 행태가 가소로워 절로 나온 쓴웃음이리라. 그러나 죽음을 앞둔 마당에 어찌 그렇게 태연할 수 있었을까. 죽음을 두려워하지 않고 기껍게 맞이하겠다는 굳은 의지, 그것이 여유 있는 우리의 옛 선비들의 참모습이 아닐까.

문제의 발단은 이 시의 저자가 누구냐 하는 것부터일 것이다.

진주의 유생들은 이것을 두고 김성일의 작시라 주장했다.

그의 이름으로 현판까지 걸어 놓았다. 그 주장은 지금까지 이어지고 있었다. 그들은 시에서 지목한 세 장사가 김성일, 조종도, 이노라고 지목하고 그들을 위해 촉석루 앞에 비석을 세워 두었던 것이다.

당시 호남 유생들은 그들의 사사로운 생각으로 주객을 바꾸고서 어찌 역사가 바로 서기를 바랄 수 있느냐고 개탄을 했다.

직방재의 반복된 변에 아량을 갖고 다시 귀 기울여 보았다.

계사년 4월 김성일은 유행하던 역질에 의해 진주 군영에서 죽었다.

조종도 역시 황석산성에서 절의에 사망했다. 이노 역시 김산 객관에서 순절했다.

다음 날 29일, 최경회, 김천일, 고종후는 함께 촉석루에 올라 죽음이 임박해 그 시를 지었다는 것이다. 이 이야기는 최경회의 유고와 화순읍지가 전해 준다.

황진이 순절한 것은 하루 전인 6월 28일이라는데 하루 전에 이승을 떠난 몸이 어떻게 그 뒷날 자리에 함께할 수 있었겠느냐고 항변했다.

영묘 49년 계사 2월 29일에 전라도 유생 275인 명의의 연서로 된 통문이 진주에 보내진다.

내용에는 더 구구절절하게 적혀 있었다.

> "서로 알고 있는바 …… 그때 회자된 시와 삼장사는 최경회와 김
> 천일, 고 종후였습니다. 최경회는 두 사람과 같은 날 물에 몸을 던지
> 기 직전 …… 삼장사의 이름이 진실에 혼돈이 생겨 사실과 다른지가
> 오래되었습니다. ……"

그들은 자손 된 도리로서 거짓을 가려서 바로잡아야 하지 않겠
느냐는 것이었다. 그들은 계속해서 역설하고 있었다.

> "…… 백세 후에 태어나서 백세 전의 일을 해석해 밝히더라도 촉
> 석루 시에는 '삼장사'의 이름이 모두 지지와 야승과 여러 어진 사람
> 들의 문집에 실려 있사옵니다. 사실을 자세하게 상고하고 한 글자도
> 함부로 덧붙임이 없습니다. 기록된 그 문자가 높으신 이의 귀를 더럽
> 힐까 하오니 엎드려 바라옵건대 합하께서는 오직 일일이 살펴 주시
> 옵소서."

이 정문은 순조 22년 임오 11월 정일품 관리에게 보낸 내용이었다.

김성일, 곽재우, 강희열 등 세 집 자손들이 삼장사의 '지장강'의
구절을 가리켜 각기 자기들의 조상이라고 주장하여 서로 배격하고
공박해서 해괴하게 만들고 있다고 했다.

김성일 자손들은 그 시를 문집에 넣고 촉석루 현판에도 기록해
놓았다.

유성룡의 시무차에는 이렇게 적고 있었다.

"김성일이 경상도 관찰사로서 진주를 순행하다가 계사년 4월에 병으로 진주 군영에서 죽었다."

안방준의 진주서사에는 "곽재우는 그 성을 지키다가 먼저 군사를 이끌고 단성(진주 북쪽 경계에 있던 지명)에서 산군으로 적을 쫓아갔다. 강희열은 성이 함락된 뒤에 칼을 들고 적을 찍다가 죽은 뒤에 멈추었다."고 했다.

어찌 됐건 우리의 의로운 선비들은 높은 충성과 절의가 하늘을 찔러 태양이 비추지 않는 이 있을까. 그들 모두가 순절한 것은 진주성 촉석루든 혹은 그 주위든 간에 치열한 싸움터에서 먼저 아니면 조금 뒤에 순절한 것이 분명했다. 다만 시간 차이만 있었을 것이다.

그러나 호남 유생들의 주장에 대해 인내력을 갖고 더 들어 둘 필요가 있다는 것을 깨달았다.

"…… 시의 뜻으로 보더라도 격렬하고 분개한 말이 모두 스스로 맹세하고 몸을 강물에 던진다는 뜻이니 '술잔을 들고 웃으면서 강물을 바라보네.'라는 말을 성이 함락되기 전에 먼저 떠난 사람이 어떻게 그 시를 지은 것이라 할 수 있을까? 칼을 뽑아 적을 찌를 때 강희열이 어떻게 그런 내용의 말을 할 수 있을까요? ……"

라고 물었다. 결코 그들이 촉석루 시를 짓지 않았다는 것이 명백하고 의심할 바가 없다는 것이었다.

최경회는 김천일과 고종후와 함께 세 사람이 대장으로서 성이 함락되자 서로 이끌고 물에 빠진 정황으로 봐도 시의 뜻과 조금도 다를 바가 없다는 것이었다.

선조대왕은 사제할 때 제문에

"아득한 돌 언덕 충신의 몸 죽은 것이로다."

라고 왕의 제문도 상기시켜 주었다.

"난리로 어려움 속에서 이런 문자와 사적들이 혹시 잘못 전해져 착오가 생겼을 것이다."

는 글로 호남 유생들은 고의성을 믿지 않는다는 듯 진주교원 군자들에게 너그러움을 표하기도 했다. 아량을 베푼 듯했다. 그런 내용의 글임엔 분명하지만 그런 유의 말은 피차 사용할 수 있는 문구가 아닐까.

충성스럽고 진실하고 의리가 있는 저 삼공(三公) 마음에 가당찮은 이름이 더해지고 더 가당치 않은 시를 지었다고 한다면 어찌 왕성한 덕행에 누가 아니 될까라는 것도 누가 먼저 들춰냈느냐보다 양자가 공통적으로 사용해도 무방한 말이었다.

그 자손들은 어진 조상의 높은 충성과 빛난 업적이 공연히 다른 사람에게 돌려지고 그것을 밝혀내지 못한다면 어떻게 주자가 어질지 못하다고 한 말에 그치고 말까? 비단 그 자손들의 사정뿐 아니라 나라 사람들의 공의에 비춰 봐도 작은 일이라고 볼 수 없었다.

판서를 지냈던 김상휴[19]의 증언은 흥미로우면서도 자못 교훈적이었다.

"내가 기억하기로는 수십 년 전에 송암 이노의 자손들이 그 조상의 사적을 가지고 와 내게 보여 주었다.

---

19) 金相休: 판서를 지냈다.

'송암 선조는 학봉 김성일 선생의 시에 말한 삼장사의 한 사람입니다.'라고 했다. 그들 말에 따르면,

'임진년에 섬 오랑캐가 쳐들어왔다. 그때 김 선생이 초유사의 명령을 받고 대소헌 조종도와 송암공 이노가 함께 촉석루 위에 앉았다. 성은 비어 사람은 없었다.

강물만 깊어 보여 몹시 참혹했다. 그때 시를 지은 것이다.'라고 했다.

이들은 잘못 꾸며 댄 말로 임금에게까지 보고하고 사당까지 세우려 했다.

곽 씨의 후손들까지도 이치에 맞지 않는 변론과 그 일에 선비들은 동조하지 않는 것이 타당할 것이다. 나도 처음에는 그 말에 믿음이 들다가 중간에 의심이 되어 결국 깨달은 바가 있었다. 그래서 다음과 같이 피력하고자 한다. 내 생각은 이렇다.

곽공의 기이한 공훈이라든가 남다른 사적은 이미 천지에 휘날리고 한 세를 족히 울리고도 남았다.

장사라는 칭호는 곽공의 공로에 더함도 덜함도 없을 것이다.

이노와 김성일도 합세 그 일에 소홀히 하지 않았던 고로 그들 역시 임금과 나라에 대한 충성과 의리가 다른 어진 이들에게 뒤질 바 아니다.

그럼에도 굳이 장사라는 칭호까지 더할 필요가 있을까? 곽공, 송암, 학봉은 그 칭호가 아니더라도 조정에서 여러 포상을 준 것은 지나치거나 부족하지 않을 것이다. 그럼에도 실상이 없는 이름을 가지고 어찌 영화롭게 여기려는가? 만일 부모의 화상을 그리는 화가가 사람의 솜털만큼이라도 부모의 형상을 틀리게 그린다면 자기

부모가 아닌 다른 사람이 되고 말 것 아닌가.

그렇다면 그의 아들 마음이 어떨까? 편치 못할 뿐만 아니라 이 아니 슬픈가!

하물며 말과 행동 같은 소중함이야 어찌 참모습을 드러내어야 하지 않을까."

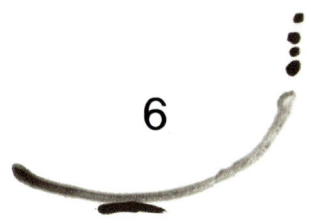

6

중국 당나라의 율령국가(律令國家)를 이룩한 창업공신(산둥 성 사람) 방현령(房玄齡)과 두여회(杜如晦)가 있었다. 그들은 같은 무게의 중요한 공을 세웠다. 현령은 계획에 능통하고 여회는 판단력에서 현령보다 뛰어났다. 그럼에도 판단을 잘하는 여회의 공을 현령에게 돌린다면 그것은 현령 자신이 아닌 두여회가 되고 말 것 아닌가. 그럴진대 여회의 자손들이 꺼리고 미워하지 않을지는 몰라도 현령의 자손들의 마음은 어떨까?

그러니 장사라는 칭호가 곽공에게 있어서는 바로잡거나 장사의 칭호를 붙이지 않는다고 무슨 탈이 있을까. 이공에 있어서는 그 후손들이 마땅히 잘못된 것임을 말하고 그것을 바로잡아 그 선조를 딴사람으로 만들지 말아야 할 것이다. 실상이 없는 이름을 가지고 이노의 어진 것에 누를 끼쳐서야 될까."

이 일보다 조상을 욕되게 하는 일이 더 있을까 싶었다.

여기 조선왕조 후기의 문장가 신유한[20]이 지었다는 촉석루 시가

사뭇 인상적이었다.

오랜 세월을 두고 세상에 전해져 내려온 또 다른 촉석루 시는
당시의 전황을 다시금 회상하게 했다.

진양성 밖 물은 동으로 흐른다.
무성한 대나무 꽃다운 난초 푸르게 물가를 비추고
천지에는 임금에게 보답한 세 장사라!
강산에 손이 머무르는 한 높은 다락일세.

노래 병풍에 날이 따뜻하다. 숨었던 교룡이 춤추고
군막에 서리가 차 자던 갈매기도 근심을 내뱉고.
남쪽에 보이는 두우(斗牛) 사이 성한 기운 없는데
대장단에 음악 들으니 봄과 짝하리.

고종후는 윤계선의 꿈속에서 마지막으로 한이 맺힌 충효의 충정
을 내뱉고는 짧은 시 한마디를 읊었다.

"군중의 고아로서 …… 피눈물 흘리며 창을 베개 삼아 뼈를 새겨
도 보답할 길 없습니다."
"바람과 비는 해마다 스쳐/모래벌판의 백골엔 이끼가 끼었고/평생
에 원수 갚으려던 뜻/한 치도 사라지지 않았네."

고종후 복수의병장의 묘역에 대한 성역화가 추진되어 깎아지른

---

20) 申維翰(1681~?)
조선왕조 후기의 문장가. 자는 周伯, 호는 靑泉, 寧海 사람. 숙종 45년(1719)에 製述
官(승문원의 한 벼슬. 典禮文을 지어 바치던 임시의 벼슬)으로 洪致中을 따라 일본에
갔다가 와서 ≪海遊錄≫을 지었다.

준봉산(隼峯山: 高永杜, 고종후 진주 종문회 회장이 명명했다.)을 사패지(조선왕조 때 …… 공신에게 나라에서 산림(토지, 노비 등)을 무상으로 내려 주었다.)로 받은 3만여 평에 초혼장(주검이 물에 수장되어 찾지 못해 그 혼을 불러 소장품과 함께 묘역을 만든다.)은 당시로서는 추후에 허락된 것이었다.

"유구한 역사를 가진 우리나라가 충효사상을 견지해 동양의 예의지국으로 발전하게 된 것은, 조상들의 충신과 의사들이 나라가 위급할 때마다 지켜 왔기에 가능했다." 그러나 "우리 5천 년 역사의 가장 치욕적인 때가 바로 임진란이었다. 그때 고경명과 함께 의거하여 한 가문에 9명이 왜적에 의해 순절하였다. 이를 알게 된 조선 조정에서는 '일문삼강'의 뜻을 기리기 위하여 삼강문을 세우고 부조지전(나라에 큰 공훈이 있는 사람의 신주를 영구히 사당에 제사 지내게 하던 특전. 이는 창평에 사는 유학 고시옥[21]이 글을 올려 부조지전을 청하였다.)을 내린 것이다."

고 씨 종문회 회장은 또 다른 자료를 보여 주었다. 다음 한시는 일본으로부터 반환받은 귀한 자료라는 것도 알려 주었다.

반궁[22]의 늦은 첫 만남은 가없으나　　泮宮一面方嗟晚
돌아갈 말 타고 한성 문을 나선다.　　施見歸騎出漢關
지금 이별을 그대는 반드시 기억하리.　　此時差別君須記
먼 수림 낮은 곳에서 달은 솟아오른다.　　遠樹天底月吐出

천 리 길 타향에서 같이 나그네 된 그대　　千里同爲客

---

21) 高時沃: 儒學者.
22) 泮宮: 成均館과 文廟를 통합해 불렀던 이름.

오늘 아침 군을 홀로 전송하게 되네.   今朝獨送君

가없는 이별 뒤의 그리움 같은 것은   無窮別後思

하늘 끝에 멈춰선 구름에나 맡겨 보리.   天末寄停雲

7

선조 5년(임신 1572) 초여름 중순경에 쓴 것으로 믿어지는 위 고 종후의 한시는 그가 16세가 되던 1570년에 진사과에 합격하고서 성균관에 머무르는 중에 정다운 벗과 헤어지면서 읊은 것으로 믿 어진다.

이 한시문 원본은 1996년 1월 24일에 일본 야마구치 현립대학 (山口縣大立學)에서 반환받은 것이다.

이는 데라우지 문고(寺內文庫)에 소장되었던 것을 한국 관계 보 물급 유물 98종 135점을 반환받아 경남대학 박물관에 소장되어 있 었다. 일본으로부터 보물 반환 10주년을 맞은 …… 2006년 05월 01일부터 6월 11일까지 서울 예술의 전당에서 전시되었다.

고종후의 한시 칠언절구 1수와 오언절구 1수가 존재했는지조차 알지 못했던 것이 이 땅에서 처음으로 공개된 것이다. 이번에 공개 된 유물은 1910년 8월 22일 한일 합방 당시 조선 총독인 데라우지 마사다케가 수집, 보관한 것을 야마구지 현립대학으로 옮겼다가 경남대학의 많은 노력 끝에 반환받아 이번 개교 60주년을 맞이하여 시문과 서화를 중심으로 전시된 것 중의 일부 작품이었다는 것을 알 수 있었다.

다음 글의 내용은 영국의 대백과 사전 브리타니카(Encylopaedia Britannica)에 수록된 기사였다.

조선 문신 의병장 고종후(高從厚), 1554(명종 9)~1593(선조 26).

임진왜란 때 김천일(金千鎰), 최경회(崔慶會) 등과 함께 남강에 투신, 순국한 삼장사(三壯士) 중의 한 사람이다. 본관은 장흥, 자는 도충(道沖), 호는 준봉(隼峯), 아버지는 의병장 경명(敬命)이다. 1577년(선조 10) 별시문과에 급제하여 교서관 정자, 전적, 감찰, 예조좌랑을 지냈다.

1588년 임피 현령이 되었으나 사헌부의 탄핵을 받고 파직되었다. 1592년 임진왜란이 일어나자 아우 인후(因厚)와 함께 아버지의 뜻을 받아 금구, 김제, 임피 등지에서 격문을 돌려 의병을 일으켰다. 그러나 금산(錦山)싸움에서 아버지와 아우를 잃고 그는 이듬해 400여 명의 의병을 모아 복수의병군을 조직했다. 일본군이 진주를 공략한 뒤 호남지방으로 침입하려 하자 휘하 의병을 이끌고 진주성에 들어가 성을 지켰다. 격전이 계속된 지 9일째인 6월 29일 진주성이 함락되자 창의사 김천일, 경상병사 최경회 등과 함께 남강(南江)에 투신하여 죽었다. 이조판서에 추증되었으며, 광주(光州) 포충사(褒忠祠)와 진주 충민사(忠愍祠)에 제향되었다. 시호는 효열(孝烈)이다.

40. 불멸의 영혼

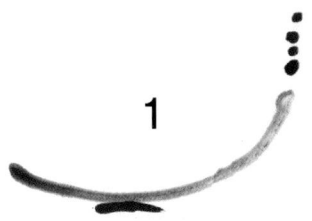

1

　후학들은 선조의 도통정맥을 따지면서 기묘사림의 조광조 이후 호남사상의 맥을 이은 이로 제봉을 꼽았다. 조광조가 이룩하려다 실패한 인도주의는 제봉에 의해 외세침략에 대항하고 민족 주체성을 확립하기 위한 살신성인의 정신으로 수용되었다는 것이다. 이는 민족 정통성에 대한 실상이 아닌가. 그의 정신은 민족정기를 높이는 행동철학으로 나타난 것이었다.

　싸움터의 전황과 아까운 생명들을 무참하게 희생케 한 한이 서려 한때 구천을 떠돌았을지도 모를 제봉의 외로운 영혼은 무수한 의병들의 원혼을 어떻게 위로해 주어야만 한이 풀릴까. 어쩌면 소견머리 없는 인생들의 하찮은 망상에서 비롯된 것이라 치부해 버려도 유구무언이지만 …….

　죽은 이 모두가 온 우주에 주인이 되었을지도 모를, 아니 일단 유계로 떠났다는 것만을 알고 있는 금생들에겐 그의 영혼은 무한의 세계에서라도 파장이 일지 않는 속삭임도 좋았다. 대장이 스스로 생명을 유기함으로써 덩달아 무참히 생명을 내던질 수밖에 없었던 많은 부하 장수들이 이 세상 사람이 아닌 그에게서 당시로서는 그의 변명을 듣고자 갈망하고 있었는지도 모른다. 금산싸움에서 얼마든지 후퇴해 다음을 기약해도 되는 것을 우주와도 바꿀 수 없다는 생명을 그렇게 작정을 하고 쉽게 버려야 했던가. 그러나 그때의 진중의 극한 상황을 겪어 보지 않는 자가 함부로 입방아를 찧어도 괜찮을지 ……

"생각이 어떠하면 위인도 그러한즉 ……."

"인간의 생명은 천하를 주고도 바꿀 수 없다." 이 같은 성현들의 가르침이 기록되어 있는 경전을 들추지 않더라도 대다수 인생은 어떤 생각을 품느냐에 따라 좌우된다고 일컬어져 왔던 것이 사실이다. 개개의 생명체가 우주의 주인임을 상기시켜 준 말이 아니면 무엇일까. 아마도 이처럼 생명은 천하를 주고도 바꿀 수 없다는 중대성에 비추어, 운명은 길고 짧고 간에 생명은 각기 자기 의지가 우주의 계획에 반영된다는 것으로 유추해 보아도 되지 않을는지.

죽기로 작정한 부정적인 마음을 품기보다 기어이 적을 쳐부수고 훈업을 빛내겠다는 긍정적인 생각이 전쟁을 승리로 이끌고 살아야 하겠다는 굳은 결의가 생명을 더 부지하게 하는 원동력은 아닐는지. '살고자 하는 자 죽을 것이고, 죽고자 하는 자는 살게 될 것이다.'라는 예수의 역설적인 설파는 직설 그 내용대로 단순하게 이해되는 것은 아니었다. 그 말의 진정성은 달리 있었기에 그렇다. 그는 이승의 삶을 잃어도 용감한 자는 영혼의 가치가 존중된 영원한 삶을 견주어 설파했는지 모르나, 사력을 다해 임하기를 바라는 뜻으로도 이해되는데 ……. 자신의 목숨을 잃을까 두려워 몸을 사리며 소극적인 태도로 싸움에 나서는 것과 죽음을 무릅쓰고 진력을 다해 싸움에 나서는 자 중에 어느 쪽이 승리의 가능성이 커 더 목숨을 부지할까. 승리에 목적을 두었을 때, 이보다 더 자명한 대답을 얻을 수는 없을 것이다.

죽기를 작정하고 나선다면 두려운 것이 무엇이고, 못 할 일이 또 무엇이 있을까. 이 같은 정신력을 가지고 전쟁터에 임할 때와 그렇지 않았을 때 승패의 차이는 생과 사의 갈림길로 극명하게 나뉠 것이다.

금산 1차전에서 최선을 다한 제봉으로서는 어찌할 수 없는 극한 상황이었을 것이다. 이 불가항력적인 전황(적을 가시거리에 두고 관군과 의병진 모두가 와해된 순간)임에도 막하 장수들이 제봉에게 권유했듯이 그는 뒤로 돌아 진중을 빠져나올 수도 있었다. 그러나 그는 많은 부하 의병들이 죽어 가는 터에, 자신만 살겠다고 그런 비열한 행동을 하고 싶지는 않았을 것이다. 그는 또 다른 뜻을 품은 의지의 죽음을 선택한 것은 아닐까. 그의 생명줄은 이미 끊어지기로 운명 지어진 것인지 모르는 마당에 ……

그렇지 않다면 어떤 긴박한 상황에서도 목숨은 부지하게 된다지만, 제봉의 경우는 예외적인 것 같았다. 그는 금산싸움 1차전에서 이미 죽기로 작정된 목숨임을 간파했기에 부하장수들의 피할 것을 뿌리치고 초연히 스스로 허락한 죽음이었다. 그는 출전하기 전부터 나라에 한 몸 바치리라 마음먹었고, 울면서 전쟁터로 향해 아버지를 따라나서는 어린 막내아들 용후에게도 다시 만나기를 기약할 수 없다는 마지막 이별을 하면서 달래어 집으로 돌려보냈던 때를 상기해 보게 된다.

나라의 위태로운 징후가 느껴질 때부터 그는 자신의 목숨을 초개같이 여겨 나라에 바치리라는 것을 누누이 다짐해 오지 않았던가! 그는 전쟁이 일어나기 오래전부터 죽음 뒤에 또 다른 삶을 추구하는 사람들의 믿음처럼 죽음이 그의 운명의 끝이 아니라는 신앙으로 스스로를 세뇌시켜 온 것을 전쟁터에서 장렬하고도 영화롭게 장식하고자 한 것은 아니었는지. 그는 중국 춘추 전국시대의 묵자가 부르짖고 주장했던 인격적으로 의인화된 하늘의 신에 대해 흥미롭게도 경외심을 가진 적이 있었다. 묵자의 영향 때문인지 그가 지은 시문이나 철학적인 논리를 펼칠 때마다 그의 심중에 자주 신에 대한 외경심을 드러냈기에 말이다. 그는 분명 우주적인 인격을 타고난 사람이 아닐까 유추해 본다. 굳이 세속적인 영광만을 위해서라면 당연히 요령껏 목숨을 아껴 수많은 적을 살상하고서야 영예로운 승리를 거두게 될 것이다. 전쟁의 수단이 폭압하고 잔인하던 어떻던 궁극적으로는 많은 적을 섬멸해야 승리가 가능하지 않겠는가. 이것이 세속적인 성공의 방식일 것이다. 이 같은 세속에서의 승리가 대대로 자손들의 영예로움이 될지는 모른다. 제봉은 세속적인 이 영예로움의 길보다 우주적, 즉 하늘의 섭리를 더 소중하게 여기지 않았을까. 무죄한 자들의 생명을 빼앗는 것보다 차라리 자기를 내주어 의의 표징으로 삼고자 했는지 모른다. 그는 나라에 큰 공을 세우지 못했지만 그 어느 곳엔가 존재할 그의 영혼은 하늘의 뜻에 더 충실했다고 자부하고 있을까. 나라를 구하게 되는 이치는 의로운 사람의 힘(氣運)이 모이고 하늘의 돌봄이 있을 때 정정당당한 승리가 가능할 것이었다. 이것이 조선 선비들의 믿음이고 제봉의 신앙이었다. '여유 있는 싸움을 하는 조선은 반드시 중흥(中興)할 것'이란 것을 그가 미리 예견하지 않았던가! 그가 믿었던 이 사실은 자기의 공헌과 상관없이 나라는 '중흥'할 것이었다. 그런 믿음이 그의 몸을 깃털보다 더 가볍게 여겼는지 모른다. 그는 하늘의 율례에 충실하고자 했을 터였다. 우주적인 속성을 지닌 그는 이 지상에 혜성처럼 나타났다가 홀연히 떠난 사람이라 생각해야 안타까웠던 마음이 더 편할 것 같았다.

그는 사민과 군인들을 사지로 불러들이려고 여러 도, 각 고을에 격문을 또다시 띄웠던 것은 애초 아닐 터이다. 격문소식을 들은 그들은 불속으로 뛰어드는 부나비처럼 날아들지는 않았을 테고, 머뭇머뭇하며 몸을 반쯤만 내밀어 본 것은 아닌지. 그렇게 경계심이 두터웠던 의병들의 생각은 위급한 때를 피해 살아남아 집에 돌아가는 것이 일차적 개인의 바람이 아니었을까.

다시 지난 일을 회상하지 않으면 안 되었다. 제봉은 의군과 군사물자를 모으고자 어떤 사력을 쏟았던가.

"전라도 의병장 절충장군 부호군 지제교 고경명은 삼가 각 도 수재(守宰) 및 사민, 군인들에게 통고한다."

근자에 나라운수가 비색(운수가 꽉 막혀)하여 섬 오랑캐가 침략해 왔다. …… 우리의 방심한 틈을 타서 허점을 찌르고 길이 몰아치며, 하늘도 기만할 수 있다 하는 마음으로 해면을 거슬러 마구 뭍으로 올라온다. 소위 우리 장수란 것은 갈림길에서 배회하고, 수령이란 자는 깊숙한 숲속으로 도망치는구나.

저 왜놈들에게 군친(임금과 아버지)을 내맡기는 것이 차마 할 짓이냐, 이 어찌 수백 년 양육을 받은 백성들로서 일찍이 한 사람도 의기의 남아가 없단 말인가.

의로운 군사로 깊이 들어오는 여진[1]이 본래 병법을 모르는데 중행[2]을 매 때리지 못한 것은 스스로 꾀가 없어서이던가. 장강[3]은 갑자기 천참[4]을 상실하고 적군은 이미 서울에 육박했다.

남조에 사람 없다는 기롱(희롱)을 듣게 되니 정말 통탄할 일이요, 북군이 날아왔다는 말과 비슷하니 너무도 불행하지 않는가.

이윽고 우리 성상께서 태왕이 빈[5]을 떠나던 그 심정으로 명황[6]이 서촉으로 가듯 조정의 모든 벼슬아치와 함께 행차하셨다. 대개 종사를 위한 치밀한 계획 아래서 잠깐 지방을 순시하는 수고를 꺼리지 않으신 것이다.

그렇지만 공락[7]의 자욱한 먼지에 옥안(옥같이 아름다운 임금의 얼굴·용안)은 깊은 근심을 나타냈다. 민아의 험한 잔도[8]에 취화[9]는 먼 길을 달려야 했다.

하늘이 이성[10]을 냈으니 적을 숙청하는 일은 정히 그에게 기대

---

1) 女眞: 동 만주와 연해주 방면에 살던 半農 半狩獵의 통구스계 부족.
2) 中行: 漢의 侍者 中行說을 말한다.
3) 長江: 揚子江을 중국에서는 장강이라 불렀다.
4) 天塹: 장강이 천연의 坑塹으로 되어 있다는 말이다.
5) 邠: 빈은 幽라 같은 狄人(女眞族)이 周의 幽를 자주 侵犯하니 太王은 그곳을 떠났다. 梁山을 넘어 岐山의 아래에 都邑을 정했다.
6) 明皇: 西蜀 唐나라 명황이 安祿山, 吏思明의 亂으로 巴蜀에 播遷한 일이 있었다.
7) 鞏洛: 鞏縣, 洛邑을 말한다. 당나라 명황이 서촉으로 播越할 때의 광경을 들어서 宣祖의 西幸時의 일에 비유한 것이다.
8) 棧道: 산의 낭떠러지에 따라서 나무로 선반처럼 내매어 만든 길, 또는 절벽과 절벽 사이에 걸쳐 놓은 다리의 길.
9) 翠華: 취화는 天子의 수레 앞에 세우는 짙푸른 새 깃으로 장식한 天子의 旗를 말한다.
10) 李晟(727~793)
    唐나라의 무장. 甘肅 사람. 吐蕃, 征討에 종군하고 德宗 때에는 田悅의 반란을 평정, 뒤에 朱泚의 亂이 일어나자 이때 덕종은 奉天으로 파천한다. 이성이 賊을 깨뜨리고 長安을 회복하여 宮禁의 肅淸하였다는 露布를 行在所에 올렸다. 덕종은 눈물을 흘리면서 "建翠華之旗"라 말했다.

되고, 육지[11]가 초한 애통소는 또 성조에서 내렸다. 무릇 혈기가 있는 생물치고 어느 누군들 분해서 죽고 싶지 않겠는가.

어쩌다 사람의 꾀가 잘못되어 나라 형편이 이 지경에 이르렀을까. 봉천의 어가는 돌아오지 못하고 상주의 군사는 이미 무너졌다.

저 봉채[12]처럼 꾸물대는 왜놈들이 아직도 경예[13]의 죽음을 면하다니. …… 성안에서 가식하는 것은 어찌 불붙는 초막의 날개 치는 제비와 다르랴.

서울을 점령한 것은 마치 함 속에 갇힌 원숭이와 같았다. 비록 명의 군사가 소탕해 줄 것이라 믿지만 역시 흉한 무리가 빠져 달아나지 못하리라 보증하긴 어렵구나.

제봉은 단심[14]의 만절[15]이요, 백발의 부유[16]로서 밤중의 닭 울음을 듣고 다난한 앞날을 견딜 수 없어 중류[17]에 떠가는 뱃전을 두

李懷光의 반란진압에 공을 세워 이성은 西平郡王에 피봉되었다. 당대의 전형적인 무장으로 일컬어진다.

11) 陸贄: 唐나라의 文人. 자는 敬與, 시호는 宣公, 德宗 때 대신이다. 그의 秦議의 文은 古今의 名文이라고 한다. 저서로는 ≪陸宣公翰苑集≫이 있다. <詔草陸贄>라 했다. 임금의 명령을 육지가 문서로 쓴 것을 말하는데, 육지는 당나라 嘉興人(중국 浙江省 동북부의 도시, 양자강 델타의 중심에 위치한 수륙 교통의 요지. 滬杭鐵道에 연결되어 있다. 製絲 등이 성하고 상업이 발달했다.)인데, 德宗 때에 한림학사가 되어 왕의 신임이 두터웠다. 朱泚의 난에 奉天에 從行하여 덕종의 애통하는 詔書를 대신 작성했다. 비록 狂將悍卒(미치광이 장군이거나 포악한 나졸)이라도 듣고서 감격하여 눈물을 뿌리지 않는 자가 없었다는 육지의 명문장을 말한 것이다.

12) 蜂蠆: 날아다니는 전갈의 한 가지.

13) 鯨鯢: 원래는 암고래와 수고래를 의미하는 글자이다. 鯨은, 수고래를 뜻하나, 鯢는 암고래를 의미한다. 약소국을 倂呑(다른 나라를 平定하여 자기 세력권에 합병시키려는 악인의 우두머리)하는 의롭지 못해, 고래의 먹이가 되는 것처럼 죽음을 당하리라는 뜻.

14) 丹心: 내면에서 우러나는 지극한 마음.

15) 晩節: 늦게까지 지키고 있는 절개를 …….

16) 腐儒: 아주 완고하여 쓸모없는 선비로 자신을 비하.

17) 中流: 강이나 내의 물이 흐르는 한복판에 다다른 뱃전을 두들긴다는 말은 중산 계급출신인 경명 자신을 비유하면서 이제 반평생을 넘어 살아온 그가 쓸모없는 신세의 한탄조로 읊은 것이다.

들기며 스스로 고충[18]을 허락하였다. 이는 오직 견마[19]의 주인 그리는 정성을 품었을 뿐이요, 모기가 태산을 짊어진 격인 자기 힘을 요량하지 않은 것이다.

이에 의병을 규합하여 곧장 서울로 치닫기로 하고서 옷소매를 떨치며 단상에 올라 눈물을 뿌리고 군중과 맹서한다. 곰을 잡고 범을 넘어뜨릴 장사는 천둥 울리듯 바람 치듯 하고 수레를 뛰어오르고 관문을 넘어가는 무리는 구름이 모이듯 또는 비를 쏟는 것 같았다.

이는 절대 강박해서 응하거나 억지로 따른 것이 아니라 오직 신자(臣下) 충의 마음이 다 같이 지성에서 우러난 것이니, 위급존망의 처지에 감히 하찮은 몸뚱이를 어찌 아끼랴. 당초부터 의병이라 부른 이상, 직수(직무 또는 전쟁터를 지키는 것)에도 얽매이지 않고 군사란 올곧고 씩씩한 법이니 강약을 따질 것도 없었다. 그래서 크나 작으나 상의하지 않고 의견이 같으며, 머나 가까우나 소문을 듣고 일제히 분발하는 것이다.

"아! 우리 열읍 수령, 각처 인사들아! 충성이 어찌 임금을 잊으리오. 의리는 의당 나라 위해 죽는 것이니, 혹은 무기를 돕고, 혹은 군량을 도우며, 혹은 말에 올라 다른 사람보다 먼저 전쟁터로 달리고, 혹은 분연히 쟁기를 던지고 밭두둑에서 일어나되, 제힘이 미치는 데까지 오직 의로 돌아가라. 능히 임금을 위해 난을 막는 자 있다면 그와 더불어 행동하기를 바란다.

---

18) 孤忠: 그는 전쟁터에서 관군의 변변한 도움도 없이 사력을 다한들 그의 생은 허무한 죽음을 예고한 것이다. 단지 홀로 바치는 외로운 충성뿐임을 예언한 노래이다.

19) 犬馬: 자신의 몸을 개나 말같이 賤하다는 뜻으로 극히 낮추어 겸손하게 일컬으면서 견마의 주인을 그리는 충성은, 모기가 태산을 짊어져야 하는 것과 같은 것을 생각하지 않은 무모한 싸움에 덤벼들었던 것이라 자책한 것이다. 애초 자신은 그런 큰 싸움을 이끌 그릇이 아니었다는 자괴감을 토로한 것은 아닐까.

우리 행궁은 멀리 서도에 있거니와 그곳은 풍속의 아름다움이 멀리 인(仁), 현(賢)은 조두(재기의 이름)하는 날부터다. 병마의 강함은 일찍이 수(隨), 당(唐)의 백만 대군을 무찔렀다. 조정에서는 장차 심오한 계획이 있다. 왕업이 어찌 한구석에 주저앉겠는가.

여유 있는 패전은 망하지 않는다. 복덕이 바야흐로 오(吳)의 분야에 다다랐고 심한 근심으로써 열리나니 구음(노래를 부름)은 더욱 더 한(漢)나라를 생각한다. 호걸들이 때를 바로잡았으니 신정[20]의 눈물을 지을 까닭이 없고, 부로들이 임금을 기다린다. 분명 서울로 돌아오시는 날을 보리라. 의당 기운을 내서 다른 이들보다 먼저 나설 줄 믿고서, 이윽고 심복을 토하고 충고한다."

---

20) 新亭: ≪진서(晋書)≫ 주전전(周顗傳)에 諸 명사가 서로 신정에 올라 유연(놀이로 베푼 잔치)하는데 주전은 좌중에 앉아 탄식하며 말했다. "風景不殊擧目有山河之異"라 하고 서로 돌아가며 눈물을 흘렸다.

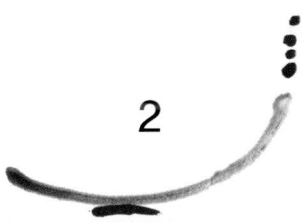

2

　그의 격문을 받아 본 사람들은 자기 볼에 흐르는 눈물을 깨닫지 못했다. 많은 장정들이 의병모집에 응모해 들어왔다. 재봉전서에는 구름처럼 몰려들었다고 기록되어 있었다. 통분을 감출 수 없었던 감성이 담긴 격문은, 젊은이들의 감정을 자극한 것이다. 피 끓는 젊음이들이 이럴 때 어찌 의분을 일으키지 않을까. 비록 어리석은 생각으로 한때 숲속에 숨어 있던 남자들이 모두 들리는 제봉의 명성으로 앞다투어 모여들었다. 한 달 사이에 무려 수천 명이 되었다. 나라와 백성을 위하고자 하는 지극한 살신성인의 정신, 의로운 그의 모습이 사람들을 감동케 하지 않고서 어찌 젊음을 그냥 내버려 둘까.

　담양에서 제봉이 의병을 일으킬 때, 용인에서는 일부 관군이 이미 무너지고 있었다. 그 여파로 호서, 호남 지방에서는 백성들이 또다시 불안한 상태에 빠진 것이다. 백성들은 오직 제봉이 이끄는 의병에 의지하지 않으면 안 되는 상황이었다. 좌의병장 제봉은 군사를 일단 전주로 이동해 진을 치고 그곳에서도 의병을 추가로 모집한다.

그는 대장을 위해 후원해 줄 것을 군사와 백성들에게 이렇게 호소한다.

"나라가 이런 위급한 지경까지 왔습니다. 우리의 희망은 오직 의병을 일으키는 데 있습니다.

현재로서는 모집된 수가 수백 명에 지나지 않아 강개한 뜻이 당당하고 범하지 못할 것이 없는 사람들이라 할지라도 이름과 위세를 드날릴 수 없을 것입니다. 또 관군의 조력 없이는 만전의 계획을 이룩하지 못할 것이옵니다. 함께 싸우는 군사를 뽑고 전날 뒤처진 사람들을 힘껏 불러 모아 충성과 의리로 타일러 밤낮을 헤아리지 않고 달려와 후원하도록 하시옵소서!"

41. 금산성 전투

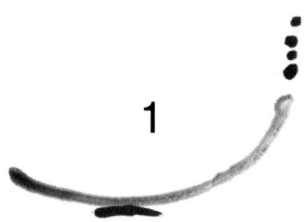

1

　제봉의 부대는 전주에서 군사를 정리해 여산으로 향했다. 그는 또다시 장사들과 비밀히 회의를 가진 끝에 "금산 무주의 적들이 이미 용담, 진안으로 갔다는데 …… 그들은 반드시 전주, 남원을 치려고 할 것이 분명할 터, 만일 그렇다면 대군은 필경 모두 본진으로 이동해 갈 것 아닌가. 그곳에서는 노약자만 남겨 두어 뒤를 지킬 것이다. …… 우리 군사가 진산으로부터 불의에 쳐들어가 나머지 적을 섬멸해 없애고 뒤를 쫓아 공격한다면 적들은 앞으로 나가 새로운 곳을 점령하지도 못하고 물러서도 갈 곳이 없다. 그들은 중간에서 낭패를 봐 황산의 싸움에서 패하고 말 것이다."라고 말하고는 곧바로 은진, 연산으로 향해 진을 합쳤던 것이다. 그날 군량에 대한 보고 중에 "여기에 있는 군량은 여산군에서 바친 것이다."라고 했다.

　제봉 의병진은 북쪽으로 진군하다가 6월 23일에 여산에 머무르게 되었다. 그날 금산에서 부쳐 온 통지문에는 옥천 양산현에서 분란과 소동을 피우던 적들이 본군을 향해 군사를 집결한다는 것이다.

같은 군에서 전해 온 통지에 의하면 10리 밖에 적병들이 모여 있다는 것이다.

한편 서울을 점령해 있던 적들이 신립[1]과 윤두수가 좌우대장이 되어 적 일천여 명을 사로잡았다는 반가운 소식이 들려왔다.

여산군수가 입으로 전해 준 것에 의하면 우의병장 김천일과 병사 최원만은 일시에 직산에서 진위로 떠났다고 한다.

7월 4일, 전 도사 조헌이 적을 치고 있다는 바쁜 전갈(사람을 시켜 안부를 묻거나 소식을 전함)도 속속 들어온다.

제봉은 이때, 후대에 회자되어 온 '마상격문'을 손수 기록해 여러 도에 빠짐없이 보냈던 것인데…….

제봉이 처음 의병을 일으키기 시작하면서부터 많은 수의 의병과 군량을 모집하려면 계속 격문을 작성해 전달해야 할 필요가 있었다. 그는 수시 격문을 작성해 전달토록 한 것이다. 그가 초고한 마상격문은 전선을 향해 계속 진군하던 중에 말 위에서 작성한 초안을 말한 것이다. 수정한 흔적이 있는 그 초안은, 후손들이 보존하고 있던 것을 지금은 역사박물관으로 보내져 잘 보존되고 있었다. 격문은 관서지방까지 전달되었다. 관서는 대관령 서쪽이다. 즉 제봉의 마상격문은 평안도까지 전해진다. 격문이 도착하는 곳마다 비록 깊은 산 먼 골짜기에 피난해 있는 사람일지라도 모두 글을 베껴보면서 전했다.

---

1) 申砬(1546~1592)
　　선조 때의 무장. 자는 立之, 平山 사람. 벼슬은 穩城府使, 平安兵使를 거쳐 漢城府判尹에 이른다. 임진란이 일어나자 都巡邊使로 충주의 達川에서 背水陣을 치고 일본군을 막다가 장렬한 전사를 한다. 시호는 忠壯이다.

격문 내용 일부를 안방준의 ≪우산집≫에는 이렇게 적고 있다.

"붉은 마음 늙은 절개요. 흰머리는 썩은 선비로다. 밤중에 닭 우는 소리 들으니 어려운 일 많은 것 견딜 수 없고 중류의 돛대를 치니 스스로 외로운 충성을 허락한다. ……"

'제갈량의 출사표를 읽고 눈물을 흘리지 않는 자는 충성되지 못하다'는 말이 있다.

성문준2)도 제봉의 마상격문을 이렇게 회고했다.

"충성된 마음과 의로운 담이 글자마다 나타날 뿐만 아니라 문장의 묘함이 고금에 뛰어난 것은 최치원의 황소격문 이후로 오직 이 한 편이다."라고.

제봉의 출사하는 격문을 다시 음미해 본바 그는 먼저 붉은 마음을 늙은 절개라고 했다. 이토록 처절한 마음의 절개와 기개로 늙어 온 그의 삶에서 닭 우는 소리를 들어도 풍전등화의 국운이 염려되어 견딜 수 없었던가.

피가 끓듯 한 우국충정의 그는 그런 마음이 어디에서 비롯된 것일까.

그는 분명히 국운에 대한 희망을 예언했다. "여유 있는 패전은 결코 망하지 않는다."라고.

일본군은 밀려나고 폐허된 땅은 다시 수습되어 임금이 서울로 돌아오시는 날을 보리라는 것도 확신해 말했다. 각도의 수령(관찰

---

2) 成文濬

자는 仲深, 호는 滄浪. 선조 18년(1585) 사마시에 합격한 뒤, 延恩殿參奉, 洗馬(世子翊衛司의 정9품). 아버지가 誣辱을 당하게 되자 벼슬을 버리고 林泉에 은거하다가 1623년 인조반정 후 司圃(궁중의 園圃, 채소 따위에 관한 일을 맡아보던 관청인 司圃署의 정6품)를 거쳐 永同縣監을 지냈다. 박학한 학자로서 글씨도 잘 썼다. 昌寧의 勿溪書院에 祭享.

사 등 지방관리)과 선비와 평민, 그리고 군인들에게 희망을 심어 주면서 나라를 구출하는 데 힘을 합하자고 피 끓는 호소를 했던 것이다. 힘을 모으면 나라를 일본으로부터 되찾게 되고 개개인인 백성도 온전하리라는 일념뿐이었다. 나라가 없는 삶은 그에겐 무가치한 것이었다. 금산전투에서 그는 전술상으로는 실패했는지 모른다. 그러나 전략상으로나 대의명분에선 승자였다. 나라를 위해 값진 죽음을 택했기에……. 살아서 적의 노예가 되어 굴욕적인 삶보다 그는 그의 여러 막하장과 그리고 많은 병사들과 함께 구차한 삶이 아니라 의로운 죽음을 택한 그들에게 누가 감히 이렇다 저렇다 숨져간 그들의 목숨을 논할 것인가. 이처럼 죽음을 택한 자가 있는가하면 살아서 자기고향 부모 처자식 품으로 돌아갔던 간에 옳고 그름을 떠나 각자가 자기 갈 길을 선택해 간 것이었다.

그는 금산의 적을 공격할 때 아들들은 대부분 싸움터에 나가 있었다. 집에 남은 자녀는 그나마 어렸기에 사위에게 집안일을 돌봐달라고 부탁할 수밖에 없었다. 이때 그의 심경은 절박할 대로 절박해 있었다. 이 어찌 그의 급박했던 마음을 꿰뚫어 보지 않으리.

적의 기세가 왕성할 대로 왕성해진 마당에 창의를 결행할 것을 굳힐 때부터 그는 힘없고 외로운 처지가 아니던가! 그러나 기껍게 나라에 충성할 것을 스스로 다짐했다. 그러고 나자 그는 오히려 평화롭고 답답했던 가슴이 후련하기까지 했다.

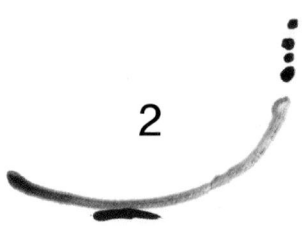

2

이윽고 제봉 의병진은 은진에 도착했다. 이산으로 진군하려 마음 먹고서……. 그 즈음 적은 이미 황간에서 금산까지 침범해 들어왔다는 소식이 전해져 온 것이다. 금산 군수는 치열한 싸움 끝에 전사했다. 적의 기세가 드세질 대로 드세져 제압하기가 여간 어려운 일이 아니라는 소식도 속속 날아들었다.

금산의 전투상황을 전해 들은 제봉의 휘하 군사들은 앞을 다투 듯 대장에게 몰려들어 강력히 주장했다. '돌아가 호남을 먼저 지키자'는 것을……. 그것도 옳다는 생각이 든 제봉은 그들의 뜻을 따르기로 결정한 것이다.

식량의 보고인 호남을 지키지 못한다면 나라를 다시 찾을 길은 없었다. 만약 곡창지가 적의 수중에 들어간다고 치자, 적만 배불려 그들의 사기는 드높아질 것이 분명했다. 전 국토를 유린하고도 남았을 의군의 힘을 적들의 뒷바라지하는 격이 될 것이니까.

제봉은 일단 군사를 진산으로 이동했다. 금산에 쳐들어온 적을 치려는 계산에서였다. 그때도 계속 건장하고 날쌘 사람들이 의병에 응모해 들어오고 있었다. 그의 의병 군대는 위세가 더욱 드높아져 갔다.

병인에 이윽고 장사들을 나누어 금산으로 공격해 들어갔다. 때마침 그곳에 진입해 있던 방어사 곽영의 관군은 좌측을, 제봉의 부대는 우측을 함께 공격하기로 했기에 기회를 엿보고 있었던 것이다. 의군은 의기충천해 있었다. 그러나 문무관으로서 군대를 장악한 장수들이 멈칫멈칫 머뭇거리고 있었다. 제봉은 싸움의 승패를 따질 겨를이 없었다. 친히 범의 소굴에 들어가 적과 혈전하리라. 마음을 굳게 다잡았을 뿐이었다. 그는 조금도 머뭇거릴 상황이 아니었다.

정예부대의 기병은 직접 적의 진영으로 돌격해 들어가고 있었다. 이때 적의 조총탄환이 수없이 날아들었다. 매복된 적의 습격으로 일단 후퇴하지 않으면 안 되었다. 그는 전열을 가다듬고 다시 공격할 것을 다짐했다. 그는 북을 울리게 하고 갖가지 나팔도 불게 했다. 고무된 군사들은 죽음을 무릅쓰고 적을 향해 돌격해 들어간다. 기병은 일방적으로 적병을 토성 안으로 몰아넣고 있었다.

토성 밖 관사는 모두 불태워 버렸다. 이번에는 포를 쏘아 대고 긴급작전으로 적을 압박해 들어간다. 의병 진영엔 군사들의 사기가 하늘을 찌를 듯했다. 이에 질세라 적들도 죽기 아니면 살기로 토성 안에서 밀물처럼 몰려나오고 있었다. 의군은 그런 광경을 그냥 바라보고만 있지 않았다. 적들의 그런 상황을 용납하지 않겠다는 생각이었다. 의병진은 사면을 가로막고 적을 포위해 창과 칼을 휘둘러 대었다. 적은 크게 상처를 입었다. 많은 적병이 죽고 부상자가 속출했다. 토성 안에서 그런 처참한 전황을 본 적들은 더 이상 나오지 못하고 머뭇머뭇 주저하고 있었다.

의병과 관군은 토성의 방벽이 워낙 두텁고 견고해 더 이상 이를 부수고 쳐들어가 함락시킬 수가 없었다. 의병들은 항오를 갖추어 본진으로 돌아오게 되었다. 제봉 부대는 그때 병력을 전부 철수가 아니라 일부라도 토성 앞을 지키고 있어야 했다. 적의 숨통을 한 번 조였을 때 아주 비틀어 버려야 하는데 다시 풀어 주는 격이 되어서는 안 된다. 서툴게 비틀었던 닭의 목을 놓으면 다시 살아나는 수가 있음에도, 이를 방관한 격이었다. 불행하게도 적에게 그때, 숨을 고르고 다시 공격해 올 빌미를 준 것이다.

이 같은 의병작전은 이 보 전진을 위한 일보 후퇴라는 것과는 거리가 멀었다. 이때부터 의군에겐 불길한 전조가 검은 구름처럼 밀려들고 있었다. 의병 진영엔 이런 전조를 깨닫고 있는 자가 아무도 없었을까. 이날 밤 곽영이 연락병을 통해 제봉에게 내일 합세하여 싸우자고 제의해 온 터이나, 이때 그의 장자 종후가 대장인 아버지에게 말한 것을 또다시 상기해 보는데…….

"오늘은 우리 군사가 싸워 득을 보았습니다. 그 기세로 군사가 온전히 돌아오지 않았습니까? 이제는 기회를 보다가 이날 밤으로 다시 나가 적을 고단하게 하는 것이 좋겠습니다. 적과 대치해 모두 가까이 야숙한다면 좋겠습니다. 적의 야간 습격이 매우 우려됩니다."

그도 종후의 말에 타당성을 인정하면서도 말은 그렇게 한 것일까. 아들에게 거침없는 말을 이렇게 쏟아 냈다.

"네가 부자간의 정으로 이 아비의 죽음을 두려워하느냐? 나라를 위해 한 번 죽는 것이 내 사명이고 대장으로서의 본분이 아니더냐?"

아들을 그렇게 나무라듯 했다. 그는 부하 장수들의 목숨은 왜 생각지 않고 그랬을까. 전쟁에 대한 기본적인 상식을 갖춘 사람이라면 이런 때 어떤 반응이 나올까? 그는 막하장이던 종후의 건의를 받아들였어야 옳았다. 전쟁터에서 살신성인의 정신도 값진 것이라지만 적에게 최대한 피해를 가하는 것이 승전의 기본전략이라는 것을 그는 왜 간과한 것일까. 그러고서 그는 조령에서의 작전 실패는 하늘이 돕지 않았다고 신립이 항변한 소리를 되풀이라도 하려는 것일까. 그의 평소 언행의 태도로 보아 잘못을 오직 자기 탓으로 돌리는 성정이고 보면 하늘에 책임을 지우지 않으리라는 믿음이 앞서긴 했다.

아니나 다를까 종후의 말이 맞아떨어진 것이었다. 이날 밤 적은 습격할 계획을 세워 조심스럽게 토성을 벗어나 복병을 준비하고 있었다. 대장에게 직언했던 종후와도 같은 막하장들의 철통같은 경계근무로 다행이 의병 순찰자들에게 발각되었다. 여하튼 그 시각만은 천행이었다.

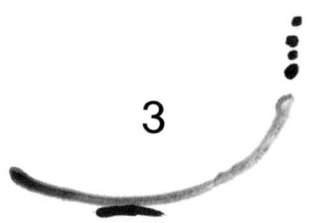

3

　8월 정묘(丁卯)에 제봉은 방어사 곽영과 함께 적진 가까이 진군
해 갔다. 제봉의 부대는 적과의 거리가 겨우 2킬로 전방에 두고서
진지를 마련해 둔 것이었다.

　방어사의 관군은 더 가까이에서 적과 서로 마주 보도록 대치하
고 있었다.

　제봉은 팔백 필이나 되는 기병을 내보내어 싸움을 북돋운 것이
다. 양쪽 군이 싸우기도 전에 적은 그들의 진영을 비우고 허겁지겁
뛰쳐나오기가 무섭게 먼저 관군방어사의 진영을 공격했다. 이때 관
군의 부장 김성헌이 말을 타고 먼저 달아나 버린 사실을 익히 들어
알고 있는 바이다.

　적은 물밀듯이 그를 쫓아 광주 흥덕에 진을 치고 있던 관군의
두 진영으로 바싹 가까이 쳐들어갔다. 그 바람에 방어진지가 쉽게
무너지고 말았던 것이다. 제봉은 군사 숫자가 압도적으로 많은 적
을 앞에 두고 혼자 외롭게 대항할 계획을 세우고 있었다. 일단은

군사들에게 모든 준비를 갖추고 대기하도록 명령을 내린다. 바로 그 순간, 어떤 사람의 숨넘어갈 듯한 목소리가 들려왔다. 목소리는 다급한 외침이었다.

"방어사 군사가 무너졌다."

이 말을 들은 의병들도 하나, 둘 금세 흩어지기 시작했다. 제봉은 막하장들에게 최후의 말로 이렇게 남겼다.

"나는 말 타는 데 익숙하지 못하다. 불행하게도 적과의 싸움에 져 죽는다고 한들 한 번밖에 더 죽겠는가?"

이것은 부하들의 생사존망이 대장 한 사람의 손아귀에 달려 있다는 말같이 들린다.

그도 운명을 하늘에 맡기기라도 한다는 것일까. 한목숨 초개같이 버려도 그에겐 아무렇잖게 느껴질지 모른다. 일면 부하 장수들은 자기 목숨부터 부지하고자 하는 것이 더 급박한 일일 텐데……. 전쟁터에서 대장의 목숨이 경각에 처한 상황에 대장에게 종속된 부하들의 목숨은 당연히 대장에게 귀속된 처지라서 대장과 함께 순직하는 것이 더 아름다운 충성심으로 받아들여져야 한다는 것일까. 아무려면 그렇고말고 상관할 바 아닐 테지만, 당시에는 전쟁터에 나가 주검이 되어야 나라와 임금에게 충의가 되었으니 말이다. 살아남기를 바라는 것 자체를 죄악시하기는 분위기에 목숨을 담보로 왈가왈부할 가치가 없다고 힐난할 자도 있을 테다.

사람은 분명 살고자 하는 생명의 욕구가 누구에게나 있게 마련이다. 그러나 좌우에서 부하 장수들은 말을 타고 어서 피하라고 대장에게 강력하게 요청했다. 제봉은 또

"내 어찌 구차하게 죽음을 면하려고 한단 말이냐?"

죽기로 이미 작정한 그는 굳은 마음을 강한 슬픔의 감정에서 일어나는 아름다운 의식의 비장한 결의라 했는가. 그의 막하장들은 그를 부축하여 말에 강제적으로 태웠지만, 목숨을 이미 내놓은 마당에 살려고 말을 의지해 패주하는 자신의 모습이 더 역겨웠다. 그는 동시에 몸이 좌우로 흔들리더니 말에서 그만 떨어지고 말았다. 그랬다. 말도 살고 싶지 않은 사람 등에 태워 살려 낼 필요가 없다는 지각이 들어서 그랬을까. 그 말(馬)은 그냥 주인을 버리고 저 살길 찾아 도망해 버린다. 이는 제봉 스스로 몸을 주체하지 못해 떨어진 것인지, 아니면 자기 주인이 아닌 다른 사람을 잔등에 올려 달아나기가 거추장스러워 말이 잔등을 흔들어 떨어뜨린 것인지, 아니면 이것도 저것도 아닌 사람의 부주의와 말의 거친 움직임으로 동시에 그리 됐는지 그때 상황은 여간 불명확한 것이 아니었다.

그의 휘하에 있던 안영은 말에서 내려 자기 말을 얼른 대장에게 다시 넘겨주었다. 그리고 안영은 걸어서 대장을 따르고 있었다. 그의 종사관 유팽로는 말이 빠르게 달려 먼저 진중을 벗어나 있게 되자 그의 종에게

"대장이 진중을 빠져나가셨느냐?"

라고 묻자 그의 종은

"아직 빠져나오지 못하셨습니다."

라고 대답하자, 유팽로는 급하게 말을 몰아 적의 창과 칼날이 춤추는 싸움터로 되돌아 들어갔다. 참담한 난병 속에서 유팽로는 대장을 겨우 찾았다. 대장은 넋을 잃은 사람처럼 그를 멀거니 바라보고만 있었다. 그러고서 얼마가 지났을까.

"나는 필경 면치 못할 것이니 너라도 어서 달려 나가거라." 하고

가볍게 입을 열었다. 그러자 유팽로는

"내 어찌 차마 대장을 버리고 나만 살기를 바라겠습니까?"

충절의 대장에 그의 충성스런 막하장이었다.

바로 그때 그의 몸은 적의 날카로운 화살촉과 조총 탄이 꽂히고 순간 예리한 칼날이 그를 쓰러뜨린 것이다. 유팽로 역시 자기 몸으로 대장을 가로막고 방어하다가 적의 총탄을 맞았다. 최후에 목숨을 거둔 것이었다. 안영 역시 벌 떼들이 여왕벌을 에워싸듯이 그의 부하들과 함께 겹겹이 둘러섰다. 대장을 위한 그들의 몸은 방패막이 되었다. 그렇게 최후까지 대항하다가 모두가 적의 총탄과 칼날에 처절하게 죽어 갔다.

4

제봉의 호남의병은 1차전에선 그렇게 처절하게 막을 내린다. 그러나 그 후 조헌, 영규[3] 등에 의한 의병들의 후속 전투로 이어져 간다. 영규는 승려의 신분으로 휴정대사(休靜大師)의 높은 제자로 무예가 뛰어난 승려였다. 제봉과 함께 전투에 참가한 뒤에 다시 조헌과 처음부터 끝까지 신의를 저버리지 않고 적과 대치했다. 그는 최후까지 생사를 같이한 것이기에……. 당시에 그는 맨 먼저 의승군(義僧軍)을 일으킨 사람이었다. 그는 금산 2차 전투가 있기 전 8월 초에 전라도 경내에 들어와 활약한 바 있었다. 그는 "뒤로 물러서지 않는 승병"이란 이름으로 용맹을 떨친 승려였다. 다른 한편 2차 금산 싸움이 있고 난 직후인 8월 27일, 조헌의 의병을 이은 또 다른 싸움이 금산군 관내에서 벌어지고 있었다. 이 싸움은 금산군

---

3) 靈圭大師(?~1592)

宣祖 때의 승병장. 호는 騎虛. 세상에서 부르던 원래 성은 朴氏이다. 본관은 密陽이다. 휴정의 큰 제자로 무예에 뛰어났다. 임진란이 일어나자 승병을 규합하여 고경명과 함께 1차 전투에 참여하고, 다음에 조헌과 함께 淸州를 수복한다. 조헌을 따라 錦山에서 700백 의사와 함께 싸우다가 전사했다. 종용사에 제향.

북방 20리쯤에 위치한 소산에서 펼쳐졌다고 기록은 전한다. 그때에 싸웠던 구체적인 기록은 없으나 해남 현감 변응정4)과 전라도 의병장 소행진5) 등이 주축을 이루어 싸운 것은 조헌의 순절 소식이 전해진 뒤 복수전으로 이어진 것이다. 제봉과 조헌의 금산싸움이 실패했음에도 꼬리에 꼬리를 물고 복수전으로 이어져 갔다. 이 의병장들의 계속된 싸움은 일본군이 호남지역으로 침입하는 것을 막는 데 크게 공헌한 것이었다.

제봉의 작은 아들 인후는 여산의 무사들을 거느리고 앞줄에서 전투지역을 드나들다가 관군과 의병이 모두 무너졌다는 소식을 듣게 되었다. 그는 말에서 내려 군사들의 대오를 정돈하다가 그 순간 안타깝게도 날아온 적의 조총 탄에 그도 진중에서 장렬하게 숨을 거두게 된 것이다.

가까이 있는 고을 선비와 백성들은 의병이 무너졌다는 소식을 듣고 남녀노소 할 것 없이 짐을 진 채 발을 동동 구르면서

"우리는 이제 죽었구나! 이 일을 어찌해야 쓸까?"라며 애통해하고 있었다.

백성들의 원성과 통곡의 소리가 들판을 진동했다.

군대가 무너지고 그의 죽음을 모른 채 응모해 모여들던 사졸들

---

4) 邊應井
    자는 文叔, 시호는 忠壯. 선조 때 무과 급제하여 越松萬戶, 宣傳官 등을 거쳐 1592년 임진란 때 海南 縣監으로서 전공을 세워 수군절도사가 되었다. 금산의 적을 金堤군수 鄭惴과 함께 무찔러 큰 전과를 올렸으나 그때 전사하고 만다. 적은 그의 무덤을 만들고 <조선국충간의첨(朝鮮國忠肝義贍)>이라는 표본을 세웠다. 이는 '우러러볼 조선의 충성스런 의인'이란 말일 수도 있을 것이다. 조정에서는 旌門을 세웠다. 공조판서에 추증, 종용사에 제향.

5) 蘇行震
    1592년 임진란 때 의병을 일으켜 珍山梨峴에서 일본군과 싸우다가 순절했다. 관직은 宣武郎(종6품?). 아들 蘇澥은 병자호란 때 순절했다.

은 뒤늦게 대장의 불행을 전해 듣고 울부짖으며 다시 흩어지기 시작했다. 남쪽 시골 선비와 백성들은 그에 대한 안면이 있고 없고를 떠나 모두가 조상하고 슬퍼했다.

제봉은 비록 적과의 금산 1차 싸움에서 크게 승리의 전공을 세우지 못한 채 목숨을 내놓았다. 애타게 기다리고 있는 선조임금께 반가운 승첩소식을 보고하지도 못했다. 그러나 그가 순절한 뒤 임금과 나라를 사랑했던 그의 충의정신을 본받은 자가 얼마이던가! 그의 정신을 이어받은 자들은 죽음을 무릅쓰고 적을 공격한 의병들이 계속해 일어난 것이다. 적들은 여러 차례 승리했다고는 하지만 그들도 피해가 말할 수 없이 큰 것은 사실이었다. 일본 군사들은 죽고 또는 중상자가 그들 참전 군사의 절반이 넘었다. 일본 군사들 중에는 갑옷을 벗어던지고 도망친 자들도 수없이 많았다.

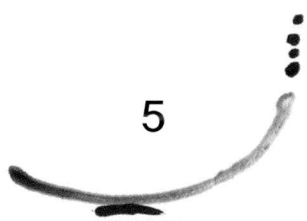

5

　제봉 의병군의 금산 1차 전투가 끝난 뒤 약 40여 일 만에 재개된 것이 제2차 금산 전투였다. 조헌과 영규대사의 합동작전으로 전개된 2차 전투는 제봉 군의 뒤를 이은 것이다. 그런 점에서 조헌의 전투는 제봉의 복수 의병전 격이었다. 제봉이 전사하기 전에 이미 금산성의 적을 함께 공격하자는 결의를 맺었던 것이기에…… 그런 점을 볼 때 조헌의 금산 2차 싸움은 실제적으로 1차전을 계승한 것이나 다를 바 없었다. 1차와는 달리 조헌 부대가 금산성을 공격하기 전에 적에게 기습공격을 당한 상태에서 싸움이 진행되었기에 제2차 금산싸움은 그 시작과 끝이 1차와 비슷한 것이 많았다. 그럼에도 의병장 조헌과 영규는 치열한 싸움 끝에 의병 700명과 함께 장렬히 순절하고 만다. 최후까지 남은 700명은 타오르는 불길처럼 강렬한 조헌의 충성심에 따라 단 한 명의 의병도 도망가지 않고 모두가 장렬하게 목숨을 내어놓은 것이다. 이 전투는 의병 측이 일방적으로 패한 것이 아니었다. 700명의 의병이 하나가 되어 살신성인하였으니 적의 피해는 또 얼마나 컸겠는가.

'죽으려면 무슨 짓을 못 할까'라는 말에 교훈을 깨닫듯 일전을 불사하려는 데 호연한 기상들이 적을 용납했겠는가. 짐작대로였다. 전하는 기록에 따르면

"적측의 전사자 역시 보통이 아니었으니 그 남은 병졸들을 거두어 저희들 본진으로 돌아갔을 때 울음소리가 우레처럼 진동하였고, 사흘이 지나도록 저희들 시체를 모두 운반하지 못한 채 마침내 무주에 있던 적들과 함께 모두 달아났으니 양호지방이 이로 인해 안전하게 되었다."

<연려실기술 권 16, '임진의병' 조 헌, 승(僧), 영규, 변응정>

적의 피해 상황을 이보다 더 잘 설명해 준 기록은 없을 것이다. 제2차 금산 전투는 전라도의 무주, 금산 일원에 아직도 남아 있던 적을 영남지방으로 퇴각시키는 데 결정적으로 기여했다. 이제 일본군은 수세에 몰리게 되었다. 두 차례에 금산전투의 결과, 일찍부터 무주, 금산에 주둔하고 있던 소조천융경군이 더 이상 전라도에 남아 있을 수 없도록 전의를 잃은 것이다. 이같이 그들이 처한 전황으로 보아 전라도 공략이 실패로 돌아갔다는 것이 확인된 것이다. 이제 일본군은 무주, 금산 지역에서 영남으로 철수하려는데 그곳에서도 온전하지 못했다. 그곳 지역에 진을 치고 있는 의병들이 그냥 놔둘 리가 없었다. 제봉, 조헌, 영규 등이 금산전투에서 전사한 직후부터 경상, 전라 양 도의 의병은 소조천군에 대한 총반격을 개시했다. 영남 의병장 김면은 지례의 소조천군을 다시 공격해 적들의 진지를 불살라 버렸다. 소조천군은 지례에서 상주로 진을 옮겼다가

여기에서 또 타격을 받게 된다. 김면이 이끄는 군은 다시 거창에 주둔해 지례, 김산 간의 길을 결국 차단해 버린 것이다.

김면과 함께 거병한 합천의 의병장 정인홍[6]도 성주에 주둔하여 고령, 합천 간의 길마저 끊어 버렸다. 곽재우군은 의령에 주둔하고 있으면서 함안, 창녕, 영산으로 도강하려 한 일본군을 제압했다. 이같은 의병의 반격에 의해 무주의 일본군은 금산으로 합류한 뒤 다시 또 옥천에서 성주를 지나 경상도 개령으로 아주 퇴각해 버린다. 소조천군은 이래서 전라도 침략이 좌절되고 만 것이다.

제봉과 참전 의병들의 죽음은 호남의 곡창지가 결국 보존되고 다음 날 나라가 전쟁의 상처에서 쉽게 회복될 수 있는 밑거름이 된 것이다.

---

6) 鄭仁弘(1535～1623)

　　광해군 때의 상신. 호는 萊庵, 瑞山 사람, 大北의 영수. 임진란 때 공을 세웠다. 小北과 대립하여 광해 4년(1612)에 영의정이 되었는데, 永昌大君을 죽이게 하고 폐비의 논의를 일으키는 등 포악한 일이 많았다. 문집은 ≪萊庵集≫이 있다.

6

좌참찬 성혼[7](의정부 정이품)은 제봉의 충열이 왕실에 큰 공을
세웠다고 임금에게 말했다. 그는 조광조의 문인이던 백인걸에게서
상서[8]를 배운 사람이었다. 율곡의 도의 지우이던 그는 율곡의 정신
적, 도덕적인 친구였다. 기묘사화가 일어난 것은 중종 14년(기유
1519), 성혼은 열일곱 살에 사마시의 생원과와 진사과 두 시험의
초시에 합격했으나 복시에는 나가지 않고 스스로 벼슬길을 포기했
다. 이는 기묘사화의 참화를 겪은 뒤로는 뜻있는 선비들이 성현의
목표로 도를 추구할 뿐 의도적으로 과거를 회피하려는 경향이 짙
게 드리워져 있던 때라 더욱 그러했다. 성혼은 표면적인 이유로
'건강이 좋지 않음'을 내세웠으나 사실은 '산림거사'로 평생을 일관

---

7) 成渾(1535~1598)
　　선조 때의 유학자. 자는 浩原, 호는 牛溪·默庵, 昌寧 사람. 이율곡과 四端, 七情, 理氣
　　의 설을 논란하여 학계에 異彩를 나타내었고, 성리학에 있어서 畿湖學派의 이론적 근
　　거를 닦았다. 成守琛의 아들, 成守琮은 작은 叔父.
8) 尙書: 중국 漢나라 때부터 宋나라 때까지의 서경을 예전에 부르던 이름. 삼경의 하나.
　　중국 堯舜시절부터 周나라 代에 이르기까지의 정사에 관한 문헌을 수집하여 공자가 편
　　찬했다고 하는 책.

했던 화담 서경덕을 존경하고 그를 본받기 위함이었다. 성혼 역시 기묘사화의 직접적인 피해자이기도 했다. 그의 아버지 성수침[9]은 조광조의 직계 제자 중 한 사람이었다.

조광조의 문집 ≪정암집≫에는 성수침과 그의 아우 성수종,[10] 이 두 사람은 기묘사화 이후에 모두 세상과 인연을 끊고 은둔생활을 했다고 고사는 전한다.

의에 주린 그런 가문의 후예 성혼이 결코 실상이 없는 빈말을 임금에게 했으리라고는 믿어지지 않았다.

---

9) 成守琛(1493~1564)

　　명종 때의 숨은 선비. 자는 仲玉, 호는 聽松, 昌寧 사람. 조광조의 문인으로, 중종 14년 (1519)의 기묘사화 이후 세상과 뜻을 끊고 백악산 기슭 聽松堂에서 여생을 마친다. 成渾의 아버지, 成守琮의 형.

10) 成守琮

　　자는 叔玉, 시호는 節孝. 중종 14년(1519) 별시문과에 병과로 급제했으나 이해 기묘사화로 스승 趙光祖가 禍를 당하자 그의 문인이라 해서 대간의 탄핵을 받고 과방에서 삭제당했다. 문장과 학문에 뛰어났다. 그는 형과 함께 昌寧의 勿溪書院, 坡山書院에 각각 제향. 직제학(종2품에서 堂上 정3품의 관원)에 추증.

7

　제봉의 주검은 금산 어느 고요한 산속에 가매장되었다가, 그해 8
월 어느 날 큰 아들 종후 등이 출진하려 했을 때, 주위 사람들과
함께 그의 주검을 수습했다. 죽어 시체가 된 그의 몸을 깨끗하게
닦아 내어야 했다. 그리고는 수의로는 마포 옷으로 입혔다. 그다음
으로 염포로 몸을 묶는 절차가 이어졌다. 시체는 40일 동안 음습한
더위에 노출된 상태에서 연일 비를 맞아 왔다. 부패되었을 정도를
알 만했다. 그러나 의아스럽게도 많은 사람들이 생각했던 것과는
놀라울 정도로 그의 주검 상태의 얼굴은 달라도 너무 다른 모습이
었다. 그의 얼굴과 몸은 믿을 수 없을 정도로 살아 있는 사람의 얼
굴처럼 혈색상태가 매우 밝고 깨끗했다.
　이 광경을 보는 사람마다 어찌 기이하게 여기지 않을 수 있을까.
그의 시체를 담은 관은 그가 태어나 살았던 고향 부근 화순으로 옮
겨 갔다. 관이 지나는 고을마다 탄식하고 슬퍼하던 백성들은 헤아
릴 수 없이 큰길을 계속해서 메우고 또 메웠다. 어떤 이는 가까이

달려와 영구를 만지면서 큰 소리로 서럽게 울고 있었다.

의주에 안착한 임금의 행차에서 선조는 제봉의 의거를 전해 듣고 수심 가득하던 얼굴빛이 매우 밝아졌다. 임금은 제봉에게 '工曹 參議 知製敎 兼 招討使'직을 내렸다. 임금의 옷을 만들어 공급하는 상의국, 토목영선을 맡아보는 선공감, 궁성·도성 등을 증축하고 수리하는 수성금화사, 대궐 안의 동산, 그리고 과일과 소채, 또한 화초 등을 맡아 관리하던 장원서, 종이 뜨는 일을 담당하는 조지서, 관에서 쓰는 기와나 벽돌을 만들어 공급하는 일인 와서 등이 공조에 속했다. 이같이 다양한 부서 중에 공조 등 6개 조의 정3품 벼슬로 왕의 교서 등의 글을 지어 바치던 자리였다. 어지럽기 그지없이 광범위한 업무를 관장해야 하는 직책을 임금은 왜 제봉에게 내렸을까. 오늘 죽을지, 내일 죽을지 담보되지 않은 경각에 달린 목숨을 ……. 그것이 신하의 충절에 임금이 할 수 있는 최선의 길이었을까. 왕이 내린 여러 부서를 관장하는 직은 상징성에 더 무게를 두고 임명한 것이리라. 그러나 제봉으로서는 이 모든 것들이 쓸데없으니 헛되고 헛된 것이리라.

게다가 초토사까지 겸직으로 내리었다. 그때는 나라에 변란이 일어난 상황이어서 변란을 진압하고 평정하기 위해 신하로 삼아 사건 현장이나 전쟁터에 보내곤 했던 직분이 초토사였다. 그에겐 초토사가 시의적절하고 현장감 있는 책무인지 ……. 초야에 묻혀 있어 나라에 대한 아무런 책무가 주어지지 않은 제야의 선비인 그에게는 때마침 그가 자발적으로 변란의 전선에 출진해 있는 몸이라서 임금의 임시 거처가 의주로 옮긴 피란지에서는 신하들 간에 당연히 그에게 직분을 주고 책무를 맡겨야 마땅하다는 중론이 있을 법했다. 그래야 공을 가려 포상을 해도 해야 할 것 아닌가. 아니 그보다도 우선한 것이 있다면, 조정에서는 한갓 초야에 묻혀 지내던 그가 만약 싸움터에서 저지러질지도 모를 그의 허물이 생기면 어떤 책임을 물을 것이고 그가 공적을 쌓으면 또 어떤 포상도 해야 하지 않을까(물론 책임이 있건 없건 간에 초야의 선비에게도 벌을 주고자 할 때 얼마든지 처벌할 테지만). 난감한 궁리 끝에 내려진 결정으로 보아야 옳을까. 국가의 책임이 주어져야 과오를 따지고 실책을 준엄하게 추궁해도 해야 할 것 아닌가. 여하거나 사지에 들어가 있던 그에게 임금은, 그가 달갑게 여기지 않을지도 모를 그 많은 권력을 임금의 권위로 행사한 것이다.

그러나 피란지에서 임금과 신하들 간에 포상이니 책임이니 하고 논의했던 것은 모두가 부질없는 일이었다. 의주에 있던 선조가 포상을 내리던 바로 그때, 그는 죽어 이 세상을 떠난 사람이었다. 이 세상 사람이 아닌 그에게는 이 모든 것들이 다만 공적으로 기록에 남아 있을 뿐이었다.

일본군은 그때 5~6개의 도를 짓밟으며 거의 전 국토를 유린하고 있었다. 더욱이 경기, 황해가 더욱 심했다. 양산숙 등은 바다를 이용해 임금에게 경명, 김천일의 출사표를 전하기 위해 의주로 떠났다. 임금에게 갔던 양산숙 등은 임금을 알현한 다음 또다시 임금의 교서를 가지고 남쪽 진중으로 돌아오고 있었다.

교서 내용은 모든 고을을 무리하지 않게 수습하고 어서 서울을 회복하라는 임금의 소망이 들어 있었다. 무리하지 않게 수습하라는 뜻은 무자비하지 않게, 어려움이 덜한 가운데, 즉 백성과 의병의 피해를 최대한 줄인 승리를 염원한 것이었다. 양산숙에게 직접 당부한 임금의 말은 이러했다.

"돌아가서 고경명, 김천일에게 말하라. 내가 원하는 것은 너희들이 제때에 나라를 회복해 나로 하여금 너희들의 얼굴을 하루빨리 만나 보게 하라."는 것이었다.

이를 어쩌면 좋을까! 문서와 구두로 전한 왕의 소망과 두 의병장들에게 내린 벼슬과 직위가 진중에 도착하기도 전에 제봉과 많은 부하 장수들은 이 세상 사람이 아니지 않는가.

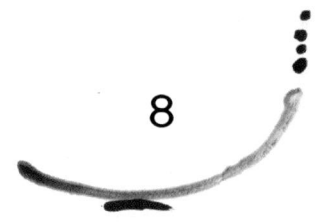

8

그해 10월,

경인에 그의 시신은 화순현 흑토평 언덕에 새롭게 장사를 했으나, 다음 날은 눈이 거친 바람에 휘날렸다. 오색찬란한 무지개가 묘소 좌측에서 일어나 그곳을 가로질러 반원형으로 길게 뻗어 있었다. 그의 산소 수십 리까지 황홀하고 아름다운 빛인 오색운무가 되어 살포시 대지에 뿌려지면서 그 빛이 밝혀진 것이다.

그 자리에 함께했던 사람들은 그의 충성과 절의에 의해 분한 마음이 감동한 자연의 현상이라고 했다. 그러나 얼마 안 가서 묘지가 상서롭지 못하다는 것이 밝혀진다.

기유년(1609) 3월경이던가.

장성현 오동리 남쪽에서 북쪽을 향한 터의 언덕에 그의 묘소를 다시 이장하게 된다.

전란 중 문무병권을 잡은 장성과 신하들은 대부분 자기 자신과 그들 가족의 안위를 위해 보따리를 메고 도주하던 자가 많았다.

퇴관한 유신으로서 그는 나라에 대한 아무런 책임이 주어지지 않았다. 그럼에도 그는 솔선수범으로 싸움터에 나섰다. 그는 적을 맞은 대혈전으로 삼부자가 살신순국한 것이다. 비록 임금에게 아뢸 만한 큰 전과는 미진하였으나 그가 순절한 뒤에도 그의 구국을 위한 죽음에 대해 감격한 의병들이 속속 지원해 모여들었다. 그들에 의해 직접적으로 호남의 곡창지가 보존되어 수군의 양식과 물자 등이 꾸준히 보급되곤 했다. 이순신의 승첩 역시 어찌 이와 무관하다고 할까.

선조는 뒤늦게 제봉이 전사했다는 소식을 전해 듣고는 원통하고 분함을 이기지 못하고 지체 없이 이 세상 사람이 아닌 그에게 또다시 벼슬을 내린다.

'자헌대부 예조판서 겸 홍문관 대제학, 예문관 대제학, 지경연, 의금부, 춘추관, 성균관사, 세자좌빈객(資憲大夫 禮曹判書 兼 弘文館 大提學 藝文館 大提學 知經筵 義禁府 春秋館 成均館 事 世子左賓客)을 증직한다.' 뒤에는 의정부 좌찬성을 더해 추증했다. 증직치고는 참으로 길게 내려진 것이다. 그러니까 행정직 6개 관아(이조, 호조, 병조, 형조, 공조 등)의 우두머리 판서인 정2품과 교육 문화 등 여섯 관청의 으뜸벼슬인 대제학(홍문관, 예문관, 의금부, 춘추관, 성균관, 세자좌빈객)을 추증했다. 특히 예조는 음악과 예법을 다루고 제사를 지내는 일, 국빈을 대접하는 연향, 특히 중국과의 통상업무인 조빙(예전에 중국과 통교하는 것) 등을 맡아보는 일이었다.

이미 세상을 등진 사람에게 추증된 벼슬이 그와 무슨 상관일까만, 그의 영예로움을 후세에 길이 남겨 교훈으로 삼으라는 뜻일 거고, 더불어 대대로 그의 가문에도 광영이 되라는 것일 터였다.

의정부 하면 영의정, 좌의정, 우의정을 통합해 부르는 제일 높은 중앙 행정 관청이었다. 지금의 국무총리 격인 의정부의 종1품 벼슬인 좌찬성이니까, 이전에 선조가 말했던 것처럼 살아서 한동안은 전도유망했다고 여겨지던 그가 사실은 말단직만 맴돌고 있었다. 그의 포부와 꿈은 현실 앞에 좌초해 있었다. 살아 있을 때 그에게는 의외로 벼슬길이 험하고도 먼 길이었다.

왕이 직접 참관해서 치러진 전시에 일위로 합격한 뒤 중앙에서 두루 청요직을 거쳐 간 진로는 중간에 커다란 결점이 없는 한 영의정에 오르는 길일 텐데, 게다가 그의 아버지와 장인은 중앙에서 이양이 권세를 장악하고 있었을 때 이양과도 무관하지 않는 때였다.

그러나 세도 당시 세자책봉으로 서로 갈려 물고 뜯는 이전투구 끝에 공교롭게도 당파싸움에 휘말려 그는 아버지, 장인과 함께 청요직에서 밀려났던 것이다. 그가 무엇을 잘못해서라기보다 이양의 뜻을 따랐던 맹영의 아들이란 것이 이유라면 이유였다. 그것이 그에게는 바로 낙향으로 향하는 길이 되고 만 것이다.

그가 죽은 뒤에 과분한 증직을 받게 된 공로는 이정암[11]에게도

---

11) 李廷馣

중종 36년(1541)~선조 33년(1600) 조선 중기의 문신. 본관은 경주, 자는 仲薰, 호는 四留齊·退憂堂·月塘, 서울출신. 社稷署令 宕의 아들, 이조참판 廷馨의 형이다. 명종 13년(1558) 사마시에 합격하여 진사가 된다. 1561년 식년문과에 병과로 급제하여 처음 승문원에 들어가 권지부정자(承文院, 校書館의 한 벼슬)를 역임하고 예문관 검열로 사관을 겸한다. 1565년 승정원 주서를 거쳐 선조 즉위년(1567)에는 성균관 전적, 공조좌랑, 예조좌랑, 병조좌랑 등을 역임. 다음 해 외직인 전라도 도사, 형조좌랑, 함경도도사, 1569년 경기도 도사, 춘추관을 겸직. 1571년 예조정랑, 사헌부 지평, 춘추관직을 겸하고 ≪명종실록≫ 편찬에 참여한다. 1592년 임진란이 일어나자 이조참의로 호종, 황해도에서 초토사로 의병을 모집하여 5,000~6,000병졸을 거느린 왜장 구로다(黑田

있었다. 그는 전임 순찰사 이광의 후임이었는데, 그가 후임으로 있으면서 그의 공적이 전임 순찰사의 원한 관계로 '어두운데 행군하다가 군사가 무너져서 죽었다.'고 임금에게 허위보고를 했던 것을 바로잡은 것이다. 이정암은 제봉의 죽음을 선조에게 이렇게 보고했다.

"고 모(高某)가 맨 먼저 의병을 일으켜 의리를 부르짖고 왕사에 힘써서 몸도 적의 예봉을 범하여 적과 혈전하다가 불행히 군사가 패하여 부자가 함께 죽었다."

고 보고함으로써 비로소 왕은 정확한 실상을 알게 된 것이다.

長政)와 주야 4일간 싸움 끝에 승리한다. 황해도 관찰사, 1593년 병조참판, 전주부윤, 전라도 관찰사, 1596년 충청관찰사, 이몽학의 난 평정, 1604년 연안 수비의 공으로 선무공신 2등, 月川府院君에 추봉, 전라도 전 순찰사 李洸의 후임자. 저서 ≪喪社抄≫, ≪讀易攷≫, ≪倭變錄≫, ≪西征日錄≫, ≪사류재집≫이다. 시호는 忠穆이다. 연안 현충사에 제향.

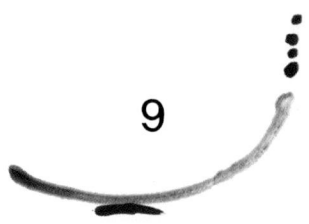

9

을미년(1595) 여름에 임금은 유사에게 명령을 내려 문려를 세우게 했다.

신축년(1601)에는 전라감사 박지효* 등이 임금에게 글을 올린 결과 임금은 광주에 사당을 세우고 포충이라 이름을 지어 내린다. 그리고 관리를 보내어 봄, 가을로 제사를 지내게 했다. 이를 대대로 끊어지지 않도록 하라고 한 것이다. 임금과 신하의 사이가 이 이상 더 두터울 수 있을까.

지난 갑오년(1594) 봄에는 임금이 전라감사에게 서울에 직접 올라오도록 명령했다. 왕은 대궐에 들어선 감사에게 즉각 지시를 내린다.

"…… 들으니 고경명의 처자가 광주에 있다고 하니 경은 그곳에 있는 관원에게 지시하여 월봉을 주도록 하라."고 했다. 나라의 관청에 그런 예가 없어 예전엔 시행한 일이 없었다.

"…… 여기에는 반드시 착실히 시행하라."고 왕이 거듭 지시한 것이다.

월봉이라! 선조는 제봉 가족에게 생계비를 매월 지급하라고 전라도 관찰사에게 신신당부를 했다. 전례가 없는 제도라서 특별한 조치임에 틀림이 없다. 그것도 실행에 착오가 없도록 주의하여 꼭 실행에 옮겨 줄 것을 왕으로서 명백히 해 놓은 것이다.

살아생전에 제봉은 농민들에게서 거두어들이는 세금의 버거움을 지적하고 감세정책을 건의하고 시행하려 했던 배경에는 맹자의 가르침에 따른 것인지는 알 수는 없다.

하(夏)나라 때부터 시작된 공법(50무의 10분의 1인 5무의 수입을 나라에 바치는 것)은 한 사람에게 땅 50무를 주어 농사를 짓게 하고 세금으로 거두어들인 때가 있었다. 이런 제도에 세부사항으로 가뭄이나 흉작 때에도 소출에 의한 세금을 바쳐야 하는가.

당시 제봉은 관리로 있거나 문사로 고향에 머물러 있을 때도 농민들의 피폐한 생활에 대한 연민은 변함이 없었다. 조정에서는 흉년이 들어 끼니도 때울 수 없는 불쌍한 농민들의 처지를 어찌 헤아리지 않았을까만, 관리들이 단지 세금 미납으로 가난한 백성들을 몸종으로 잡아다 대신 관가의 일을 부리는 실태라든가, 농촌의 실정은 피폐할 대로 피폐해 극한 상황인데도 관리들은 임금의 곡물 창고에 쌓아 둔 먹을 것을 반출해 와 호의호식하고, 창고에 가득한 견직물, 옥양목, 모시 등 각종 포목을 비롯해 갖가지 보물과 귀중품을 사용하고, 등 따뜻하게 누울 편안한 잠자리, 배불리 먹고 남은 것을 수채 구멍으로 음식을 버리는 광경을 그로선 차마 눈 뜨고는 볼 수 없었다.

하나라에서 시작했던 공법제도를 조선에서도 차용하여 실시하려는 것일까. 이런 법은 자연재해나 흉작일 때는 감세 제도가 정말 없어 농민들이 그렇게 세금제도에 시달려야 했던 것을 조선 조정에서는 얼마나 심각하게 여기고 있었을까.

득문공이 나라를 다스리는 도리를 묻는 이야기에서 맹자가 ≪시경≫ <소아(대전)>편을 인용하여 대답하는 말에는 이런 것을 찾을 수 있었다.

"…… 국가에 공로를 세운 사람이 대대로 봉록을 받게 하는 제도를 등나라에서는 벌써부터 실시하고 있습니다(본래 이런 봉록의 세습제도는 주나라 초기의 제도이고 또 '조법'을 바탕으로 한 것입니다.). ≪시경≫에는 '우리 공전에 비 내리고, 다음에 우리 사전에까지 비 내린다.'라고 한 말이 있습니다. 생각해 보면 공전은 '조법'에 있는 것입니다. 그렇게 볼 때, 주나라 초기에는 역시 '조법'을 실시했다고 하겠습니다(그러니 왕께서도 정전법을 쓰도록 하십시오.). 夫世祿, 滕固行之矣. 詩云: <雨我公田 遂及我私> 惟助爲有公田. 由此觀之, 雖周 亦助也"

당시 주, 하, 은나라에서는 소득원의 확실한 대책을 세워 놓고 녹봉제도를 실행한 것으로 추측이 간다.

주자는 집주(책에 대한 여러 사람의 주석을 한군데로 모은 책)에서 주나라 시대에 조법이 있었다는 서적에는 기록을 찾을 수 없고, 이 시로써 알 수 있다고 했다. 맹자 역시 이 시를 인용하여 정전법의 좋은 점을 왕에게 설득하고자 했다.

그렇다면 여기서 당나라 태종의 동생인 등왕(이원영)*에게 종용했던 정전법은 무엇일까? 과연 정전법(助法)이 얼마나 좋은 것이기에 맹자가 그토록 등문공에게 백성들을 위해 실행토록 권하고자 한 것일까. 어떤 제도인가를 더 추적해 보고 지나는 것이 마음이 편할 것 같았다.

맹자의 '나라를 위함의 장'에 등문공이 나라를 다스리는 도리를 물었을 때, 맹자는 이런 자상한 대답을 해 주었다.

"백성들에겐 농사가 '가장 중하기에' 소홀히 해서는 아니 됩니다. ……" 그리고는 이 ≪시경≫에 있는 다음과 같은 말을 인용했다. "…… '그대 낮에는 띠 풀을 베어 오고, 저녁에는 새끼를 꽈, 어서 빨리 지붕을 이어 고쳐라. 이제 봄이 되어 백곡을 심어야 하니 농사가 바쁘리라!'" 비교적 한가한 겨울에 집을 수리하여 미리 바쁜 봄의 농경기에 대비하라는 것이었다.

백성들의 생태는 원래 일정한 경제적 바탕이 있으면 그에 따라 일정한 정신적 안정을 찾을 수 있게 마련이었다. 그러나 일정한 경제적 바탕이 없으면 정신적 안정도 사라지게 될 것이 아닌가. 이 같은 정신적 안정을 백성이 잃게 되면, 방탕, 사악, 음란 등의 악덕을 저지르게 되어 있었다. 그래서 위정자는 백성들이 이러한 악덕에 빠지지 않도록 미리 대책을 세우고 백성들에게 경제적 안정을 갖도록 해 주어야 했다. 백성들이 악덕을 저질러 죄에 빠진 다음에 뒤쫓아 그들을 잡아 형벌을 주게 되는, 형벌만능주의에 빠져든다면 치자의 이런 처사는 정치가 아니다. 마치 어부가 고기를 잡으려고 투망을 쳐 놓고 기다리는 것과 무엇이 다를까.

"…… 이런 짓은 백성들이 법망에 걸려들게 농간(간사한 꾀를 써 사람을 속이거나 일을 그르치게 하는 것)질하는 것입니다.

어진 사람이 임금 자리에 있으면서 어찌 그렇듯 백성을 법망에 걸리게 농간질할 수 있겠습니까."

부군의 상을 마친 문공이 임금의 자리에 오른 지 얼마 되지 않던 때였다. 자기가 존경하는 맹자에게 인정(어진 정치)의 도를 물었을 때, 맹자는 문공이 임금의 자리에 오를 초장에 길을 들여도 단단히 들여야 하겠다는 마음을 먹고 종용한 말이었을까. 이처럼 등문공에게 준 가르침은 준엄하고도 매우 신랄한 것이었으니 말이다. 맹자는 백성을 정신적인 안정을 누릴 수 있는 대책으로 정전법을 설명한 것이었다.

옛날의 현군은 반드시 공손하게 절약을 했다. 그리고 아랫사람에게는 예절을 지켰다.

그런데 백성으로부터 거두어들이는 세금에는 일정한 제한이 있었다.

은(殷)나라 때에는 8가구에 땅 9백 무를 주어 농사를 짓게 했다. 세금은 조법에 의해 내게 했는데, 조법이란 익히 말한 정전제를 뜻하는 것이다. 사방이 각 1리가 되는 땅의 넓이를 1정으로 표시하여, 1정은 약 9백 무(땅 넓이의 단위)를 말했다. 이 땅을 정자형으로 9등분을 하고 한가운데 땅 백 무를 공전(公田)으로 정한 것이다. 8가구가 각각 사전(私田)으로 백 무를 소유하고 이들이 공전 백 무를 공동으로 경작하도록 했다. 경작하는 순서는 우선적으로 공전을 먼저 경작하고서 사전을 경작토록 한 것이다. 군자와 농민을 구별해야 하기 때문이다. 즉 군자는 농민을 다스리는 사람이어서 그들을 위한 공전을 먼저 경작해야 했다. 이 같은 일이 정전제를 간단하게 설명한 것인데, 이러한 정책을 잘 운용해 백성들을 잘살게 하는 것은 오직 등문공인 임금과 그를 보좌할 관리들에게 달려 있었다. 맹자는 가르침을 통해 실행에 옮겨 줄 것을 힘주어 말했다.

당시의 제후들은 부국강병을 위해 혹독하게 백성을 부리면서 재물을 거둬들였다. 그래서 맹자는 은나라 때, 실시하던 정전법과 9분의 1의 세법인 조를 써서 백성들의 부담을 덜어 주라고 등문공에게 강조했다. 그러나 약육강식의 당시 상황으로서는 이상론으로 치부해 그치고 만 것이다.

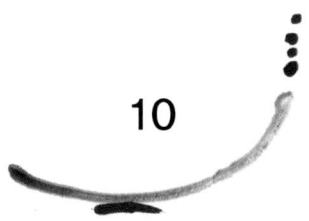

10

제봉이 중앙에서는 청환의 요직에서, 그리고 여러 지방에서 군수와 부사로서 20여 년의 벼슬살이를 했음에도 그는 어쩐 일인지 몹시 가난하기만 했다. 논밭 몇 뙈기 남은 것마저 형제들과 몸종들에게 나눠 주고 정작 그에게는 재산이 아무것도 남아 있지 않았다.

그가 전사하고 난 뒤 마지막 장례까지 동네 사람들의 도움을 받지 않으면 안 되었다.

한동안 그는 모든 관직의 길이 더디어 관록과 지위는 크게 드러나지는 못했다지만, 당대에는 그를 부러워하는 이들이 있었고, 오늘의 후대에게까지 칭찬의 대상이 되고 있는 것만은 분명했다.

세상에 그가 알려진 것은 단지 의병장이었다. 조금 더 알아봤다면 시를 짓는 재간과 문장의 아름다움에 그칠 따름이었다. 정작 그가 세리에 단박하고 마음가짐이 성실하며 사람됨이 맑고 고상하게 가다듬는 절개(옳은 일을 지키는 데 뜻을 굽히지 않는 굳건한 마음과 태도)가 있다는 것은 잘 모를 것이다. 그뿐인가. 가난한 백성을 위해 애쓰고 또 국가를 근심하는 그 진지한 충성에 있어서는 속속들이 알지 못할 것이다.

인조반정으로 즉위한 인조임금은 그의 정권 초기에 특별히 예관을 보내 포충사에 제사를 지내게 했다. 그의 사제문에는 이렇게 적고 있다.

"내가 하늘의 명령을 받아서 백성들의 윤상(인륜의 상도, 언제나 사람이 지켜야 할 도리)을 심어 주고자 생각하여 충절에 힘쓰도록 말해 왔으나 슬프게도 신하 노릇 하는 자가 없더니 오직 멀리 남쪽 땅에서 선비들이 북쪽을 사모하여 돈독하게 전하지 않았는데도 어찌 이렇게 본보기가 되었을까.

여기에 근심하는 글을 보내어 충정(충성스럽고 지조가 굳다)한 혼백에게 강신하노니, 바라건대 구원(구천: 하늘의 가장 높은 곳을 이른 말인데, 고대 중국에서는 하늘을 아홉 방위(方位)로 나누어 이르던 말이다(중앙은 균천, 동쪽은 창천, 동북쪽은 변천, 북쪽은 현천, 서북쪽은 유천, 서쪽은 효천, 서남쪽은 주천, 남쪽은 염천, 동남쪽은 양천, 불교에서는 대지를 중심으로 해 도는 아홉 천계를 의미한다.).)에서라도 나의 깊은 은혜를 받으시라."

사제문을 읽어 본 도내 사부들이 모두 감동하여 전해 가면서 이 내용을 외웠다고 한다.

이양사건은 그의 생애에서 하나의 전환점이 되었다. 정치적 좌절과 소외라는 현실적 상황은 그의 깊숙한 내면의식을 변화시켰던 것이기에 …….

그는 고향에 있으면서 현실감을 갖고 세상을 깊이 있게 생각하고, 그래서 그는 적극적인 실천의지를 갖게 된 것이다. 그가 재등용된 후에는 자신이 파악했던 조세문제 등을 현직행정에서 실천한다. 그는 결코 이익이 되는 것이나 영욕에 집착하지 않았다. 평소 청렴결백한 의지가 몸에 배어 있었기 때문이다.

그의 영화롭게만 느껴지던 벼슬직에 대한 생각이 다시 관직에 나간 후 현격하게 약화되었다. 제봉은 동래부사에서 파직되어 돌아오면서도 국가의 안위를 심각하게 생각하고 있었다.

이러한 의식들이 국난을 당해서는 의병이라는 결연한 행위로 실천된 것이다.

문사로서의 명성과 의병장으로 순국한 행적은 그의 생애를 통틀어 두 가지 측면이 있었다. 중앙의 청직에서 명종의 은우를 받던 때뿐만 아니라 정치적으로 금고되어 있을 때도 그는 문학적 능력을 인정받았다.

국가의 위란을 당해서는 목숨을 바침으로써 충절로 사후에도 추숭(追崇)을 받은 것이다.

"제봉의 경우에는 관직의 막힘을 만나, 고향에 처해서는 천하가 그의 시를 외웠다. 직책을 만나 나아가서는 원근에서 그의 업적을 찬양했다. 국난을 당해 목숨을 바쳐 고금에 그의 의리를 높였으니, 다 그가 처하는 바에 따라 명성이 뒤따랐다."

제봉은 문인 관료로서 정치에 참여해 문학적 능력을 그렇게 발휘한 것이다. 이러한 의식은 소과에 급제하기 전부터 마음에 싹을 틔우고 있었다.

　　　"임금 얼굴 지척에 두고 붉은 구름 돌렸는데
　　　대궐 누각에서 초대하시니 고요한 밤이어라.

삼가 빈 풍12)에 선현의 경계를 헤아리며

조용히 천록각에서 유문을 검토한다.

옥당에 오르니 원대한 계획 가진 선비가 귀함을 깨닫고

자리 당겨 앉으니 권면하는 부지런함이 오히려 부끄럽다.

관사에 돌아와 사그라진 재 자르니 촛불이 사그라지는데

궁궐 맑은 물시계 소리 꽃 사이에 격13)해 들린다.”

"이 시는 내가 전에 옥천군 관사에 있을 때 꿈에 얻은 것이다.

어찌 내가 영화를 탐하고 높은 지위를 부러워하는 마음으로 내 영대에 누가 되어 꿈꾸는 것이 항상 이런 이유이리요? 이것은 바로 도홍경14)이 말한 '노선사가 도를 행함에 힘쓰지 않으니 작은 귀신이 엿보고 깨뜨린다.'는 것이다. 그러므로 문사의 농밀함이 평소의 작품과 다름을 아껴 기록해 둔다.”

---

12) 詩經 國風 (중국의 시경 가운데의 민요 부분을 이른다.)의 편명

13) 隔: 시간이나 공간에 사이를 두다. 즉 사이를 가로막는 간격.

14) 陶弘景(452~536)

　　　호는 화양은일(華陽隱逸).

　　　중국 南宋의 道士였다. 句曲山 즉, 茅山에 들어가 도를 닦은 사람이었다. 그는 도교뿐
　　　아니라 불교, 천문학에도 조예가 깊은 문인이었다. 저서에 ≪眞靈位業圖≫, ≪華陽陶
　　　隱居集≫, ≪眞誥≫ 등이 있다.

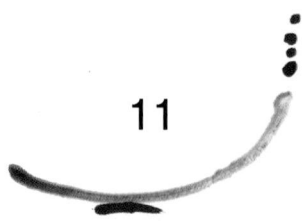

11

제봉은 밤에 부름을 받아 임금을 대하고 빈 풍시를 강의(지난날의 서당식 교육에서 배운 글을 선생 앞에서 외우던 일. 여기서는 왕 앞에서의 강연인 듯싶다)하고 나서 궁중의 기록을 점검한다. 관사로 물러 나와 촛불을 밝히고 촛농이 흘러 다 없어지도록 밤을 지새우는데 궁중의 물시계 소리가 들린다. 이는 옥천군에 재직하면서 관사에 있을 때, 꿈에서 얻은 것이라 했다.

의식적으로는 그 자신이 '탐영모귀지심(貪榮慕貴之心)'이 강한 것은 아니고 이는 정신 수양이 철저하지 못해 이런 꿈을 꾼 것이란다. 그의 평상시 시들과는 다른 시풍 때문에 기록한다고 했으니 ……. 이러한 문서에 나타난 글의 내용이나 취지에도 불구하고 그의 의식과 문학의 지향이 무엇인지 이해할 것 같았다. 제봉이 바라는 바, 과거를 통해 관계에 진출하여 국가경영에 참여하고, 문학적 능력으로 임금의 측근에서 국가의 문서를 작성하는 관료가 되는 것이다.

문인관료에게는 관료적 문학의 창작능력이 필수였기 때문이다.

과시(科詩), 부(賦), 책(策), 대(對) 등의 창작을 포함하여 과거에 급제한 후에도 청요직이나 임금을 가까이 모시는 직에서 왕명의 출납을 담당하는 데 있어서나, 고위직으로 외교 업무를 수행하는 서장관이나 종사관, 제술관 등 해당 관원이 있다고 해도 역시 한시문의 창작능력은 필수불가결한 조건이었다.

42. 강호 문학

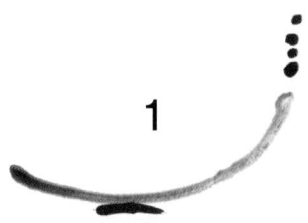

1

그는 문인 관료로서 현실에 참여하겠다는 그의 생각이 문학적으로는 관료적 문학추구로 이해될 것이다. 결국 그가 갈망하던 현실과 관료적 문학추구는 같은 의지 가운데 있었다.

문인관료들의 작품을 분류할 때 흔히 '처사적 문학(강호문학)', '방외문학'(세속 밖, 혹은 세속을 초월한 세계의 문학)으로 크게 나누게 된다. 관료적 문학에 있어서는 일반적으로 교서(임금이 발하는 하나의 명령서), 표전(표문과 전문을 말하나, 즉 왕가의 서한 같은 것), 옥책문(왕, 후비의 존호를 올릴 때, 옥책에 새긴 송덕문), 치제문(공신에게 내리는 제사문) 등 국가의 공적인 문서의 제작을 담당하는 관리들의 문학과 관각문체가 드러나는 것을 말하는 것이다.

중국이나 주위 국가와의 외교에 필요한 문서, 왕명의 출납과 관련된 공적인 문서는 대부분의 경우 관각문체였다. 관각문은 대부분 형식적인 틀을 가진 병문[1]이었다.

---

1) 騈文: 騈儷文. 한문체의 하나로서 말이나 글을 아름답고 정연하게 꾸미고 다듬는데, 짝을 맞춘 詩의 글귀를 많이 써서 읽는 이에게 아름다운 감정을 느끼게 하는 것인데, 네

관료로서 출세를 바라는 이들뿐 아닌 성리학적 세계관을 가지고 있는 사대부들도 역시 관료생활의 필수조건으로 관료적 문학을 수련해야 했다.

을묘사류[2]의 한 사람으로 도학적 의식을 가졌던 김안국[3]이 지은 「賀宮嬪謀逆伏誅表」가 당대뿐 아닌 후대에도 사대부들 사이에 회자되고 있었다.

김안국은 조광조와 함께 지치주의를 주장했던 진보적인 문신이었다. 그러나 김안국은 조광조와는 달리 급진적인 개혁은 반대하였던 온건한 성리 학자였다. 그는 성리학적 이념을 바탕으로 한 통치 강화에 힘썼던 김안국의 강연은 퇴계에게도 깊은 영감을 주었다. 김안국은 ≪소학≫의 내용과 일치한 현실을 바르게 인식하고 살았던 인물이었다.

중국 송나라의 주자가 어린아이들을 교화시킬 목적으로 저술한 책이 바로 ≪소학≫인데, 가족관계나 행동규범의 실천의지를 강조하는 것이 특징이었다. 성리학과 함께 14세기 고려 말에 전래된 ≪소학≫은 15세기 후반 사림파의 중앙정계 진출과 함께 그 중요성이 더해진 것이다. 특히 조광조를 포함한 16세기 기묘사림들이

글자와 여섯 글자의 對句로 되어 있으며 중국의 六朝 때에 성행하였다.

2) 乙卯士類: 乙卯倭亂 무렵 學德이 높은 선비를 말한 것이다. 明宗 10년(1555), 일본 배 60여 척이 전라남도 海南郡의 達梁浦에 쳐들어온 사건. 全羅兵使 元績 등을 죽이고 한때 靈巖까지 침범했으나 李潤慶이 왜란을 대파해 곧 평정되었다. 이 사건을 계기로 備邊司가 설치되었다.

3) 金安國(1478~1543)
   中宗 때의 名賢이다. 자는 國卿, 호는 慕齋, 義城 사람. 博學能文한 성리학자로서, 천문 지리에도 정통하다. 그는 金宏弼의 門人으로 趙光祖와 함께 至治主義를 주장했으나, 급격한 개혁에는 반대했다. 그는 경상감사로 있을 때, 향교에 ≪小學≫을 나누어 주어 가르치게 하고 農書, 蠶書의 언해와 僻瘟方, 瘡疹方 등을 간행 보급했다. 저서에는 ≪童蒙先習≫, ≪二倫行實錄≫ 등이 있다. 시호는 文敬이다.

적극적으로 보급하면서 ≪소학≫은 성리학적 이념을 확산하고 좋지 못한 풍습을 변화시키는 데에 중요한 서적으로 인식된 것이다. ≪정암집≫

김인후가 "젊은 시절에는 도학에 대한 인식이 없이 과업에 힘쓸 때 병려문 짓는 법을 배워서 이름을 얻었다."는 술회는 하나의 선례가 되었다.

제봉 역시 관료적 문학에 탁월한 재능을 갖추고 있었다.

"내가 젊어 집에서 선배들의 논의를 들으니 모두 제봉 고경명의 문장을 관각의 고수로 추대했다. 지금 이 격문을 보니 그가 의병을 일으키던 날 말을 타고 손수 쓴 것인데, 붓을 휘둘러 글을 이루니 대구가 정밀하고 공교하고 고친 것이 고(苦)와 이(而) 자에 그치니, 진실로 선배들의 의논을 입증할 수 있겠다. …… 아! 공의 문장이 사림의 맹주가 되어 임금의 정치를 빛내지 못하고 겨우 격문에서 발휘되어 막하의 아이들이 외우는 바가 되었다. 그의 기량은 조정에 앉아서 변장을 협찬하지 못하고 다만 스스로 목숨을 버려 의를 취하는 지경에 나타나서 국가의 광영이 되었다. 이것이 어찌 다만 공의 불행이겠는가. 세상에서는 반드시 이에 책임을 져야 할 사람이 있을 것이다."(김수항)

김수항[4]은 젊어서부터 선배들이 제봉을 관각문의 대가로 평하는 것을 들었다. 그는 제봉이 지은 격문을 보고 선배들의 평이 옳았다

---

4) 金壽恒(1629~1689)
조선왕조 후기의 상신이다. 자는 久之, 호는 文谷, 안동 사람. 그는 尙憲의 손자요, 壽興의 아우다. 그는 서인으로서 숙종 6년(1680)에 庚申大黜陟으로 南人이 실각하자, 영의정이 된다. 노론에 소속되어 尹拯의 죄를 엄히 다스렸으나, 己巳換局 때 靈巖 鳩林에 유배된 후 賜死된다. 그는 특히 篆書(한자 서체의 하나로서 大篆, 小篆의 두 가지가 있다.)를 잘 썼다. 시호는 文忠이다.

는 것을 알게 된 것이다. 그의 계속된 말은 이러하다. "경명의 그러한 재능을 국가사업을 위해 발휘할 기회를 찾지 못하고 의병의 격문에서나 재능을 발휘하게 된 것은 안타깝고도 그의 불후함이었다."고 개탄한 것이다. 그는 제봉의 그러한 재능을 국가 차원에서 활용치 못한 책임을 심각하게 인지하고 있었다.

그러나 제봉의 개인적인 불행으로 여기기보다는 국가의 광영으로 보아야 한다고 술회했다. 더욱이 그의 격문은 임란 이후 사대부들 사이에 회자되곤 했다. 그 격문은 초고상태 그대로 판각되어 전해져 내려온다. 일명 <마상격문>으로 불리는 이 격문은 변려문으로서 창의근왕의 내용보다는 말 위에서 즉시 변려문을 창작할 수 있는 문학적 능력에 대한 사대부들의 의식을 드러낸 것이다.

그의 시는 중국 외교와 관련된 업무에서만 창작된 것은 아니었다. 임금을 중심으로 한 관료 사회의 여러 행사에서도 시가 창작된 것이다. 특히 홍문관, 승정원 등 근신인 경우에는 왕명으로 응제시를 지을 기회가 많았던 것이다. 춘첩자,5) 그리고 단오시,6) 또한 칠석시7) 등, 시절시와 월과 등의 공적인 시작이 있었다.

---

5) 春帖子: 立春 날 대궐 안 기둥에 써 붙이는 柱聯이다. 製述官에게 명하여 賀禮하는 시를 지어 올리게 했다. 연잎과 연꽃의 무늬를 그린 종이에 써서 붙이는 것이다.

6) 端午詩: 음력 오월 초닷샛날에 갖는 명절이다. 고래로 농경의 풍작을 기원하던 제삿날이었으나 지금은 주로 농촌의 명절로 수리치를 넣어 둥글게 절편을 하여 먹고 여자는 창포물에 머리를 감기도 한다. 그네를 뛰고 남자는 씨름을 하고 놀았던 때 궁중에서도 이를 기념하여 시를 짓게 하고 사례했던 행사인 듯하다.

7) 七夕詩: 음력 칠월 초이렛날의 밤, 이날은 은하 동쪽에 있는 견우성이 서쪽에 있는 직녀성과 까막까치가 모여 은하에 놓은 다리 오작교에서 1년에 한 번 만난다는 예부터 내려오는 풍습을 기려 시를 공모하여 상을 내린 행사 중 하나다.

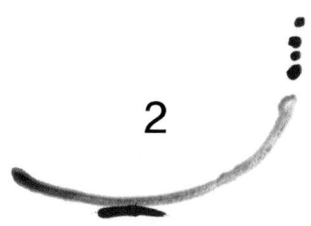

2

어제 시에 대한 화답시나 어사연에서 어제로 지은 응제시, 임금의 개인적인 취향에 따른 서화에 짓는 시 등이 있는데 응제시, 첩자사, 궁사, 시원시, 호종시, 사연시, 조알시(부朝) 등가 등을 포함한다. 교사, 어시, 경연, 조견 등의 소재로서 군주와 왕실에 관련된 국가의 주요한 행사가 주를 이룬다.

주제는 임금의 덕과 선정의 예찬, 그에 따라 영화를 누리는 군신의 화락, 장엄하고 아름다운 궁금, 그 내부의 번화한 비문 등이 있었다.

이처럼 공적, 사적 필요에 의해 창작되는 임금과 문인 관료들의 이러한 시 작품들은 임금의 미적 취향에 따라 차이가 있었다, 일정한 내용과 형식의 특성을 가진 것이 그것이다. '찬미와 규계'라는 내용엔 전통과 미적 특성을 공유하고 있었다.

임금을 중심으로 하는 문학인 관료들이 창작하는 이러한 종류의 시들은 사대부 사회에 직접적인 영향을 미쳤다. 임금이 칭찬하여 내리는 상을 받은 작품이나 작자들이 사대부들에겐 선망의 대상이었다. 문학적 능력과 관료로서의 출세가 분리될 수 없었던 시대에 사대부들이 갈망했던 삶의 현실적 양식은 대개 문인 관료로서의 출세였다.

그들이 추구했던 문학은 변려문체인 관각문학이 주류를 이룬다. 과거급제 후 사가독서하고 홍문관에 재직하던 시기에 창작한 일군의 작품들은 이러한 성향임을 알 수 있었다.

「대괴국」, 「신농씨」, 「연락빈」, 「독락국」, 「주왕득조황」, 「동빈유악양」, 「노군세유영」, 「황능조」, 「저주」,[8] 「육마유지선고금」과 같은 작품들은 중국역사, 중국지명, 고사 등을 관용적 표현을 사용하였다. 이러한 작품들은 일정한 사실과 주제를 시의 형식 속에서 얼마나 훌륭한 표현으로 형상화할 수 있는지에 치중했다.

---

8) 「砥柱」: 난세에 있으면서도 절조를 지킨다. 이는 황하 가운데에 있는 산으로 격류 속에 있으면서도 조금도 움직이지 않는다는 뜻에서 온 비유.

43. 명종의 서화, 문학의 취향

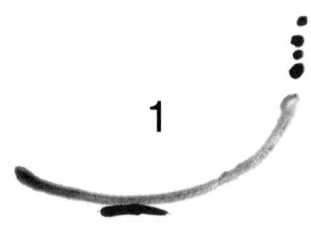

1

그는 표현에 있어서도 지나치게 감각적이거나 비근한 어휘를 사용하지는 않았다. 특히 「주왕득조황」은 ≪서경≫이나 ≪시경≫의 힘든 노력 끝에 습득한 것이다. 그래서 규범이 되는 품위를 유지했다고 보는 것이다. 이러한 작품들은 문학적 수련이라는 동기뿐 아니라, 당시 명종의 문예 취향을 위한 연회에서 하사된, 어제나 명종의 서화와 문학에 대한 취향과 밀접한 관련이 있을 것이다. 또는 중국의 고사로 형상화될 수 있는 사실이나 사건이라는 직접적인 창작동기가 있지 않았을까.

주왕이 조황을 얻다

옛날 주나라의 유신1) 초기에/문왕은 밥 먹을 겨를도 없다./자나 깨나 어진 신하 구하려고/말없이 명상에 빠져 있다가/갑자기 위수2)

---

1) 維新: 정치의 체제를 새로 개혁. ≪시경≫에 <周雖舊邦 其命維新>이란 데서 온 말이다. 이 시(詩)는 문왕이 강태공과 만난 사실을 적은 것이다.
2) 渭水: 중국의 강 이름. 강태공 呂尙이 문왕을 만나기 전에 낚시를 드리운 곳이다.

물가에 달려온 것은/당초에 사냥을 일삼아서가 아니다./살찐 곰 잡은들 무엇에 쓰랴/덕 있는 선비들이나 구해야지/낚시터에서 늙은 첨지를 만나고서/잘생긴 그 모습이 맘에 든다./이 늙은이 위수에서 낚시질할 때/갈고리 없는 그 낚시 크기만 했다/이 늙은이 역시 참된 임금 만나려 했는데/천지신명 도운 듯이 반갑게 서로 보게 된다./반벽[3]에서 흰 무지개가 빛나더니/기다란 낚싯대 바람 따라 흔들린다./하늘의 이치 참으로 알기 어렵다/뛰어난 이 늙은이 만나게 될 줄은 ……/문왕은 이 늙은이를 어른처럼 생각해/지극한 예우를 아끼지 않는다./하루아침, 뜻밖에 만나게 된 것은/지성이라 하더라도 하늘이 도왔다/꿈에 한 번 보았어도 믿을 수 없어/이리저리 생각하며 의혹도 많았지만/틀림없다는 생각 굳게 지니고/뒤 수레에 싣고서 돌아온 후에는/무도한 상[4]나라를 모조리 쳐부수고/결국은 온 천하를 차지한다./깊은 못에 잠겼던 반 조각 구슬이/이렇게 신기할 줄 누가 알았으랴/맑은 위수 흐르고 밝은 달 비추니/천 년이 지나도록 이상하게 여겨진다.

"상이 상전에 나아가 홍문록과 제술에 가려 뽑힌 문신을 친히 시험하고 또 유생을 강시하였다. 상이 경사 중에서 몇 대문—태공이 문왕을 만난 일, 무왕이 기자에게 홍범('서경'에 기록되어 있는 홍범)을 물은 것, 당태종 때의 건성 원길의 난, 한고조가 천하를 얻은 일, 조공이 유언을 두려워한 것 등이다.—을 뽑아서 입시한 재신들에게 논란하게 하고 파했다.

'화족 4쌍 및 십운 배율의 시제 4수 4족자에 그려진 것으로 시

---

3) 半璧: 반 조각으로 된 구슬.
4) 商나라: 殷王成湯이 세운 나라. 7백 년을 지나 帝辛 때에는 周武王에게 멸망되었다.

제를 삼았다.'는 것을 내면서(이양, 유전, 정윤희, 박순 네 사람이 모두 사가독서를 하도록 네 사람에게 전교하였다. '내가 일찍이 중국 화족 4폭을 보니, 모두 고사를 그린 것으로 볼만하기에 본떠 그리게 하였다. 이 그림─첫째는 문왕이 태공을 방문한 그림으로 이양 몫이고, 둘째는 고종이 전설을 꿈꾼 그림으로서 유전의 몫이고, 셋째는 성탕이 이윤을 방문한 그림으로서 정윤희의 몫이고, 넷째는 현덕이 제갈을 방문한 그림으로서 박순의 몫이다.─에 의하여 시를 잘 지어 그림 위에 직접 써서 들여보내라."

제봉은 이 시기에 세자시강원 사서로 재직하고 있었기에 명종의 동향을 잘 알고 있었다. 그가 이러한 명종의 취향을 염두에 두고 「주왕득조황」과 같은 작품을 창작하지 않았을까.

또 「노군 세유영」은 명종 14년 3월부터 시작되어 3년여가 걸렸던 임꺽정 토벌을 위한 군대파견과 연관된 것이 아닐까 싶다.

경직에 있던 시기에 제봉은 그가 창작한 작품 중에서 <소대 후 내랑 사주>, <취로 정 전좌>, <한일 정별 사주>, <단양 사초락>은 어사연 등에 참여하고 임금의 은혜 등에 감읍하는 문신의 정을 표현한 것이다. 이러한 작품들은 궁중을 묘사하고 군주를 찬미하는 화려한 시의 감정에 치중하는 성향이었다. 명종의 병풍에 제시한 사실을 '상림부'라고 표현한 것도 그의 의식의 한 단면이 아닐까 싶었다.

명종의 62폭이 모두 봉황, 보라매, 꿩, 오리, 거위, 원앙 등 각양각색의 새를 그린 것인데, 사마상여의 「상림부」에 온갖 동물이 등장하는 점에 비유한 것이었다. 이러한 단순한 것과 함께 「상림부」가 가지고 있는 문학적 특질과 문학 창작의 여러 배경처럼 임금의 취향에도 맞았던 것이다.

그는 찬미를 위주로 한 표현에 매료된 문학, 이런 관료적 문학을 선호한 것이다.

중국 사신의 접반에 필요한 시의 창작도 문인 관료들의 지대한 관심사다.

제봉 역시 예외일 수는 없다. 울산 군수로 좌천되기 직전 홍문관 교리로 있을 때 창작된 것으로 짐작되는 다음의 시는 어떤가.

> "눈길은 연산 밖에 다 하는데
> 혼자 압록강 서쪽으로 날아가네.
> 중국 사신 행차 이미 조정에 도착했는데
> 천한 사람은 아직도 진흙길에 있네.
> 어찌 아롱진 표범 무늬 엿보아 알까!
> 진실로 그림자만 돌아보는 닭이 된다.
> 오늘 밤의 눈을 멀리서 아낀다면
> 전에 지은 시를 기억하리라."

내리는 눈을 보고 돌아간 중국 사신의 모습을 떠올린 것이다. 명 사신 당고와 사도가 조선에 온 것은 시를 창작하기 40여 년 전 1521년 겨울, 당시 정사인 당고가 한림수찬이었다.

조선에서는 원접사와 종사관 제술관을 능문자로 선출하느라 주의를 기울인 것이다.

그때 종사관이 된 문인들의 자부심도 대단했다. 후대에까지 사대부들 사이에 그때 창작된 중국 사신의 시와 일화가 회자된 것이었다. 물론 중국 문사로 왔던 사신의 인물은 많았다.

대부분 ≪황화집≫이 편찬되어 사대부들 사이에 유통되곤 했다.

그중에서도 당고에 관한 일화와 시가 가장 많았다. 제봉도 당고와 사도의 시를 보고 이 작품을 창작한 것은 아닐까.

선차반표라는 찬미의 수식적 표현으로 이미 오래전에 자국으로 돌아간 사신을 흠모하는 시를 창작한 것에서 알 수 있듯이 사신 접반 과정에서 수창(詩歌를 불러 서로 주고받는 것)되는 작품에 지대한 관심을 나타내고 있다. 제봉은 그러한 작품을 습작하고 있는 것이다.

≪황화집≫을 읽고 차운시를 짓거나 하는 일은 일반적인 일이었다. 사대부들이 중국 사신과 시를 창수(시가나 문장을 지어 서로 주고받고 하는 것)하는 일을 얼마나 선망했던가! 그들의 의식세계가 관료적 문학에 얼마나 매료되어 있었다는 것을 되돌아보아야 했다. 사실상 ≪황화집≫의 시에 차운시를 짓는 것은 문인 관료로서의 출세를 바라는 사대부들의 문학 수련이기도 했다.

문학적 능력으로 현실정치를 바랐던 제봉이 추구했던 문학은 관료적 문학이었다. 관료적 문학의 수련은 경직시점에도 지속적으로 이루어진 것이다.

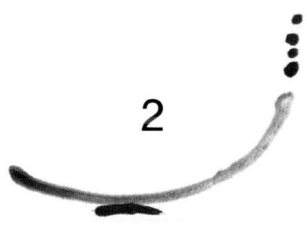

2

명종의 문예취향을 위한 연회에 참여하는 기회를 가짐으로써 그러한 문학적 추구는 더욱 확고해진다. 이이가 경명이 '화국제'를 지니고 있다고 극력 추천한 것처럼 정치에 참여해 문학적 능력으로 나라를 빛내는 것 그것이 그의 의식적 문학추구였다.

그러나 그는 정치적 좌절을 겪게 된 후로 문학에 대한 그의 의식도 점진적으로 변화되어 갔다.

문인 관료로서 자아실현의 기회가 봉쇄되자 제봉은 자신이 추구했고 노력했던 문학에 대해 성찰하게 된다. 문학 자체가 가진 효용성이나 역할에 대한 인식도 전환되어 가는 것 같았다.

왕을 구심점으로 한 사대부 사회에서 요구되던 현실적 필요성에서부터 벗어난 것이다. 정치 현실과 분리된 개인적인 차원에서 문학의 존재 이유도 탐구한 것 같았다.

"일찍부터 시 짓는 법을 배워
시단에서 높이 날았다.

거친 옥석을 쪼고 다듬어 바치고
일어내어 사금을 가린다.
근심을 떨치는 데는 도움이 없지 않지만
공교함 다투느라 마음을 허비한다.
어리석은 이 앞에서는 꿈을 말하기 어려우니
다만 알아주는 이를 향해 시를 읊는다."

문사로서의 출세와 좌절을 맛보았던 제봉은 36세라는 중년의 나이에 경직시절을 한갓 꿈으로 비유하고, ≪왕비심≫에서는 문학에 대한 폄하(문학을 깎아내려 말하다.)가 들어 있었다.

"시인으로서의 명성은 이상하게도 시세를 따라 낮아지는 시류에 서글픔을 느끼면서도 시에 대한 욕망은 다 사라져 가는 듯했다. 그러나 이 시에 대한 열정은 아직 남아 있었다."는 시인으로서의 자의식을 드러낸 것이었다.

"먼지 낀 작품들을 깊이 끌어안고 있으니, 좀벌레가 생기고 글이나 다듬는 평생의 일을 자소[5]하면서도 문장은 하나의 보잘것없는 기예지만, 마음의 득실은 알 것"이라는 확신과 자기 위안도 내비치고 있었다.

나아가 "불평을 토로하는 데는 시 짓는 일이 빌미가 된다."고 했다. 내면의 불평지기를 시를 통해 해소하지 않을 수 없었던가. 그러나 문학이 지닌 정서적이고 심리적인 효용성을 결국 깨닫게 된 것이다. 그는 문인으로서 자신의 인생 삶을 성찰해 가면서 ≪하서집≫을 읽었던 때는 42세(1574년)경이었다. 그는 회의가 겹친 자신

---

5) 自訴: 자기 스스로가 자기 잘못을 고소하듯, 드러낸다.

과 김인후의 도에 대한 추앙을 나타낸 시를 창작한 바 있었다.

> 고상하도다 하서 선생이여
> 하늘 같아 계단을 놓을 수 없네.
> 선생이 돌아가시니
> 우리 도가 이미 묻히었구나.
> 귀한 문집을 펴니 방결6)하여
> 허정7)한 마음으로 경건함을 다한다.
> 문장이 날로 쇠미해지건만
> 하루에 세 번 암송해도 남은 뜻이 있네.

이 시는 도학자였던 김인후의 문집을 읽고 지었다. 김인후에 대한 그의 추앙은 도와도 무관하지 않았다. 그를 하늘같이 고상하게 우러러보는 것은 도가 있기에 그랬다. 그의 문집을 바라보고 나니 경건한 마음자세로 바뀌게 되었다.

문장이 날로 희미해지는 시대에 공자의 말씀처럼 암송할 만하다고 칭송한 것이다.

> 스스로 비웃나니 시공부에 잘못 허비하였음을
> 헛된 명성은 겨우 한 중이 알아줄 정도라네.
> 하서 노인의 시를 보니 정신은 상쾌함을 더하여
> 담소를 마치고도 향산의 흥취는 흩어지지 않는구나.

그는 시를 짓는 데 열중했다. 문인으로서의 자신과 시인으로서의

---

6) 芳潔: 덕스럽고도 맑고 깨끗하다.
7) 虛靜: 마음이 고요하고 침착하다.

명성에 대한 짙은 회의가 든 가운데에서도, 김인후의 시를 보니 정신적으로 고양됨을 느낀 것이다.

김인후는 제봉과 절친했던 지암 양자정의 형인 양자징의 장인이었다. 김인후는 김안국의 제자로, 제봉의 장인이던 김백균과 같아 본관은 울산이었다. 그는 공자를 제사하는 성균관의 문묘에 배향되었다.

44. 도학과 절의

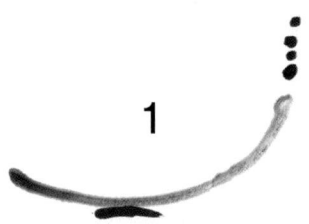

1

김인후는 당시 호남에서 도학과 절의, 그리고 시문으로 명성이 높았던 사람이었다.

정치적 과오로 근신하고 있던 제봉의 감회와 그에 대한 존경심은 남달랐다.

제봉은 문학에 대해 체계적인 문학관을 거의 드러내지 않은 것 같다. 뿐만 아니라 문학에 대한 의식도 거의 드러내고 있지 않았다.

그러나 그가 어떤 문학을 추구했던가. 명종과의 관계에서는 문학적 능력으로 현실정치에 참여하고자 했던 것은 분명했다.

그의 작품의 가장 중요한 성향으로 보이는 화려한 수식과 표현, 기교에 치중하는 그의 문학적 특성상, 확연히 드러나 있는 것을 보면 이해가 가는 것이다.

문인 관료로서 그의 현실참여는 양면이 같은 관료적 문학이 바로 그것이었다.

경직시절 명종을 중심으로 한 공적, 사적 행사를 치루는 것을 중심으로 창작한 시 외에도 중국의 고사나 서화를 소재로 많은 시를 창작했다. 그것을 문학적 수련의 일부로 삼은 것이다.

제봉은 그렇게 관료적 문학에 재능을 발휘했다.

「마상격문」이 세간에 회자되었던 작품이 바로 그것을 말해 준다.

고향에 있으면서는 물론 문학에 대한 성찰을 통해 문인으로서 자신에 대한 회의를 느끼기도 했지만, 말년에는 관각문학풍의 수식적인 작품보다는 주간적인 내면 정서를 토로하는 작품이 많았다. 자연에 대한 인식 등, 그의 경직시절에는 다양한 풍격과 표현의 작품들이었지만, 특히 문인 관료로서 수련을 위한 것으로 보이는 시들과 관직생활과 관련된 시들이 유독 많았다.

제화나 영물시[1]는 물론이고 다른 대부분의 시들에서도 자연물을 사유하거나 정서적으로는 관심이나 기억을 크게 불러일으키지 못한 것은 아닐까. 다만 외적 형상화에 치중된 감이 없지 않았다. 자연의 사물 그 자체로 즉 물성이 강하다고나 할까.

> 높은 정자에 홀로 올라 너른 바다를 굽어보니
> 눈길 다하는 곳에 흰 새가 운다.
> 한길 푸르스름한 노을에 붉은 벼랑이 두드러지고
> 가득 쌓인 향기로운 눈은 차차 꽃을 안고 있다.
> 산은 소라 같은 쪽을 드러내 짙게 빗은 듯 묽었고
> 파도는 교룡[2]의 비단 펼쳐 세세히 달린 듯 평평하다.
> 바다가 맑아 신기루 없는 날
> 붉은 주렴 대궐은 마땅히 아름다우리라.

---

1) 詠物詩: 漢詩의 한 가지인데, 특히 鳥獸, 草木 등 자연 그 자체를 주제로 삼아 읊은 시.
2) 蛟龍: 모양이 뱀과 같고 넓적한 네 발이 있다고 믿었던 상상의 동물. '때를 못 만나 뜻을 이루지 못하는 영웅호걸'을 비유.

그의 작품 중에 김성원과 암자에 묵으면서(1571년 39세) 창작한 것도 기록으로 아직 남아 있었다. 앞에 이어진 문장이나 마지막에 이어진 것은 자연과 화합한 듯했다. 정서적 안정감도 깃들어 있었다. 그러나 제2연에서는 자연 속을 소요하는 삶이 그 자체로서 의미 있는 것은 아니었다. 현실적인 욕망이 포기되었을 때 가능했다. 그럼에도 불구하고 이 시기에 창작한 시의 일부에서 자연을 심미적으로 보아 사물이나 이치를 비추어 냉정하게 응시한 것이라기보다는 소쇄한 풍모를 함축하고 있어 서정성과 진정성이 깃들어 있었다. 이러한 작품들은 식영정, 소쇄원을 중심으로 임억령, 김성원, 양자정 등과 교유한 시였다.

> 육체의 속박에서 벗어나 떠돌며
> 자연 사이를 소요한다.
> 벼슬 욕망 재가 되어 이미 차갑고
> 시 빚도 갚기 어려워라.
> 아득히 이내[3]는 나무에서 피어나고
> 소소(疎疎)한 잎은 산에 가득한데
> 말안장 나란히 하고 그윽한 일 이야기하다
> 달뜨는 볼만한 구경 잊었네.

송강 시에 차운한 <차송강운>을 보면 그가 48세 때 고향에서 지은 것인데 말로 직접 표현되어 있지 않은 함축성과 그 운치가 탁월했다.

---

3) 이내: 해질 무렵에 멀리 보이는 푸르스름하고 흐릿한 기운. 남기(嵐氣).

산줄기 바라보느라 잔 오래 머물고
소나무 보느라 글 쓰는 것 더디다.
자주 술 동을 들여다보니 술이 다하려나 보다
객이 가 버릴까 두려운 마음 이를 어찌할고.

술잔을 들고 그는 아득히 산줄기에서 무엇을 느꼈을까. 그는 붓을 들고 소나무를 무슨 생각으로 바라보고 있었을까. 누가 제봉과 송강을 풍류의 운치가 시에 넘쳐흐른다고 했을까. 한때 두 사람은 풍치를 찾아 즐기며 멋스럽게 노닐었던 풍류랑이었다.

그의 시는 자연스럽고 이해하기가 한결 쉬웠다. 쉬운 감정으로 두 사람의 각별한 정의도 느껴진다.

또한 송강과의 격의 없이 풍류를 나눌 수 있는 절친한 관계임을 엿볼 수 있었다.

신선적 취향에 강한 송강의 시풍과 제봉의 산수의 시 역시 호남 풍류시의 창작 배경에서 비롯된 것은 아니었을까.

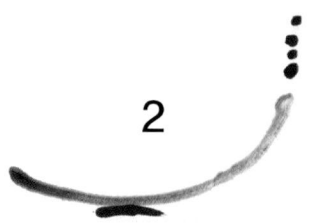

2

　고향에 거주하던 시기에 지은 이 시는 쉽고 성품이 성기고 어설 픈 표현으로 고요하고 경치가 아름다운 서정성을 간직한 것으로 보인다.

　그는 이 길고도 오래된 운치, 철을 따라 달라지는 자연을 통해 나타낸 것들이었다.

　대개 임억령, 김성원, 양자정, 송강 등과의 교유시는 어느 부분에 서도 찾아볼 수 있었다.

　제봉의 이런 시들은 임억령의 시풍에서 비롯된 것 같았다. 이는 다양한 시의 풍류를 즐길 수 있고 창작되는 그의 문학적 역량을 나 타낸 것이기도 했다. 그러나 이러한 풍류의 시를 창작하는 것이 단 순히 교유의 목적을 위한 것은 아닐 것이다.

　분명한 것은 그가 고향에 머무를 수밖에 없는 처지에 대해 마음 속으로 갈등을 갖고 있지 않았을까. 의식적이라 해도 그는 자연에 몰입하려 무던히 애를 쓴 흔적이 역력했기에 그렇다.

수식적인 시나 격정을 직설적으로 드러내는 시보다는 사철마다 달라지는 자연을 통해 서정성에 관심을 기울인 것 같았으니 말이다.

외적 형상화에 치중하는 그의 성향은 이런 과정을 거쳐 변모된 마음의 정서를 얻은 것 같았다.

≪국조시산國朝詩刪≫에 수록되어 있는 이 시는 기대승에게 준 것이다. 평이한 표현이나 청정함을 나타내고 있었다.

> 다른 시대 인을 사숙
> 학문의 연원 주자⁴⁾까지 이른다.
>
> 나라의 수려한 운기 모여
> 남두성⁵⁾이 문명(文名)을 둘렀구나.
>
> 몸은 멀리 포구에 머물러 있으나
> 이름은 높아 중국 조정에 알려진다.
>
> 백성의 희망이 이미 오래되었으니
> 빠른 조서가 대궐문에서 내려오리라.

그의 시에 수식 같은 흔적은 보이지 않았다. 상대방의 학문과 재능을 간결하게 적고 있을 뿐이다. 감상을 덧붙이지 않고 사실대로

---

4) 朱子
  본명은 朱熹이다. 중국 성리학을 집대성한 南宋의 대유학자이다. 후세 사람들이 朱子라는 존칭을 사용했다. 성리학을 주자학이라고도 말하는데, 중국은 물론 한국, 일본 등의 근대 역사에 크게 영향을 미치고 있다.
  우주에는 理와 氣의 二元이 있다고 주장했다. 만물은 기를 받아 모양을 이루고 이를 받아 性을 이룬다고 하는 철학자이기도 했다.
5) 南斗六星: 弓手 자리의 일부에 상당하는 국자모양을 한 6개의 별 중국이름.

서술한 것이다.

진실하면서도 품위 있는 정이 솟아오른다고나 할까. 어찌됐건 시의 전개가 긴밀하고 명징한 것은 분명했다.

욕심이 없어 고요한 마음의 정서를 드러낸 그의 작품들은 과거 급제 이전과 고향에서 보낸 시기에 집중적으로 묘사된 것 같았다.

과거급제 이전의 작품들은 문학적 수련을 위해 창작되었을 것이다.

그러나 고향에서 지은 시는 자연을 즐겨 구경한 탐심 없는 것들이었다.

특히 자연을 즐겨 구경하 듯 탐심 없는 작품들은 짙고 화려했다. 그러나 그는 냉정함을 잃지는 않았다. 객관적으로 현실을 직시하고 있었던 것이기에 …… 자연 인식의 변화된 양상을 설득력 있게 드러낸 것이었다.

　　작은 뜰에 관아 파하고 어깨 으쓱하며
　　고요히 물가 대밭에서 중을 대한다.

　　떠도는 생애에 한가한 반나절 얻었다
　　제비 진흙집 짓는 봄날
　　원에는 비가 점점이 떨어진다.

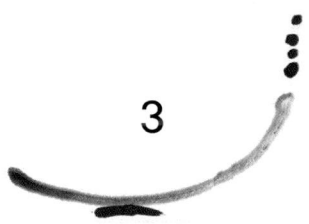

3

한가한 어느 오후였다. 그때 지방관이던 그는 한 노승과 이야기를 나눈다.

모든 세상사를 넓게 관찰한 사람이라도 된 듯 노년의 담박함과 진솔한 시풍에 젖어 있었다. 기대승의 학문과 문학적 재능을 칭송했다.

그는 중국까지 그의 명성이 알려져 있었다. 백성의 기대가 있으니 곧 복직되리라고 스스로를 위로했다.

현재 그의 처지를 명성으로 위로받고 그의 내면은 미래에 대한 기대를 저버리지는 않았다.

즐거운 시간은 짧으나 괴로운 시간은 긴 것 같다.

즐거운 때는 언제나 적고 괴로운 때는 많으니
사람의 일 전부터 어찌할 수 있으랴!

도연명처럼 노년에야 술을 끊었으나
병든 몸을 부지하고 황국을 감상할 만한데.

　그의 나이 40이 됐던가. 양자정이 아숙의 집에서 국화를 감상했다는 소식을 듣고 그 자신은 이제 술을 끊겠다고 마음먹은 모양이다. 병든 몸이지만 그래도 국화는 감상할 수 있었다.

객이 대숲의 비라면 승은 얼음장 아래 여울이어라.
이불 쓰고 흰머리 돌리니 구름이 밤에 추위를 절구질하네.
늙은 나는 병이 잦고 조 선비는 매이지 않는 성품이라
한겨울 깊은 골짜기에서 서로 회옹의 시를 외운다.

　서봉사의 밤 숲에서 들리는 소리 중 대숲의 빗소리(竹間雨)와 얼음장 아래 여울소리(빙하탄) 나는 겨울밤의 정경. 깊은 골짜기의 절에서 시를 읽는 모습에서 욕심 없는 그의 조촐함을 상상해 보았다.
　둘째 수 역시 작자와 조여규가 한겨울 밤 깊은 골짜기의 절에서 시를 읽는 모습이 떠올려진다.

갈 밭 다 지나자 비로소 마을이 보이고
강 머리의 봉화 황혼을 알린다.
타향의 풍경 모두가 눈에 낯선데
귀뚜라미 소리만 고향과 같아라!

　그는 중국의 사행길에 들어 있을 때, 낯선 곳에서의 가을밤, 귀뚜라미 소리를 들었다.

피로와 슬픔, 향수도 아직 슬픔의 색채를 띠고 있지 않았다. 절제된 정서가 경물을 통해 사철을 따라다니는 경치를 통해 마음에 떠오르는 생각이 담겨 있을 뿐이었다.

그가 북경에 머물고 있을 때 조선의 동지사[6]가 오면서 집의 편지를 그에게 전해 주었다.

그때 드러나는 노년의 슬픔, 자녀들을 생각하는 그리움, 손꼽아 귀향을 기다리는 심정을 그에게서 엿볼 수 있었다.

노년에 연 땅의 나그네 되었으니
귀밑 머리카락 성글어지는 것 어찌 견디리.

한밤 홀로 베갯머리에 흘리는 이 눈물
고향에서 온 한 장의 편지 때문이어라.
딸은 벌써 누에 치고 베 짠다 하고
아들은 뜰을 쓸고 있다네.
내년 봄 사신 일을 복명한 후에
날을 헤아리며 내 집에 누우리라.

고향 편지에 눈물짓고, 편지 내용을 알려 준다. 향수를 달래는 그윽한 장면을 연출한다. 정계에 복귀한 직후 사행길에서 그는 많은 시를 창작했다. 자신의 슬픔이나 향수를 담은 작품이 가득했다. 이때 그는 사대부들과 친분을 나눌 때 특히 문학적 명성이 있던 인물이나 관직에 있는 인물들과 친교를 맺은 것이다.

그때는 그의 작품도 더불어 화려했다. 대부분 그런 작품을 창작

---

6) 冬至使: 조선조 때, 해마다 정기적으로 동짓달에 중국으로 보내던 사신.

했다. 그러나 그가 내면적인 갈등을 드러낼 때는 그의 시는 진솔했다.

복귀한 직후 그는 언제나 느꼈던 슬픔, 피로 그에 따른 절실한 향수는 사실상 노년으로 접어드는 생명의 조락과도 같은 이치가 아닐까.

중국, 평안도, 서산, 한산, 순천, 담양, 동래 등지로 옮겨 다니기에 그는 이미 연로해 있었다.

세상맛은 쓴 것 갖추어 보고
향수는 늘 미간에 있었다.
돌아간들 무슨 좋은 일이 있을까마는
늙어 할 일이 없어서라네.
좋은 산은 오래도록 그리워했으나
오랜 소원 어찌 어긋나기만 하는가.
손에 대지팡이 있으나
닫은 문안에서 흰 수염만 자란다.

45. 귀거래사

1

　　1588(56세)년 어느 날 제봉은 도연명의 귀거래사를 읽고 있었다. 늙어 관직에서는 그가 할 일은 이제 남아 있지 않다고 생각했다. 아무 일도 할 수 없다는 생각이 깊숙이 깃들어 있었다. 고향에 돌아가도 좋은 일이 있는 것은 아니라는 믿음도 한편으로는 없지 않았다.

　　아쉬움을 남겨두고, 도연명의 귀거래사나 읊으면서 고향에 돌아가 인생을 사랑하는 법 다시 배워 볼거나 하며 마음을 다잡았다. 이 같은 도연명의 사상은 곧 제봉 자신의 인생이고 삶이었다. 어찌 그리도 도연명의 사상과 닮은 꼴일까.

　　　나는 고향으로 돌아가야 한다.
　　　뜰과 들녘엔 잡초가 무성할 텐데 어찌 돌아가지 않으리.
　　　내 마음 이미 몸의 종이 된 터에 헛된 것에 홀로 어찌 슬퍼만 하고 있으랴!
　　　지난 일 돌이킬 수 없는 것, 앞으로 닥칠 일이나 부지런히 쫓아가리라.

길을 잃고 아직은 멀리 해매지 않는데,

오늘의 생각이 옳고 어제 일은 모두 그릇되었다고들 하던가.

배는 가볍게 물 위로 두둥실 떠가고, 바람은 산들산들 옷깃을 날린다.

지나는 길손에게 길을 물어볼까. 희미한 새벽빛 왜 이리도 원망스러운가.

이윽고 초라한 내 옛집 지붕이 바라다 보인다.

기뻐 걸음을 재촉하니, 하인들 반겨 인사하고, 문 앞에선 아이들 어찌 그리도 즐거워할까.

정원의 오솔길은 거칠고 국화와 소나무는 아직도 남아 있구나.

한 손엔 어린 것 손을 잡고 방 안으로 들어서는데

탁자 위의 술 한 병 가득한 채 놓여 있네!

술병을 당겨 스스로 ……

뜰 앞 나뭇가지에 눈길 머물더니 흐뭇한 느낌 자아낸다.

남창에 기대앉아 보니 비좁지만 거동하기엔 불편 없다.

마음 왜 이리도 평화로울까! 나날이 늘어나는 산책길

그 즐거움 어디에 비견할까.

정원은 낯이 익고 정들어 가련만, 아무도 찾는 이 없는 문,

굳게 잠겨 있다.

지팡이 의지해 고요히 거닐다 때론 걸음을 멈추고

푸른 하늘 무심코 고개 들어 바라본다.

구름은 무심하게 산 후미진 곳을 돌아가고

새들은 날다 지칠 때, 둥우리 생각나겠지.

해는 뉘엿뉘엿 서산에 지려 하고

어둠은 스멀스멀 찾아든다.

외롭게 서 있는 소나무를 어루만지며 주위를 돌아봐

나, 고향으로 돌아가 이제부터 홀로 사는 법 배우리.

세상과는 인연 없는 이 몸 다시 무엇을 찾아다닐까.

친지들과 나누는 이야기에 정붙이고

음악과 독서로 세월과 동고동락하리.

농부가 봄소식 알리면 서쪽 밭에 씨앗 뿌리고

때론 포장한 달구지 몰고, 때로는 작은 배 노 젓는다.

이름 모를 조용한 못 찾아 나서고, 때론 험한 산에 오르련다.

기껍다는 나무들은 무럭무럭 싱그럽게 자라는구나!

샘물 졸졸졸 흐르고, 철따라 소생하는 만물 가상키도 하지.

내 인생 장차 쉴 날 오지 않으리.

나는 이것으로 만족하도다. 한 번은 어차피 죽음을 맛보아야 할 터.

태어날 때처럼 조용히 가지 못하고 어찌 공연히 수선을 피울까.

부귀와 권력도 내 바라는 바 아니요.

하물며 천국에 갈 것을 내 어찌 바랄쏘냐.

청명한 아침 홀로 거닐며

때로는 지팡이 옆에 세워 두고 잡초 뽑고 밭을 매는 것도 과히 실치 않으리.

깨끗한 시냇물가에 앉아 시도 읊고 동마루 언덕에 올라 마음껏 외쳐본들,

꺼이 살다 꺼이 운명을 맞을 터.

진정 한마디 의문 없이 하늘의 뜻 따르리라.

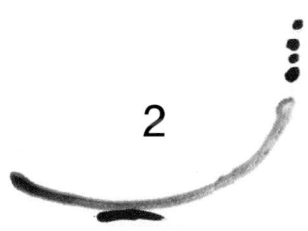

2

사람들은 그를 은자라 부른다지만, 결코 그렇지 않았다. 그가 회피하려고 한 것은 정치였지, 인생 그 자체는 아니었다. 그가 논리를 중히 여기는 인물이었다면 불교의 승려라도 되어 세속으로부터 도망쳐 버릴 결심을 했을지 모른다.

그에게는 위대한 인생애가 있었다. 아내와 아이들을 너무나도 소중한 존재로 생각했다. 전원이며 자기 집 뜰 안에 뻗은 나뭇가지며 마음에 든 언덕 위 외톨박이 소나무에 한결같은 애착을 가진 것이다. 이론가가 아니라 그는 생각이 보다 깊은 사람이었다.

인생에 대해선 사랑의 감정을 품었고, 또 그것에 대한 질투 역시 버릴 수는 없었다. 그가 지닌 교양의 특징이 인생 조화감에 도달할 수 있었던 것은, 인생에 대한 적극적이면서도 그 사리를 헤아릴 줄 아는 태도 때문이리라.

인생과 이 조화에서 위대한 중국의 시가가 읊어지게 된 것이다. 이 세상에 속하려고 이 세상에 태어난 인간으로서 그가 지닌 결의는 인생에서 도망치는 것이 아니라 "청명한 아침, 홀로 거닐고, 때로는 지팡이 옆에 세워 두고 잡초 뽑고 밭을 매는 것도 과히 실치 않으리."라는 것이었다.

도연명은 단지 전원과 가족 품으로 돌아온 것이다.

그가 바랐던 것은 세상의 조화와 평화로움이었다. 반역을 한다거나 역행하려는 것은 결코 아니었다. 그는 가난한 시인이었다. 현명하고 명랑한 사람인 채 세상을 떠난 것이다.

서력 405년 11월 태수의 자리를 내어놓고 고향으로 돌아가려고 결심했을 때 그가 지은 귀거래사에 실려 있는 것은 그가 한평생 품었던 위대한 인생에 대한 사랑이었다. 그는 겸허하고 단순하면서도 꿋꿋한 성품의 소유자였다.

그는 인간이 실재 존재하는 대지와 가공의 천국과의 중간에 태어난 존재라 일컫기도 한 것이다.

이 사회는 탐험가, 정복자, 대발명가, 위대한 대통령, 역사의 흐름을 바꾸는 영웅 등과 같은 초인이 절대 필요하다고 생각했다. 그러나 가장 행복한 이는 겨우 경제적 독립을 한 사람일지도 ……. 인류를 위해 큰 공헌은 없지만, 그런대로 일을 했다. 사회에 어느 정도 이름은 알려져 있었지만, 그다지 유명한 인물은 아니다. 그런 정도의 중산층에 속하는 사람들이 아닐까.

한 개인이 가장 행복을 느끼고 가장 처세를 능하게 해 나가려면 생활 걱정이 우선 없고 그렇다고 전연 걱정이 없는 것도 아닌 정도, 별 대수롭지 않은 약간의 재정능력을 가진 초졸한 환경의 사람이라야 하지 않을까.

뭐니 뭐니 해도 우리들은 이 세상에서 살아나가지 않으면 안 된다는 것을 인식할 필요가 있었다. 그러니까 철학을 멀다고 느껴지는 하늘나라에서 땅 위로 끌어내리지 않으면 안 되는 것.

중국문화가 낳은 인격자, 최대의 시인, 최고의 조화적 소신인 도연명의 생애에서 우리가 아우르기를 그는 높은 벼슬을 한 것도 아니었다.

권세라든가 사회적 공명이 있었던 인물은 더더욱 아니었다. 남아 있는 저술이라야 몇 편의 시와 두서너 개의 논문이 전부였다.

그가 세상을 떠난 지 수천백 년이 지난 오늘날까지 그의 이름이 눈부시게 빛나는 것은 후세의 군소 시인이나 문인들에게 있어 최고의 인간성이란 무엇을 말한 것인가 하는 것을 말해 주는 상징적인 사람이 아닐까 싶다.

그의 생활엔 그가 지었던 시풍과 마찬가지로 진지한 맛이 있어 그보다는 원기왕성하고 이론을 좋아하는 사람들에겐 두려움을 느끼게 할 것이었다.

오늘날 그에게 주어진 지위는 진실로 인생을 사랑하는 이에게 알맞은 전형이었다.

그의 경우 속세의 욕망에서 도피한 것은 결코 아니라는 사실, 관능을 잊지 않는 생활과 조화를 유지하고 있었으니 말이다. 그는 어리석은 자기만족 경지에서 벗어난 사람이었다. 인간이 지닌 슬기가 비로소 관대한 해학의 느낌 속에서 원숙한 경지에 도달한 것이었다.

그야말로 현묘하고 특이한 중국인의 교양을 나타내고 있는 인물이었다.

육체에 대한 애착, 고답적인 정신의 금욕이라고까지 볼 수는 없었다.

정신성, 유물론이라고까지 말하지 않아도 된다. 그저 불가사의한 결합이었다라고, 관능의 정신이 하나의 조화 속에 병립되고 있다고 나 할까.

이상적 철학자란 여성이 지닌 아름다움을 이해하나 그 아 체는 결코 잊지 않는 것.

인생을 깊이 사랑하기는 하나 스스로 절도를 저버리지는 않는다.

속세에서의 성공과 실패는 다 같이 허망함을 깨달아 세상일엔 초탈했다. 달관은 하고 있으나 그렇다고 속세를 반항하거나 적대시하지는 않았다는 말이다. 그는 육체적 노동을 적당히 즐길 줄 아는 그런 선비였다. 그는 정신 면에서 성숙해진 결과 이 같은 참된 조화의 경지에 도달한 것이다.

그의 생애는 그가 남긴 시와 같이 자연스럽고 솔직했다.

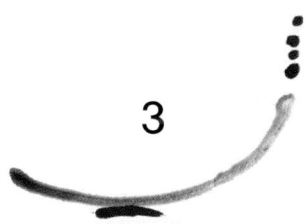

3

　도연명은 청년 한때 부모의 부양을 위해 보잘것없는 공직에 있었으나, 1년도 채 넘기지 않아 그만두고 전원으로 돌아가 농부로서 스스로 밭을 갈고 자연을 벗 삼아 살아가고 있었다.

　그러다가 병을 얻게 된다. 그의 약점은 술을 몹시 좋아한 것이었다. '나는 취했으니 자고 싶다. 여러분들은 돌아가도 좋으리라.'

　그는 유현악기인 금(琴)을 한 틀 갖고 있었다. 그러나 현(絃)은 한 줄도 매달려 있지 않았다. 금이라고 하는 것은 고악기이기에 매우 느리게 켜야 했다.

　마음이 조용히 맑게 가라앉을 때 비로소 제소리가 나는 그런 악기였다.

　술좌석이 파한 뒤에 음악적인 감흥이 나면 이 무현금을 어루만지며 흥취를 돋우었다. '이제 음악의 진미를 맛보았거니 줄 당기는 소리를 들을 필요가 어디 있을까 보냐.' 그의 인생은 바로 이런 것이었다.

제봉은 도연명의 이 같은 삶을 추구하여 그를 영원한 친구로 평생을 흠모해 마지않은 것이다.

> 수레를 매어 천 리를 멀다 않고 찾아오니
> 마주 보며 한바탕 웃는 웃음이 정겨워라.
> 명성은 곡구에서부터 알려지더니
> 시는 영남에서 떠들썩하다오.
> 고향을 여러 해 전에 떠나
> 몇이랑 전원에 임시로 깃든다.
> 대규1)를 방문한 것 아는 이 없는데
> 흔들리는 대나무 밤에 문을 두드린다.

제봉은 젊은 시절 절친했던 친구들을 만나고 헤어지니 노년에 느끼는 체념과 무상함을 또 어찌해야 할까. 제봉은 5가지 금계 중에 음주 문제가 걸림돌이 되어 대규에 대한 애틋한 감정을 드러낸 것일까. 도연명 역시 같은 애주가인지라 "천국에 갈 것을 내 어찌 바랄쏘냐."라고 귀거래사에 그렇게 읊은 것일까.

좌찬성에 이르렀던 송순2)이 왕의 자문을 맡은 관아(홍문관)에서 경연관3)의 일을 하고 있을 때 제봉에게 보낸 장편 시에 회답한 내

---

1) 大叫: 大叫喚地獄을 줄인 말. 불교에서 말하는 八熱地獄의 하나를 상징한다. 규환지옥 가운데서 가장 苦楚가 심하여 큰 소리로 울부짖는다는 데서 대자가 붙는다. 이곳엔 五戒를 깨뜨린 사람이 방문하게 된다고 한다. 오계란, 信男, 信女들이 지켜야 할 5가지 禁戒, 즉 殺生, 偸盜(남의 것을 훔치는 행위), 邪淫(사특하고 음탕한 마음), 妄語(남의 마음을 어지럽게 하는 헛된 말), 飮酒 등이다.

2) 宋純(1493~1583)
   명종 때의 문신이며 詩人이다. 자는 遂初, 호는 면앙정, 또는 企村. 벼슬은 좌찬성. 말년에 담양에 은거하여 여생을 보냈다. 저서는 ≪企村集≫, ≪俛仰亭歌≫ 등이 있다.

3) 經筵官: 임금 앞에서 경서를 강론하는 자리에 참여하는 관원이다.

용에서 제봉의 삶에 대한 무상함을 엿볼 수 있었다. 이것을 이해 가능한 문자로 재구성해 보았다.

몇 해 동안 벌집 같은 관아로 떠돌았더니 서울에 있는 친구들이 점점 멀어져 간다.

꿈결에서나 있을 법한 나는 남으로 내려온 후에 하는 일 없이 밤낮으로 할 일 없이 소일하고 있다.

이따금 책을 덮어 두고 자리에서 일어나 산을 바라본다. 흥이 나면 매화를 보며 읊어 보기도 한다.

> 마음은 언제나 대궐로 달려가건만 임금의 소식은 벌써 끊어진 지 오래라서
> 운무 깃들고 비 오는 날 이 한구석에 온갖 애태우면서 외로이 앉아 있다.
> 깨끗한 두류산⁴⁾ 동쪽에 있어도 영첩⁵⁾에 얽매어 갈 겨를이 없다.
> 더구나 겨울철의 추위가 닥쳐 눈보라 몰아치고 얼음이 얼었음에랴.
> 게으름만 더해져 문 닫고 누워 있으니 찾아오는 친구는 그 누구도 없네.
> 젊은 시절 언제 다 가 버렸는지 떠도는 나그네로 세월만 보내고 있다네.

---

4) 頭流山: 함경남도 端川郡 北斗日面과 함경북도 吉州郡 暘社面 사이에 있는 산. 옛날 부터 方丈山, 지리산과 더불어 한국 三神山¹⁾의 하나로 알려져 있다. 여기서는 별칭으로서 지리산을 말한 것 같다.

  1) 三神山: 중국 전설에 나오는 蓬萊山(금강산), 方丈山, 瀛州山의 세 산. 동해에 있다고 했다. 진시황과 漢武帝가 동남동녀 수천 명을 보내어 불노불사약을 구하러 떠났다는 이야기가 있다. 이곳에는 黃金, 白銀 등으로 지은 궁궐이 있다고 했다. 조선의 금강산과 지리산, 그리고 한라산을 가리키는 말이기도 하다. 三丘, 三山이라 줄여 말한다.

5) 鈴牒: 수레와 문서. 방울을 울리면서 문서로 상관에게 보고한다는 뜻.

순진무구한 백성들 어떻게 다스릴지 밤낮으로 생각해 봐야 계획이
서지 않아

원숭이와 같은 따위나 새처럼 지저귀는데 아무리 타일러도 분수를
모르는구먼.

이런 걱정 저런 걱정 견딜 수 없었던 차에 정든 자네의 편지 받아
보네.

나 같은 무능한 친구 잊지 않고 못 할 말 없이 다 해 주니 정말
반갑구려.

자네는 저 요포6)의 옥수7)와 같아서 누구나 다 쳐다보면서 좋아하
지 않는가.

자네는 한 은총으로 옥당에 들어갔으니 끝없는 붕정8) 따라 얼마
든지 드날릴 것이네.

못생긴 이 몸은 어쩔 수 없어 작서9)만 들끓는 속에 빠져 있다네.

언제인가 그 옛날 근궁10)에 있을 때는 머리를 맞대고 공부도 하지
않았는가.

엉금엉금 기어가는 나로서는 재빠른 자네의 걸음 따를 수 없었네
그려.

나중에 고을살이 나선 이후에도 실적을 제대로 올리지 못했지 않
았나.

공연스레 자네는 지금 나를 칭찬하지만 딴사람은 모두들 비웃을
거야.

포관격탁11)쯤은 할 수 있어도 인(印)을 차기란 도리어 부끄럽지

---

6) 瑤圃: 좋은 동산. 옛날 神仙이 살았다는 곳이다.

7) 玉樹: 아름다운 나무. 사람의 모습이 깨끗하게 생겼다는 비유. 杜甫의 한 시에 "皎如玉
樹臨風前"이라 했다.

8) 鵬程: 대붕새가 날아가는 길. 앞길이 한없이 멀다는 비유.

9) 雀鼠: 참새와 쥐. ≪詩經≫ 召南 行露章에 "誰謂雀無角 何以穿我屋 誰謂鼠無牙 何
以穿我墉"라 했다. 말하자면 도적이 생겨 訟이 일어난 것을 비유.

10) 芹宮: 太學(성균관)의 별칭. ≪시경≫ 魯頌 泮水章의 "思樂泮水薄采其芹"이란 말에
서 유래된 것이다.

않을까.

요즈음은 집우[12]들도 다 떠나고 없어 의심이 혹 생겨도 물어볼 곳
이 없어

다만 자네를 믿을 수 있었는데 하루아침 이별한 후 다시는 못 만
났네그려.

못난 이 몸 언제나 외읍으로 떠돌면서 반평생 넘도록 주읍[13]처럼
못 해 보고

어찌하면 좋을까 하며 애타는 모습으로 팔짱 끼고 회양각[14]에 들
어와 누웠다네.

자네는 지금 내직 청반에 있으니 앞으로 높은 이름 다 알게 되고
도 남지 암,

가슴에 지닌 포부 더 연구하여 못사는 백성들 골고루 잘살게 해
주구려

뛰어난 재주들 조정에 가득 차 있고 위에 계신 임금께서도 훌륭하
시지

…… 경악[15]에도 근본을 중히 여겨 ≪시경≫에는 칠월장[16] ≪서
경≫에는 무일[17]이라네.

자네는 본래부터 실천을 주장했기에 겉으로 날리는 허탄한 명예는
싫어하지

병들어 누운 나를 친구로 여기고 몇 차례나 도와주려고 애를 쓰지

---

11) 抱關擊柝: 문지기 ≪맹자≫에 "惡乎宣乎抱關擊柝"이라 했다. 선비가 가난하면 하찮
   은 벼슬이라도 해야 한다는 것이다.

12) 執友: 아버지의 친구.

13) 朱邑: 漢宣帝 때 良吏로 유명한 朱元慶의 이름이다. 주읍이 죽은 후 桐卿고을 백성들
   이 사당을 세우고 해마다 제향했다고 한다.

14) 淮陽閣: 漢武帝 때의 汲黯을 가리킨다. 그는 너무 입빠른 말을 하다가 수양태수로 쫓
   겨났다.

15) 經幄: 임금 앞에서 경서를 강론하던 경연과 같다.

16) 七月章: ≪詩經≫ 幽風의 한 편명. 이는 농사에 대한 준비를 해야 한다는 노래이다.

17) 無逸: ≪書經≫의 한 편명. 여기에는 周公이 成王에게 놀지 말고 부지런히 하라고 경
   계한 글이다.

않았나.

이렇게 정다운 마음 못 받아들이고 옛날의 이광[18]처럼 늙어 버렸다네.

뭇 걱정 잊으려고 술만 마시다가 깨고 나면 또다시 주역만을 외우지.

종놈이 달려와 가자고 해도 기러기처럼 마음대로 떠날 수 없어

그만두고 귀거래[19] 지으려 해도 임금께서 맡긴 책임 버릴 수 없었다네.

제봉은 앞서 보낸 시에 차운하여 송순에게 다시 보낸 것이다.

한 번 들었던 병이 다시 도져 나그네가 되자 산처럼 생각이 쌓여만 간다네. 자네는 내 평생에 마소유[20]와 같은 사우(스승으로 삼을 만한 벗)로서 조그마한 수레를 타고 함께 다녔지 않았던가.

---

18) 李廣: 漢武帝의 장수. 勃의 滕王閣序에 "馮唐易老 李廣難封"이라 했다. 滕王閣은 唐나라 太宗의 동생 등왕 李元嬰이 江西省 南昌의 서남방에 세운 누각. 唐初의 시인 王勃의 序로 유명하다.

19) 歸去來: 진(晋)나라 陶潛(자는, 淵明)이 彭澤令을 그만두고 시골로 돌아갈 때 지은 <귀거래사>의 약칭이다.

20) 馬少遊
후한시대 사람. 그는 말하기를 "재물이 많으면 널리 베푸는 것이 귀한 일이지 그렇지 않으면 수전노일 따름이다."라고 한 유명한 말이 있다. 伏波將軍인 馬援의 조카이다.

4

漢나라의 전한(前漢) 말엽에 왕의 외가 친척이던 왕망(王莽)에게 나라를 빼앗긴 제왕의 자리를 25년에 유수[21]가 도로 찾아 한나라를 다시 일으켰던 때부터 220년 헌제가 위(魏)나라의 조비[22]에게 왕위를 물려주기까지의 왕은 14대, 195년 동안을 후한(後漢)시대라 말하는 것인데, 그 당시 마원[23]이라는 복파 장군의 조카가 마소유인 것이다.

조카인 마소유가 숙부인 마원의 수레를 함께 타고 다녔던 혈육 못지않게 제봉도 송순과의 사이가 스승처럼 공경할 정도로 우의가 두터운 벗이었다.

---

21) 劉秀: 중국 漢나라의 光武帝의 이름

22) 曹丕(186~226)
중국 삼국시대, 魏나라의 황제. 자는 桓이고 조조의 맏아들로, 220년에 後漢의 獻帝를 폐하고 낙양에 도읍을 옮겨 국호를 위라고 했다. 文帝는 아우 曹植과 함께 문학을 좋아하여 많은 시문과 ≪典論≫ 등을 남겼다. 문학을 좋아하는 황제를 문제라 불렀다.

23) 馬援(B.C. 14~A.D. 49)
중국 後漢시대의 무장이며 정치가이다. 자는 文淵. 光武帝 때, 강족(羌族)을 평정하고 交趾의 난을 진압하고 匈奴 烏丸을 쳐 공을 세웠다. 후에 남방의 武陵蠻 토벌 중 병사했다.

제봉의 서재에는 시렁에 쌓인 서책이 업후의 장서와도 견줄 바 아니었다. 그러나 집안 살림살이는 장경(사마상여의 자)의 처지와도 같았으니 ……. 당(唐)나라의 재상을 지냈던 이필[24]의 작호가 업후 인데, 이 업후의 서가에는 3만여 권이나 소장되어 있었다. 그러나 그의 생활이 워낙 가난하여 집안 살림이 아무것도 없고 네 군데의 벽 만 서 있었다고 전해 온 한 무제의 신하인 장경을 비유한 것이었다.

제봉의 쑥대 같은 머리는 날마다 희어져만 가고 있었다. 그는 등 에 궁핍만을 걸머진 채, 몸은 점점 노쇠해져 가는데, 궁색한 처지 에 친구조차 이리저리 흩어져 버리니 궁벽한 곳에 홀로 묻혀 버리 게 된 것이다.

찾는 사람 없어 조용한 편이나 그는 때때로 외로움이 병적으로 도질 때 몇 차례나 도망치려 별렀다고 하지 않으면 거짓말일 것이 다. 모든 일이 뜻대로 되지 않은 탓이다. 예부터 유명한 시인들이 란, 곤궁에 빠진 것을 운명으로 여긴다지만 ……. 그는 어느 날 무 등산 상원봉에 올라 무궁하게 펼쳐진 서쪽 바다를 바라본다. 쓸쓸 함과 허탄한 모든 근심을 바닷물에 씻겨 떠내려 보낸다. 바위에 앉 아 있던 바로 그때, 어떤 사람이 부는 퉁소 소리가 들려온다. 소리 는 그윽하면서도 슬픈 음조다. 음음한 주위는 적막강산으로 빠져든 다. 어느덧 중천엔 현월(弦月)이 떠오르던가, 그는 이윽고 발걸음을 집으로 옮긴다. '…… 어디를 다녀오시느냐'고 웃음기 머금은 표정 으로 내자가 반기는데, '이웃집에서 술 한잔 얼근히 마시고……'라 고 얼버무리고 산유칠의 시 한 대목 외어 보인다. ≪시경≫ 진(晋) 의 시 산유추장에 나오는 "산유칠습유율"이라 한 것처럼 즉 임금을

---

24) 李泌: 爵號는 鄴候이다. 그의 서재에는 장서가 3만여 권에 달했다.

생각한다는 뜻이었다.

마판에 늙은 말 가끔 울기는 해도 뛰어난 걸음 한 번 제대로 달리지 못하고 아무짝에도 쓰지 못할 서적만 파헤친 것이다. 조정에서 불러 주지 않는데 오랫동안 책과 씨름하며 실력을 갈고 닦은들 무슨 소용이 있으랴. 생리적으로 달려야 되는 말이 저렇게 마구간에 매여 있어 달리고 싶어도 달릴 수 없는 처지다. 안타까운 소리만 내지르며 울어 댄다. 제봉의 지금 처지가 바로 그런 것이었다. 그는 자책한다. 한 마리의 좀이 되었다고 한탄한다. 주머니엔 엽전하나 없다. 쌀이 들어 있어야 할 뒤주는 텅텅 비어 있다. 견디다 못한 부인은 못 살겠다고 울상이다.

잘살고 못사는 것이 운명이라지만 넓고 넓은 하늘 아래 왜 이리도 고르지 못할까.

벼슬길 다시 한 번 밟으려 하니 조잘대는 비방소리 뼈를 녹일 것 같고 더구나 요즈음엔 요찰(태어나 얼마 못 살고 죽는 것)이 자진데 어쩌면 좋으랴!

제봉은 요즈음 입맛도 떨어지고 잠도 잘 오지 않는다. 살아서는 그만 보병위(步兵尉)나 되었다가 죽은 후에는 술독 속에 묻혀야 할까. 보병위는, 진(晉)나라 완적[25]의 벼슬 이름을 말하는데 완적은 술을 먹기 위해 보병위를 지원했다고 한다.

두자미는 아무런 영위가 없었는데 연명(晉나라의 도잠)은 어이해 아들에게 꾸짖었을까. 차라리 다니다가 길가에서 죽을지언정 제봉

---

25) 阮籍(210~263)

삼국시대 魏나라의 사상가. <竹林七賢>의 한 사람. 자는 嗣宗, 河南 사람. 위선과 권모에 휩쓸린 정계에 실망하여 경세의 뜻을 버리고 술과 청담으로 세월을 보냈다. 저서에는 ≪詠懷詩≫, ≪達莊論≫ 등이 있다.

은 친구 어느 누구에게도 아첨은 차마 할 수 없었다. 강가에 뛰어난 괴물들(괴상하게 생긴 물건)도 가끔 백사장에 올라와 말라서 죽는다. 옛날 우경[26]처럼 글이나 조금 지으려 해도 아는 사람 만나기란 좀처럼 쉽지가 않았다. 호랑이와 표범은 많이 있어도 비슷한 색깔을 구별하기가 어려웠다. 임금으로부터 은총이 멀어져도 한이 될 것은 없었다.

아름다운 산수가 바로 탕목읍(옛날에 天子가 제후에게 주었다는 체읍. 목욕을 하고 머리를 감는 일)이니까. 그는 한때 동산에 올라 구경하다가 강물을 건널 때면 배도 띄우고 넓은 들에서 말도 달리다가 숲속으로 들어가 토끼를 잡기도 했던 때를 되돌아보며 회상에 잠긴다. 초택(중국 초나라의 한 못)에서 부른 노래 미친 듯하지만, 험한 길 지나려면 다른 방법이 없을 것이다. 누구든지 마음만 서로 꼭 맞는다면 세상에 무슨 걱정이 있을까.

동쪽 하늘 뜬구름 깜깜하게 뒤덮더니 날마다 쳐다보아도 걷히지 않았다.

'……시내 길 아득하고 꿈조차 희미한데 지금 부친 이 편지 받아 볼 수 있을지 의문이다. ……' 옛날 구강성의 사마(진사를 달리 부르는 말. 당나라 백락천을 가리킨다.)와도 같이 제봉의 두 눈에 눈물이 갑자기 쏟아진다. '……언젠가 한 번 잠깐 동안 만난 지가 지금부터 따지면 십 년이 넘었는데, 두류산 구경도 마음대로 못 하고 세월만 자꾸 흘러가고 있다. 어느 때나 다시 내직으로 들어가 제일가는 치적을 드날리려는가. 편지나 자주자주 왕복하면서 대면한 듯해야 하지 않을까. ……'

---

26) 虞卿: 전국시대 趙나라 사람. 그는 虞氏春秋 八篇을 지었다.

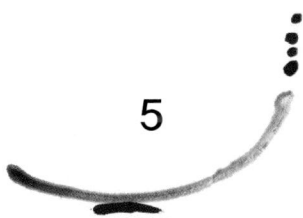

5

정작이 1589년 한양에서 불원천리 길을 달려왔다. 먼 길을 찾아온 오랜 벗과 밤새도록 담소하는 정취가 문에 부딪치는 대나무 소리와도 같았다.

오음 윤두수와 헤어지며 읊은 송별시에서도 노년의 슬픔과 이별의 아쉬움을 눈물로 장식할 수밖에 없었다.

윤두수와는 같은 해 같은 나이에 급제했으니 이 아니 기이한가. 절도사로 부임하는 것도 같은 때였다.

> 떠돌다 우연히 만나니 어찌 요행이 아닌가.
> 잔약한 몸이 먼저 노쇠하니 이 아니 서글픈가.
> 헤어져 있는 다른 때도 서로 생각할 테지만
> 내일이면 한 잔 술도 다시 마시기 어려워라.
> 눈앞 친구들 살아 있는 이 많지 않으니
> 이번 헤어짐에 어찌 눈물 흘리지 않을손가.

윤두수와는 젊은 시절부터 절친했다. 관직생활과 서로의 처지에 따라 자주는 만나지 못했다. 그러다가 지방관으로 우연히 만나게 되어 노년의 모습에 슬픔을 느끼지 않을 수 없었다. 곧 헤어지게 되는 서글픔과 거기에 이미 많은 벗들이 세상을 떠나갔다. 자신들도 이미 노쇠한 처지가 아닌가. 그들은 앞으로 살아 있는 동안만이라도 언제 다시 만나게 될지도 모르는 일이었다. 제봉은 여기서도 노년의 슬픔과 쓸쓸함, 그야말로 세월의 무상함을 체득한 것이었다.

서울에서는 장장 962리가 되는 동래부의 부사 자리에 있을 때도 그랬다. 세종 때 동래군으로 명칭이 바뀐 것인데, 신숙주의 ≪정원루기≫에는 지세가 바다에 연(沿)해 있으며 대마도와 가장 가까워 6백여 리밖에 되지 않는다. 이첨의 ≪읍성기≫에는 동남에서는 으뜸가는 고을이라 말하고 있다. 해산물의(대구, 청어, 홍어, 전어, 전복, 석굴, 홍합, 은어, 농어, 넙치) 풍성함에 저절로 군침이 돌았다. 그는 자신을 '천애 취식옹'이라 생각했다. 한때는 청요직을 거쳐 그때는 동래부사 자리에 앉아 있었다지만, 부정한 거래에 벌금을 물리고 준조세 격으로 사적인 세금을 거두어 재물을 얼마든지 끌어모을 수 있는 황금방석 자리인데도 그는 현직에 있으면 겨우 가족의 입에 풀칠이나 할 정도의 박봉으로 생활을 해야 했다. 그나마 자기의 몫마저 변변히 챙기지 못하고 가난에 떠는 서민에게 일부를 돌려야 했다. 그러나 현직에 있을 때는 그런대로 궁핍은 면할 수 있었지만 쌓아 놓은 재물이 없으니 오랫동안 고향에서는 핍진한 삶을 이어 갈 수밖에 없었다. 그래서 그는 '천애 취식옹'이란 말을 끌어다 자신을 의인화했는지 모른다. 그는 부산 앞바다를 바라보며 하늘 끝, 아주 멀리 먹이나 쫓는 갈매기처럼 한 늙은이에 지나지 않는다고 스스로를 비하하여 자책한 말이었다.

'…… 문장의 묘함이 고금에 뛰어난 것은 최치원의 <황소격문> 이후로 오직 한 편 <마상격문>……'이라고 창랑옹 성문준은 제봉 을 치켜세운 적이 있었다.

제봉은 해운대가 최치원이 놀던 곳이라는 남추강의 <유해운대 기>를 떠올린다.

쓸쓸한 해운대 어느덧 팔백 년이 지났으니	風雨荒臺八百年
옛 선현의 높은 자취 이미 아득하구나	昔賢鴻跡己茫然
추강 남 선생은 본시 강남의 손이지만	南秋江是江南客
해운 최 선생, 원래 신선이 아니었다네.	崔海運非海上仙

영혼이 있다면 응당 하늘 위에 있을 텐데	定有英靈在悠漢
부질없는 문자 남겨 남방연기 쏘이누나.	漫留文字泗蠻煙
동해의 부상수에 구름 돛대 달려가니	雲帆欲掛扶桑樹
흰 물결 푸른 산이 아득한 만 리다.	海白山靑萬里天

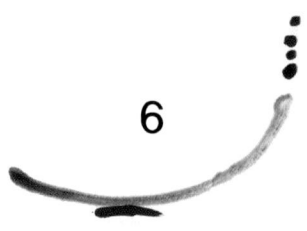

6

단종 때 생육신의 한 사람이던 남효온[27], 자는 백공이요, 추강이 바로 그의 호인 것이다. 그는 김종직[28]의 제자였다. 세조가 단종을 쫓아내고 왕위에 오르자 벼슬을 버리고 산수에 묻혀 일생을 마친 사람이었다. 제봉은 '유해운대기'에 최치원이 저 아득한 신라 말기에 해운대에서 놀았다는 기록을 떠올려 동래부사 때를 회고한 것이다.

그는 이어 영남 땅 동래부의 감회가 새로웠는가. 그 시절을 회상하면서 다시 시상에 잠겼다.

---

27) 南孝溫(1444~1492), 자는 백공(伯恭)이요, 秋江은 그의 호. 그는 金宗直의 제자로서 세조가 단종을 쫓아내고 왕위에 오르자 벼슬을 버리고 山水에 묻혀 일생을 마친 사람이다.

28) 金宗直(1431~1492)
성종 때의 儒宗. 자는 호는 佔畢齋, 善山 사람. 고려 冶隱의 학통을 이어 많은 제자를 길러 내었다. 나중에 嶺南학파의 대표가 되었다. 성종 때 형조판서, 總裁官으로서 ≪東國興地勝覽≫을 增修했다. 그의 <弔義帝文>이 뒷날의 戊午士禍의 원인이 되었다. 시호는 文忠이다.

감회가 있어	有感
시월 초겨울에 영남 땅을 넘나드니	十月南踰嶺
바다 한 모퉁이 외로운 성일세	孤城海一涯
뜰 앞 나뭇잎은 떨어지지 않았는데	庭柯未脫葉
담장 아래 국화 비로소 피었어라	墻菊始開花

성 바깥엔 교인의 집이요	郭外鮫人室
죽림 속엔 아전의 집이로세	篁中小吏家
언제 겨를 내어 순풍에 돛 달고	何時泝淸洛
낙동강 역류하며 놀아 보려나	風飽片帆斜

백구를 바라보며 감회가 있어	見白鷗有感

이 몸 늙었으나 떠나지 못했는데	我老猶難去
갈매기는 훨훨 날아 돌아오지 않네.	鷗輕故不還
사람이 갈매기만 못하거니	人而不如鳥
돌이켜 반성하며, 아! 부끄러워라	回首苦爲顔

바다 위엔 속세 잊은 갈매기요	海上忘機鳥
천애의 떠돌이는 취식객 늙은이	天涯就食翁
싸워 온 것은 오직 백발뿐인가	所爭雄白髮
맑고 흐린 그 자취 같기 어려워라.	淸濁語難同

정과정곡[29]에 눈물을 쏟을 정도로 자괴심과 비탄에 젖어 있었다.

---

29) 鄭瓜亭曲: 鄭瓜亭. ≪樂學軌範≫에 전하는 고려 가요의 하나. 成宗 때에 成俔, 申末 平, 柳子光 등이 임금의 명을 받들어 편찬한 음악서이다. 조선 왕조 때의 음악의 원리, 악기 배열, 무용 절차, 악기, 儀物 등이 서술되어 있다. 한글로 동동(動動) 등 고려가요 가 실려 있는데, 9권 3책으로 묶은 것을 ≪악학궤범≫이라고 한다. 毅宗 때 鄭敍가 지 은 노래이다. 定配地인 東萊에서 자기의 외로운 신세를 두견이에 비기어 임금을 사모

그러나 그는 이 시기에 오히려 기운차고 건강을 자랑하듯 한 그런 성향의 시들을 창작하고 있었다.

> 동래성 위에 북소리 피리소리 시끄러워
> 성 밖에 구름이 머문 듯하다.
>
> 바람이 불듯 말듯 한데 바다 파도는 노하고
> 눈이 올 듯 말듯 하늘은 어두워진다.
> 노중련[30]의 훌륭한 자태 볼 수 없고
> 서복[31]의 동남동녀는 어느 마을에 사는가.
> 가서 마땅히 최치원과 함께
> 부상 돋는 해에 검은 머리 새벽에 말리리라.

위의 시는 같은 해 겨울 제봉이 동래부사로 있을 때 창작한 것이다.

평이한 문장으로 된 이 시어는 시상의 경문과 역사적 사실을 결합한 것이다. 굳건한 문장이나 어구의 기세가 박력이 있었다. 시문은 웅장하고 막힘이 없었다. 동해라는 광활한 공간을 묘사하고 해운대와 관련된 역사적인 인물들을 통해 작자의 내면 정서가 담겨 있었다.

노중련과 서복은, 절의를 지킨 인물도 기만적인 술사도 모두 일

하는 절절한 심정을 읊은 것이다. 형식은 十九體이고, 곡조는 가장 빠른 三眞勺(옛 속가에서 가장 빠른 曲을 말하는데 바로 정과정곡이 이 곡조)이다.
30) 魯仲連: 戰國시대 齊나라의 웅변가이다. 그는 용기와 높은 절개로 유명했다. 그의 태어남과 죽음의 시기는 알려져 있지 않다.
31) 徐福: 진(秦)나라 때 사람이다. 진시황의 명을 받아 童男, 童女 3,000명을 데리고 불사약을 구하려고 떠난 뒤, 돌아오지 않았다.

천여 년의 시간 속에서 소멸되어 가는 무상함이었다.

이어 신라의 사회적 속박 속에서 불우했던 최치원과 찬란한 아침 햇빛에 검은 머리를 말리는 이소[32] <조우>의 신화적 상상력을 결합해 역사적 무상함을 극복해 낸 것이었다.

어둑한 동해의 거센 파도에서 촉발된 불안하고 음울함, 천혼에서 부상 돈으로 덧없는 생을, 최치원과 굴평의 문학적 성취와 정신으로 귀결된 것이었다.

광활한 시공을 포섭하는 시상, 불안과 덧없음을 극복하려는 내면적 의지가 시의 전체적인 풍격이었다.

말년의 시에서 부분적으로 나타나는 굳건한 시풍이 드러난다. 그런 정서가 감성적이어서 한결 유연해진 느낌이었다.

동시에 이러한 시풍은 노년의 지방관을 전전하는 정치적 소외와 슬픔을 극복하려는가 싶었다.

> 양쪽 귀밑머리 소소하여 뽑아 이미 다하도록
> 고향의 시냇가 갈매기와 맹서 어긴 것 부끄럽다.
> 관직 그만두는 것은 정히 대간 탄핵의 힘이니
> 오늘 저보[33]를 웃음 띠고 본다.

---

32) 離騷: 楚나라 屈原이 지은 賦의 이름인데, 굴원이 반대파의 讒訴에 의해 조정에서 쫓겨나 임금을 만날 기회를 잃은 시름을 읊은 서정적 대서사시이다. 이는 楚辭의 기초가 되는데, 굴원의 사부(詩歌의 한 종류)와 그의 문하생 및 후세 사람의 작품을 모은 책이다. 16권으로, 漢나라 劉向이 편집했다고 하는데, 後漢 때, 王逸의 자작을 합하여 모두 17권이 된다. <遭遇> 임금의 신임을 받은 사람을 우연히 서로 만났다는 의미이기도 하다. 굴원이 지은 부를 우연히 접하게 된 기회를 상기시켜 준다.

33) 邸報: 조선 왕조 때, 경저(京邸吏가 서울에서 일을 본던 처소)에서 고을로 띄우는 연락 보고문서. 경저리는, 吏胥(각 관아에 딸린 구실아치의 통칭) 또는 서민으로 서울에 머물러 있으면서 지방관청의 사무를 연락하고 대행하여 보던 사람이다.
1591년 여름 동래 부사에서 파직될 때 지은 시였다. 그는 귀밑머리가 다 센 노년에 사헌부의 탄핵으로 관직을 그만두게 된다. 그렇다고 소외감이나 불평지기를 드러내는 것

장기[34] 어린 바닷가에서 말년을 지냈고
한양의 먼지 속에 부질없이 지나다녔다.
내 오막살이 내 스스로 아끼니
눈을 비비며 마당의 나뭇가지 바라본다.

바닷가 마을과 한양에서 지낸 관료생활의 피로가 문장 행간을 장식하는데 집에 돌아온 기쁨이 마당의 나무를 바라봄으로써 비로소 그는 안정을 찾은 것 같았다.

수년간의 관료생활의 피로와 슬픔이 오랜만에 고향집에 돌아와 나무를 바라보며 느끼는 기쁨이 영락없는 도연명의 심사(마음에 생각하는 일과 실제와의 사실)가 아닌가. 고향에 안착한 그도 지난 일을 모두 잊은 듯 편안한 마음으로 바뀐다.

도 아니었다.
파직을 담담하게 받아들이는 체념이 사실적으로 그려지고, 가식 없는 자신의 심정을 진솔하게 나타낸 것이다.
34) 瘴氣: 축축하고 더운 땅에서 일어나는 毒氣, 즉 독성을 가진 기운이 엄습해 옴을 일컫는다.

7

제봉은 1581년(49세) 영암군수로 서용되어 59세 때 파직된 때가 있었다. 그러나 10여 년 동안 고향에 돌아올 때까지 관료생활은 계속되었다. 타향을 전전하는 그때 피로와 노쇠함이 겹쳐 있었다.

슬픔과 향수, 과거지사로 비판적인 여론이 일기도 했다. 서인인 송강과의 친분으로 받아야 했던 탄핵 등이 그를 항상 괴롭혀 온 것이다. 이런 것들이 그의 노년을 더욱 우울하게 했다.

그래서 그는 스스로를 관찰하고 반성하는 때가 많았다.

이는 확고한 그의 세계관이나 사상적 기반이 근본적으로 두드러지지 않는다는 점과 내면적 사유나 의식을 드러내기보다는 지나친 성향의 작품이 원인일 수도 있었다. 그는 정한 시인답게 작품으로 말함으로써 구전을 대신한 것이었다.

아주 늦게 창작된 시에서 드러나듯이 자신의 현실적 처지에서 일어난 마음의 갈등을 극복하려는 의지의 표현이리라. 이러한 굳건한 정신이 파직되어 돌아오면서 드러낸 우국충정, 그의 실천적인 현실에 대한 생각과 결합된 것이었다. 그러기에 60세의 노문사이면서도 임진왜란에서 의병장으로 순국하는 행위로 실천에 옮겨진 것이 아닐까.

그의 시는 선인들이 평가했듯이 '꽃나무처럼 무성하고 넉넉하며 짙고도 아름다움이⋯⋯'라는 풍부한 표현이 한 주축을 이룬 것이다. 이런 시적인 특성은 풍부하고 다양한 의상(뜻을 형상화함)과 시어, 조밀한 시상(촘촘하고 빽빽한 구상과 감정)하고, 화려한 수식으로 섬세하게 짜여 있었다.

구체적인 감각적 묘사, 긴밀한 시적 구조를 통해 품격 높은 형상으로의 추구인 것이다.

그는 약관시절부터 시인으로서 명망이 있었으나, 그때는 문인관료로 현실을 바라보고 관료적 문학으로 나아가고자 했다. 이때의 문학적 능력으로 그에게는 명종의 관심을 받았던 체험이 크게 고무되었을 것이다.

그의 시적 추구는 틀에 맞아떨어지는 아담한 표현이 빛을 내는 아름다움에 있지 않았을까.

그가 경직에 있을 때나 고향에 있을 때, 창작된 아름다움이 짙은 작품들은 관료적 문학이었다. 그때는, 소재와 주제의 작품들과 관용적이고 다양한 의상과 조밀한 시상으로 형상화된 직설적인 것들이 주를 이루었다.

제봉은 19년을 고향에서 지내면서 자신의 과오를 반성하고 겸허한 자세를 가진다.

그때 문학에 대한 의식이나 백성들에 대한 생각이 신중하게 변화되어 간다.

명종의 서거 이후 사면도 되지 않은 채 세월이 흘러가자 자신의 문학적 능력으로 현실정치에 참여할 기회를 얻지 못해 마음의 갈등을 겪어 온 것을 아니라고 말하지 않았다.

그는 언제나 경직시절이나 명종을 회상하는 시를 창작하곤 했는데, 시와 술로 교유하면서 고향에서 살아가는 인근 호남사대부들처럼 자연과 화합하려고 노력했다. 그의 시는 자연을 취미로 즐겨 구경하듯 한가롭고도 고상한 운치가 있었다. 그처럼 속세의 번뇌에서 그는 벗어나 있기에 그렇게 자기의 감정을 표현하는 평담한 시를 창작할 수 있었을 것이다.

조정에 다시 발을 들여놓은 후 중국 사행길, 그리고 이달과의 문학적 교유, 중국 사신 접반 과정에서 수용되었을 당시 풍과 명의 의고주의의 영향도 그의 시를 변화시켰다. 허균은 제봉의 시가 고향에서 오랜 좌절을 겪은 후 진보되었다고 말한 적이 있었다.

≪국조시산≫에 수록된 제봉의 시는 짙은 화려함, 풍요로운 작품이 주를 이루었다. 외적 형상화에 집착한 수식적인 작품이나 노년의 정서가 과도하게 드러난 작품은 없었다. 이러한 것은 그의 시적 특성과 성취는 역시 아름다움이 짙고 풍요로운 풍격으로 내면 정서나 흥취를 나타내면서도 형상화가 풍부했다. 여운과 함축도 들어 있었다.

음악적 가락, 즉 음률과 격조도 탁월했다. 그의 작품에서의 내용과 조화로 이루어지는 예술적 운치가 있다는 말이다. 그는 자신의 시를 송인체라고 생각했다.

그의 시는 아름다움이 짙고 풍요로운 작품들이었기에 그렇다. 대부분 칠언율시와 배율로 자부심도 가지고 있었다.

고요한 마음에서 우러나온 것처럼 진술한 작품들은 대부분 오언시였다. 이것은 시의 형식적 특성과 그의 시적 특수한 성질이 결합된 결과이리라.

풍부하고 다양한 의상과 조밀한 시상, 섬세한 묘사와 같은 것들은 오언시의 형식보다 칠언시의 형식이 더 적합했기 때문이리라.

그는 당시 문인관료로서 현실에 대한 생각은 관료적 문학을 선호한 것이었다.

그러한 문학적 바람이 땅을 파는 농부의 상상력을 동원해 짙고도 화려한 그리고 풍요로운 시를 생산해 낸 것이었다. 그의 그런 작품이 그 문학적 개성이었다. 그것을 성취해 인정을 받은 것이다.

그의 시는 언제나 감상을 덧붙이지 않았다. 그저 헐하고 쉬웠던 것이다.

46. 16세기 호남문학

1

제봉이 살았던 16세기 후반은 조선 건국 이후 축적된 문화적 역량이 문학에서도 결실을 맺은 때였다. 특히 한시가 융성했던 시기였으니까.

그것은 사장파[1]의 일부이기도 했다.

---

1) 詞章派: 조선 초, 중기 때 도학도 중요하지만 문장과 시부도 중요하다고 해동학파인 趙光祖[1]에 맞서 한 파를 이루었다. 남효온, 曹偉, 金馹, 南袞 등이 그 대표적인 인물이다.

1) 趙光祖(1482~1519)

중종 때 을유사화를 만난 학자이다. 중종 14년(1519)에 일어난 사화를 말하는데, 洪景舟, 南袞 등 수구파가 이상 정치를 주장한 조광조, 金淨 등 젊은 신진파를 賜死, 또는 유배시킨 사건을 말한다. 특히 조광조는 훈구파의 공격을 받았다. 발단은 훈구파들의 훈작을 삭탈하는 데 있었다. 연산군을 몰아세우는 데 공이 있다 하여 훈작을 받은 정국공신들의 숫자는 무려 103명이나 된다. 한 번 공신에 오르면 자손대대로 영화를 누릴 수 있고 토지와 노비를 받아 경제적으로 혜택을 누릴 수 있어 일부에서는 뇌물이나 로비를 하여 공신에 책봉되기도 했던 것이다.
훗날 그가 정치개혁을 하면서 정국공신들의 숫자를 103명에서 무려 78명이나 공훈을 삭제하는 결단을 내리는 데 사화의 결정적인 원인이 된 것이다. 그의 자는 효직(孝直), 호는 정암(靜庵), 한양 사람이다. 성리학자 金宗直의 학통을 이은 사림파의 영수로서 도덕적 이상 정치를 꾀해 향촌의 상호부조를 위해 여씨향약을 실시했다. 훈구파의 삭훈 등 급진적인 개혁을 추진하여 원로들과의 충돌이 심했다. 훈구파 洪景舟, 南袞, 沈貞 등이 일으킨 기묘사화로 조광조는 능주(전라남도)로 귀양 갔다가 바로 사사된다. 문묘에 배향, 시호는 文正이다.

그 연결선상에 놓일 해동강서시파[2]의 시가 주류를 이루었다. 그런 가운데 또 다른 성향은 순수 문예를 추구하는 사대부 문인들의 시가 있었다.

그래서 삼당시인[3] 등이 공존하고 있었던 것이다.

임진란 이후 17세기를 거쳐 조선 후기에 나타나는 다양한 문학적 경향과 현상들을 싹 틔울 움을 간직하고 있었다.

그는 사상적, 이념적 인식이 철저했던 도학적 성향의 인물은 아니었다. 그의 의식이나 문학도 성리학을 바탕으로 한 사물과 세계에 대한 생각을 하고 있을 뿐이었다. 물아일체 즉, 외물과 자아 또는 객관과 주관이 혼용일체가 된 것이었다. 그리고 우주적 즐거움과 같은 정신세계를 추구하려는 듯이 온화하고 친절하고 성실한 인품으로 일관해 온 것이다. 생에 대한 의욕은 저하됐을지 몰라도 그의 마음은 고요하면서도 기운은 맑고 깨끗한 느낌을 가져다준 것이다. 그런 타고난 본성과 미적인 의식을 토대로 한 도학파의 관점과는 현저히 달랐다.

제봉은 문학이 지닌 정신성이나 정신 경계보다는 표현을 통한 미적 예술성에 두지 않았나 싶다. 그에게 있어서는 기본적으로 문학이 도와 어떠한 관계에 놓였는가와 같은 문제는 의식 밖이었는지 모른다. 문학적 능력으로 현실정치에 참여하고자 한 것이 더 짙어 보였기 때문이다.

---

2) 海東 江西詩派: 중국 송나라 蘇軾의 제자인 江西 출신의 黃庭堅을 원조로 하는 詩派이다. 字句의 鍛鍊을 존중하고 어려운 典據를 써서 고상한 경지를 노린 것이다. 宗派라고도 부른다.

3) 三唐詩人: 조선왕조, 中宗, 宣祖 때 시명을 떨친 세 사람의 시인, 곧 白光勳, 崔慶昌, 李達 등 이들을 주축으로 삼당파가 생겨난 것이다.

그가 관각문학을 선호했다 할지라도 문학이란, 시대의 문화를 대표한 것을 어쩌랴!

외교관계의 수행을 통해 국가에 기여할 수 있는 것이라는 서거정과 같은 선대 사장파들이 가졌던 생각도 확실하게 본받은 것 같지는 않았다.

그러나 그는 과거급제 이전부터 시명이 있어 왔기에, 경직시기에는 명종의 은혜도 두터웠던 것이 사실이다.

정치적으로 소외된 시기에도 그는 사대부들로부터 인정을 받고 있었고, 만년에도 선조의 지우를 받던 <화국재>의 문사라는 명칭을 받았으니 말이다.

그가 바라던 관각문학[4]이, 그가 추구했던 문학적 개성과 관료적 문학 특성이 아닐까 싶었다. 그래서 그런지 그의 시는 역시 아름답고 화려했다. 그림쇠 <규구>에 맞고 고전음악의 가락처럼 아담스러웠다. 그는 그러한 표현을 통해 사물의 형상화에 주력한 것 같았다. 표현의 아름다움을 추구한 인상이 짙었기 때문이다.

이런 시적 성향은 관각문학이 가진 '찬미'라는 특성과는 내용이나 표현 면에서 매우 유사했다. 그러나 관각문학의 또 하나의 전통인 '규구'와는 거리가 있는 것이 아닌가.

그가 생각했던 관각문학의 범위는 명종의 궁중 연회나 행사, 경

---

4) 館閣文學: 관각체는 당초 문체의 하나로, 조선 왕조 말엽 실학파를 제외한 문장 대가들은 모두 正古文을 사용했다. 그중 洪淵泉, 金台山, 洪梅山, 朴瓛濟, 李寧齊 등은 모두 홍문관, 규장각 등 관각에서 종사하던 문사였으므로 이들의 문장과 문체를 관각체라고 일컫는다. 한문학사에서 사실 가장 거대한 실체로 19세기까지 존속했다. 중세시대 지식인이며 지배층인 사대부들이 가졌던 가치관과 세계관에서 관각문학은 무엇보다 중요한 의미를 지닌 것이다. 그것은 문학의 주류이며 가장 커다란 실체였다.
지극히 형식주의적이고 실용적인 문학이며 현대에는 발전적 의미로 흡수될 수 없다고 해도 문학사 속에 실체로 남아 있었다.

직 생활의 회고, 중국 사신과의 창수시 정도로 한정된 듯했다.

중국 조정의 행사에 참여하거나 천자를 알현하고 창작한 시들은 이러한 성향과 상당한 차이를 보이기 때문이다.

그가 지닌 관각문학의 지향과 현실참여는 중세시대 때의 대부분, 사대부들이 가졌던 의식이고 삶의 방향이었다.

사상적 경직성이 덜한 호남의 문화적 분위기 속에서 그가 가졌던 현실참여 의식이 관각문학을 추구했던 것이다.

그러나 관각문학을 옹호하고 그러한 문학의 특성을 추구한다고 해도 작가에 따라 문학적 특성은 달랐다. 그의 시는 화려하게 꾸민 감각적으로 세밀하다고 보아야 했기에 ······.

외적 형상화에 치중했다고나 할까. 그러한 특성이 바로 그의 문학적 개성이고 문학적 성취였다. 그도 '농려부섬'을 특장으로 인정했다. 다시 부연하자면 깊고 아름답고 풍요로운 것이 그의 특장이었다.

그것을 증명이라도 하듯 허균의 ≪국조시산≫에 수록된 대부분의 작품도 바로 그러한 성향을 띠고 있었다.

이러한 사실은 그의 문학사적 위치를 가늠하는 데 몇 가지가 헤아려진다.

그는 16세기 한문학사에서, 도학파, 해동강서파, 삼당파 어느 유파에도 포함되기 어려울 것이다. 굳이 말하자면 사장파의 관각문학에 포함될 수 있다고나 할까.

사장파라는 개념 자체도 모호하고 범주도 확실하지 않았지만, 관료적 문학은 문학적 특성이나 변별에 의한 개념이 아니라는 어려움이었다. 그러나 그도 물론, 주된 미의식이나 표현의 특성에 있어

개인차가 없지 않은 것 같았다. 그는 관각 문학적 특성을 가진 작가로 분류되어야 하지 않을까. 서거정 등은 당대의 정치, 문화를 주도해 나가는 위치에 있었다. 자신들의 역할과 역량에 대한 자부심과 자신감을 바탕으로 즉 '치세의 소리'에 상응할 만한 전려, 화미한 시 세계를 구축했다. 제봉은 이에 현달하지 않은 것 같았다. 당대의 사회와 문화에 대한 관심이나 조망을 갖고 있지 않았다고 생각되기 때문이다. 그의 화미하고 전아한 작품들은 그의 관각문학을 선호하고 있는 데서 비롯된 것임을 알 수 있었다.

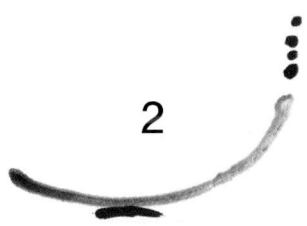

2

그는 고향에서 지낸 시기의 이러한 작품들은 현실적 상황에 따른 보상 심리로 창작된 것은 아닌지 ……. 이런 차이에도 불구하고 그의 문학적 개성과 성취는 관각 문학적 특성을 가진 풍부하고 화미한 표현의 작품들이 많았다.

당시대 때 제봉을 중국 사신의 기록관인 서장관으로 적극 추천한 율곡 역시 유려한 사화를 즐겼다.

이를 두고 퇴계는, 불원천리 찾아온 율곡과의 며칠간의 만남이었지만, 정주의 성리학, 이기이원론, 사칠론 등 자신의 중심사상에 공감한 것에 흡족해하면서도 한편으로는 율곡이 즐기던 사화에 대해서는 마땅히 여기지 않았던 모양이다. 그가 조목에게 보낸 편지에 보면 율곡에 대한 이런 내용이 들어 있었다.

"…… 일찍이 그가 아름답게 수식한 사장을 지나치게 숭상한다는 소리를 들었기에 이를 억제하려고 시를 짓지 말도록 당부하였네."라고 나무란 것처럼 아마도 퇴계가 풍부하고 화미한 제봉의 시와 문장을 봤다면 또 뭐라고 지적했을까. 시문을 아름답게 꾸미는 것도 하나의 기교로 볼 수 있는데 ……. 오금을 못 펼 정도로 웅숭 깊기만 한 철학적 사고를 가진 퇴계의 정신세계에서는 한갓 유희 의 성격이 짙은 것으로 문학을 바라보았는지 모른다. 형이상의 개 념에 포함할 수 있는 것이 철학이라면 형이하 개념으로 문학을 치 환시켜 놓고 바라보고 있는 것은 아닌지 ……. 그래서 심오하다고 하는 학문이 우주에의 추구로서 인생을 논해야 한다고 생각했는지 모른다. 유한된 삶을 노래하고 자연을 찬미한 것만으로 생의 욕구 가 충족될 수 있겠느냐는 비아냥거림도 들어 있을 터였다. 특히 선 비들 중에는 지고선, 즉 인간 생활의 최고 이상을 선비정신에서 찾 아야 하는 것처럼 긴 수염을 쓸어내리고, 밭은기침을 자주 해 대며, 고고한 품행만을 견지해 온 이들의 눈에는 예(藝), 문(文)을 기예 정도로 쓸까스르는 정서가 지금도 면면히 흐르지 않는다고 누가 부인하랴. 그러나 분명한 것은 예, 문에는 예(禮)의 가르침이 있어, 도(道)의 길을 터 주고 세속에 희락을 선사하는 것이다. 기쁨과 즐 거움이 없는 세상은 불가의 주장처럼 그대로의 '고뇌'일 뿐이다. 인간은 때때로 고뇌가 닥치면 이를 감내해 극복해야 하겠지만, 비 록 상징성을 강조한다 하더라도 이런 부정적인 문자보다 지상 삶 의 목적을 '기쁨'이란 긍정적인 사고의 문자를 갖는 것이 훨씬 더 유익했다. 진취적이고 의를 추구하고 도의 바른길로 나아감에 있어 더욱 발전지향적일 것이 아닌가.

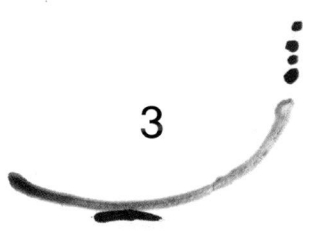

3

그의 시는 성리학적 엄숙주의나 경직성에서 개방으로 흐르는 자유로움을 추구한다.

그의 문학은 16세기 호남문학이라는 분류로 문학 내적 특성을 확보한, 한 작가 안에서의 문학적 개성의 통합과 한문학사의 의의와 역사적 맥락을 찾는 데 어려움이 없지는 않았다. 그의 문학은 호남문학과 부분적으로는 연계되어 있었다. 그때나 지금이나 호남의 문화적 분위기는 물산의 풍부함을 바탕으로 한 풍류적이었던 점을 무시할 수는 없었다.

영남에서의 성리학적 사유의 실천을 중시하는 도학적 학풍이 사승관계를 통해 깊어지고 경직되어 있었던 분위기와는 현격한 차이가 있었다.

16세기 호남출신 인물들은 비문벌 출신이었기에 대부분 중앙 정계와의 강한 연을 맺지 못했다. 박상이나 임억령, 김인후의 경우에서도 드러나듯이 어느 정도 출세의 단계를 밟다가, 기묘사화, 을사사화 이

후 임백령의 죽음, 인종(仁宗)과 명종의 급작스런 서거 등 구체적인 사유는 다르지만 중앙정계에서 소외된 것이었다. 제봉도 외척 세력의 몰락이라는 이유이기는 하지만 역시 중앙정계에서 소외된 것이다.

당시에도 여전히 문벌이 관료사회에서 출세의 중요한 뿌리가 되었기에 호남사대부들이 과거를 통해 입신을 하고 요로에 진출해도 고위직까지 승진하는 경우가 드물었다.

중앙 정계에서 소외되어 귀향한 사대부들과 향촌 사대부들은 그들의 경제적 풍요를 바탕으로 경관이 아름다운 곳에 정자를 짓고, 시와 술로 교유하면서 여생을 즐긴 것이다.

면앙정이나 식역영정 등에서 사대부들이 창작했던 한시들은 사상성이나 내면 의식보다는 자연을 취미로 즐기는 서정성의 공통점을 갖고 있었다. 이것은 호남의 문화적 분위기와 그 맥을 잇고 있는 것이다.

물론 김인후나 기대승, 유희춘 등은 성리학에 대한 학문적 관심과 저술이 확인되기도 했다. 물론 간접적인 확인이었으나 임억령은 사림파적 의식을 갖고 있었다.

그러나 이들도 소쇄원, 식영정, 환벽당, 면앙정 등을 중심으로 교유한 시는 내면적 사유나 철학적 면모를 드러내지 않았다. 이러한 점은 풍류성 혹은 순수 문학적 성향이라 말할 수 있었다. 혹은 성리학적 엄숙주의나, 강직해서 개방으로 흐르는 자유로움이라고 할까.

호남의 문화적 분위기가 오히려 순수 문예의 성향의 작가들을 배출했던 것은 아닐까. 임억령이나 이후백, 박순5), 정철, 백광훈 등

---

5) 朴淳(?~1402) 太宗 때의 명신으로서 태조가 咸興으로 가서 오래 돌아오지 않으므로 태종의 명을 받들고 가서 그의 뜻을 전하고 돌아오다가 용흥강(함경남도에 있는 강)에서 도리어 태조에게 허리를 잘리어 죽는다.

은 생각과 태도가 매우 굳어 유연성이 모자랐다. 그래서 평이하고 서정적인 문학으로 진행되어 갈 수밖에 없었다.

제봉은 19년 동안 고향에 있을 때 호남문학의 영향을 받았던 것이 사실이었다.

그의 현실에 대한 필요성과 교유를 통해 얻어진 영향이었다. 취미로 즐기는 것과 서정적으로는 평범했던 표현이 그것을 뒷받침해 준다고 보기 때문이다. 이러한 영향은 그가 생존했던 16세기 후반 명(明)나라에서는 <시필성당 문필진한>을 기치로 한 의고주의를 선호했다. 풍만한 아름다움이 거기에 깃들어 있다고 믿었기 때문이다.

대각체에 대한 반발로 대적된 의고주의는 당시나 진한문의 견실한 내용보다는 예술적 품위를 모방하는 형식주의적인 측면이 있었다. 의고주의의 대표적 인물인 전후칠자[6]의 저작을 조선에 소개한 사람은 윤근수였다. 그러나 실증적인 자료는 윤근수에서 확인된다 해도 문화종주국이라고 보는 중국의 동향에 대한 민감한 관심과 해마다 여러 차례에 걸쳐 수많은 인원이 왕래하는 중국사행, 빈번한 중국 사신의 조선방문, 특히 중국 측의 문제로 파견되는 경우 오게 되는 한림편수관 등 명망 있는 중국 문신과의 창수 등을 통해 중국의 문화적 동향은 조선의 사대부 문인들에게 즉각적인 영향을 미친 것이다. 그러나 외국문자인 한자로 창작을 하는 조선의 사대부들에게 새로운 동향이 이해되었던 것이다. 작품 창작으로 일반화되기까지는 상당한 시간이 소요되었기 때문이다.

그렇다고 해도 중국사행이나 사신 접반에 빈번하게 참여하는 문

---

6) 前後七子
　　명나라 嘉靖年間의 詩人인 李攀龍, 王世貞, 謝榛, 宗臣, 梁有譽, 徐中行, 吳國倫 등
　　의 7사람. 嘉靖七子.

신들은 정치적 동향뿐 만아니라 문학적 동향도 민감하게 받아들이지 않을 수 없었다. 정사룡이 만년에 당풍의 시를 지었다거나 윤근수가 전후칠자에 대한 기록을 남겼던 것도 이러한 결과였다.

제봉은 사상적인 성향이나 정치적인 색채가 미약한 순수 문사인 것이 분명했다.

그의 이러한 면은 교분 관계에서도 잘 드러나 있었다. 외척 이양의 일파에 속하면서도 그에 대립했던 사림계 인물인 윤두수, 신응시, 기대승, 정철 등과 폭넓게 지속적인 교분을 트고 있었다.

정계에 다시 들어간 후에 그는 서인계 인물이면서 동인인 김첨과도 교분을 갖고 있었다. 사상적인 면에서는 성리학적 심성론을 포용하고 있었다. 성리학에 집착한다거나 이단의 배척, 절의정신의 추앙과 같은 의식을 드러내었지만 체계적인 것은 아니었다.

4

이양 사건으로 정치적 좌절은 제봉의 삶과 의식에 전환점이 된 것이다. 그는 고향에서 자성하며 지내던 시기에는 백성들의 현실적인 문제에 대한 인식이 깊어져 갔다. 결국 이에 대한 실천적인 의지가 표면화된 것이다.

한때는 중앙 정계에서 촉망받는 문신으로 임금의 관심을 받으며 관각문학을 추구한 그였지만, 이제는 그가 문학과 문사로서의 삶에 대한 성찰을 하게 되었다. 자연에 대한 인식에도 변화를 가져오게 된 것이다. 그의 이러한 마음의 변화들이 문학적으로 나타나고 있었다.

제봉의 시가 고향시기를 지낸 후 진보했다는 허균의 평은 이러한 변화를 지적한 것이다.

그는 재차 정계에 들어간 이후 현실에 대한 인식이 현격하게 줄어들었다. 관각 문학적 성향이 전력 또는 송강과의 관계 때문에 배척을 받아 슬픔에 차 있었다. 그래서 그랬는지 그의 시가 표현에 의한 것보다는 심적인 정서가 과도하게 드러나기도 했다.

좌절과 체념, 슬픔과 향수 이것이 노년 시의 내용이었다. 그것이 그의 특성으로 굳어지지 않았을까 싶다. 그러면서도 그는 자신이 가졌던 현실 문제들을 지방관으로서 행정적 실천에 옮긴 것이다. 그는 영욕에 집착하지 않고 청렴결백했다.

대간의 탄핵을 받아 파직된 60세의 노문사가 임진란이라는 국가적 위기가 닥쳤을 때 의병을 일으키고 의병장으로 순국하게 된 정신적 기반은 그의 현실참여를 하고자 하는 의지가 반영된 것이리라. 무엇인가 이루고자 하는 실천적인 자각에서 비롯된 것으로 여겨진다.

가장 늦은 해의 시에 나타난 것을 보면 그의 굳건한 의지와 우국충정도 의병 활동의 정신적 기반이 된 것이다. 그는 문사로서의 명성과 의병장으로 순국한 행적은 그를 이해하는 두 가지 형태로 나뉘었다. 그러나 그의 사후에는 의병장의 행적에 문학적 능력이 가려져 있었다.

한국 한문학사에는 선인들에 의해 인정받은 많은 작가들이 있었다. 그들 중에 사상적 성향이 두드러지거나 투철한 의식을 가졌던 사람, 또는 작품을 통해서 그러한 특성을 확인 설명할 수 있는 작가들 외에 대부분 관심 밖의 대상이 되고 말았다.

당대에는 최고 수준의 작가로 평가를 받고 주요 작가로 거듭 거론되었으면서도 오늘날 빛을 발하지 못했던 작가들이 많았으니 말이다. 그들은 한문학의 역량이나 성취는 이미 인정받았음에도 불구하고 그들의 문학적 성취가 드러나지 않았던 점도 있었다.

당대의 역사적 한계가 있었다고는 할지라도, 오늘의 시각으로 그들의 작품세계를 되돌아봤을 때, 의미 있는 정신세계를 발견하기가 어려웠던 것이 사실이었다. 이러한 대표적인 예가 사장파 문학이나 관각문학을 선호했던 작가들일 것이다. 제봉도 그러한 인물들 중 예외는 아니었으리라.

게다가 16세기 한 시사의 주요 작가임에도 그의 문학은 의병장으로 순국한 행적에 가려져 드러나지 않았으니 …… 그의 정치적 입지에 사람들의 강력한 반발을 받았던 외척 이양 일파의 일원이었다는 것도 하나의 걸림돌이었을 것이다. 노년에는 과거지사의 송강의 정치적 후원 때문에 동인들의 탄핵과 배척을 받아야만 했던 서인의 주변 인물이었다는 점도 빼놓을 수는 없었다. 명종의 관심을 받던 시기뿐만 아니라 정치적으로 금고되어 있거나 정치적으로 소외되었을 때도 그의 문학적 능력은 높은 평가를 받은 것이 사실이었다. 그러나 높은 평가를 받은 것은 작품이 지닌 정신성이 아니라 표현적 측면이었다.

무성한 꽃나무의 넉넉함처럼 농밀한 아름다움이 풍요롭게 만발한 '시중유화'와 같은 평은 풍부하고 아름다운 표현과 탁월한 형상성을 가리키는 것이기에 그렇다.

지금까지 그에 대해 추적한다고 했으나, 사상적으로 또는 정치적으로도 그의 성향을 올바르게 이해한 것으로 볼 수는 없었다. 그의 인생 한 단면을 바라본 것에 불과한 것이라고나 할까.

그가 성리학적 심성론에 가까운 성향이었다면, 그것은 대대로 이어져 내린 가문에 뿌리를 두었을 테지만, 다양한 중국문화에 직접적으로 접하게 된 영향이 더 컸으리라는 것은 한갓 추측일 뿐이다.

이른바, 맹자의 이야기에서 언뜻 교훈을 얻을 수 있을 것 같아 제봉이 역사의 수레바퀴를 거꾸로 돌려 ≪시간을 초월하여≫ 맹자를 만난다면 맹자는 그의 심성을 어떻게 평가했을까. 맹자가 다른 두 사람을 평가한 것에서 유추해 보는 것도 과히 나쁘지 않으리라는 생각이었다.

맹자는 백이와 유하혜[7]를 비교하였으나 그들에 대해 모두가 부정적인 시각이었다.

"백이는 인정을 펴는 임금이 아니면 섬기지 않았고, 신의를 지키는 벗이 아니면 사귀지를 않았다. 또 그는 나쁜 임금의 조정에는 나서지 않았고 나쁜 임금의 조정에 나서는 것이나 나쁜 사람과 말하는 것을 마치 관복과 관모로 정장을 하고 도탄에 앉아 있는 것같이 꺼림칙하게 생각했다. 그렇듯 나쁜 것을 미워하는 그의 마음으로 미루어 볼 때 아마도 그가 마을 사람들과 한자리에 있다가도 그 중의 한 사람의 관모가 바르지 않은 것을 먼눈으로 보게 되면 마치 자기도 더럽혀지는 듯 이내 자리를 떴을 것이라 생각된다. 그래서 제후들이 아무리 좋은 말을 해 그를 초청해도 그는 수락하지 않았다. 그뿐 아니라 그런 제후들을 만나러 가는 것조차도 창피하게 생각했던 것이다(孟子-曰: 伯夷, 非其君不事, 非其友不, 不與惡人言, 入於惡人之朝, 與惡人言, 如以朝衣朝冠坐於塗炭, 推惡惡之心, 思與鄕人立, 其冠不正, 望望然去之, 若將浼焉. 是故諸侯雖有善其辭命而至者, 不受也, 不受也者, 是亦不屑就已).

그러나 노(魯)나라의 대부 유하혜는 더러운 임금에게 출사하는 것도 수치로 생각하지 않았다. 또 얕은 벼슬도 천하게 여기지 않았

---

7) 柳下惠: 魯나라의 대부이다. 자신의 현명한 지혜를 숨기는 일 없이 마냥 실력을 발휘했다. 그는 바른 도리로써 반드시 직분을 다했다. 남에게 버림을 받아도 원망하지 않았다. 곤궁한 처지에 빠져도 걱정하지 않았다.

다. 벼슬하는 이상은 자신의 현명한 지혜를 숨기는 일 없이 마냥 실력을 발휘했다. 그는 바른 도리로써 반드시 직분을 다했다. 남에게 버림을 받아도 원망하지 않았다. 곤궁한 처지에 빠져도 걱정하지 않았다. 그러고서 그는 말했다. '너는 너고, 나는 나다. 비록 내 옆에서 너희들이 옷을 벗고 알몸뚱이가 된다 하더라도 나를 더럽힐 수는 없을 것이다!' 그는 언제나 유연한 태도로 나쁜 사람들과 함께 있어도 자신을 잃지 않았다. 그런가 하면 그는 자신이 사퇴하고자 했을 때도 남이 가지 말라고 만류하면 그대로 벼슬자리에 머물렀다. 하긴 만류한다고 머무른다는 태도는 역시 꼭 떠나고 싶지 않았다는 그의 마음을 암시한 것이기도 했다.

(柳下惠, 不羞汚君, 不卑小官, 進不隱賢, 必以其道, 遺佚而不怨, 阨窮而不憫, 故曰: '爾爲爾, 我爲我, 雖袒裼裸裎於我側!' 故由由 然與之偕而不自失焉. 援而止之而止, 援而止之而止者, 是亦不屑去已)"

맹자는 이같이 두 사람을 평해서 말했다. "백이는 좁고, 유하혜는 소홀하다. 좁거나 소홀하거나 군자는 어느 쪽도 따르지 않으리라(孟子曰: 伯夷隘, 柳下惠不恭, 隘與不恭, 君子 不由也.)."

백이는 도량이 좁고 지나치게 결백해도 결국 사회를 바로잡을 수 없다는 것이다.

사회악과 씨름할 각오가 없이 사회악을 넘어뜨릴 수가 없기에 그렇다고 했다. 반면 사회 속에 몸을 담그는 것은 좋으나 남은 남, 나는 나다 하는 식으로 사회에 대한 책임감이나 일체감이 없이 오직 나의 밥벌이만을 위한 듯한 유하혜 같은 태도도 찬성하지 않았다. 오늘날에도 너무나 많은 유하혜 같은 사람을 만날 수 있을 것이다.

맹자는 계속해서 인물평을 했다.

"자로는 남이 자신의 과실을 지적해 주면 좋아했다. 하(夏)나라의 우(禹)는 남에게 좋은 말을 들으면 고마워서 절을 했다. 그러나 위대한 순(舜)임금은 이들보다 더 큰 덕을 가졌다. 착한 일은 언제나 남들과 함께했다. 남이 옳을 때에는 언제나 자신을 버리고 남을 따랐다. 또 자진해서 남의 장점을 취해 가지고 착한 일하기를 즐겁게 여겼다.

순은 일찍이 미천한 사람이었다. 농사짓고 질그릇 굽고 물고기를 잡았을 때부터 후에 임금 자리에 올랐을 때까지 언제나 모든 사람의 선을 본받은 것이다. '남의 착한 점을 본받아 내가 착한 일을 한다는 것은 남과 더불어 착한 일을 하는 것이다.'

그래서 임금으로서는 백성에게 스스로 착한 일을 하게 도와주는 것이 그렇게 중요했던 것이다."

47. 성천자 순

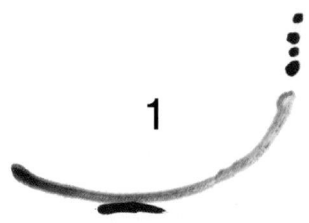

1

이상으로 맹자가 평한 세 부류 인물 중에 그는 과연 어느 쪽에 더 가까운 사람이었을까. 제봉의 글에서 가끔 인용된 백이숙제, 즉 맹자가 '좁고' 즉 소견머리가 좁은 것이 흠이라고 말한 백이었을까, 아니면 매사에 '소홀히 하다', 다시 말해 데면데면하고 허술하다고 말한 유하혜일까. 군자라고 자칭한 맹자로서는 성품이 좁은 백이든 매사를 소홀히 하는 유하예든, 둘 중 그 어느 쪽도 달가워하지 않아 했으니 따를 수가 없는 것이다.

그러나 맹자는 "남의 착한 일을 본받아 착한 일을 한다는 것은 그가 남과 더불어 착한 일을 하는 것이 ……"라 평한 사람이 있었다. 그가 바로 부모에 효성스럽고, 형제간에 우애가 있어 효덕이 천하에 드러났던 중국 전설상의 성천자(聖天子) 순(舜)임금의 예를 든 것이다.

다른 사람이 자기의 과실을 지적해 주면 좋아했다는 자로의 덕행도 들었다.

남에게 좋은 말을 들으면 너무 기쁘고 고마워서 절을 했다는 하 (夏)나라의 우(禹)임금의 지극한 겸손의 표본도 말했다.

그러나 맹자는 그들보다 더 큰 덕으로 남들과 착한 행위를 함께 나누었다는 순을 더 좋아했다. 순은 다른 삶의 행위가 옳을 때는 자신을 버리고 서슴없이 옳은 일에 따랐다. 순은 남의 장점을 본받아 착한 일 하기를 즐겁게 여긴 사람이었다.

애당초 그는 농사를 짓고, 물고기를 잡고, 질그릇을 굽는, 세속의 흔한 표현으로 천한 부로(父老)였다. 후에 왕이 되어서도 그는 언제나 모든 사람의 선행을 본받았던 것이다.

다음의 이야기에서는 순임금의 또 다른 현덕한 성품을 읽을 수 있었다.

순의 아버지는 고수[1]였다.

거기에다 그의 아버지는 완악하기까지 했다. 후처의 간계에 빠져 그녀의 소생인 상(象)만을 사랑했다. 하루는 셋이서 공모하여 순을 죽여 없애려고 여러 가지 흉계로 순을 괴롭힌 적이 있었다. 그래도 순은 부모를 원망하지 않았다.

오히려 자기가 부모의 사랑을 못 받는 것을 원망하고 부모에게 사랑받기를 울면서 하늘에 빌곤 했다.

천하의 선비들이 자기를 좋아해 벼슬직에 추대하기를 누구나 바라고 있었다. 순은 그것으로는 자기의 근심을 덜 수 없었다. 아름다운 미인을 누구나 자기부인으로 얻고자 하는데, 순은 요제(堯帝)의 두 딸을 처로 삼고 있었다.

---

1) 瞽瞍: <書經> 堯典孔傳에는 "눈 없는 사람을 고수라고 했다. 여기서 순의 아버지는 선과 악의 시비를 분별할 줄 몰라 瞽라고 했는데, 瞍 자를 겹쳐 부른 것이다. 이 瞍도 눈이 없다는 뜻이다."라고 했다.

순은 그것으로도 자기 근심을 풀 수가 없었다. 누구나 얻고자 하는 것이 재물이 아닌가. 순은 천하의 재산도 소유했다. 순은 그것으로도 자기 근심을 떨쳐 버리지 못했다.

요제는 순의 현덕함을 알고 자기의 아홉 아들에게 순을 스승으로 받들도록 하고 두 딸을 순에게 주었다. 요임금의 큰 딸은 아황(娥皇)이고 둘째 딸은 여영(女英)이었다.

또 백관들에게 명령하여 소와 양, 그리고 창름(곳집: 곳간으로 지은 집)을 갖추어 가지고 논밭에서 농사짓던 순을 섬기게 했다. 그러자 천하의 모든 사람들이 순을 따랐다.

요제는 천하를 다스리는 대권을 순에게 넘겨주고자 했다.

누구나 바라는 것이 또한 존귀가 아닌가. 순은 가장 존귀한 처지가 된 것이다. 그것으로도 순의 근심은 덜어지지 않았다. 남들이 자기를 좋아해 추대하는 것이나, 아름다운 미인이나, 재물이나, 존귀로서는 순의 근심이 결코 해결되지 않았던 것이다.

그렇다면 순의 근심거리가 도대체 무엇이기에 그렇게 풀 길이 없었을까.

미상불 그는 부모의 사랑을 얻는 것으로써만 그의 근심을 풀 수 있었다. 그러나 부모의 사랑을 받을 길을 찾기는커녕 그는 부모에 의해 점점 죽음의 궁지로 몰리고 있었다.

어느 날, 순의 부모는 그에게 식량창고를 고치라고 했다. 그가 지붕에 올라가자 그의 부모는 사다리를 치워 버리고, 아버지 고수는 창고에 불을 질러 그를 태워 죽이려고 했다. 그러나 순은 죽지 않고 살아난다.

그는 미리 준비해 간 두 개의 삿갓(쏬)을 펴 날개로 삼아 높은 데서 날듯이 내려와 위기를 모면했다.

　그 후 또다시 그의 아버지는 순에게 우물을 파내게 하고 순이 나오려 하자 위에서 흙을 덮어씌워 순을 생매장해 버렸다. 이때도 순은 날쌔게 빠져나와 죽지 않고 살았다. 순은 위험을 예측하고 미리 우물 속에서 옆으로 빠지는 통로를 마련해 두었던 것이다. 그의 생각은 적중하여 파 놓은 옆 통로로 빠져나와 살 수 있었다.

　순의 부모는 이복동생 상과 합작하여 순을 죽이려 했으나, 순은 민첩하고 기민한 조치로 위기를 모면했다. 흙에서 육체적인 일을 하는 사람은 몸의 유연함과 위험에 대처하는 민첩성과 기민함이 남다르게 뛰어났다. 순은 그렇게 위험을 느끼면서도 부모는 물론 동생 상에 대해서도 원한을 품거나 미워하지 않았다. 속된 세상의 눈으로 보면 순은 바보가 된 것이다. 그럼에도 그는 동생에게 언제나 그렇게 착하게 행동하고 너그럽게 대해 주었다.

2

순임금을 이야기하다 보니 구약성경[2]에 나오는 이스라엘의 왕 사울과 다윗의 관계가 연상되었다. 사울은 다윗의 뛰어난 지혜와 그에 대한 백성들의 인기가 사울 자신을 앞서 있음을 알았다. 그러자 사울은 매우 불쾌하게 여겼다. 그의 세력이 커지면 자신의 신변에 위협이 되지 않을까 더욱 염려가 된 것이다. 사울은 평생에 다윗을 대적으로 삼자 더욱 불안에 떨 수밖에 없었다. 그의 딸 미갈을 다윗에게 주어 올가미가 되게 했다. 다윗을 그렇게 사위로 삼았음에도 두려움은 사라지지 않았다. 그래서 기회가 생길 때마다 다윗을 죽이려 한 것이다. 그때는 블레셋 사람과 싸움에서 몇 차례 이긴 바 있는 다윗을 블레셋 사람의 손에 죽게 계략을 꾸미는 등 여러 차례 해치우려 했다. 어느 날 사울은 그가 이스라엘 사람 중에서 선택한 3천 명을 거느리고 다윗과 그의 사람들을 찾으려 광야에 있는 속칭 들 염소바위로 진격해 갔다. 바로 옆에 있던 바위

---

2) 구약성경, 사무엘 상 23, 24

굴에는 다윗과 그의 추종자들이 숨어 있는 굴이었다. 때마침 사울은 뒤가 마려워 다윗이 깊숙이 숨어 있는 줄도 모르고 볼일을 보러 굴 안으로 들어가게 된다. 그때 굴 안에 숨어 있던 다윗은 그가 거느린 사람들로부터 이런 말을 들었다. 그들이 믿는 신이 사울을 다윗의 손에 넘긴 절호의 기회이니 죽이라는 것이었다. 사울 왕을 해치는 날이 바로 이날이기에 다윗이 그의 뜻을 행사하기를 바랐다. 다윗은 조용히 사울에게 다가가 사울의 겉옷자락만을 살며시 베어냈다. 그리고 다윗은 그의 사람들에게 신의 기름부음을 받은 왕을 죽인다는 것은 신이 허락하지를 않을 것이라고 했다. 그리고 다윗은 사울에게 이렇게 간곡한 호소를 했다. 굴 밖으로 사울을 따라 나온 다윗은

"내 주인 왕이시여……" 하고 외치자, 그 외침을 듣고 사울*이 뒤돌아봤다. 다윗이 땅에 엎드려 절한다. 다윗은 사울에게 계속해서 말했다. "……보십시오. 다윗이 왕을 해치려 한다고 하는 사람들의 말을 왕은 어찌하여 들으십니까. 오늘 여호와께서 굴에서 왕을 내 손에 넘기신 것을 왕이 아셨을 것입니다. 어떤 사람이 내게 권하기를 왕을 죽이라고 하였으나 내가 왕을 아껴 말하기를 나는 내 손을 들어 내 주인을 해하지 않으리니 그는 여호와의 기름부음을 받은 자이기 때문이라고 했습니다. 내 아버지여 보십시오. 내 손에 있는 왕의 옷자락을 보소서 내가 왕을 죽이지 아니하고 겉옷 자락만 베었습니다. 내 손에는 악이나 죄과가 없는 줄을 오늘 아셨을 것입니다. 왕은 내 생명을 찾아 해하려 하시나 나는 왕에게 범죄를 저지른 일이 없습니다. 옛 속담에 악은 악인에게서 난다고 하였습니다. 여호와께서는 나와 왕 사이를 판단하시어 나를 위해 왕

에게 보복하실지 모르나 내 손으로는 왕을 결코 해치지 아니할 것입니다. 여호와께서 재판장이 되어 나와 왕 사이에 심판하셔 나의 사정을 살펴 억울함을 풀어 주시고 나를 왕의 손에서 건지시기를 원하나이다."

이런 간곡한 호소를 들은 사울은 다윗에게 이렇게 말했다. "…… 내 아들 다윗아 이것이 네 목소리냐 하고는 소리 높여 울었다. 그러고서 …… 나는 너를 (그렇게) 학대했는데 너는 나를 선하게 대해 주었다. 너는 나보다 의로운 사람이다."

라고 하면서 다윗에게 용서를 구했다. 다윗은 용서뿐만 아니라 그 후로도 후계자가 되기까지 사울에게 충성을 다했다. 다윗은 순과는 신분이 뒤바뀐 처지이지만 둘의 선한 행실은 같은 것이었다.

그렇다면 순이 거짓으로 동생에게 기쁜 척했을까? 이에 대해 맹자는 "군자는 정리에 맞는 방법을 가지고 방편상 남을 속일 수는 있어도, 정리에 맞지 않는 방법으로는 남을 속이지는 않는다. 상이 형을 사랑하는 척하고 대해 왔으니까 순임금도 성심껏 그를 믿으려 하고 그를 기쁘게 맞이한 것이다. 어찌 순임금이 거짓을 꾸몄겠느냐?"라고 만장에게 맹자는 되물었다.

자기를 죽이려던 상이 순에게 엉뚱한 거짓말을 했던 것인데, 그래도 순은 이를 착하게 받아 주고 더욱 상에게 은애(恩愛)스럽게 말을 해 주었다. 이것을 만장이 위선이 아니냐고 물은 것인데, 맹자는 '위선이 아니라'고 이를 부정하고, 즉 '군자도 남을 속이는 수가 있다. 그러나 그것은 나쁜 것을 큰 길에 올려놓기 위한 방편'으로 선의에 거짓인 것이다. 이는 남을 속여 자기의 이득을 얻고자 해서가 아니었다. 예수가 설파한 "악을 선으로 이겨야 한다."는 말처럼 우회적 방법을 순은 택한 것이다. 그의 아우 상과 부모를 의로운 사람으로 인도하기 위해 선의의 거짓 행위인 것이다.

이복동생 상은 순이 죽은 줄 알고

"내 형도 군을 흙으로 덮어 죽게 한 계략을 낸 것은 다 나의 공적이다. 그러니 그의 소유였던 소, 양과 식량창고는 부모의 차지로 하고, 방패, 창, 거문고, 붉은활은 나의 차지이다. 그리고 두 형수는 나의 잠자리 시중을 들게 하리라."

두 사람이나 되는 형수를 자기 처로 삼겠다는 말이다. 그렇게 중얼거리면서 상은 형, 순의 집으로 갔다. 그러나 순은 죽지 않고 평상 위에서 거문고를 켜고 있었다. 이때 상이 말했다.

"형님을 걱정하느라 속이 답답할 지경입니다."

하고 계면쩍은 표정을 지었다. 그러나 순은 "마침 내가 이 여러 사람들을 너로 하여금 내 집에서 다스리게 하려던 참이다."고 말했다.

"순은 상이 자기를 죽이려고 했다는 것을 정말 몰랐을까?"라는 만장의 물음에 맹자는 이렇게 대답한 것이다.

"어찌 몰랐겠느냐? 그러나 형제의 정리로 순은 동생 상이 걱정하면 자기도 걱정했다. 그러다가 상이 기뻐하면 자기도 기뻐한 것이다."

순은 부모의 사랑을 못 받아 마치 곤궁에 빠진 사람처럼 몸 둘 바를 몰라 했다. 사람이 어릴 때에는 부모를 생각하다가도 미색을 알게 되면 부모를 잊고 젊은 여자를 생각하게 된다. 또 처자가 있게 되면 부모를 잊고 처자만을 생각하게 된다. 벼슬살이를 하면 부모를 잊고 임금만을 생각하게 된다. 임금의 사랑을 못 얻으면 초조하게 여기게 마련 아닌가.

그러나 큰 효자는 평생토록 부모를 생각한다. 나이 50이 되어도 부모를 그리워한 사람을 오직 큰 효자인 순에게서 볼 수 있었다고 맹자는 말한다.

무왕(武王)이 은(殷)나라를 치려는 것을 만류했으나 자기 말을 듣지 않아 주(周)나라의 곡식 먹기를 부끄럽게 여겨 수양산에 들어가 고사리를 캐어 먹으며 숨어 살다가 결국 굶어 죽었다는 백이, 지조를 더럽히지 않으려는 그의 결백성만은 본받고자 했던 것이 제봉의 강직한 성품임을 숨기지 않았다.

48. 이야기 마무리

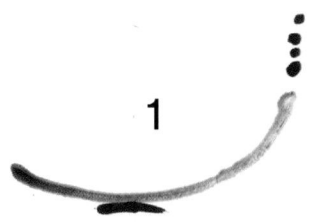

1

　지당(池塘)의 연(蓮)은 마을의 온갖 오염된 폐수가 모여 있는 못에서도 찬란하게 꽃피우며 자생한다. 연꽃 스스로는 더럽혀지지 않고 오히려 더러워진 연못을 정화한다. 다년생 수초인 연이 바로 그렇다. 그런 의연함이 시궁창의 오수를 묵묵히 받아들이고, 흘러드는 폐수의 극심한 냄새가 코를 마비시키지만, 사람의 입에서 뿜어내는 입김에는 심한 독기를 풍긴다고 한다. 그런 입김은 생물의 환경에 치명적인 독소가 된다. 환경을 오염시킬 뿐 아니라 사람의 귀를 더럽힌다. 그런 독소를 뿜어내는 입방아의 공격이 있음에도 상관하지 않는다. 묵묵히 자기 할 일을 할 뿐이다.

　제봉은 그렇게 세상으로부터 귀를 더럽힐 정도의 많은 공격을 받았으나 그들을 나무라거나 세상을 저주하지 않았다. 연잎과도 같이 그는 그렇게 관용의 미덕과 살신성인 정신으로 그의 시와 함께 세상에 찬란한 꽃을 피우고 간 사람이었다. 설령 세속적인 혼란으로 인정에 이끌려 자기의 의지를 펼치지 못했다 하더라도 그는 결코 한탄하지 않았다. 그는 언제나 그런 소박하고 남을 배려한 이였다. 그러나 그는 전쟁터에 나가 그의 몸을 내주어 죽임을 당할지언정 후손들에게 가훈으로써 바랐던 '세독충정'의 의지는 결코 굽히지 않았다. 그가 세상에서 인간적인 그의 유약함은 단점이 될지는 모르나, 다분히 그의 마음에 잠재되어 있는 행동을 은연중에 드러내었던 것이 아닐까.

그러나 무엇보다도 그가 추구한 것은, 한때 나라의 녹을 먹었던 관료로서 농어촌 백성들의 피폐한 삶에 대한 애착을 버릴 수 없었다.

그런 점에서 그는 백성의 복리를 우선하던 순임금의 인격과 효덕의 정신을 본받고자 했다. 그가 초야의 부로 시절이던 때, 벼슬길을 떠나는 절친한 여러 친구들에게도 권유하고 또 자신이 지방 관리로 있을 때, 세금을 감해 주는 정책을 임금에게 건의했다. 직권으로 해결할 수 있는 것은 스스로 해결하려는 그의 의지도 살아 있었다. 농민들에 대한 긍휼정책을 그는 하루도 소홀히 여긴 적이 없었다.

이제 맹자의 대장부에 대한 생각에 그의 인격을 비춰 보고 여기에서 이야기를 일단 멈출까 한다.

어느 날 경춘[1]은 맹자에게 이런 말을 물어보았다.

"공손연과 장의는 참으로 대장부가 아니겠습니까? 그들이 한 번 노하면 천하의 제후들이 두려워합니다. 그러나 그들이 조용히 있으면 천하의 분쟁이 멈추었습니다."

이에 맹자가

"그것을 어찌 대장부라 할 수 있겠는가. 그대는 예기에서 배우지

---

1) 景春: 縱橫家, 張儀, 소진, 公孫衍 등

못했는가. 남자가 성년이 되어 관례를 올릴 때에는 아버지가 '사람의 도리를' 가르쳐 주고, 여자가 출가할 때에는 어머니가 타이르되 대문까지 전송해 나아가 딸에게 '네가 시집가거든 반드시 공경하고 조심하여 남편의 뜻을 어기지 마라.'고 훈계를 한다. 그러니 순종을 정도로 삼는 것은 바로 아낙네들이나 지킬 도리이다."

이는 종횡가에 대해 맹자가 비판한 말이다. 종횡가는 한마디로 오늘의 외교 전략가 또는 정략가로 보아도 무방할 것이다. 기발한 아이디어와 탁월한 설득력으로 국제정치를 좌지우지하는 민첩한 수완가인 셈이다.

특히 장의, 소진, 공손연 같은 종횡가는 당시의 천하를 뒤흔들고 있었다. 자신들의 최고의 명리영달을 누린 것이다. 따라서 같은 종횡가인 경춘이 맹자에게 '그들이야말로 참다운 대장부가 아니겠느냐'고 따져 물은 것인데, 맹자의 대답은 냉담했다. '백성들이 그들의 위협에 고개 숙인다고 대장부라니?' 그런 것은 '아낙네에게 하나의 예절로 지키게 하는 것과 무엇이 다르겠느냐?' 하고 일축한 것이다. 그렇다면 참된 도리란 무엇을 말하는 것일까. 오늘의 정치 지도자들이 맹자가 설파한 다음의 말에서 깊이 배우고 깨달았으면 하는 ……

하늘 아래 보금자리 인(仁)에 살고, 하늘 아래 올바른 자리 예를 지키고, 또 천하의 큰 길인 의를 행하는 것이다. 도를 행할 수 있는 자리에 오르면 백성들과 함께 착한 길을 따르게 한다. 만일 뜻이 이루어지지 않아 야에 있더라도 홀로 착한 길을 가는 것이다.

온 천하의 모든 사람들이 추구하는 넓은 보금자리와도 같은 것이 인(仁)이다. 맹자는 사람이 편하게 살고자 하는 보금자리를 인으로 보았으니 말이다(仁人之安宅也).

'인'이란, 도덕적인 덕목에 앞서 성장시키는 생명의 원천으로 삼아야 했다.

공자는 세속인들에게 당부했다.

"어진 사람들은 자기가 서고자 하면 다른 사람도 서게 해야 한다. 자기가 이룩하고자 하면 다른 사람도 이룩하게 해 주어야 한다(夫人者 己欲立而立人, 己欲達而達人)."(논어 6-28)

입신 처세하는 자리 '바른 자리, 위치, 위계', 즉 예의, 근본은 하늘의 바른 도리였다. 이것을 생활화하는 것이다(立天下之正位).

주자는 넓은 주거를 '인'으로 본 것에 견주어 대도를 의로 본 것이다(義人之正路).

사내대장부는 예를 지키고 인의를 행하고 처세의 기회를 얻으면 만인을 선도하고 못 얻으면 최소한 자기만의 선이라도 지켜야 한다. 부귀, 빈천, 위세나, 무력 앞에 타락하거나 또는 변절되거나 굴복하는 일이 없어야 참다운 대장부라는 것이다.

사서오경에서 맹자가 비판한 속인은, 바로 부국강병으로 천하의 패권을 잡아 보겠다는 패왕들에게 굴종하고 그들 밑에서 벼슬해 오직 부귀와 영달을 누리겠다는 자들이었다.

여기서 맹자가 말한 군자는 '인'의 대도를 가지고 천하에 왕도덕치를 구현하자는 사람이었다. 군자는 추잡하게 부귀영화를 구하지 않았다. 그러나 속인들은 대도(사람으로서 마땅히 지켜야 할 근본이 되는 도리)와는 서슴없이 그리고 대의(사람으로서 특히 국민으로서 마땅히 행하거나 지켜야 할 일)와는 상관없이 온갖 추악한 태도로 부귀영화를 구하고 이를 누리려 한 것이다.

부(富)하고 귀(貴)한 것에 의해 마음이 타락하지 않는다면 ……
가난하고 천하게 살더라도 지조를 버리지 않는다면 …… 어떠한
위세나 무력에도 굴하지 않는다면 …… 이런 사람이 대장부가 아
닌가! 이것이 곧 제봉이 배우고 깨우쳤던 유가의 가르침이고 그가
걷고자 한 길이었을 것이다. 그의 생애가 초지일관 이런 삶이었다
는 것을 그 누가 아니라고 말할까.

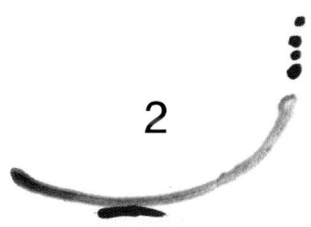

2

옛 군자들은 자기의 학문과 덕행을 수양해 높이고 나아가서는 현실사회에 참여하여 세계 평화와 인류의 행복에 기여하기를 원했다. 그러나 당시에는 임금이 알아서 자기를 등용해 주기를 바랐다. 비굴하게 군자가 아첨해 발탁되기를 바라지는 않았다. 그런 임금 밑에서는 참된 왕도덕치나 인의의 바른 정치를 할 수 없기 때문이다. 군자는 아무렇게나 감투를 쓰는 자가 아니었다. 교언영색의 낯빛에 꼴사나운 아첨꾼의 행태를 증자가 표현했던 것이 자못 흥미롭다.

'양쪽 어깨를 추켜올리고 송구스러운 태도를 보이고 남에게 아첨하며 웃는 시늉은 여름에 밭 갈기보다 고생스럽다.'

자로 역시 목불인견의 부끄러운 행태를 들었다.

'속생각이 같지 않음에도 겉으로만 (네! 네!) 하고 있는 자의 얼굴을 보면 내가 부끄러워 얼굴이 붉어진다. 그런 짓을 나는 차마 할 수가 없다.'

이 같은 행태를 그는 역겹게 생각해 멀리하려는 것들이다.

그렇다면 청렴결백을 맹자는 어떻게 정의했을까.

무위무능하고 빈궁하게 살다가 보람 없이 시들어 죽는다는 것이 청렴결백은 결코 아니다. 대의를 지키고 선도에 따라 인류사회에 공헌을 해야 했다. 이러한 인간의 책임을 포기하고 오직 곤궁만을 택하는 것은 청렴이 아니라 바로 지렁이의 생태로 보았다. 따라서 "유가의 윤리는 나만을 위한 것이 아니고 가족이나 국민, 더 나가서는 인류 전체를 위한 것이어야 했다. 그래서 '인(仁)'은 사람과 사람이 사랑으로 협동한다."는 가르침인 것이다.

남을 배척하고 외톨이로 사는 태도는 청렴결백이 아니라 일종의 괴망스러운 것에 지나지 않았다.

제봉은 젊은 관료시절 한때, 절친한 친구 기대승의 꾸밈없는 생각과도 흡사한 마음을 품었을 법하기도 했다.

"…… 저는 진실로 학문을 아는 사람도 또 학문에 뜻을 두고 있는 사람도 아닙니다. 다만 어릴 적 얕은 재능으로 고금의 책들을 제법 두루 읽을 수 있었을 뿐입니다. 그러나 그것은 글을 잘해서 관직을 얻어 볼까 하는 계획에 지나지 않았습니다. ……"

이 같은 내용을 퇴계에게 보낸 고봉의 겸손한 필설처럼, 그러나 제봉은 자신의 뜻을 나라에서 온전히 펼쳐 보일 기회를 얻지 못했다. 그는 결국 그의 기량을 발휘할 수 없었다. 노년에 들어 유독 그의 마음을 괴롭혔던 것은 농민들의 핍진한 삶이었다. 이것이 늘 한 시인의 가슴을 짓누르고 그의 마음을 암울하게 했다. 이 같은 백성들의 삶을 해결해 주지 못한 채 또다시 관료로서 자신 가족만의 호구지책을 위한 삶이 사실상 그에겐 못마땅했다.

그는 오직 젊었을 때부터 익혀 온 시문에 천착해 '풍류랑'으로 마음 아파하며 '애가'로 산천초목을 노래할 수밖에 없었다. 그래도 멍든 가슴은 풀 길이 없었다. 핍진한 농부들의 생활이 바뀌지 않는 한 …… 에라! 이 노부의 몸, 아무짝에도 쓰이지 못한 것을 ……. 이 생 다하기 전에 …… 임금을 향한 충성을 다하지 못한 한이 서려 온다. 마지막 살신성인의 길로 들어서자꾸나! 이 같은 굳은 마음을 품으며 그는 운명의 그날을 위해 말 궁둥이를 발뒤꿈치로 차, 금산성을 향해 돌진해 나아갔던가. 이윽고 그는 그곳 전선에서 영예롭고도 아름다운 죽음을 그의 막료들과 함께 맞이하게 된 것이었다.

그의 시가가 전반부에서는 일신의 영달을 꾀한 출세 지향적이었던가, 아니면 임금과 백성을 노래한 물리적 충절이었는가. 제봉의 시가가 그렇게 비추어진다면, 후반부의 시가는 굶주린 백성에게 바치는 연민의 애가가 아니었을까. 따라서 그의 시가 전반부에서 임금에게 드리는 찬가였다면 후반부에서는 굶주린 백성에게 바치는 애가일 것이었다.

가문의 세계

동·서양의 어느 나라 역사든 태초에 대해서는 신화, 전설로 시작되고 있다. 특히 개국시조에 대해서는 여러 가지 신의 설화가 있기 마련이다. 三姓神話는 오랜 옛날부터 구전, 또는 문헌상으로 널리 알려진 전통적이고 토속적인 제주도의 開闢說話이다. 高, 良, 夫 삼 신인의 탄생, 삼 공주의 출현, 耽羅國의 건국 등에 관한 이야기가 중요한 줄거리다.

우리 고대사회의 개국시조의 유래, 출생에 대한 설화는 다음과 같이 다섯 가지로 분류된다. <한국사 고대 편>

　　　天神族說: 환웅설화, 北夫餘 解慕漱傳說
　　　地神族說: 西述聖母說話, 제주도의 삼성설화
　　　天地兩神族說: 檀君, 大伽倻 始祖傳說
　　　外來族說: 箕子東來說, 昔脫解傳說
　　　卵生說: 朱蒙, 赫居世, 昔脫解, 閼智, 首露傳說

이런 분류 중에 따르면 제주도의 고, 양, 부의 삼성설화는 三神人이 땅속에서 나왔기에 지신족설에 속하게 된다. 이같이 땅속에서 솟아났다고 하는 전설은 어느 나라 신화, 전설에서도 찾아볼 수 없는 신비로운 점이 있었다.

위와 같은 전설은 영주지(瀛州誌: 영주는 탐라의 별칭이다.)에 정확하게 기록되어 있다. 이 영주지는 고려 말에 편찬된 고려사 지리지, 세종실록지리지 등 각종 문헌은 증보문헌비고에 수록되어 서울대 규장각에 소장되어 있다.

그의 세계는 탐라의 노인성(용골자리에서 가장 밝은 별을 말하는 데, 담황색의 -0.7등성으로 거리는 약 200광년이나 되는 남극성을 말한다.)이 비추는 한라산의 빼어난 정기를 받아 세상에 나오게 된다. 남극 부근의 하늘에 떠 있는 별이라서 남극노인성이라 불렸던 이 별은 광도가 겨우 6등급(별빛의 강도를 구분하는 계급으로 육안으로 보아 가장 희미한 별을 6등급이라고 한다. 가장 밝은 별은 1등급으로 정하는데, 이는 광도가 2.512배가 될 때마다 1등급씩 감소한다. 측정방법에 따라 실시로 등급을 정한다.)에 지나지 않았다. 중국에서는 사람의 수명을 맡아보는 카노푸스(Canopus)라고 하여 이 별을 보면 오래 산다고 했다.

구한시대에 어떤 神人이 한라산 북쪽 품자혈 같은 지형에서 솟아 나왔다고 했다. 이 사람이 곧 탐라왕국 시조 고을나(高乙那) 왕이다. 고가 왕세기는 당효갑자(중국의 堯가 陶唐氏이기에 이르는 말)에 탐라국이 건국되어 제45대 高自堅王까지 왕정시대가 이어진다.

탐라국 왕의 계보는 이렇게 이어진다.

고을나(高乙那)왕(B.C. 2337~2206) - 건(建)왕(2206~1767) - 삼계(三繼)왕(1767~1123) - 일망(日望)왕(1123~935) - 도제(島濟)왕(935~771) - 언경(彦卿)왕(771~619) - 보명(寶明)왕(619~520) - 신천(辛天)왕(520~426) - 환(歡)왕(426~315) - 식(湜)왕(315~247) - 욱(煜)왕(247~207) - 황(煌)왕(207~157) - 위(偉)왕(157~105) - 영(瑩)왕(105~58) - 후(厚)왕(58~7) - 두명(斗命)왕(7~A.D.43) - 선주(善主)왕(43~93) - 지남(知南)왕(93~144) - 성방(聖邦)왕(144~195)

- 문성(文星)왕(195∼243) - 익(翼)왕(243∼293) - 지효(之孝)왕(293
∼343) - 숙(淑)왕(343∼393) - 현방(賢方)왕(393 - 423) - 기(機)왕
(423∼453) - 담(聃)왕(453∼483) - 지운(指雲)왕(483∼508) - 서(瑞)
왕(508∼533) - 다명(多鳴)왕(533∼558) - 담(談)왕(558∼583) - 체삼
(體參)왕(583∼608) - 성진(聲振)왕(608∼633) - 홍(鴻)왕(633∼658)
- 처량(處良)왕(658∼683) - 원(遠)왕(683∼708) - 표륜(表崙)왕(708
∼733) - 형(逈)왕(733∼758) - 치도(致道)왕(758∼783) - 욱(勖)왕
(783∼808) - 천원(天元)왕(808∼833) - 호공(好恭)왕(833∼858) - 소
(昭)왕(858∼883) - 경직(敬直)왕(883∼908) - 민(岷)왕(908∼933) -
자견(自堅)왕(933∼938) 45대 왕에서 왕정시대는 막을 내린다.

이상 45대까지 왕정시대가 이어져 왔다. 고을나왕의 15세손 고
후, 고청, 고계 등 삼 형제가 처음으로 배를 만들어 바다 건너 신
라의 탐진(耽津)에 이르렀다. 때는 신라 성시(盛時)였다. 이는 신라
가 중소제국을 병합하고 영토를 확장한 가장 번성했던 시대이다.
신라 17대 내물왕(奈勿王, 356∼401) 말경에서 19대 눌지왕(訥祗
王, 417∼456) 때까지로 보고 있다.

탐라국이 해외에 처음으로 진출해 맺은 역사적 사실이었다. 이
때, 신라왕은 탐라왕족인 삼 형제가 오게 된 것을 매우 기뻐했다.
국빈으로 대우하고 마침 객성이 남쪽하늘에 나타났다고 해서 성주,
왕자, 도내(徒內)의 작호를 내리고 나라이름을 탐라(耽羅: 탐라의
명칭은 신라(新羅), 탐진(耽津)에서 유래되었다는 것보다는 오히려
탐진은 탐라의 교통항(交通港)이고 경유지였다. 이로써 서로 간에
밀접한 관계가 있었기에 탐라의 명칭을 따라 통일신라시대에 탐진

으로 바뀌었다고 추측된다.)라고 했다.

고구려와의 관계는 고구려를 창건한 동명왕 고주몽(高朱蒙) 후손은 횡성(橫城) 고씨였다. 탐라국 고을나왕의 후손인 제주 고씨와는 관련이 없다고 한다.

탐나는 366년(近肖古王)에 처음으로 백제와 교류를 갖기 시작했다. 498년 8월 백제는 탐라가 조공을 소홀히 한다고 이를 구실 삼아 탐라를 치려고 군사를 보냈다. 이때, 백제군이 광주까지 내려왔다는 소식을 듣고 탐라국 고지운왕은 사자를 급히 보낸다. 화의를 맺고 백제군을 되돌아가게 했다. 그러나 얼마 못 가 백제가 나당(羅唐) 연합군에게 멸망된다. 백제가 망하자 많은 유민들이 탐라에 망명 이주하게 된다. 백제는 탐라를 탐모라(耽牟羅)로도 불렀다. 이는 중국의 모현(牟縣: 山東省에 있다.)과 가까이 있다는 뜻이다.
<百濟本紀>

삼국사기에 보면 589년 수(隋)가 진(陳)을 멸하고 중국을 통일(남북조시대가 끝난)할 때에 수의 전선 1척이 태풍으로 탐라에 표류했다. 660년 백제가 신라의 나당 연합군에 멸망했을 때, 백제의 오도독(五都督)[1]을 개편해 지배하려 했으나 좌절되었다. 그 무렵 당나라 유인원(劉仁願)이 탐라 三神人의 고도지형(古都地形)을 가져가 버렸다.

동국세기에는 다음과 같은 기록이 있었다.

---

1) 五都督: 羅唐 연합군이 백제를 멸망시킨 후 백제의 故土(고향의 땅)에 두었던 통치기관인 五都督府(熊津, 馬韓, 東明, 金漣, 德安)를 후에 개편해 웅진도독부 아래 7州 52縣을 두고 옛 백제 땅을 지배하려 했으나 신라의 저항에 부닥쳐 폐지되었다.

"금강산을 봉래(蓬萊)라 하고 지리산(智異山)을 방장(方丈)이라 하고 한라산을 영주(瀛洲)라 했다." 영주산에서는 선약(仙藥)이 많이 난다. 중국의 진시황[2]이 불로초를 구하기 위해 동남동녀 5백을 보냈다는 서불과차(徐芾過此)라는 전설이 전해져 오기도 한다.

한유서(韓愈書)에는 탐부라(耽浮羅, 耽羅)의 상선이 광주(廣州)에 폭주한다는 기록이 있었다. 이는 탐라인이 광동(廣東)에까지 진출해 중국과 빈번한 교역이 있었다는 것을 말해 준다. 탐라의 선박은 크고 단단했다고 하는 것은 탐라의 조선술과 항해술이 뛰어났다는 것을 짐작하게 한다.

탐라와 일본과의 관계는 지리적으로 가까운 위치에 있는 섬나라이다. 서기 60년경 일본 사신이 탐라의 귤자(橘子) 묘목을 가져다 이식했다고 한다. 155년경부터 문물교역이 시작되었다. 양국 교빙 관계는 249년 일본 사신 갈나고(葛那古)가 탐라에 다녀갔다는 기록이 보인다. 그 후 660년 백제의 멸망으로 교류관계가 활발하게 전개되었다. 이는 양국 간 교빙(交聘)의 시초로 보인다. 이 무렵 탐라의 고처량(高處良)왕은 표류 중인 일본의 入唐使臣(당나라로 가던 사신)을 구출해 송환해 주었다.

---

2) 진시황(始皇帝)
   중국 최초의 통일적 대제국을 세운 秦나라의 제1대 황제이다. 장양왕의 아들로서 이름은 政이다. 13세에 진왕, 23세에 친정, 이후 16년간 여러 나라를 멸망시켰다. 기원전 221년에 천하를 통일하고, 스스로 시황제라 했다. 군현제[1]를 만들고, 도량형, 통화, 문자를 통일하는 등 중앙집권을 확립하고 焚書坑儒(진시황, 즉위 34년, 학자들의 정치비평을 금하기 위해 민간의 醫藥, 卜筮, 種樹 이외의 서적을 모아서 불살라 버리고, 다음해 유생들을 구덩이에 묻어 죽였다.)에 의해 사상통제, 萬里長城 증축과 阿房宮의 건설 등으로 위세를 크게 떨쳤다(B.C. 259~210, 재위 B.C. 247~210).

1) 郡縣制: 온 나라에 같은 政令을 펴고, 행정구역을 정해, 중앙정부에서 임명한 지방관이 중앙정부의 지시 감독을 받아, 그 구역의 행정을 맡는다.

이러한 관계는 양국 간 국교관계를 맺고 문물교환을 할 목적도 있었지만 사실은 백제의 멸망으로 탐라에 피신해 온 백제의 귀족들과 일본에 망명한 부여풍(扶餘豊: 백제왕자) 등 왕족들과의 백제 부흥운동에 탐라와 일본 양국이 긴밀히 접촉하고 협력했던 것이다.

이 무렵 백제의 복신(福信)이 주류성(周留城: 韓山)을 거점으로 일본에 있는 왕자 부여풍을 왕으로 삼고 고구려와 일본의 원군으로 신라와 당나라에 대항해 위세를 떨쳤다. 그 후 백제 부흥운동은 실패로 끝났다. 백제는 일본과의 역사적으로 밀접한 유대관계가 있어 백제의 유신(遺臣)과 탐라인들이 일본으로 이주 망명하는 데 큰 도움이 되었다.

일본서기 천지기(天智紀)에 보면 탐라와 일본과의 관계는 일본의 요직을 차지한 백제인들의 주선으로 668년 일본에서 오곡종자를 들여오는 등 문물교류를 계속하다가 일본 천무천황(天武天皇, 698~707) 때 그들의 국내사정으로 교류가 일시 중단되었다는 기록을 발견하게 된다.

특히 일본 九州지방에는 백제인, 탐라인들이 많이 건너가 거주하고 있었다. 지금도 제주도와 구주지방은 여자들의 바느질, 아이 업는 법 등 생활풍습이 비슷한 것을 발견하게 된다. 일본의 동북방 지역을 중심으로 분포돼 있는 星氏는 지금으로부터 1,400년 전 신라 말엽에 일본으로 건너간 탐라성주(耽羅星主)인 고씨의 후손들이었다는 사실이 최근에 밝혀졌다. 그들은 일본에서 명문벌족을 이루고 있는 '星'씨는 대대로 그 조상이 한국인이었다. 이는 口傳族譜(입으로 전해진 것을 적은 족보)를 토대로 고증 조사한 결과 서기 935년(을미) 신라가 멸망할 때, 탐라성주의 후손들 중 일부가 일본

395

으로 집단 이주하면서 고씨의 성을 星主의 '星' 자를 따서 바꾸어 사용했다.

일본서기(齋明紀)에는 662년 5월 탐라의 왕자 아파기(阿波岐) 등이 사신으로 다녀갔다고 했다. 이를 기화로 일본은 이길연박득(伊吉連博得)을 탐라에 보낸다.

고려태조 21년에 병합되어 제46대 왕자 고말로(高末老) 公이 초대 성주로 작위를 받고 탐라민정을 조선 태종 2년 때 제17대 성주 고봉례(高鳳禮) 公까지 이어지게 된다. 이처럼 상고시대부터 유구한 전통이 이어져 내려온다. 이로써 고을나왕 제46世, 고말로를 중시조로 하여 아홉 계파의 관향으로 분파된다.

신라 태종 무열왕 때 후(厚)라는 사람 三兄弟가 배를 만들어 타고 바다를 건너올 때 하늘에 客星이 남방에 나타나자 태사(史官)가 아뢰기를 "다른 나라 사람이 와서 朝見할 상징입니다."라고 했다. 얼마 후에 그들 삼 형제가 도착하게 되는데, 임금께서 그를 아름답게 여겨 성주, 왕자, 도내 등의 벼슬을 주었다. 이후의 자손이 나중에 호종공신으로 長澤君으로 봉해진다. 그때부터 장택을 본향으로 삼게 된다. 이 장택군은 고려조에 검교 군자감이었다. 이상의 족보는 안타깝게도 전쟁 때 일어난 화재로 유실되고 말았다.

중간에 본가는 제주를 비롯해 장흥, 개성, 횡성, 연안, 용담, 담양, 의령, 소봉, 옥구, 상당, 김화, 면산, 회령, 안동 등 122본이었다. 그래도 모두가 뿌리는 하나였다. 지금은 제주를 하나의 본으로 삼아 중시조 말로의 세손들이 9개의 파로 나뉘었다. 장흥은 중시조 말로의 10세손 중연[3]을 파조로 하고 있었다.

---

3) 高中筵

중연은 고려 말 남쪽으로는 왜적이 출몰하고 북쪽으로는 홍건적이 침입해 오는 왕조 말기적 시대 상황 속에서 활동을 했다. 공민왕 10년(1360)에 홍건적이 압록강을 넘어 2차 침입했다. 이로써 개경(개성의 고려 때 이름. 고려 태조 왕건이 왕위에 오른 다음 해인 919년에 이곳에 궁궐을 개설해 새로운 도시를 경영)이 함락되었다. 이렇게 되자 그는 왕을 모시고 복주(지금은 안동)로 피난을 갔다. 이때 그 공이 인정되어 호종공신으로 장흥백에 봉해져 본관을 장흥으로 삼았던 배경을 알 수 있었다.

고려 말에는 대륙과 바다 쪽에서 밀려오는 충격이 심했다. 안으로는 정치적 격동과 사상적인 변화가 확대되는 시기에 왕조는 교체되었다. 따라서 한 가문에서도 당연히 변화를 겪어야 했다. 당시 지도적 위치에 있었던 권력자들과 지식인들은 사상과 명분에 비추어 지난왕조든 아니면 새로 들어서는 왕조든 간에 어느 한편에 속해야 했다. 이 일로 가문은 갈등을 겪어야 했다. 이는 한 가문의 운명을 결정짓는 문제였기에 그랬다. 이런 때 행동을 어떻게 처신하느냐에 따라 조선조에 반상이라는 신분이 결정되는 것이다. 이러한 격동기에 살았던 중연의 후손들은 어떤 행동을 결정했을까? 따라서 어떤 이유로 그의 후손들은 장흥에서 광주로 옮겨 살게 되었을까? 이를 알기 위해서는 중연의 8세 고운에 이르기까지 족보를 추적해 보아야 했다.

"파조인 중연은 일명 복림(福林)으로 자는 수일(壽一)이고 시호는 량헌(良獻)이다. 그는 고려 말 인물인데, 충숙왕 17년(1329)에

장흥 고씨 시조. 중시조 고말로의 10세손. 개성이 홍건적에 의해 함락되자 공민왕을 호종해 개성에서 안동으로 피난을 떠났다. 그의 공이 인정을 받아 호종공신이 되었다.

문과에 합격하여 관직은 검교대위, 군기감사, 문하시중에 오르게 된다. 부인은 개성군부인 王씨였다. 2세 합(合)은 충정왕 2년(1349) 음서로 보승 별장을 했다. 그는 문과에 급제하여 지신 사판 상서를 지낸다. 부인은 광산 김씨다.

3세 伯顔은 공민왕 20년(1370) 문과에 급제하였다. 보승중랑장, 참의를 지낸다. 이때 그는 전남 영광으로 이전을 했다. 부인은 문화 유씨이다.

4세 恊은 고려조 益原大君 珚의 사위로 병부시랑 또는 병부상서를 지내게 된다. 같은 나이에 오랜 친구인 태종이 臣傳이라는 이름을 하사한다. 그리고 호조참의를 제수하였으나 고려조의 의리를 지켜 받아들이지 않았다. 부인은 松京 王氏였다.

5세 悅은 그가 탄생할 때 고려 공양왕이 비단보자기에 미역을 싸고 '열' 자를 지어 축하해 주어 그 이름을 얻게 된 것이다. 조선 태종이 호조참판을 제수했으나 이 또한 받지 않았다. 부인은 청주 한씨이다.

6세 尙志는 彰信校尉 忠佐衛副司直으로 좌통례(조선왕조 통례원의 으뜸벼슬)를 증직받았다. 부인은 광산 김씨이다.

7세 自儉은 하천 고운의 아버지로 자는 守約이고, 생원시험에 합격해 훈도를 지낸다. 중종 조에 청사원종공신으로 봉사하고, 통정대부 호조참의에 추증된다. 광주광역시 남구 압촌동에 그의 묘소가 있었다. 부인은 남양 홍씨이다.

8세 고운의 호는 하천, 성종 11년(1479)에 태어난다. 중종 2년 (1507) 등제해 생원, 진사가 되었다. 같은 왕 14년(1519) 별시문과에 급제해 형조좌랑으로 의령현감에 이르렀다. 기묘사화 때에 화를

입어 고향인 압촌으로 돌아와 은거하면서 눌재 박상, 남촌 윤지화
등과 가까이 지내면서 시로써 창수했다. 예조참판으로 추증되었다.
부인은 광산 이씨가 먼저 세상을 떠나자 죽산 안씨가 집안을 이어
갔다."

　남촌(자는 순경) 윤지화가 고운에게 증정한 오언절구로 된 시에
고운이 화답한 시가 여기 있다.

　　　　좋은 시는 은근히 발설하길 아끼니
　　　　읊어 옴에 기쁨이 얼굴에 가득하네.
　　　　포숙아4)와 사방득5)의 오른쪽을 달리고
　　　　구양수6)와 소식의 사이를 출입했네.

　　　　나는 이미 丹禁7)을 사양했으나
　　　　그대 어찌 碧山에 늙으리오.
　　　　석 잔 술에 기쁘게 취하여
　　　　해가 져도 오히려 돌아갈 길 잊는구나.

─────────────

4) 鮑叔牙
　　중국 춘추시대 齊나라의 어진 신하이다. 그의 친구인 管仲과 친교가 깊었다. 이 까닭
　　에 절친한 친구를 '管鮑之交'라 했다.
5) 謝枋得(1226～1289)
　　중국 宋代 말기의 충신이다. 자는 君直, 호는 첩산(疊山), 장시 성 사람. 元나라 군사
　　의 맹공을 받고 송나라가 쇠태한 후 복건, 건양에 망명하여 絶食하고 사망했다. 저서
　　로는 ≪疊山集≫, ≪文章軌範≫ 등이 있다.
6) 歐陽脩(1007～1072)
　　중국 송나라의 문인이며 정치가이다. 호는 醉翁, 또는 六一居士, 唐宋八大家의 한 사
　　람이다. 王安石의 개혁에 반대하고 정계에서 은퇴했다. 편저 ≪五代史記≫, ≪歐陽文
　　忠公集≫ 등이 있다.
7) 丹禁: 붉은 칠을 한 아름다운 궁전.

윤지화가 오언절구로 다시 운을 띄운다.

이곳은 진실로 하늘이 아끼었으니
올라와 굽어보니 한결같은 얼굴 활짝
백로는 紅蓼의 언덕에 차오르고.
고기는 연빈(緣蘋) 속에 노는구나.

軒前의 물은 거울처럼 투명하고
檻外의 산은 병풍처럼 둘러 있네.
많고도 많은 기묘한 경치
시 읊으며 구경하니 돌아갈 줄 모른다.
윤지화가 오언율시 2수를 다시 읊는다.
功名은 내가 이미 늙었으니
笏도 던지고 王公도 물리치네.
세월은 狂歌 속에 흘러가고
情懷는 술잔 가운데 떠오르네.

丹衷은 白日 같으나
부질없는 자취는 나부끼는 쑥대 같네.
他日 서로 생각난 곳에
흐름에 臨해 멀리서 詩筒을 보내리라.

세상살이 이제 여러 해인데
한가한 픔公을 부러워하네.
글귀를 찾음에 삼상8)을 따르고
酬酌9)할 때 한결같이 중도를 지키리.

---

8) 三上: 문장을 생각할 때 좋은 기회가 되는 세 곳, 바로 馬上과 枕上과 廁上(뒷간).
9) 酬酌: 主客이 서로 술을 권하며 말도 서로 나눈다.

그대 생각하니 白髮을 보는 듯하고

도리를 배움에 마음이 흐트러짐이 부끄럽네.

遠遊를 이미 거두게 되었으니

굴통10)을 던져 재할 날을 期하노라.

齒牙가 흔들리니 벗어진 듯하고

頭髮을 어루만지니 공평하지 않는구나.

悲歌는 風月 속이요

浪吟은 醉醒 中이네.

湖海에서 몸이 장차 늙으니

親朋의 情도 흩어지려 하는구나

원진11)과 백거이12)의 詩句 없음이 부끄러우니

어떻게 그대의 詩筒에 들어가리.

눌재 박상이 오언절구로 운의 시에 화답한 것이다.

늙은 나이엔 훤하면 잠을 못 자

백발을 새벽 되면 빗는다.

마음은 공중에 가로 걸린 劍에 꺾인다.

얼굴은 거울에 가득 찬 봄에 쭈그러들고

---

10) 屈筒: 屈原이 물속에 뛰어든 5월 5일에 祭를 지낸 故事로 竹筒 속에 쌀을 넣어 물에 던져 祭의식을 행한다.

11) 元稹(779~831)
중국 당대의 시인으로서 자는 薇之이다. 806년 친구인 백거이와 함께 진사가 되어 左拾遺, 尙書左丞, 武昌軍節度使 등을 역임했다. 시풍은 平易輕妙하다. 당시 유행하던 傳奇소설의 발상에 영향을 받은 연애시를 지어 元和體의 대표자가 되었다. 자신의 체험을 토대로 하여 애정소설 ≪鶯鶯傳≫을 남겼다. 장편 서사시 ≪連昌宮詞≫가 유명하다.

12) 白居易(772~846)
중국 당대의 대표적 시인으로서 자는 樂天, 호는 香山居士이다. 대중적 작품 ≪長恨歌≫, ≪琵琶行≫ 등은 文士, 서민들 간에 널리 애송되었다. 평이, 유려한 시풍은 원진과 같아 원백체로 함께 불린다. 시문집 ≪백씨문집≫이 있다.

어느 곳에 지나간 날들 쌓여 있는가.

남은 시간은 다투어 사람에게 닥쳐오는데
다시금 읊조리는 빛 찾아보니
風光이 금성 밖에 새롭구나.
淸齋에서 來賓이 나가는 날은
밤이 짧아 새벽이 쉽게 다가온다.

나그네 생각엔 세상을 근심하는 뜻이 있고
詩情은 봄 아끼는 데 많이 쓰인다.
碧桃는 전부 열매 맺혔고
패랭이꽃은 半이나 씨방이 찼다.
스스로 다행하게 여기는 것은 몸이 건강해
금년에도 또 새 열매를 먹게 되는 일이다.

仲尼(孔子)가 해가 되어 비춰 주니
긴 밤이 문득 새벽으로 펼쳐진다.
詩書의 餘澤은 아직 끊어지지 않아
禮樂을 익히는 봄을 즐기게 된다.

학교에서 課席에 참석해
여러 인재들 사람 성취시키는 일을 돕네.
木鐸 울려 우리 道 唱導하니
선비들이 새것을 배우도록 할 수 있게 되었다.

눌재 박상이 나주목사로 부임한 것은 54세(1527년) 되던 해의 여름이었다. 그는 2년 동안 재임을 했다. 사람이 늙으면 잠이 없어져 새벽같이 일어나게 된다는 것을 박상의 시에서도 언급하고 있었다. 눌재는 일어나 백발이 된 머리를 빗는다. 목사는 그 지방의 병권도 가지고 있었다. 그것을 상징하는 검을 방에 걸어 놓은 것이었다. 눌재는, '거울에 비치는 것은 모두가 봄인데 자기 얼굴만은 늙어 쭈그러들었다'는 것을 새삼 깨닫는다. 최는 최잔을 말하는데, 볼 상 없이 망가진 자기 얼굴을 보고 덧없는 세월을 회상해 본 것이다. 여귀는 해 그림자를 말하는데, 나머지 시간은 일생의 대부분을 살아 버렸다는 입장에서 여생의 시간을 지적해 한 말일 터, 즉 사람이 늙으면 세월이 빨리 지나간다는 것을 뼈저리게 느낀 것이다. 음중 채는 시로 읊어 낼 거리를 말하는데, 아직 읊어 내지 않은 것은 즉 빚이라 본 것이다. 금외는 금성(예전 나주를 다르게 부른 이름)의 교외를 지적하고 있다.

청재는 깨끗한 방인데, 이 시에서는 방문한 고운을 거처하게 한 방이었다. 내출일(들어오고 나가는 일자)은 유숙하던 내빈이 떠나는 날 밤새 담론에 열중해 시간 가는 줄을 몰라 어느 틈에 날이 새어 버렸다는 것이다. 객인 운의 생각에는 세상을 근심하는 마음이 많이 들어 있었다. 그들이 주고받는 시에는 봄이 가는 것을 哀惜해하는 정도 많이 나타낸 것이다. 벽도는 푸른 복숭아이고, 자는 열매이다. 구맥은 패랭이꽃이다.

공자는 태양이 되어 온 누리에 빛을 비춰 암흑 속에 뒤덮였던 세상에 黎明을 가져왔다는 것이고, 참절은 단절, 즉 끊어짐을 ……. 시서의 여택은 시경, 서경을 비롯한 경전의 여택(남에게까지 끼치는 넓고 큰 은혜)이 끊어지지 않고 계승되어 학교에서 예악을 익히고 경전을 배우게 되었다. 흡족하게 즐긴다는 의미로 감(酣) 자를 사용했는데, 이는 술에 흠뻑 취했다는 것이다. 禮樂春은 예악을 익히는 봄, 또한 春은 술이란 의미로도 사용되기에 '감' 자를 쓴 것이다. 課席은 경전의 강론과 시문의 제작을 學人士子에게 배워 그 성적을 판정, 논평하는 모임이었다. 역박(棫樸)은 시경 大雅의 편명으로 현재의 대중적이고 많은 것을 비유한 것이다. 그 자리에 모인 현능한 인재들이 후진의 성취를 도와준 것이다. 그들의 성적을 비평, 지도해 주는 것이다. 본 탁은 혀가 나무로 된 요령인데, 고대에 문사는 본 탁을 흔들어 대중에게 알리고 무사에는 금탁을 사용했다. 학교에서 경전을 가르쳐 유도를 선양하였다. 새것을 익힌다는 것은 배우지 않은 것을 가르쳐 그것을 익혀 알도록 했다.

그 외에도 남촌과 나눈 많은 시가 있었다. 모두 소개할 수 없어 여간 아쉽지만 재봉 가문의 이야기를 계속 이어 가기 위해 어쩔 수 없었다.

이처럼 고려조의 장흥 고씨는 파조 중연, 그리고 합(2세)과 백안(3세)에 이르기까지 모두 문과에 급제했다. 출사해 높은 관직에 올라 하나의 문벌집안이 되었다. 그러나 백안과 그의 아들 협이 활동하던 시기에 역성혁명[13]이 일어나 고려는 망했다.

고려가 망하고 조선이 건국되자 사류들은 두 부류로 나뉘게 되었다. 권근, 정도전과 같이 개국에 적극적으로 가담한 부류가 있었다. 그러나 많은 절의파 지식인들은 불사이군[14]을 외치며 재야로 숨어들었다. 백안 또한 고려조의 은덕을 입은 사람이었다. 전 왕조

---

13) 易姓革命: 제왕이 부덕해 민심을 잃으면 다른 유덕자가 천명을 받아 부덕한 왕조를 무너뜨리고 새로운 왕조를 세워도 좋다고 하는 사상.

14) 不事二君: 한 사람이 두 임금을 섬기지 않는다.

와의 의리를 지켜 전라도 영광으로 옮겨 왔다. 그의 아들인 협(4세)은 고려 왕족인 益原大君 昭의 사위로 부원군이었다. 같은 나이에 옛 교분을 가졌던 태종이 그의 이름을 臣傅으로 고쳐 주면서 신하 겸 스승으로 도와 달라고 했어도 고려조에 대한 의리를 꺾지 않고 거절했던 것이다. 또 협의 두 아들 悅과 直에게 태종이 관직을 제수하였다. 그러나 아버지의 뜻을 받들어 출사하지 않았다. 이로써 고려 말기 선조의 3대(3세~5세)는 고려왕조에 대한 의리를 버리지 않고 초야에 묻히면서 전라도와 인연을 맺게 된 것이다.

이 가문이 조선왕조와 인연을 맺게 된 것은 상지(6세)부터였다. 그의 관직은 창신교위 충좌위부사직에 올랐다. 그런데 조선조에 들어 고려왕조에 대한 절의를 마치고 다시 출사한 최초의 인물이었다. 세종대왕과 같이 한 씨의 외손으로 六寸契를 만들었는데, 서열은 13위였다. 상지의 아들이고 고운의 아버지 자검(7세) 또한 생원시험에 합격하여 훈도를 지낸 것을 보면 출사에 뜻이 있는 것으로 추측된다.

백안이 전라도로 거주지를 옮긴 이유에 대해 일설에는 파조 중 연의 부인이 왕씨이기에 역성혁명 후 피해를 입었다는 것이다. 그 파급효과가 손자 백안까지 지속되자 전라도 영광으로 이전하였다고 하나 조선왕조에서도 계속적으로 이들에게 관직을 주고 머지않은 시일에 후손들이 스스럼없이 관직에 나가고 있다는 것은 후대에 와서 그릇 전해진 것이 아닌가 하는 의심이 들었다. 그런 이유보다는 전 왕조의 유신(왕조가 망한 뒤에 남아 있는 신하)으로 의리를 지키기 위한 것이라 보는 것이 더 설득력이 있어 보인다. 어찌하든 백안이 영광으로 내려온 이후 협(4세) - 열(5세) - 상지(6세)까지 4대에 걸쳐 이곳에 터를 삼고 살았던 것이다. 지금도 백안과 협의 묘소는 (장성군 삼계면 이암리)에, 열과 상지의 묘소는 (장성군 동화면 수연리)에 각각 소재하고 있었다.

　광주 압촌에 처음 자리를 잡은 사람은 고운의 아버지 자검이었다. 그는 영광에서 현재의 광주광역시 남구 압촌 마을로 옮겨 와 생활터전을 마련했던 것이다.

　장흥을 본으로 한 이 가문은 선대의 절의적인 전통과 혼인을 해 인척이 된 것이다. 이곳 토착사족들과 의기투합할 수 있었다. 가문은 학문적 계통을 이어받고, 공유하면서 번성해 왔다. 이로써 자검이 압촌 마을로 옮긴 후 후손들에게 사회적, 학문적, 사상적 기반을 마련해 준 결정적인 역할을 한 것 같았다. 이런 기반 위에서 고운은 문과에 급제했고, 출사한 후 기묘사화에 연루되어 낙향함으로써 기묘명현으로, 또는 사림으로서의 위치를 확고하게 다질 수 있었다. 고운이 문과에 급제한 이후 점차적으로 이 지역에서 주도적인 활동을 하게 된 것이다. 자검 이후 가문의 후손들은 100여 년간 5대를 연이어 문과 급제자가 10여 명이 넘었다. 이렇게 해서 이 가문은 이 지역의 대표적인 가문으로 번성하게 된 것이다.

　고운부터 5세에 이르기까지 문과 급제자는 이러했다.

　1세: 高雲, 1479~1530. 호는 하천. 별시문과. 을유, 1519년 41세, 형조좌랑. 부인은 광산 이씨, 죽산 안씨.

　2세: 孟英, 1504~1565. 호는 하헌. 62세. 별시문과 경자, 1540년 37세, 부제학, 대사간. 부인은 남평 서씨.

　3세: 敬命, 1533~1592. 별시문과 장원, 무오, 1558년 26세, 성균관 전적 공조참의. 부인은 울산 김씨.

3세: 敬祖, 1528~1596. 호는 구암, 89세. 식년문과 을과, 신유, 1561년 34세, 해미현감, 판교 광주(경기)목사, 사헌부 지평. 부인은 영광 김씨. 맹영의 동생, 중영의 아들.

4세: 從厚, 1554~1593. 호는 준봉. 별시문과 병과, 정축, 1577년, 24세, 임피현령, 교서관 정자. 부인은 의령 남씨, 철성 이씨.

4세: 因厚, 1561~1592. 증광문과 병과, 을축, 1589년, 29세, 권지성균관학유 승문원정자. 부인은 함평 이씨.

4세: 循厚, 1569년(선조 2, 기사)~?. 선조 때 문신. 자는 道常, 호는 靜軒, 신유년에 진사에 합격, 형조정랑.

4세: 用厚, 1577~1640. 호는 청사, 64세. 증광문과 을과, 병오, 1606년, 30세, 판결사 지제교 예조좌랑 병조좌랑. 부인은 청해 이씨, 행주 기씨.

4세: 成厚, 1549~1602. 호는 죽촌, 54세. 별시문과 병과, 계미, 1583년, 35세, 전중어사 예조참의에 추증. 부인은 함양 박씨. 경조의 자.

5세: 傅川, 1578~1636. 호는 월봉, 59세. 알성문과 병과. 을유, 1615년 38세, 필선 교서관 정자. 부인은 풍천 노씨. 인후의 자.

무과는 高傅沃(성후의 자), 高必光(성후의 증손) 이 현황은 16세기~17세기 입격자만을 기록한 것이다.

제봉의 시에

"우리 검교공이 비로소 장흥백에 봉해졌지"라고 했기에 제봉은 검교공을 선조로 삼은 것 같다.

2세의 이름은 습이고 관직은 좌우의 보승별장이다. 조선왕조 때의 관직으로 본다면 용호영(대궐의 숙위)의 종2품의 주장 격이다.

3세는 伯顏이고, 관직은 봉선대부 지녕지사이다. 고려 충렬왕 때 정한 종4품.

4세는 臣傳, 처음 이름은 協, 관직은 여조에서 병부시랑 북부상서 (고려6부의 으뜸벼슬, 장관), 삼한(조선의 남쪽에 있던 馬韓, 辰韓, 弁韓)의 삼중 벽상공신을 역임했다. 고려가 멸망되자, 협은 온 집안을 이끌고 남쪽으로 피난지를 찾아 내려오게 된 것이다. 我朝(조선 왕조 제3대 왕) 太宗(호는 芳遠)은 신전을 同年舊交 즉 같은 해에 태어난 오랜 친구라 하여 四方에 令을 내려 찾았다. 그때 만나 태종은 협이라는 이름 대신에 臣傳이라는 이름을 하사한 것이다. 그 후로 신전이라는 이름을 사용하게 된다. 이것은 臣下로서 師傳(스승으로부터의 傳授)을 겸한다는 뜻이다. 또 호조참의 겸 판사복시사를 재수시켰다. 그러나 臣傳은 끝내 강호에 숨어서 벼슬길에 나가지 않는다. 그에게는 두 아들이 있다. 큰 아들은 悅, 다음 직은 장령이다.

5세의 이름도 같은 悅, 관직은 증 호조참판이다. 그는 태종조에 잡혀 들어가 벼슬을 않겠다고 진술한 말에 "紅牌[15]는 先祖의 遺蔭 (世澤: 조상이 남긴 恩惠)인 줄 아오나 외가의 원수에게 벼슬할 수 없습니다."라고 했다.

悅도 역시 두 아들을 두고, 맏아들은 尙志, 다음 尙德은 지평을 지낸다.

6세의 이름은 尙志, 관직은 副詞直에 증 좌통례(정3품)이다. 그는 아들만 7명을 두었다. 맏이 自溫은 생원, 둘째는 自良, 셋째 自

---

15) 紅牌: 文科의 會試에 급제한 사람에게 주는 증서이다. 조부 臣傳 등의 명망과 은덕으로 문과의 회시 합격증을 내밀면서 悅은 태종조와 적대적 관계인 외척이 걸려 벼슬을 노골적으로 사양한 것이다.

恭은 監役, 넷째는 自儉, 다섯째 自謙은 부사, 여섯째는 自讓, 일곱째 自愼은 진사이다.

7세, 自儉, 자는 子約이며 벼슬은 생원이다. 일설에는 함평현감에 증 호조참의라고도 하고 또 …… 정사공신(광해군 10, 1618년)에 일어난 인조반정의 공신 金鎏, 李适 등 50인에게 내린 훈호였다. 그도 두 아들을 두었다.

8세, 맏이는 운, 자는 언용, 호는 하천. 벼슬은 생원, 진사, 문과에 다 합격하여 형조좌랑을 역임하고 贈 예조판서이다. 정암 조광조와 눌재 박상과 더불어 도의교(도덕적인 친분)를 가졌으나 중종 14년(을유, 1519) 사화가 일어나자 정암과 사이가 좋았다는 지적을 받고 시골로 내려온다. 이 사실은 <己卯名賢錄>에 누락되었다. 그도 3형제가 있다. 맏이는 맹영, 다음 중영은 생원, 셋째 계영은 진사를 지낸다.

9세, 孟英, 자는 英之, 호는 霞軒, 생원 문과에 합격하고 벼슬은 홍문관 부제학을 지냈는데, 증직은 의정부우의정이다. 夫人은 남평 서씨인데 진사 竹軒傑의 딸인 정경부인(조선조 때, 외명부 최상위의 품계)의 칭호를 받았다. 세 아들을 두었는데, 맏이는 경명, 다음 경훈은 생원, 셋째는 경윤이다. 경훈의 아들 敬身은 계사(1593)년에 종후의 격문을 소지하고 제주로 들어가다가 태풍을 만나 물에 빠져 죽는다. 경형은 계사년(1593)에 준봉을 따라 진주 남강에서 순절한다. 주부(注簿: 여러 관아에 속한 종6품)에 증직. 정려의 포전까지 세워져 있다.

10세, 경명, 자는 而順, 이가 바로 이 책의 주된 인물인 그의 호 제봉이다. 그는 별도의 年譜가 있다. 그의 아들은 6형제.

종후, 인후, 존후, 순후, 유후, 용후이다.

종후의 호는 隼峯, 관직은 진사. 문과에 합격하고 임피현령, 증 이조판서, 시호는 孝烈이다. 1593년에 아버지의 복수를 위해 의병을 일으킨다. 창의사 김천일, 병마절도사 최경회와 함께 진양까지 가서 적과 싸우다가 진주성이 함락되자 김천일, 최경회와 함께 남강에 몸을 던져 순절, 이들이 바로 진주 삼장사이다. 국가에서 정려와 부조전(나라에서 큰 공훈이 있는 사람의 신주를 영구히 사당에 제사 지내게 하던 특전)을 내린다. 광주 포충사, 진주 창열사에 배향. 그의 후손들은 진주시와 광주광역시 등지에 살고 있다.

因厚의 호는 鶴峯. 진사와 문과에 합격하고 벼슬은 성균관 학유(종9품)를 지낸다. 贈 의정부 영의정. 시호는 毅烈이다. 임진년(1592)에 아버지 경명을 따라 금산에서 적과 싸우다가 같은 날 아버지와 함께 순절한다. 국가에서는 정려와 부조전을 내린다. 금산 종용사, 광주 포충사에 배향. 그의 자손은 창평에 살고 있다.

존후는 요사(젊어서 죽었다.)한다.

循厚의 호는 靜軒. 진사에 합격하고, 벼슬은 형조정랑(6조의 정5품)을 …… 인조 2년(갑자, 1624), 副元帥 이괄(李适)의 叛亂. 仁祖 5년(정유, 1627) 胡亂에 두 차례나 의병을 일으켜 적에게 대항. 자손은 화순 同福에 살고 있다.

해사공 由厚는 아버지가 순절한 후 너무 애통해하다가 병이 들어 아버지 삼년상을 마친 후 한 해를 넘기고 세상을 떠난다.

用厚의 호는 晴沙. 생원, 진사, 문과에 다 합격한 다음 湖堂에 들어가 사가독서를 하게 된다. 관직은 판결사(시비, 선악을 판결하는 일. 장예원의 으뜸벼슬, 정3품)까지. 그는 일찍이 사명을 받들어 연경으로 떠날 때 西郊餞席(餞別하는 자리)에서 술잔을 던져 金自點의 뺨에 맞자, 그의 모함에 빠져 화가 미치게 되나, 출가한 딸 행폄(幸貶)의 부군이 격고16)까지 하면서 억울하다는 것을 호소한 결과 무사히 풀려나게 된다. 자손은 나주에서 살고 있다.

2008년 10월 11일, 조형물『고씨 유래비』제막식 <대전시 중구 침산동 소재 뿌리공원>, 규모는 점유면적 23㎡, 높이 3.5m, 폭이 2.2m이다. 재질: 몸체는 화강석, 비문은 오석이다. 의의(뜻)는 바닥의 구(球)는 삼성혈 시조 탄생, 양쪽 기둥은 후손 단합, 상단의 종문 심벌마크는 조상 선현(先賢)을 상징하고 있다.

---

16) **擊鼓**: 임금이 외출할 때, 원통한 일이 있는 사람이 임금에게 하소연한다. 임금이 지나는 길가에서 북을 치면서 임금의 하문을 기다리는 것을 말한다.

제봉 연보

中宗 28년(1533, 계사) 11월 30일 경명은 광주광역시 압촌동에서 태어난다. 자는 而順, 호는 霽峯, 또는 苔軒, 시호는 忠烈이다.

그가 태어난 鴨村 마을은 한때 나라에 대한 그의 충훈이 있었다고 해서 모든 세금과 雜役을 면제받는 특전이 내려진다. 그런 결과 압촌이란 마을 이름이 한때 復戶村이라 불리기도 했다. 그는 어려서부터 외모나 언행이 점잖으면서도 생기발랄했다. 그는 나이에 비해 신체적, 정신적 발육이 빠른데다 올이 곧고 밝아 성인처럼 행동했다.

그의 선친 맹영은 사간원 대사간까지 오른 사람이나, 본래 홍문관, 사헌부, 등 三司 중에 하나였던 사간원은 임금에게 여러 가지 사건과 백성들의 갖가지 소리를 상달하는 일을 맡아보는 관청이다. 때에 따라서는 임금에게 직언도 할 수 있는 관리직이었던 것이다.

그의 조부 하천 고운은 「己卯錄 補遺」에 傳이 실려 있는 '을유사류'로, 호랑이 그림을 잘 그렸던 유명한 인물이다. 대동야승 제10권, 기묘록 보유 하권에 백인걸을 비롯한 34명 중에 <고운 전>을 포함하고 있다. 거기 고운의 백저가(일정한 조세 이외의 불법으로 더 징수하는 것의 부당함을 노래로 지어 부른 것이다.)에 "상원의 관리는 백성 벗기기만을 힘써서 江淮(揚子江과 淮水를 비유로 든 것)의 백성들에겐 백저가 많다오. 上元官吏務剝削江淮之多白著"라는 노래의 시가 수록되어 있었다.

중종 14년(1519, 을유) 고운은 별시에 급제한다. 정암 조광조, 눌재 박상 등과는 가깝게 지낸 사이다. 사화 이후 조광조가 귀양지 능주(전라남도)에서 사사되자 고운은 세상에 환멸을 느낀다. 일정한 직업이 없는 재야 예술인이나 다름이 없다. 그의 명예는 결코 세상에 드러내는 일이 없었다. 증 예조참판.

맹영은 경명의 장인 김백균과 함께 이양 일파의 핵심 인물로 지목받은 사람이다. 이양이 몰락하자 경명 부자에게까지 불똥이 튀어 동반 몰락을 하게 된다.

맹영이 세상을 떠난 뒤에는 손자인 淸沙 公 用厚의 상소에 따라 좌의정에 증직된 바 있다. 용후는 제봉의 막내아들이다. 용후가 조부의 신원소를 올려 대간공의 복직을 가져오게 된다. 애절하고 간절한 상소를 했다. 그의 조부에 그의 손자다. 이는 용후의 충의와 당시 영의정 이덕형과 좌의정 이항복의 (지혜롭고도 용기 있는 영단)결정으로 복직이 가능했다. 이는 파격적인 처사였다.

경명은 약관 20세 때인, 명종 7년(임자, 1552) 봄, 사마 진사 시험에 제일인으로 합격한다.

명종 8년(계축, 1553) 그의 나이 21세가 되던 해에 울산 김씨 가문에서 부인을 맞이한다.

울산 김의 시조, 덕나는 신라 경순왕의 아들로 935년 경순왕이 고려태조에게 항복하려 할 때, 마의태자와 함께 이를 극력 반대하였으나 뜻을 이루지 못하자 처자를 버리고 마의태자를 따라 계골산(금강산의 겨울 이름)에 들어갔다고 하고, 또는 해인사에 들어가 중이 되었다고 한다. 그러나 그의 행방에 대해 자세히 알려져 있지는 않다. 아마도 배다른 이복형제가 있어 동명 2인이 아닌가 싶다.

명종 9년(1554), 그의 나이 22세가 되는 그해 정월에 장남 종후가 태어나자, 5월에는 그의 어머니 서씨(증 정경부인)가 세상을 떠난다.

경명은 슬하에 딸 둘과 아들 여섯을 두었는데, 큰딸은 벼슬하지 않은 광주의 선비 박숙에게 출가하여 아들 하나를 얻는다. 그의 이름은 충겸이다.

막내딸은 영광의 선비 노상용에게 출가해 정유재란에 못되게 구는 왜병을 꾸짖으며 절개를 굽히다 못해 칼에 엎드려 자결하고 만다.

명종 13년(무오, 1558) 26세로 문과 갑과에 장원급제하여 성균관 전적(정6품)과 호조좌랑(정6품)에 임명된다.

그해 문관을 뽑기 위한 방편으로 조정에서는 시험 합격자를 널리 알리기 위해 길거리에 써 붙인다. 합격자 명단에는 갑과에 합격한 사람이 모두 세 사람이다. 그중 제일이면서 진사시험에 합격했던 사람은 경명 단 한 사람뿐이었다.

승사로는 밀양 사람 박율이 두 번째이고(그는 나중에 목사에 이른다.) 3번째로는 풍천 사람 임몽신이다.

을과는 나중에 성리학자로 잘 알려진 幸州 사람 생원에 기대승과 해평인 윤두수, 정유일, 이우직, 구사맹, 황정욱, 오건 등 7명이 합격한다. 윤두수는 차후에 영의정까지 오른다. 그뿐인가. 아니 또 병과가 있다. 병과에는 한때 감옥에 들어가 있던 이순신을 변호했던 정탁이 있다. 그는 순신에게 매우 호의적인 사람이다. 장차 우의정까지 오른 생원 정탁을 포함해 을과 합격자는 25명이나 된다.

문과는 문관을 뽑기 위한 시험제도인데, 글을 직접 짓는 제술시험과 경서강론, 즉 유교의 경전인 역경, 서경, 시경, 예기, 춘추, 대학, 논어, 맹자, 중용, 경적 등 이를 가르치는 것을 시험관이 참관하여 보고 듣고 행동을 관찰하는 것이라 할 수 있다. 하나의 교수 능력과 자질을 알아보는 것이다.

대책이라 함은, 높은 직위의 관료와 대면하여 주고받는 일종에

면접시험과도 같은 것, 덧붙여 말한다면, 시험관은 어떤 사건이나 긴박한 문제를 제시하고, 그에 대한 해결책이나 대책을 수험생이 내놓게 하는 것이다. 어떤 사건 또는 시국에 대한 것이라든가 상대방의 태도나 술책에 대응하는 능력 등 이른바 순발력과 지혜의 폭을 평가하는 것이다.

장차 문관으로서 지도력과 문제의 해결 능력 등을 평가해 보는 당시로서는 시의 적절한 시험 방식이었던 것. 그런 과정을 통해서 지도력을 갖춘 인재를 뽑는 것이다. 한성부와 8도에서 관찰사 주재 하에 4년마다 한 번씩 실시하는 식년. 한 해 전 가을에 보는 초시 240명이었는데 나중에는 223명으로 줄었다. 식년 봄에 한성에서 예조 주재하에 보는 복시(33명)와 국왕이 직접 참석하여 보게 되는 전시로 나누게 된다.

같은 해 5월, 명종은 즉시 제봉을 성균관전적과 호조좌랑에 임명 시키고서 관직에 발을 들여놓게 한다. 나중에 명종실록편찬에도 참여하게 되는 청강(淸江) 이제신(李濟臣)에게 경명은 시를 지어 부친다. 자석으로 만든 벼루가 있다는 소문을 듣고 그 벼루를 얻고자 시를 지어 보낸 것이다.

> 어느 날 뇌운[1] 속에 단계석[2]이 떨어졌는지
> 갈고 다듬어 묘한 벼루 만들었다네.
> 깨끗한 광채는 옥처럼 보일 테고
> 일렁이는 못에는 별들도 번쩍일 거야.

---

1) 雷雲: 번개나 천둥 또는 뇌우를 몰고 오는 구름.
2) 端溪石: 중국 단계지방에서 나는 품질이 좋은 벼룻돌.

글씨 쓰는 재주 없어 부끄럽지만

붓을 한 번 휘둘러 볼 생각이 드는구려.

이런 보배 나도 한 개 가질 수 있다면

육정에게 번거롭게 할 필요가 없겠죠.

　명종 14년(기미, 1559) 봄, 그가 27세 때, 다시 세자시강원사서
(정6품)에 임명된다.

　시강원에는 세자시강원과 왕태자궁시강원이 있는데, 세자시강원
은 왕의 세자들을 가르치는 일과 그에 따른 것은 도서관리 등 서적
을 맡아보는 부서이다. 오늘날 국·공립 도서관에서 도서정리, 보
존 및 열람 등을 맡아보는 사서와도 같은 업무를 관장. 아마 세자
들을 가르치는 스승들이 사용하는 여러 경서 등 중요한 서책들을
보존, 관리하고 또 그들의 필요한 자료를 준비하고 열람을 도와주
는 일이 주 업무일 것이다.

　그해 봄, 하지가 지나도 비가 오지 않는다. 명종*은 경명에게 명
을 내린다. 기우재문을 지어 삼각산에 올라 기우제를 지내도록
…….

　명종 15년(경신, 1560), 28세에 경명은 알성문과에 장원급제한다.

　왕이 성균관에 알성한 뒤에 보는 문과를 말한다. 알성이란, 임금
이 문조의 공자 신위에 참배한다는 것을 말한다. 이 신위가 목판이
아니고 소상(찰흙으로 만든 사람의 형상, 흔히 조각, 주물의 원형으
로 쓰이는 것)이었기에 생겨난 말인데, 이는 대과전시에 해당된다.
단시일에 성균관에서 보는 과거시험.

　시험은 왕의 친필인 <胡安國不識奏檜論>란 논제에 응시. 경명

은 제1인에 합격한다. 부상으로 말 한 필을 하사받는다(賜馬之典陪隨). 그리고 사간원정언으로 옮겼다가 그해 여름에 형조좌랑이 되어 지제교에 …….

대제학이었던 임당 정유길의 추천으로 경명은 지제교가 되었으니 그에겐 정유길의 은공이 컸다.

그해 여름에 다시 형조좌랑으로 바뀌었다가 또다시 병조좌랑 지제교로 옮긴다. 그때부터 그는 언제나 세 글자의 직함을 벗어나지 못하고 …… 좌랑 벼슬이란, 6조의 정6품인데, 이, 호, 예, 병, 형, 공 조 등 6관청.

병조에서는 무기를 다루는 일, 제반 군 인사 업무와 우편물을 관리하고 죄인의 호송을 돕는 일이다. 왕이나 높은 벼슬아치의 호위책임도.

그는 무인이 아닌 문인이었기에 우편물 처리 등 일반 사무처리 업무를 맡아 일하지 않았을까.

어찌 됐건 직급이 지제교이니 병무 일을 맡아보는 중간 관리 역할이었던 것은 분명 …….

그는 그 자리에서도 오래 머물지 못한다.

나중에는 규장각으로 이름이 바뀌었으나 독서당을 고친 호당에서 사가독서를 …… 그때, 제봉과 함께 뽑힌 호당 지우는 정유길의 추천으로 정윤희, 이양원이었다.

명종 16년(신유, 1561), 29세가 되던 봄에 그는 사간원 헌납이 된다. 삼사(사헌부, 사간원, 그리고 홍문관)의 하나인 임금에게 간하는 일을 맡아보던 관아, 그 관아의 정5품 벼슬이 헌납이다. 正言의 위이지만 사간의 아래 직급이다.

그해 여름에 그는 임금의 특명으로 다시 홍문관 수찬이 된다. 내부의 경적 및 문한과 왕의 자문을 맡아보는 관아인데, 그곳에서 경명은 서책을 편집하고 글을 짓는 일을 맡아본다. 정5품인 헌납이다가 정6품 수찬으로 한 직급 낮추어 자리를 옮겨 나앉게 된 연유가 무엇일까. 사간원과 홍문관은 삼사 중, 격이 같을 텐데 …… 왕과 수시 대면하는 자리라서 직급은 낮더라도 맡은 바 일의 중대성에 기인한 것인가. 재료를 뽑고 글을 지어 책을 꾸며 내는 것 등이 그가 하는 일, 홍문관 정6품 벼슬의 부책임자 격으로, 경명을 수찬에 직접 임명한 왕의 뜻은 다른 데 있었던 것 같다.

경명은 얼마 안 있어 홍문관 수찬에서, 또 겨울에는 홍문관 부교리에 승급한다. 여하튼 홍문관의 관원은 모두 경연관이다. 임금 앞에서 경서를 강론하는 자리가 경연인데 그 자리에 참여하는 관원을 경연관이라 했다.

다시 헌납으로 있다가 사헌부 지평에 임명된다. 당시에 정치에 대해 논의하고, 모든 관리의 비행을 조사하여 그 책임을 규탄하는 자리이다. 풍기라든가 풍속을 바로잡고, 백성이 억울하게 누명을 쓰는 일이 없나를 살피어 백성들의 원한을 풀어 주는 것을 주로 하는 임무이다.

한성부에서는 서울의 행정을 맡아보던 서울 시청과 같은 행정기관이라면 사헌부는 정치와 풍속을 바로잡는 관아, 즉 내치를 담당한 치안부서이다. 형조는 법률 소송과 종들에 관한 일을 보던 곳 …….

지평에는 감찰, 사헌지평이 있었는데 그 직은 정5품이다. 임금에게 직접 간하는, 즉 언로, 임금을 교육하고 인품을 닦는 교육, 관리들의 비행과 횡포로부터 백성들의 원한과 민심을 살펴 백성을 보살피려는 정치와 사법을 집행하는 제반 부서를 두루 거치는데, 이를테면 출세가도를 향해 의정부 산하 청요(청환)직을 모두 거쳐 가는 과정이다.

5월에는 아들 인후가 태어난다. 차남인 그는 기축년에 문과에 급제하여 권지 성균관 학유에 제수된다. 아버지를 따라 금산 싸움터에서 죽으니 그에게는 예조참의, 후에 영의정에 증직된다.

경명은 가을에 임금의 명령을 받들어 대궐에 들어가고, 임금은 열무정에 나아가 삼공과 모든 재상(정이품 이상)과 추상(종이품, 정삼품), 옥당, 춘방, 백정, 미원을 모두 불러들이고 열무정 밑에서 잔치를 하사 …….

그로서는 궁중 술이 처음이다. 그가 막 술을 마시려고 할 때인가, 임금께서 여러 신하들에게 꽃을 하사하면서 화기애애하게 온종일 놀도록 당부하는 말을 한다.

대궐 안에서는 비단으로 만든 시축(시를 적은 두루마리) 한 통을 내보내고.

"의정 이하부터 모두 시 한 편씩 지어 차례로 써서 어전에 바치라."는 임금의 분부가 있었기에 …… 임금의 명에 따라 임시로 치르는 과거와 버금가는 기회가 …….

사헌부 지평으로 임명되자마자 겪는 경명으로서는 임금의 명에 따라 시문을 짓는다는 것 …… 관료의 선비라면 누구나 부러워하는 그로서는 얼마나 목말라 하던 절호의 기회일까. 그의 응제시에는 이렇게 적혀 있었다.

푸른 장막 펄럭이고 날씨가 화창한데
구슬 같은 자리 위에 여러 선비 모이네.
차례대로 마주앉아 마음껏 이야기하니
이보다 더 좋은 일 어디에 있을까.

눈동자에 가득한 꽃 우로에 젖은 듯하고
박자에 따라 부르는 노래 신선도 감동하리.
향안(香床)을 모시는 이 못난 신하도
온종일 하늘 위에서 노는 것 같아라.

라고 …… 다음 날은 여러 신하가 갖추어 지은 시를 올려 임금을 축하한 것이다.

경명은 얼마 안 있어 홍문관 수찬에서 또 겨울에는 홍문관 부교리에 …….

임금은 그를 사신으로 관서에 보내려고 준비를 갖추게 하기 위해서 그랬던 것. 서책을 다룸으로써 식견을 풍부하게 쌓고 지리와 역사를 탐구함으로써 그 지방의 문화와 풍습 등을 익히는 것도 중요한 일이기에 …… 그에게는 아주 좋은 기회이다.

경명은 이윽고 그해 초가을 사명을 받아 관서로 떠난다.

경명은 흔쾌하게 생각되어 왕명을 받들고 이곳으로 떠나는데 …… 그를 극진히 아껴 주던 명종의 명령이었으니까.

그가 왕명을 끝내고 성공적인 귀환길이 될 무렵, 그가 돌아오자마자 그의 취향에 걸맞은 커다란 과제가 명종으로부터 내려지는데 …… 관서를 오고 가던 대로변에서 지은 시를 다듬어 왕에게 올리라는 명령이 떨어진다. 이때 어떤 사명으로 관서를 다녀왔는지 분명치 않으나, 4율 두 편과 절구(기승전결의 4구로 된 한시. 한 句는 글자 수에 따라 오언절구와 칠언절구로 나뉜다.) 두 편이다.

가을에 떠났으니 관서팔경의 가을 운치를 마음에 담아 지은 시를 왕에게 올리라는 어명이다.

10월에 명종의 부름을 받고 경명은 대궐에 들어간다. 명종은 이때 창경원에 …… 부제학 이언충 등을 불러들여, 장경문 안에서 선온을 하사한다. 선온이라 함은 사온서를 말하는데, 대궐에서 쓸 주류에 관한 일을 맡아보던 관아, 그곳에서 준비한 술을 임금이 신하에게 내린 것이다.

명종 17년(임술, 1562), 그의 나이 30세가 되는 그해 1월 15일에 酒隱 金命元과 함께 대궐에 입직.

두 사람이 숙직을 하고 있는데 임금께서 감귤을 하사, 잇달아 술까지 내려 주신다.

밝게 다스리는 태평한 나라에 하나의 성대한 일이 아닐 수 없다. 그때 그의 마음에 품었던 회포의 시가 있다.

> …… 벌써 상원절[3]이 되었다고
> 맛좋은 감귤이 법 궁[4]에서 나왔다네.
> 노란 껍질 벗긴 다음 한 조각씩 갈라놓으니
> 향기로운 냄새가 온 방 안에 스며든다.
>
> 먼 지방에서 오기에 얻기가 어려운데
> 더구나 임금께서 하사한 데에 있어서랴.

---

3) 上元節: 음력 정월 보름을 달리 부른 명칭. 오래오래 살라는 뜻으로 약밥을 먹고 귀가 밝으라고 귀밝이술을 한 잔씩 마시며 이를 튼튼히 하고 부스럼이 나지 않도록 한다는 뜻으로 밤, 호두, 잣 같은 부럼을 까먹는 대보름.
4) 법궁: 임금의 궁전.

아! 나 같은 인생 어머님이 계시지 않아

옛날에 육적5)처럼 드릴 수 없구나.

정유길은 이 시를 보고 "남의 자식 된 자로서는 차마 읽을 수 없으니 <시경>, <小雅> 편을 이을 만하다."라고……

그해 별시가 있었다. 경서에 정통한 사람을 뽑는 고시를 주장하는 시관이 된 경명은 그때 진사이던 송강 정철을 장원으로 뽑자 모든 공론이 사람을 옳게 뽑았다고 그를 치하한다. 아마도 그때부터 두 사람 사이에 우정이 더욱 돈독해졌는지 모른다.

얼마 안 있어 경명은 몸에 병이 들어 부교리에서 물러난다.

임술년 봄에도 질병이 있어 그랬는지 성균관의 정6품인 전적으로 직급이 다시 내려간다. 여름에 수찬이 됐다가 또다시 부교리에 승진한다. 관리들의 인사 이동이 퍽이나 잦았다.

그해 9월 24일 그는 동호6)에서 뱃놀이를 했다는 기록이 있는데……

원래는 봉은사로 떠나려 했으나 강사필과 오흠 윤두수와 함께 동호 상류로 가 뱃놀이를 하게 된다. 그때 창수7)한 시가 있다.

그때 동행했던 또 다른 이는 敬脩 尹自新과 仲誠 張實이 따라온 것이다.

---

5) 陸績: 삼국시대의 吳나라 사람. 그의 나이 여섯 살 때였다. 그가 哀術의 집에 갔을 때 애술은 귤을 육적에게 먹으라고 내어 준다. 그때 積은 귤을 몇 개인지 먹고서 세 개를 품에 넣고 떠나갈 때, 작별인사로 術에게 절하다가 가슴에 품어 간직했던 귤이 그만 품에서 빠져나와 땅에 떨어지는데…… 술이 말한다. "남의 집에 손님으로 온 사람이 귤을 품에 넣고 가느냐?"고. 애술의 이 말에 적이 대답한다. "집에 돌아가 어머님께 드리려고 했습니다." 이 말을 들은 애술이 그를 크게 칭찬하면서 기특하게 여겼다는 고사.

6) 東湖는, 함경북도 富寧郡 富居面에 있는 호수를 말한다.

7) 唱酬: 시가나 문장을 지어 서로 주고받고 한다.

명종 18년(계해, 1563) 31세, 정철이 병조좌랑에서 공조정랑으로 승진했다는 소문을 듣고 기뻐하면서 경명은 절구 한 편을 지어 보낸다.

경명은 동호에 돌아와 기대승에게도 시를 지어 보냈다. 이 시는 그의 편지를 받아 보고 난 후 사례로 보낸 것이다.

기대승은 성리학자로서 행주 사람인데, 이퇴계와 성리학 문답을 하여 더욱 학설을 명확히 굳힌다. 선조 초에 대사간으로 혁신적인 정치를 하고자 했으나 뜻을 이루지 못한다.

같은 해에 제봉은 홍문관 교리에 승진, 임명되었다가 그해 가을에 좌천, 전적(성균관 정6품 벼슬)이 된다. 바로 울산 군수에 임명된 것이다. 그야말로 그의 관운은 기복이 심해도 지나칠 정도로 심하다.

남쪽 바닷가 외딴곳으로 좌천되어 가는 그의 심정, 가족과 이별하고 울산까지 가는 길은 아득하기만 하다. 정기 어린 해변에 물고기들조차 좋지 않을 것 같은 그런 불안과 비애가 서린 슬픔 …… 자신의 신세에 대해 서글픔을 느끼면서도 명종의 은혜는 언제나 그의 곁을 떠나지 않는다고 믿었다. 기대와 희망을 아직도 품은 채 …….

그는 울산 군수 자리도 곧 파직되어 부임한 지 얼마 되지 않아 고향으로 돌아오게 된다.

당로자로부터 꺼림을 받게 되자 벼슬을 그만두고 시골로 내려와 오직 산수와 독서로 낙을 삼는다.

4년여가 지났던가. 1567년 6월에 그의 우상과도 같은 명종이 승하하는데, 이때 느낀 경명의 좌절은 또 어떠했을까. 그의 좌절과 비통함을 시로써 달랠 뿐이다.

선조 원년(무진, 1568), 그해 12월 滄浦 松亭에서 놀이가 있었는데, 주인 宋中立이 술을 받고 안주를 장만해 주어 아주 유쾌하게 놀이를 한다. 그는 시를 지어 창포의 경치를 빛내고 …….

아들 순후가 2월에 태어난다. 순후는 신유년 진사에 합격하여 아버지가 나라에 몸을 바친 공로로 추은[8] 사헌부 감찰이 된다.

경명은 37세가 되던 두 해 후 선조 3년(경오, 1570), 기대승이 적벽[9]에 유람한다는 소문을 듣고 그에게 축하시를 보낸다.

> 겨울철 강물에 바위가 다 드러나고
> 내리던 가랑비도 깨끗이 개었었지.
> 자네가 돌아올 줄 산신령이 미리 알고서
> 지팡이 끌고 갈 만한 데는 티끌 한 점 없이 했다오.

丁丑년 큰아들 종후가 진사에 합격하여 곧바로 임피 현령을 지낸다. 경명은 그해 여름에 교명을 받는다. 가뭄이 심했던 그때 궁궐 안에 들어가 기우재문을 지어 바친다.

선조 5년(임신, 1572), 40세가 되던 해에 아들 존후가 장가도 들기 전에 요사하고 만다. 그해 여름에는 송순을 그의 정자로 찾아간다.

> 송순이 그의 정자에 써 붙인 시를 간절히 청하기에
> 그가 지은 절구 한 편을 외워 보인다.

---

8) 推恩: 시종이나 병사, 수사 등의 아버지로, 나이가 일흔이 넘는 사람에게 가자하던 일. 가자란 의미는, 정삼품 통정대부 이상의 품계를 말한다. 또는 정삼품 통정대부 이상의 품계를 올리는 일을 뜻하기도 …….
9) 赤壁: 중국 湖北省 嘉魚縣 양자강 연안에 있다.

두 갈래로 나눠진 섬 백로주와 흡사하고
높이 솟은 세 봉우리 하늘에 닿은 듯하다.
중국의 황학루10)도 이보다 더 낫지 않았을 텐데
이백처럼 뛰어난 문장 언제 오려나.

라고 했다.

이는 송순이 그의 정자 경치를 제대로 모사하여 작자에게 이런 뜻으로 짓도록 했던 것이다. 경명은 이윽고 두 편 율시를 지어 준다.

들판에 가득한 풀 하늘에 닿은 듯하니
이름난 황학루도 이보다 더 낫지 않았으리.
잇달아 솟은 봉우리 온 고을 에워싸 있고
빙 둘러 흐르는 물 두 갈래로 나눠졌구나.

물속에 잠긴 달은 물결 따라 일렁이고
비 갠 후에 연기는 백로주에 피어오르네.
온갖 경치 호음노인11) 다 읊었는데
더 이상 이야기할 필요 없지 않는가.
지령도 벌써 참다운 주인 만나기 위해
푸른 봉우리 구름 속에 우뚝 솟았네.
넓은 들판 한눈에 다 들어오고
빽빽하게 우거진 숲 삼면으로 가렸구나.

나이는 늙었어도 몸은 오히려 강건하니
어지러운 세상 일 못 잊을 거요.

---

10) 黃鶴樓: 중국 湖北省 武昌城 안 黃鵠山에 있는 高樓. 양자강을 眺望하는 경치가 아름답기로 유명.

11) 湖陰老人: 명종 때 정사용의 호.

외로운 이 몸은 어디로 돌아갈지
장간12)만 바라보면서 시 한 편 읊습니다.

이때가 바로 만력 41세가 되던 그가 4월 9일에는 이첩(栗岾) 유
람에서 仲實 정담(鄭諶)과 止叔 俞涵과 함께 영암 월출산에 오른
다. 정심은 경명이 과거 보던 같은 해 사마시험에 응시한 사람이다.

內官이던 오계성도 유배지 진도에서 오고, 모두 이첩 시냇가에
모여 술이 취하도록 마신다. 오계성이 가야금을 타면서 명종이 지
은 악부 2장을 부르자, 온 좌석에서 모두 눈물을 흘리고 …… 경명
은 옛날 받았던 잊을 수 없는 은총이 상기되어 목메어 운다. 그때
지어 읊었던 그의 시는 이러하다.

옛날에는 뛰어난 은총 많이 받았건만
지금은 이 가련한 신세가 되었구려.
누가 저 가야금 아름다운 곡조를
이 쓸쓸한 황야에 와 타도록 했을까.

이 시는 용담대 위에서 소풍할 때 백록 신응시에게 보내 준다.
경명은 신응시와는 우의를 아주 두텁게 쌓은 사이다. 그 외에도
전후로 창수한 시가 너무 많은데다 지면상 여기에 다 소개할 수 없
어 안타깝다. 용담은 바로 용추 아래 있다. 이때는 진흙이 쌓여 별
로 깊지가 않았다고 한다.
선조 7년(신술, 1574) 42세가 되던 4월에 그는 무등산에 오른다.

---

12) 長干: 중국의 한 지명인데, 李白의 長干行에 "妾髮初覆額折花門前戲郎騎竹馬來遠
床弄靑梅同居長天里兩小無嫌猜十四爲君婦書類未嘗開"라 하였다. 즉 임금을 못 잊
는다는 비유로 사용한 것.

지주 갈천 임훈 선생과 함께 마음을 비우고 가슴속에 품은 생각들을 털기 위해 유람하기로 한 것. 안음 사람이던 임훈은 당시 광주 목사로 재직 중에 여가를 내어 많은 손님들을 초청하고 막하 수종들을 이끌고 명산을 유람하기 위해 서신으로 경명을 특별히 초청한 것이다.

같은 해에 아들 유후가 태어나나, 장차 아버지와 두 형의 죽음으로 애통해하다가 병이 드니 상복을 벗고 1년이 지나자 세상을 하직한다.

다음 해 정월 초 2일에 인순왕후가 승하하자 비통한 마음을 시로 달랜다.

> 국모로 군임한 지 30년이 가까워
> 억조창생 모두들 애통해합니다.
> 고요한 교산[13]에 궁검을 묻고
> 쓸쓸한 상강[14] 숲에 눈물 뿌렸죠.
> 옛날에 받은 은총 생각할수록
> 새삼스레 슬픈 마음 더해집니다.
> 호해[15]에 떠도는 신하 어디로 돌아갈지
> 강릉[16]에 푸른 송백 잡을 길 없네.

---

13) 喬山: 皇帝의 궁검을 장사 지냈다는 산 이름인데, 임금의 산릉을 일컫는다.

14) 湘江의 비화는 이렇다. 舜임금의 后妃 娥皇, 女英 자매는 중국 고대의 임금 堯임금의 딸들이다. 아황은 동생 여영과 함께 순임금에게 시집을 간다. 순임금이 창오에서 죽자 두 자매는 상강에 빠져 죽는다. 그래서 상군(湘水의 神)을 일컫는 말인데 상수에 빠져 죽은 두 자매는 죽어 물귀신이 되었다는 고사를 비유로 시를 지은 것.

15) 湖海는, 호수와 바다, 또는 바다처럼 넓고 큰 호수를 말한다.

16) 康陵: 고려 成宗의 능. 경기도 開豊郡, 靑郊面, 排也里에 있다. 조선왕조 明宗과 인순왕후 심씨의 묘지는 경기도 양주에 있다.

선조 9년(병자, 1576), 그의 나이 44세가 되던 해 겨울에는 「不己齋銘」을 지었다. 이때 토정 이지함이 광주를 방문할 기회가 있었다. 그에게는 이지함이란 본명보다도 <토정비결>의 작자로 더 잘 알려진, 조선의 풍류사에 신비로운 발자취를 남기고 사라진 전설적인 奇人이다.

이때 경명이 창작한 「土亭見示所著寡慾論旦戒酒邀以一言敢述鄙懷」와 「不己齋銘」에는 성리학적 사유가 적극적으로 표현되어 있었다.

선조 10년(정축, 1577), 제봉이 45세가 되던 해에 아들 용후가 출생하고 큰아들 종후가 문과에 합격한다. 그야말로 한 가정에 겹경사가 난 것이다.

선조 11년(무인, 1578), 그의 나이 46세가 되던 이해 여름에 그는 「靜虛名說」을 지었다.

"靜이란 躁의 주인이고 虛란 明의 본체이다.

정은 躁를 억누르고 허는 명을 드러낸다. 「周易」에 坤은 지극히 정하다." 했다.

선조 12년(1579, 을유), 인후가 진사시험에 합격한다. 경명은 이윽고 관직에 다시 나설 채비를 하고 있었다.

선조 14년(신사, 1581), 이윽고 영암군수를 거쳐 서산군수로 재직하게 된다.

얼마 후 변무사, 김계휘의 서장관에 임명되어 성균관 직강으로 옮겨 사헌부지평을 겸직으로 경사(연경)에 들어간다.

이때 궐내에서 왕실의 기록이 잘못된 것을 명나라에 들어가 '종계변무(조선조 왕실의 잘못된 기록을 변명하여 바로잡으려는 것)'를 하려고 할 때, 사신으로 임명된 황강 김계휘 상사와 경명은 서장관으로 함께 여행길에 오른다.

명나라에 들어간 경명은 일행들과 함께 허베이 성 동북 경계 장성의 동단에 있는 도시의 산해관에 도착하자마자 망해정에 올라 소풍을 한다. 이 망해정은 산해관에서 십 리 정도 떨어진 곳이다. 상사 김계휘, 부사 최입, 한경홍과 함께 올라간다. 경명이 절구 한 편을 짓자 일행들도 모두 화답한다.

이재조에 참배하면서 느꼈던 것이 마음에서 우러나 시 한 구절을 읊는다.

옛날에 西伯이 養老할 때
太公의 마음을 잘 알았을 텐데,
鷹揚할 계획을 가지기 전에,
혁명하지 말라고 왜 못 했을까.

사당에 안치된 백이와 숙제, 이 두 형제는 殷나라를 위해 절개를 지킨다. 周나라가 혁명하기 전 문왕의 작호인 태공인데, 그는 아들 무왕을 위해 혁명을 일으킨다. 「맹자」에 "伯夷居北海之濱 吾聞西伯 善養老 太公居東海之濱 吾聞西伯善養老"라고 했다.

매가 높이 날듯이 무용이 있다는 비유로서, 태공을 가리킨 말인데, 「시경」 대아, 대명장에 "維師尙父 時維鷹揚"이라는 데서 나온 말이다.

선조 15년(임오, 1582) 이해 봄, 경명은 명나라에서 돌아온다.

그는 왕에게 복명하자 곧바로 서산군수로 내려가라는 명령을 받는다.

그는 군수로 잠시 머물다가 그해 가을에는 원접사 율곡 이이의 종사관에 임명된다.

종부시 첨정을 맡는다. 역시 같은 직급인 첨정으로 한강 가까이 나가 사신을 영접하게 된다.

선조 16년(계미, 1583) 봄에는 한성부 서윤(종4품)을 거쳐 얼마 후 한산군수로 옮겼다가 그해 겨울에는 문한(문필에 관한 일)에 대한 일로 예조정랑(정5품)을 제수받으나, 그는 취임하지 않고 곧바로 향리로 돌아와 버린다.

계미년 봄에 제봉은 한성부 서윤 종4품 벼슬로 옮겨간 것인데,

서윤 자리는 그 당시 한성부와 평양부에 두었던 판관보다는 조금 위이고 좌우윤보다는 좀 낮은 직분이다.

얼마 되지 않아 그는 또 한산군수가 된다. 그곳은 한산모시로도 유명한 충청남도 서천군에 있는 한 고을이다.

그해 겨울 문한이 있다고 했다. 즉 문필에 관한 일이다. 조정에서는 문장을 잘 짓는 사람이 필요했다.

그가 적임자로 낙점이 되어 예조정랑에 임명된다. 자리가 탐탁지 않았던가. 사신 등, 이 자리 저 자리 불려 다니던 그의 몸이 휴식을 필요로 했던가!

그는 단번에 그 직을 사양하고 취임하지 않는다. 곧바로 시골로 돌아오고 만다. 그러나 왕은 그를 끈질기게도 놔주지 않았고 또 불러들인다.

다음 해 여름 그는 종부시정이 되었다가 사복시 첨정(종4품)으로

옮겨 간다.

겨울에 또다시 사예가 되고, 직급은 매양 같은 종4품이다.

이듬 해 정월 27일 경명은 찬성이던 정철(의정부의 종1품)에게 편지를 보낸다.

"이 달 14일에 비로소 조보를 얻어 보고, 새해가 되기 전에 나를 사예로 제수했다는 사실을 알았으나, 본관에서 丘史를 내려보내지 않았기에 무슨 사고가 있는지 염려되어 아직껏 떠날 채비를 하지 않고 있다."라고 ……

승정원에서 처리한 일을 날마다 아침에 적어서 반포(세상에 널리 퍼뜨리다.)하기 위해 종이 적어 놓은 글이 조보이다. 공신인 지방 관노비 구사를 통해 제수에 대한 기별을 보내곤 했던 것.

선조가 그를 사예(성균관의 정4품)로 제수한 것에 대한 궁금증을 풀기 위해 정철에게 편지를 띄운 것은, 경명 자신을 선조에게 추천한 이가 바로 정철이기에…….

선조 19년(병술, 1586), 그의 나이 54세가 되는 해이다. 이해 7월 기망(음력 매월 열엿샛날, 十六夜)에는 적벽이 있는 성에서 유람을 한다.

청계 양대박이 동파고사로 경명에게 비교한 시가 있었다. 그는 이에 화답한다.

매년 음력 7월 16일 밤이 되면 적벽성에는 사람들이 몰려들어 유람을 일삼는 풍습이 있었다. 경명도 그가 죽기 6년 전에 그 풍습 놀이를 즐겼던 추억에 한껏 자긍심이 인 모양이다.

宋나라 소동파의 고사를 인용한 것에 경명을 비교한 양대박의 시가 있음을 지적한 것이다.

선조 20년(정해, 1587), 그는 윤두수와 함께 창수할 기회가 있었는데, 동갑내기라서 평소 흉허물 없이 지낸 두 사람은 느낀 대로 시를 지어서로 주고받곤 한다. 이때 윤두수는 임금을 대신하여 지방관들을 격려하고 살피는 접절사(관찰사 역할) 노릇을 하느라 호남을 두루 살피게 되던 때이다. 때마침 순창에 이르게 되어 경명과도 우연히 만나게 되었던 것.

선조 21년(무자, 1588)에 경명은 4년여를 순창군수로 있다가 그만두게 된다. 그해 11월 7일, 종계에 대해 개정할 일로 황제의 조정에서 칙서가 내려온다는 소문을 듣고 경명은 감격한 나머지 지감시를 짓는다.

> 억울하던 옛날 심정 다 해소되어
> 안개를 해쳐 버리고 푸른 하늘 보는 것 같구나.
>
> 삼천 리 이 강산에 은륜[17]이 뿌려지고
> 이백 년 우리 보전[18] 다시 새로워졌네.
>
> 오묘[19]에 계신 영령 아름답게 여기실 테죠.
> 구소[20]에서 내리는 뇌우[21] 좋은 소식 전해 주는데,

---

17) 恩綸: 임금이 신하에게 고맙게 여겨 내리는 말씀.

18) 寶典: 조선조 왕실의 세보.

19) 五廟: 제후의 종묘. 「예기」 왕제 편에 "天子七廟 三昭三穆 與太祖之廟 而七 諸侯五廟 二昭二穆 與太祖之廟而五"라는 글이 있다.

20) 九霄: 하늘, 구천.

21) 雷雨: 우뢰와 비. 「周易」 解卦에 "天地解而雷雨作 雷雨作而草木甲坼 解之時義 大矣哉"라고 말한다. 이는 억울한 마음을 다 풀리게 했다는 비유를 인용한 것이다.

연대[22])에서 못 죽은 이 몸 오히려 살아 있어,
이리저리 떠돌면서 머리만 썩힙니다.

선조 22년(기축, 1589), 경명의 아들 인후가 문과에 합격한다.

경명은 다음 해인 경인 여름에는 내첨시정이 되었다가 교린(이웃 나라와의 교제)의 문서를 맡아본다는 승문원 판교(교서관의 당하 정3품)지제교로 옮겨 시정(당시의 정사)의 기록을 맡아본다. 춘추관 에서 책을 편집하고 수정하는 편수관을 겸임한다.

이는 한 대신이 임금의 자리 앞에서

"전하! 경명의 문장을 이대로 방치해 두긴 너무 애석하옵니다. ……"라고 진언하자 임금께선 곧 "승문원 지제교에 제수토록 하라. ……"

하명함으로써 경명에게 곧바로 구관직을 없애고 새로운 관직을 내린 것이다.

甲申년 여름에 종부시복첨정을 거쳐 겨울에는 사예에 명령을 받 는다. 성균관 종4품, 종5품인 직강의 윗자리지만 대사성의 아래인 사성의 밑에 있다.

을유년 봄 임금은 문장수준이 높은 경명이 의외로 지위가 낮은 관리직에 맴돌고만 있는 것을 마땅치 않게 여겨 그를 무려 세 계급 을 건너뛰어 군자감정에 발탁한다.

군수품의 출납과 군인의 제반 일을 감독 하는 책임 있는 자리다.

그러나 그때 그를 좋아하지 않아 반대하는 신하가 있었다. 그러

---

22) 燕臺: 연경에 있다는 황금대를 말한다. 이것은 경명이 서장관으로 연경에 갔을 때의 일을 추억한 말이다.

자 그는 병을 핑계 대고 그 자리에 나가지 않았다. 그는 자기를 지지하지 않는 자가 있는 한 자리에 연연하지 않고 과감하게 사양하곤 했다. 그는 반대의 목소리가 있는 자리에 굳이 앉아 있고 싶지 않았다. 세상일을 냉정한 시선으로 바라본 그의 대쪽 같은 성품은, 기껍게 모두가 그를 원해도 직책을 맡을까 말까 하는 처지인데 단 한 사람이라도 반대자가 있다면 그의 강직한 성품으로 보아 자신을 희생해서 그가 나라에 굳이 봉사하고픈 마음이 일지 않도록 사기를 꺾는 일이었다.

선조 23년(1590), 명나라 역사에 이씨 세계가 잘못 기록된 것을 바로잡은 공로로 윤근수 등 19명의 훈명이 내려질 때 경명이 광국공신의 공적을 기록하게 된다.

같은 해에는 경명이 광국일등공신 해평군 윤근수의 녹훈교서를 지어 임금에게 올린다.

그는 여름에 또다시 동래 부사직에서 물러나 서울에 돌아온다. 그 당시 때마침 조정에서는 신하들 간에 좌상이던 정철에 대해 논쟁하고 있었다. 그러는 가운데 어떤 신하는 경명을 지목해 그도 정철이 추천한 사람이라고 상기시킨다. 그 소리가 들려오자 경명은 곧바로 필마를 타고 고향으로 내려와 버린다.

선조 24년(1591), 그가 59세가 되던 해 봄에는 광국훈에 그의 이름이 올려지는데……? 명단에는 그의 이름이 없었다. 아마도 녹훈교서를 그가 지었던 것으로 잘못 전해졌나 싶다. 그가 만일에 광국훈에 올랐다면…….

조선 왕실의 계보가 명나라 신전에 잘못 기록된 것을 중국 조정에서 사신 김계휘의 서장관으로 진정서를 제출하고 바로잡는 데 변무하였다는 공로일 것이다.

그때 아들 순후가 진사시험에 합격한다. 착잡한 그의 마음에 다소 위안이 될까.

그는 시골에 안착하게 되자 칩거에 들어선다. 책과 더불어 벗 삼아 지내게 되는데 이것이 그의 일상이 되었다.

선조 25년(1592), 60세 때 봄 천문을 우러러 보고 부인에게 말한다. '…… 금년에 장성이 안 좋아 장수가 불리하다'고 예언한다.

4월 13일, 일본군 20만이 부산항에 상륙하는데, 먼저 부산성이 함락되어 첨사 정발이 전사하고, 14일에는 동래성이 함락되어 부사 송상현이 전사한다. 17일에는 밀양이 무너지자 부사 박진이 적진을 뚫고 왕에게 달려가 왜적침입을 보고한다.

18일에는 김해도 무너져 부사 서예원은 겁이 나서 도망해 버린다.

28일엔 충주 달천도 함락되어 신입 등이 전사한다.

30일엔 선조가 서울을 포기하고 5월 1일에 송도(개성)로 떠난다. 그러자 3일엔 서울까지 일본 수중에 들어가고…….

선조는 다시 평양에서 의주로 이동 중 …… 이때 관군은 거의 무너지고 각 지방 관리들은 대부분 도주하고 백성들은 산 채로 고기밥이 되다시피 하니 민심은 몹시 흉흉했다.

이때 제봉은 광주의 집에 있다가 이 슬픈 소식을 전해 듣고 밤낮 3일을 실성통곡하다가 흩어진 관군을 설득하여 모은다. 두 아들(종후, 인후)에게 의병들을 인솔하여 수원에서 일본군과 대항하고 있는 광주목사 정윤우의 부대에 합류토록 지시한다.

제봉은 충성스런 마음과 의로운 용기로 손수 격문을 써서 본도

(전라도) 순찰사에게 보낸다. 나주에 있는 김천일에게도 격문을 띄워 보내 의거할 것을 약속한다.

5월 29일에 담양 추성관에서 의병청을 설치하고 의병의 식량공급 책임은 박광옥에게 위촉한다. 종사관에는 유팽로, 안영, 양대박으로 식량유사에는 최상중, 양사형, 양희적 등에게 각각 위임했다.

제봉은 또다시 격문을 작성하여 도내 10개 읍에 발송한다(이 원본은 아직도 포충사에 보관 중이다.).

6월 1일 출사표를 제작하여 양산숙, 곽현에게 서해간도를 통해 의주에 있는 선조에게 상달하도록 당부…….

선조는 얼굴에 기쁨을 머금고 말하기를 "고경명, 김천일에게 하루속히 국권을 회복하여 임금이 두 사람의 얼굴을 볼 수 있게 하라."라고 한다.

제주목사 양대수에게 격문을 보내 전투에 쓰일 말을 보내 줄 것을 요청한다.

모집된 의병이 전주에 도착하자 제봉은 각 도 10개 읍에 또다시 격문을 보내 의병에 함께할 것을 호소한다(이 격문의 원본도 보존하고 있다.).

1592년 7월 23일경 작은 아들 인후, 종사관 유팽로, 안영과 그 외 여러 막하장들과 함께 금산 1차 전투에서 장렬하게 순절한다. 이로써 60여 년의 그의 생애가 막을 내린다.

제봉이 금산 1차 전투에서 순절한 지 10년째 되던 선조 34년(신축, 1601) 光州 霽峯山에 사당을 창건하게 된다. 2년 후 선조 36년 계유에 전 사헌부 감찰 박지효, 전 선무랑 유사경, 전 계공랑 신필, 생원 고경이, 유학 이수용, 김형, 김진필 등 사림 수십 명의 명의로

청사액소를 올린다.

선조의 윤허를 얻어 사액을 내려받게 된다. 사액 때, 예문관 대제학이 '褒忠', '彰義', '義烈'의 세 가지 사명을 적어 올린다.

포충으로 하라는 하계가 있어 '포충사'라는 이름으로 사액 사당이 지금까지 불리게 된 것이다.

청건사소문의 소두(지난날, 연명으로 하는 상소에서 이름을 맨 앞에 적어 주체가 된 이)는 韓守臣과 李惟泰 등이었다.

그러나 '포충사'는 선조 34년에 창건되고, 36년에 사액되었으나 정조 1년까지 사당을 세울 부지가 정리되지 않았다.

1978년 국가의 시책으로 '포충사' 성역화 공사를 착수하게 된다. <褒忠祠廟庭碑>를 1979년 12월에 전라남도에서 세운다. 비문은 임창순이 짓고 글씨는 김병남이 썼다. 1980년 1월에 세운 '포충사' 정화 기념비의 글은 강주진이 지은 것을 구철우가 썼다.

2008년 12월 22일 오전 11시, 광주광역시 월드컵경기장 잔디공원에(높이: 8.6m, 바닥넓이: 56m) 말을 타고 '마상격문'을 펼쳐 보이며 적진을 향해 진격 명령을 내리는 모습의 동상을 건립했다.

고씨 문중에서는 광주광역시에서 토지를 제공받아 건립한 것이다.

서울 용산 '전쟁 기념관'에는 의병을 모아 담양에서 출진하는 모습이 그림으로 전시되어 있다. 양진영에 유팽로, 안영 등과 함께 투구를 쓰고 갑옷을 입은 채 말을 타고 경명을 호위하고 있는 모습과 병사들이 칼과 창을 들고 뒤를 따르는 대형 그림액자였다. 이것은 고씨 문중에서 기증한 것이다.

임진란의 공신과 순절한 사람

高　堅고견 文忠公. 임진란 공신. 성균관 생원. 尙膳을 지냄. 임란 때 공을 세워 扈聖原從功臣 3등. 1624년 이괄의 난을 진압하는데 공을 세워 淸難原從功臣 3등.

高敬命고경명(1533~1592)長興伯. 임진란의병장. 6천 의병을 규합해 금산전투에서 순절. 扈聖光國功臣, 宣武原從功臣 1등. 시호 忠烈. 광주 포충사 재향.

敬　民경민 장흥백. 壬辰亂 功臣. 1593년 훈련 판관으로 병사를 이끌고 단천에서 함북 評事 鄭文孚를 도와 일본군을 물리침. 선무원종공신.

敬　身경신(?~1593) 장흥백. 임진란 의병. 친형 경명이 금산에서 순국하자 형의 원수를 갚기 위해 의병으로 출전, 복수의병장 고종후의 군관이 됨. 1593년 군마를 얻기 위해 격문을 가지고 제주로 가던 중 높은 파도에 표류하다가 물에 빠져 애석하게 순국함.

敬　臨경임 장흥백. 명종 중엽에 출생, 통덕랑을 지냄. 임진란 때 의병으로 나가 싸움. 종형인 경명과 함께 금산전투에서 전사함.

敬　兄경형 장흥백 임진란, 문무가 출 중, 친형 경명과 조카 인후가 금산전투에서 순국하자 나라와 형의 원수를 갚기 위해 조카 종후<'병든 어머니와 몸이 약한 동생도 있어 부양을 해야 하니 나가지 마십시오.' 라고 長조카가 만류했다>의 권유를 받고도 진주성에서 조카와 함께 순절했다.

大　鵾대곤(1570~1635) 靈谷公. 임진란 공신. 임란 때 종묘의 신

주를 行在所가 있는 평양으로 무사히 옮겼다. 다음해 宗廟署 直長 유해俞瀣와 같이 神主를 海州의 栢林亭으로 안전하게 대피시킨 공로로 호성원종공신 3등.

德 鵬덕붕(1552~1624) 장흥백. 정유재란 의병장. 野叟 蔡弘國과 함께 의병장 고경명 6천 의병과 합세하여 금산 전투에 참전. 興德 南塘에 흩어진 의병을 모아 盟主가 되고 채홍국은 義旅將. 적군 한명을 생포해 모두 죽이자고 했으나 놓아주어 포로의 정보를 역이용하는 작전을 써 크게 승리. 1597년 정유재란 때 의병을 일으켜 扶安 胡伐峙에서 적을 크게 무찌름. 그 후 향리에서72세에 여생을 마친다. 승정원 좌승지 추증.

德 隆덕융 문충공. 임진란 공신. 무과에 급제, 선전관. 임란 때 宗社를 보호하고 일본을 물리치는데 큰 공을 세운다. 원종공신. 五衛都摠府도사. 이덕형이 임금의 명에 따라 임란의 공신으로 忠賢錄에 기록한다.

得 賚득뢰(?~1593) 文禎公. 1577년 무과에 급제. 於蘭萬戶(전남 靈光郡)의 감찰, 防踏僉節制使(종3품)를 역임. 임진란 때 고향 남원에서 의병장 崔慶會의 부장이 되어 長水. 茂朱. 居昌. 開寧 등지에서 일본군과 싸워 전과를 올린다. 그 공로로 평창군수에 임명되었으나 '적군이 사나운 위세를 떨쳐 나라가 위태로운데 어찌 자신만 편안하게 지낼 수 있겠는가.'하고 부임하지 않았다. 의병장 최경회를 따라서 진주성에서 전사. 선무원종공신 3등. 漢城府右尹을 추증, 旌忠祠에 배향.

夢 龍목룡(1518~1592년) 문충공. 임진란 武人, 義兵. 금산전투에서 의병장 고경명과 함께 순절. 宣武原從功臣 2등. 금산 종용사 배향.(高夢龍. 高山立. 高台亢. 高弘達. 高武全 등을 5충신이라고 해 전남 康津 長春祠에 배향)

夢 龍목룡(1571~?) 장흥백. 임진란 공신. 선조 때, 무과에 급제하여 부장部將으로 임란 때 의병장 고경명 막하에서 전공을 세움. 선무원종공신. 좌승지 증직.

夢 春몽춘(?~1592) 장흥백. 임진란 의병. 主簿(종6품). 임란 때 三從祖인 의병장 고경명 막하에서 승지 安瑛, 학유 柳彭老 등과 함께 의병으로 참전 금산전투에서 고경명과 같이 전사함. 그 뒤 작爵호와 호諡, 정려旌閭의 명이 없어 당시 사람들이 억울하게 여기고 여러 번 포상을 추천했으나 旌表하라는 특전을 받지 못함.

武 全무전(1568~1597) 문충공. 丁酉再亂 공신. 1589년 무과에 급제 선전관(정5~종5품) 1597년 정유재란 때 일본군이 또다시 쳐들어오자 의병을 일으켜 屯兵谷에서 전사함. 선무원종공신.

鳳 鳴봉명 문충공. 임진란 공신. 임진란에 공을 세워 호성원종공신3등. 묘소는 伊川郡 大老谷.

鳳 翔봉상 문충공. 임진란 공신. 무인으로 순천부사 역임. 임진란의 공로로 선무원종공신 3등.

士 仁사인 花田公. 임진란 공신. 임진란 때 공을 세워 호성원종공신 2등에 녹훈. 가선대부, 忠佐衛副護軍 겸 司僕將을 역임. 묘

소, 旌善郡 北面 南坪里.

山 立산립(1542~1595) 문충공. 임진란 공신. 忠義가 지극해 奉事(종8품)를 지내고, 임진란 때는 숙부인 部將公 高夢龍이 금산전투에서 전사하자 의병을 일으켜 錦城(나주) 東谷에서 전투 중 전사. 선무원종공신. 첨지중추부사를 추증.

山 海산해 문충공. 정유재란 공신. 1593년 무과에 급제하여 수문장. 정유재란에 일본군을 물리친 전공으로 선무원종공신 2등.

三 春삼춘 장흥백. 임진란 공신. 무과에 급제, 奉事. 임란시 숙부 高彦章과 함께 의병장 최경회 막하에서 의병으로 참전. 영남지방 전투에서 많은 적을 참살하는 전공을 세우고 적탄에 맞아 전사함. 선무원종공신.

高 祥고상 문충공. 임진란 공신. 임란 때 많은 전공을 세워 호성원종공신에 책록 1605년4월 녹권.

成 厚성후(1549~?) 장흥백. 임란공신. 고경명 문하에서 수학. 1583년 별시문과 병과 합격. 사헌부 감찰. 임진란 때 고경명 막하에서 모병과 모량을 맡아 소임에 충실함. 경명이 금산에서 전사하자 권율을 도와 梨峙와 幸州에서 대승을 거두는데 큰 공을 세움. 영남에 주둔한 명군에게 군량미 보급으로 明將 呂應鐘으로부터 각별한 치하가 있었다. 선무원종공신 2등 예조참의에 추증. 금산대첩비에 그의 공적 기록.

世 臣세신 영곡공. 중종 조에 출생. 임진란 공신. 종묘 위패를 海

州로 무사히 옮겨 그 후 선무원종공신 3등에 녹훈. 통정대부. 첨지
중추부사, 수안군수를 역임.

世 忠세충 장흥백. 임란공신. 효성이 지극하여 부모상에 3년을
시묘하고 무술에 능해 1549(명종4)년 무과에 급제. 임진란 때 의병
30명 군량 20여석을 모아 도원수 권율장군의 막하에서 행주대첩에
큰 공을 세워 선무원종공신 3등에 녹훈, 판관에 제수.

守 緯수위(?~1593) 장흥백. 임란 의병. (蘇齋 盧守愼. 松川 楊
應鼎의 문하)임진란 때 의병장 김천일의 향군유사로 많은 전공을
세우고 다음해 고종후 복수의병장과 함께 진주성에서 순절, 호조참
의에 추증.

彦 伯언백(?~1609) 문충공. 武將. 宣武功臣. 임진란 때 斥候將
으로 충주 달천 전투에 참전. 경상도, 경기도 지방에서 적과 싸워
많은 전과를 세움. 1593년 명군과 합세해 평양 수복에 큰 공을 세
운다. 1597년 정유재란 때 경기도 방어사로 많은 전공. 선무공신3
등으로 濟興君의 봉함. 녹훈 도감에는 李舜臣. 權慄. 元均. 高彦伯
등 네 장수만 왜적을 정벌한 장군이라고 기록되어 있다. 그러나
1609(광해1)년 광해군이 즉위 한 후 臨海君을 제거할 때 그가 임
해군의 심복이라고 함께 살해당함. 星岡祠(경북 영일군 기계면 화
대리)

彦 壽언수(1550~?) 장흥백. 정유재란 의병. 1570년 무과에 급제.
訓練院 奉事. 鏡城判官. 임란 때 경명을 도와 군량미 보급과 의병
을 모집하고, 금산전투에서 경명과 함께 전사하지 못함을 한탄함.

정유재란 때 의병을 모집하여 적과 싸우다가 牙山에서 전투 중 전사함. 금산 종용사 배향.

彦 章언장(1539~?) 장흥백. 임란공신. 무과에 급제, 훈련원정. 곡성현감을 지낸다. 임진란 때 조카 高三春과 의병을 일으켜 많은 전공으로 선무원종공신 3등.

允 成윤성 장흥백. 임진란 공신. 무장으로 출전 전투에서 많은 공을 세움. 선무원종공신.

應 景응경(1572~1592)良敬公. 임진란 공신. 禦侮將軍으로 아우 應秀, 應叔과 의병을 일으켜 의병장 고경명 6천여(고 씨 문중에서는 7천명으로 알고 있다) 의병과 합세하여 많은 전공을 세웠으나 금산전투에서 순국한다. 선무원종공신. 자헌대부, 병조판서 겸 지의금부사를 받음. 충남 금산 종용사에 배향.

應 涉응섭 上黨君. 임진란 공신. 무과에 급제 수문장. 內禁衛將으로 있을 때 임진란이 일어나자 끝까지 궁궐을 지키며 용전분투함. 친형 應淵과 흩어진 병사들을 모아 창의 군을 조직 새재, 마령, 상주, 대구 등지에서 일본군과 전투를 벌려 많은 전공을 세움. 선무원종공신 3등.

應 秀응수(1576~1592) 양경공. 임진란 공신. 임란 때 16세의 어린 나이로 친형 應景과 사촌형 應叔을 따라 의병에 참전 금산전투에서 형과 함께 전사함. 선무원종공신. 忠佐 衛衛長의 증직. 금산 종용사에 배향.

應 叔응숙(?~1592) 양경공. 임진란 공신. 사촌형인 高應景과 함께 의병으로 나가 싸움. 의병장 고경명의 의병군에 가담하여 금산 전투에서 용전분투했으나 적탄에 맞아 전사한다. 선무원종공신. 가선대부 증직. 충남 금산 종용사에 배향.

應 淵응연(?~1594) 상당군. 임진란 공신. 明宗 말 무과에 급제 훈련원 주부. 병사를 이끌고 문경새재에서 방어, 전투 중 적탄에 맞아 중상을 입고, 2년 후 상처가 악화 되어 사망. 1604년 선무원종공신 3등.

應 潛응잠 상당군. 임진란 공신. 임금이 의주로 피난 갈 때 호종한 공로로 호성원종공신 1등(아우 응연. 응섭. 3형제가 모두 임란공신)

應 春응춘(1551~1635) 화전군. 임진란 공신. 임금이 의주로 피난할 때 內禁將으로 大駕를 호종해 호성원종공신. 훈련판관. 통정대부. 벼슬을 버리고 고향에서 전란으로 황폐된 솔선수범 농사와 양잠을 권장하고, 蒙訓須知와 養蠶經, 繰絲最要 등을 만들어 농민을 지도, 마을이 점차 윤택해지고 발전해가자 조정에서 여러 차례 불렀다. 그러나 그는 사양한다. 채소를 가꾸고 산림녹화에 낙을 삼고, 향리의 인재들을 교육하는데 전념한다. 향년 85세로 가선대부 추증. 江原道 旌善邑 北五里에 안장.

仁 柱인주(1565~1592) 문충공. 임진란 의병. 1591년 무과에 급제. 고경명 막하에서 의병으로 참전 그해 7월 10일 금산 벌에서 일본군과 격전 끝에 전사함. 병조참판 증직과 예관을 보내 사패지인 부안에 있는 自藏山에 장사함.

因 厚인후(1561~1592) 장흥백. 임진란 의병. 1579년 진사시. 1589년 증광문과 병과에 급제. 수백의 의병을 이끌고 태인, 전주, 무주, 진안 등에 복병을 배치하여 영남을 점령한 일본군이 호남으로 침입하는 것을 막았음. 의병본진과 함께 6월27일 은진에 도착한 후 다시 연산에서 방어함. 금산에 도착 방어사 곽 영과 좌우로 대치했으나 관군이 무너짐에 따라 의병군도 무너진다. 아버지 경명과 함께 장렬하게 순직.

貞 喆정철 화전군. 정유재란 의병. 일본군이 求禮의 石柱城을 침입하자 5~6명의 결사대를 조직, 기습 공격하여 적 수십 명을 사살하는 큰 전공을 세우고 전사함. 이들을 7 의사라 함. 전남 求禮郡 上旨面 松亭里에 1963년 七義祠를 건립. 호조좌랑 증직.

宗 慶종경 화전군. 임진란이 일어나자 친형인 宗遠과 수백 명의 의병을 일으킨다. 의병장에 추대되어 홍천과 춘천사이에서 방어, 道伯이 營軍 5백 명을 주어 興原의 役을 도왔으나 공격하는 사이에 영군이 모두 도주함. 지휘책임을 물어 여러 관리들의 만류에도 부득이 사형 당한다.

宗 吉종길 화전군. 중종 말에 출생. 임진란 의병. 華叟公 高宗遠과 의병을 일으켜 일본과 싸움. 적의 진지에 잠입 정탐하려다 체포되어 원주에 감금되자 적의 취조와 고문에 불응 스스로 목숨을 끊어 殉忠.

從 厚종후(1554~1593) 장흥백. 복수의병장. 어려서부터 부친의 가르침을 받아 학문이 뛰어남. 1570년 진사시에 합격. 1577년 별시

문과 병과에 급제. 전적, 감찰, 예조좌랑을 거쳐 1588년 임피현령. 그 후 지제교에 기용됐지만 곧 사직. 임진란 때 일본에 진주성이 함락되자 김천일. 최경회와 함께 남강에 몸을 던져 순국. 특명으로 장려를 세우고 광주의 포충사와 진주의 창렬사에 배향. 1711년 이조판서, 대제학을 추증하고 시호를 孝烈이라함. 1786년 정조의 특명으로 不祧廟를 세움.

處 謙처겸(1558~?) 문충공. 임진란 공신. 선무원종공신 3등. 정유재란 명나라 제독 麻貴군대와 합세, 개운포, 도산, 등지에서 일본군을 격파 그 전공으로 만호가 됨.

台 亢태항(1522-?) 문충공. 임진란, 정유재란의 공신. 扈聖原從功臣. 병조참판에 증직.

翰 雲한운(1552~1592) 영곡공. 임란 의병. 어려서부터 아버지 두곡공의 가르침을 받아 학문이 출중해 退溪 李滉에게 글을 올려 칭찬을 받음. 1585년 별시문과에 장원급제, 성균관 전적. 감찰. 호조좌랑. 부안현감. 임진란 때 의병을 일으켜 인동. 금릉 등지에서 일본군의 보급로를 기습공격, 많은 전공을 세운다. 금오산 전투에서 중상을 입고 古人洞으로 돌아와 치료 중 그 해 8월 14일 순국한다.

高 晛고현(1562~1609) 문충공. 임진란 공신. 1580년 무과에 급제 선전관. 1589년 兵馬節度衛. 다음해 봉정대부. 성주 목판 관을 역임하고, 임금이 의주로 피난할 때 친형 瀛城君 高曦를 따라 아들 弘達, 弘建과 함께 임금을 호종. 1605년 4월 호성원종공신 3등.

통정대부. 병조참의에 추증.

弘 達홍달(1570~?) 문충공. 임진란 공신. 사복시정, 충청병사를 지낸다. 임금 피난 때 호종한 공로로 호성공신 3등.

弘 達홍달(1575~1644) 문충공. 임진란 공신. 임란 때 18세의 어린 나이에 아버지 晛과 백부 瀛城君 曦를 따라 大駕를 호종 함. 1605년 증광사마시에 급제 생원이 된다. 호성원종공신 3등

高 勳고훈(?~1592) 장흥백. 임진란 공신. 1584년 무과급제. 의병장 고경명을 따라 금산전투에 참가 일본군과 공방전을 벌이다 적탄에 맞아 전사. 선무원종공신.

高 曦고희(1560~1615) 문충공. 임진란 공신. 1584년 무과에 급제 수문장이 된다. 임진란, 무신으로 임금을 평양을 거쳐 의주로 호종한 공로, 호성공신. 호조판서 겸 지의금부사를 추증.

이상에서 본 것처럼 고 씨 가문은 임진란과 정유재란에서 순절한 사람과 공신이 기록에 나타난 것만 모두 50여명에 이른다. 그들은 대부분이 아버지와 아들 또는 형제, 사촌들로 출전했다. 모르긴 해도 임진란 싸움에서 가문 중에서는 순절한 사람이 가장 많은 것 같았다. 여기에 나타난 인물들은 대부분 과거에 급제하고 관직에 재직했거나 선비들이었다. 여기에 나타나지 않은 고 씨 가문의 선조들은 아마 이보다 더 훨씬 많을 것으로 추측해본다. 기록에 나타난 것만을 따진다면 고 씨의 9개 파 중 7개(문충 공 17명. 장흥 공 18명, 영곡 공 3명, 문정 공 1명, 화전 공 5명, 양경 공 3명, 상당

군 3명)파에서 임란에 참여한 것으로 기록되어 있었다. 여기서 참고로 덧붙이는 것은 계파의 근거를 간략하게 적어둔다.

이 고 씨 가문은 탐라국 高乙那 왕을 시조로, 성주공 高末老를 중시조로 하는데, 고씨는 「濟州」를 본관으로 삼고 있다. 단일 본이라 할 수 있다. 중시조의 아들 3형제가 고려초 출사하여 육지로 진출하게 되자 그 후손들이 각 지방으로 번창함에 따라 본관이 자연스럽게 발생하게 된 것이다. 즉 중시조 고말로高末老의 5세 손 高適은 汝霖과 世在 형제를 두었다. 장남 여림의 후손인 仁旦을 성주공파로 삼고 있다.

여림의 차남 臣傑은 典書公파가 된다. 따라서 3남 得宗은 영곡공파로, 이상의 모두는 본관을 제주로 정하고 있다.

고적의 차남 세재는 경기 지방으로 출사했다. 그의 5세손에 와서 伯筵, 仲筵, 季筵 3형제가 있었다. 장남 백연의 아들 高慶은 文忠公으로 그 후손들은 본관을 제주로 정한다. 차남 중연은 장흥 백으로 하는 데는 이유가 있었다.

중연은 고려조정의 左拾遺(高麗中書 門下省의 종6품)벼슬로 홍건적에 의해 고려말경 개성이 함락되자 31대왕 공민왕을 모시고 안동으로 피난했다가 수복 되자 귀경한 공로로 長興을 하사받아 그곳을 본관으로 정한 것이다.

3남 계연의 아들 仁庇를 花田君으로 그 후손들은 본관을 橫城으로 정했다. 그러다가 1971년 횡성을 제주로 개관하기로 한 것이다. 지금도 횡성을 본관으로 하는 고구려 高朱蒙 후손들이 일부 남아있어 이들과 구별하기 위해서이다.

중시조(고말로)의 증손인 高恭益은 上黨君으로 하여 그 후손들은 본관을 청주로 정하고, 중시조 증손 高令臣은 良敬公으로 그 후손들은 본관을 개성으로 정하고 있었다. 그러나 상당군 고공익의 9세손 陽山公 高哲의 후손들은 1786(정조10)년부터 본관을 「제주」로 개관 했다. 한 가지 어려운 문제가 있었다.

문충공 高慶의 증손 天祥과 天佑 형제는 고려가 망하자 개성 杜門洞에 은거하고 있었다는 이유로 그 후손들이 본관을 「제주」가 아닌 「開城」을 쓰고 있어 양경공파와 혼동을 일으키고 있었다.

朝鮮 氏族 通譜에 수록된 고 씨의 본관은 「제주」이외의 장흥, 개성, 청주 등이 있지만, 중시조 고말로의 후손이므로 모두가 제주에서 分貫 된 것임을 밝혀둔다.

따라서 여기 기록된 데로는 고 씨 성을 가진 사람들이 학생운동. 독립운동. 의병활동을 했던 인원은 391명이나 되었다. 이들은 중국

북경. 만주 봉천에서, 상해에서, 일본 동경과 대판. 고베에서, 또는 러시아 新韓村. 미국 등 세계 각지에서였다. 그리고 국내 전국각지에서 학생신분으로 또는 의병으로 광주학생운동을 비롯하여 3.1운동과 임진란 정유재란 등에서 나라를 구하기 위해 나이와 신분을 가리지 않고 분연히 구국운동과 싸움에 동참했다. 이 때 그들은 고귀한 희생을 치른 것이었다. 궁극적으로는 조선이 일본의 침략을 막아낸 전쟁이었지만 한편으로는 고 씨 가문과 일본의 싸움이기도 했다. <이상은 고 씨 대관을 참고 한 것이다>

◆ 국조방목에 기록된 고경명 이후 과거에 입격한 사람들

이름	자	호	시험	등위
고경명(高敬命)	이순(而順)	제봉(霽峯)	명종13(무오, 1558) 식년시(式年試)	甲科1
고경조(高敬祖)	이원(貽遠)		명종16(신유, 1561) 식년시(式年試)	乙科2
고맹영(高孟英)	영지(英之)	하헌(霞軒)	중종35(경자, 1540) 별시(別試)	丙科13
고부천(高傅川)	군섭(君涉)		광해군7(을묘, 1615) 알성시(謁聖試)	丙科5
고성후(高成厚)	여관(汝寬)		선조16(계미, 1583) 별시(別試)	丙科8
고습(高習)	성중(誠仲)		중종19(갑진, 1524) 별시(別試)	丙科2
고시기(高時冀)			고종16(기묘, 1879) 식년시(式年試)	乙科6
고용후(高用厚)	선행(善行)	청사(晴沙)	선조39(병오, 1606) 증광시(增廣試)	乙科3
고운(高雲)	종용(從龍)	하천(霞川)	중종14(기묘, 1519) 별시(別試)	丙科14
고응관(高應觀)			정조7(계묘, 1783) 식년시(式年試)	丙科3
고익경(高益擎)	주백(柱伯)		영조23(정묘, 1747) 식년시(式年試)	乙科7
고인후(高因厚)	선건(善健)	학봉(鶴峯)	선조22(기축, 1589) 증광시(增廣試)	丙科6
고정주(高鼎柱)			고종28(신묘, 1891) 증광시(增廣試)	丙科18
고제일(高濟鎰)			고종1(갑자, 1864) 증광시(增廣試)	丙科9
고종후(高從厚)	도중(道仲)	준봉(準峯)	선조10(정축, 1577) 별시(別試)	丙科1
고필상(高必相)			고종13(병자, 1876) 식년시(式年試)	甲科3
고위규(高緯奎)	문백(文伯)		숙종6(경신, 1680) 별시(別試)	丙科11
고득용(高得溶)			고종17(경진, 1880) 춘당대시(春塘臺試)	丙科4
고몽필(高夢弼)	천뢰(天賚)		중종32(정유, 1537) 식년시(式年試)	乙科7
고상안(高尙顔)	사물(思勿)		선조9(병자, 1576) 식년시(式年試)	丙科4
고선경(高善慶)			세조3(정축, 1457) 친시(親試)	丙科4
고언겸(高彦謙)			성종10(기해, 1479) 별시(別試)	丙科4
고유(高裕)	순지(順之)		영조19(계해, 1743) 정시(庭試)	丙科16
고익형(高益亨)	회지(會之)		숙종4(무오, 1678) 증광시(增廣試)	丙科8

고인계(高仁繼)	선승(善承)	선조39(병오, 1606) 식년시(式年試)	乙科7
고종필(高宗弼)	상경(商卿)	중종29(갑오, 1534) 식년시(式年試)	丙科11
고흥운(高興雲)	천상(天祥)	선조3(경오, 1570) 식년시(式年試)	乙科6
고응척(高應陟)	숙명(叔明) 취병(翠屛)	명종16(신유, 1561) 식년시(式年試)	丙科5
고한운(高翰雲)	자룡(子龍)	선조18(을유, 1585) 식년시(式年試)	甲科1
고득종(高得宗)		세종9(정미, 1427) 중시(重試)	乙科2
고신교(高愼驕)		세종26(갑자, 1444) 식년시(式年試)	丁科18
고대혁(高大赫)	광안(光顔)	명종4(기유, 1549) 식년시(式年試)	丙科24
고만구(高萬九)		순조22(임오, 1822) 식년시(式年試)	丙科4
고성진(高性鎭)		헌종10(갑진, 1844) 증광시(增廣試)	丙科29
고시경(高時景)		고종10(계유, 1873) 식년시(式年試)	丙科25
고시면(高時勉)		철종6(을묘, 1855) 식년시(式年試)	丙科19
고시신(高時臣)		순조10(경오, 1810) 식년시(式年試)	丙科1
고시협(高時協)		고종2(을축, 1865) 식년시(式年試)	乙科2
고시홍(高時鴻)		헌종15(기유, 1849) 식년시(式年試)	甲科3
고의상(高儀相)		고종22(을유, 1885) 증광시(增廣試)	乙科7
고정봉(高廷鳳)		정조24(경신, 1800) 별시(別試)	丙科17
고정헌(高廷憲)		정조7(계묘, 1783) 증광시(增廣試)	丙科24
고택겸(高宅謙)		정조4(경자, 1780) 식년시(式年試)	丙科16
고경준(高景峻)		철종14(계해, 1863) 별시(別試)	乙科1
고경진(高景軫)	응임(應任)	명종8(계축, 1553) 별시(別試)	乙科6
고경허(高景虛)	응실(應實)	명종1(병오, 1546) 증광시(增廣試)	丙科3
고극충(高克忠)		정조1(정유, 1777) 식년시(式年試)	丙科21
고기승(高基升)		고종17(경진, 1880) 증광시(增廣試)	丙科28
고기종(高起宗)		숙종2(병진, 1676) 정시(庭試)	丙科6
고덕수(高德秀)		세종14(임자, 1432) 식년시(式年試)	同進士4
고덕칭(高德稱)		세종29(정묘, 1447) 식년시(式年試)	丁科15
고득종(高得宗)	자전(子傳)	태종14(갑오, 1414) 친시(親試)	乙科3
고만갑(高萬甲)	성백(星伯)	숙종43(정유, 1717) 식년시(式年試)	丙科22
고만첨(高萬瞻)		숙종34(무자, 1708) 식년시(式年試)	丙科26
고명열(高命說)		영조9(계축, 1733) 식년시(式年試)	丙科20
고명학(高鳴鶴)		정조19(을묘, 1795) 식년시(式年試)	丙科33
고몽성(高夢聖)	계주(季周)	영조32(병자, 1756) 정시(庭試)	丙科4
고몽현(高夢賢)		태종2(임오, 1402) 식년시(式年試)	同進士17

고봉한(高鳳翰)		고종17(경진, 1880) 증광시(增廣試)	丙科22
고세창(高世昌)	백겸(伯謙)	성종25(갑인, 1494) 별시(別試)	乙科4
고승갑(高昇甲)		정조7(계묘, 1783) 식년시(式年試)	丙科21
고승안(高承顔)		세종8(병오, 1426) 식년시(式年試)	丙科1
고승헌(高丞憲)		경종3(계묘, 1723) 식년시(式年試)	丙科20
고경오(高敬吾)	여일(汝一)	선조38(을사, 1605) 증광시(增廣試)	丙科11
고형산(高荊山)	정숙(靜叔)	성종14(계묘, 1483) 춘당대시(春塘臺試)	丙科21

합계 65명

다른 성씨와 비교한다면 숫자적으로는 많지는 않았다. 그러나 성씨별 인구수를 감안해 보았을 때 적은 수는 아니라는 생각이었다.

참고사항

정기시험인 **식년시**는 3년에 한 번씩 실시되는 것인데 비정기시험인 **증광시**는 태종의 즉위를 계기로 설행되어 국가에 경사가 있을 때 실시되는 시험이었다.

특별시험인 별시에는 별시別試, 외방별시外方別試, 알성시謁聖試, 정시庭試, 춘당대시春塘臺試, 중시重試, 발영시拔英試, 등준시登俊試, 도과道科 등이 있었다. 증광시와는 달리 각종 별시는 문무과에만 있고

별시別試는 예고 없이 실시되었기 때문에 지방 거주자에게는 불리했다. 선발 인원이 제도적으로 정해진 것이 아니라 그때그때의 사정에 따라 달랐기 때문이었다.

외방별시外方別試는 국왕이 지방에 行幸할 때 行在所에서 실시하는 특별시험. 국방상의 요지인 함경도에서 실시하는 北道科, 평

안도에서 실시하는 西道科, 강화도와 제주도 개성부에서 실시하는 별시가 있었다.

알성시謁聖試는 국왕이 봄가을에 성균관 文廟에 참배한 후 明倫堂에서 주로 성균관 유생을 대상으로 치루는 시험이었다. 국왕이 직접 나와 실시하는 親臨科의 하나로 단 한 번의 시험으로 합격여부가 결정되었다.

정시庭試는 단 1회의 제술시험으로 당락이 결정되는 시험으로 본래 정식 과거라기보다는 권학의 의미로 시행하여 우수한 사람에게 殿試에 직접 응시할 수 있는 자격을 주거나 給分하던 시험이었는데 宣祖 이후에 독자적인 시험으로 승격된 것이었다.

춘당대시春塘臺試는 본래 각 軍門의 무사들을 춘당대(현, 창경궁)에 모아 武才를 시험 보던 것이었는데 뒤에 문과에도 적용되었다.

중시重試는 당하관 이하의 문관을 대상으로 하는 시험으로 10년에 한 번씩 시행했다. 합격자에게는 성적에 따라 4등급에서 1등급씩 올려주었다. 참하관에서 참상관으로, 당하관에서 당상관으로 승진시키는 시험이라 할 수 있다.

국조방목(國朝榜目)이란?

조선 태조 초기부터 1877년(고종 14)까지의 문과(文科) 급제자를 기록한 책. 필사본. 10권 10책. 20.2×20cm. 규장각도서. 책머리에 958년(고려 광종 9) 한림학사 쌍기(雙冀)의 헌의 (獻議)에 따라 시부(詩賦) 송(頌) 및 시무책(時務策)으로 진사(進士)를 시험 임명한 일과 고려 역대의 과거에 급제한 인명을 덧붙이고 있다. <네이버 지식inwltlrrhk 내가 함께 커가는 곳>

◈ 대표적인 참고도서

1. 國譯 "霽峯全書"(상, 중, 하), 韓國精神文化硏究院.
2. "正氣錄", 忠烈公 濟峯 高敬命先生記念事業會.
3. 朴銀淑, "高敬命 詩 硏究", 集文堂.
4. 崔仁鎬, "儒林"(1～3), 열림원.
5. 黃源甲, "歷史人物紀行", 한국일보사.
6. 김영두, "퇴계와 고봉 편지를 쓰다", 소나무.
7. 김덕진, "瀟灑園 사람들", 다할미디어.
8. 田英鎭 編著, "鄭澈, 松江歌辭(關東別曲)", 홍신문화사.
9. 金光洲(曾先之 原著) 편저, "中國의 歷史"(1～5), 韓國出版公社.
10. 국역 "신증동국여지승람"(1～3), 저작권자, 재단법인 민족문화 추진
　　　회, 발행자, 민족문화문고간행회.
11. 新完譯 "禮記" 四書五經7, 南晩星 譯註, 平凡社.
12. 신완역 "春秋左傳" 中, 사서오경11, 李錫浩 역주, 평범사.
13. 신완역 "孟子" 사서오경2, 張基槿 解說, 평범사.
14. 박영규, "朝鮮王朝實錄", 들녘 출판.
15. 리기원·허경진 옮김, "연암 박지원 산문집", 한양출판사.
16. 강명관, "조선의 뒷골목풍경", 푸른 역사.
17. 유홍준, "나의 문화유산답사기" 1, 창작과 비평사.
18. 李文烈, "詩人", 도서출판 미래문학.
19. 김경진, "임진왜란"(주), 자음과 모음.
20. 정비석, 금강산 기행 "山情無限", 소나무.

21. 李光洙, "금강산유기", 실천문학사.

22. 박선홍, "無等山", 도서출판 다지리.

23. 趙湲來, "壬辰倭亂史 研究", 아세아 문화사.

24. 베어드 T 스폴딩(Baird T. Spolding) 원저, 정창영·정진성 옮김, "초인들의 삶과 가르침을 찾아서(Life and Teaching of the Masters of the Far East)", 정신세계사.

25. 닐 도날드 월시(Neal Donald Walsch), "신과 나눈 이야기 (Conversations With God)" 1~3, 아름드리

26. Daum 카페, 여행, 바람처럼 흐르다 – 춘원 이광수, "금강산유기" 1 ~12p.

27. Daum 한메일 – 편지 읽기, "조선조 양반들의 풍류"(허균의 '성수시화'에 나온 이야기. 김상조(제주대 교수) 한문학 – 중앙일보 2006년 5월 16일자 칼럼)

28. 개역 개정판 "성경전서" 재단법인 대한 성서공회.

29. "몰몬 경(The Book of Mormon 예수그리스도의 또 다른 성약)" the church of Jesus Christ Letter – day Saints(예수그리스도 후기 성도 교회 발행).

30. 그리운 '반쪽' 그곳 미술은…… 윤범모 著, '평양미술기행', 네이버 뉴스.

31. 달 뫼의 역사 이야기 – 14, 사림계, "동인과 서인으로 갈라서서" 네이버 통합검색창.

32. 임어당, "생활의 발견", 육문사.

33. 한상윤, "거친 밥 먹고 베옷입기", 도서출판 계간문예.

34. 김병총, "우륵", 개미.

35. 신병주, "이지함 평전", 글항아리.

36. 金學主 譯解, "墨子", 明文堂

37. 壬辰倭亂史, "고경명의 의병운동" 기획, 발행: 국립진주박물관(편자: 임진왜란연구회).

38. "癸巳 晋州戰鬪 三壯士……" 大邱史學제20~21輯 pp.248~249. 朴性植(경상대학 교수)

39. 인터넷. from ballocha.

40. 고운, "하천유집", 엔코리안(주)
41. 한국의 명가 창평고씨일가(창평슬로시티 해설가 해설 시나리오로 준비한 내용).
42. "高氏大觀" 발행: 高氏中央宗門會, 발행인: 高濟哲, 뿌리文化社.

◆ 여기에 소개된 사람들

고천석

▌약력

계간 『자유문학』에 단편소설 「익명(匿名)」으로 신인상 당선

중편소설 「딸을 위한 세레나데」로 황희문화예술상 본상 수상

작품집 『세레나데』·『물너울 저편』, 산문집 『나 울게 내버려 두어요』 등의 작품을 문예지에 다수 발표

자유문인협회, 한국문인협회, 한국소설가협회 회원

한국세계작가회 고문

육군하사(일반)로 제대

육군의 각 5개 부대 부대장 5회 표창과 포상

(주)삼양사 15년, 삼성화재(주) 13년 근무

"칭찬합시다"의 공로표창

예수그리스도(후기성도)교회 감독으로 13년 봉직

기타 역원직 40년 봉사

▌주요 언론과 방송 소개

중앙일보, 한겨레신문 등 여러 잡지에 보도

KBS, MBC, SBS, 교육방송, 하이 서울, 송파방송 등 다큐멘터리 제작 방영

라디오, TV 방송 및 각종 프로그램 매체와 여러 지역 방송에 다수 출연

풍류랑의 애가 (下)

초판인쇄 | 2009년 12월 15일
초판발행 | 2009년 12월 15일

지은이 | 고천석
펴낸이 | 채종준
펴낸곳 | 한국학술정보㈜
주　소 | 경기도 파주시 교하읍 문발리 파주출판문화정보산업단지 513-5
전　화 | 031) 908-3181(대표)
팩　스 | 031) 908-3189
홈페이지 | http://www.kstudy.com
E-mail | 출판사업부　publish@kstudy.com
등　록 | 제일산-115호(2000. 6. 19)

ISBN　978-89-268-0603-6　04810 (Paper Book)
　　　　978-89-268-0604-3　08810 (e-Book)
　　　　978-89-268-0597-8　04810 (Paper Book set)
　　　　978-89-268-0598-5　08810 (e-Book set)